अर्थात् राष्ट्रवाद

अर्थात् राष्ट्रवाद

नीरजा माधव

प्रकाशक • **प्रभात प्रकाशन प्रा. लि.**
4/19 आसफ अली रोड,
नई दिल्ली–110002

संस्करण • 2025
मूल्य • चार सौ रुपए
मुद्रक • आर–टेक ऑफसेट प्रिंटर्स, दिल्ली

ARTHAT RASHTRAVAAD by Smt. Neerja Madhav ₹ 400.00
Published by Prabhat Prakashan Pvt. Ltd., 4/19 Asaf Ali Road, New Delhi-2
e-mail: prabhatbooks@gmail.com ISBN 978-93-90923-22-9

जननी जन्मभूमि मेरी
भारतमाता
के चरणों में शब्द-अक्षत

पूरब रंग वागर्थ

पूरब रंग के ऊपर जब भोर का काला झीना आवरण पड़ा रहता है, तब भी विहान के आगमन की सूचना 'ठाकुर चिरइया' को मिल ही जाती है और वह अपनी विशेष प्रकार की चहचहाहट से सोए हुए लोगों को जगाने का प्रयास करती है। वैसे ही इस प्राचीनतम राष्ट्र के नए विहान का अभिनंदन करने का नित नया आह्वान हमें जागृत करता रहे, यही उद्देश्य है इस ग्रंथ को लिखने के पीछे। राष्ट्र वह बहुमूल्य हीरा है, जिसका कोई भी अंश कम मूल्य का नहीं होता। उसका हर पक्ष अपने-अपने भीतर की आभा से झिलमिलाता रहता है, चाहे वह उसका दार्शनिक, आध्यात्मिक, राजनीतिक पक्ष हो या सांस्कृतिक प्रवाह का अजस्र स्रोत। भारत की संस्कृति विविधतापूर्ण है तो यहाँ की प्रकृति अनंत रूपों वाली है। यहाँ का दर्शन यदि अखंड चेतना का उद्घोष करता है तो धर्म जीवन जीने का सौंदर्य, समाज का शिव और अंत में सत्य का साक्षात्कार कराने का सामर्थ्य रखता है। भारत राष्ट्र के मंत्र-द्रष्टा ऋषियों ने प्रकृति की विविधता में अनेक देवों का आभास पाया तो उन्हीं में एकत्व के दर्शन भी किए—

पुरुष एवेदं सर्व यदभूतं यच्च भाव्यम्।
उतामृतत्वस्येशानो यदन्नेनातिरोहति॥

—ऋग्. 10-10-2

अर्थात् यह सबकुछ वह पुरुष ही है—ये जो प्राणी उत्पन्न हो चुके हैं

और जो उत्पन्न होने वाले हैं। वह अमृत का स्वामी है।

ये सभी अनुभूतियाँ पूरे विश्व को उसी तरफ ले जाती हैं, जहाँ से भारतीय दर्शन की तमाम दिशाएँ परिलक्षित होती हैं। राष्ट्र की चेतना हमें ऊर्ध्वारोहित करती है। व्यक्तिगत होते हुए भी दूसरे अर्थों में यह सामूहिक है, जिसमें हजारों-हजार वर्षों के मानव समूहों के वैचारिक एवं व्यावहारिक जीवन-मूल्य समाए हुए हैं। एक तरफ वैयक्तिक स्तर पर जहाँ वह सजग रहा है, वहीं सामूहिक और राष्ट्रीय स्तर पर भी उसकी सजगता विद्यमान रही है। जब-जब इस सजगता में कमी आती है, हमारी राष्ट्रीय अस्मिता के समक्ष संकट खड़ा हो जाता है। ये संकट कभी बाहरी होते हैं तो कभी आंतरिक संकट भी राष्ट्र की अस्मिता को ठेस पहुँचाते हैं।

हमारे ऋषि भारतभूमि पर पैदा भले हुए, यहीं पर उन्होंने मंत्रों की खोज की, परंतु उनका उद्‌देश्य सत्य के चरम खोज के रूप में वैश्विक रहा, सर्वव्यापी रहा। वह सत्य, जिसे किसी देश या काल से नहीं बाँधा जा सकता और न ही किसी विशेष विचार से। इसलिए भारतीय मनीषा द्वारा दिखाया गया सत्य काल और देश के बंधन से परे है और संपूर्ण मानवता के कल्याण के लिए है। भारतीय संस्कृति भी केवल भारत के लिए नहीं, अपितु मानव मात्र की संस्कृति है, मानव कल्याण की संस्कृति है। इसके सिद्धांत सार्वकालिक और सार्वदेशिक हैं। भेद तब पैदा होता है, जब हम इस अनुभूति और बोध से स्वयं को पूरित न करते हुए अहंकार से प्रेरित होकर कर्म करते हैं। जब तक अपने स्वार्थ, संकीर्णता या अहं पर व्यक्ति विजय नहीं प्राप्त कर लेता, तब तक वह विश्व दृष्टि नहीं पा सकता। इस भारतीय संस्कृति में मानव मात्र के कल्याण की भावना है, सभी के लिए आदर है। छोटा-से-छोटा प्राणी भी उसी एकमात्र परम तत्त्व का चिदंश है, इसलिए एक-दूसरे के प्रति वैर भाव नहीं है। बुद्ध इसी को 'अवैर' कहते हैं। महावीर उसे अहिंसा के रूप में लेते हैं। वैदिक ऋषि कहता है—'आत्मवत् सर्वभूतेषु'। यही आत्मदृष्टि भारतीय संस्कृति का आधार है, जो इस राष्ट्र से निकलकर पूरे विश्व में फैली। वैसे ही,

जैसे सूर्य के निकलते ही उसकी किरणें बिना भेदभाव के, सभी पर समान रूप से पड़ती हैं। पूरब रंग की बातें इसीलिए।

राष्ट्रवाद एक भावना है और इस भावना की अभिव्यक्ति के लिए अनुभूति के साथ-साथ शब्दों की भी आवश्यकता होती है। राष्ट्र के प्रति हमारे विचार और शब्द भी कर्म होते हैं, जिनका परिणाम मिलता है। प्राचीन भारतीय राष्ट्रवाद या दुनिया भर में फैले राष्ट्रवाद की अंतवर्तिनी धारा को पकड़ने और उसे शब्दों में बाँधने का प्रयास करने की प्रेरणा मन में इसलिए भी उठी कि इस पवित्र भाव का एक विकृत रूप भी कुछ विचारकों और लेखकों ने प्रस्तुत किया, जिसे पढ़-सुनकर राष्ट्र और राष्ट्रवाद की भावना के प्रति लोगों के भीतर एक विरोध या विद्रोह का भाव जगा। इक्कीसवीं सदी आते-आते राष्ट्रवाद को एक संकीर्ण और सांप्रदायिक रूप देने की भरपूर कोशिशें भी हुईं। मन हुआ, राष्ट्रवाद के विविध पक्षों का विस्तृत अध्ययन करूँ। राष्ट्रवाद को लेकर भारतीय समाज और विश्व समाज में जो घटाटोप रचा गया था, उसके अप्रकाशित कोनों तक मैं अपने अंतस के दीप प्रज्वलित कर झाँकने का प्रयास कर सकी। उस आलोक में आपको भी राष्ट्रवाद का निष्पक्ष स्वरूप दिखा सकूँ, इस ग्रंथ का मूल उद्‌देश्य यही है और लिखना भी पूरब रंग वागर्थ इसीलिए।

—नीरजा माधव

अनुक्रम

राष्ट्रवाद क्या है ?

राष्ट्रवाद के अस्तित्व में आए बिना व्यक्ति मानवतावादी नहीं हो सकता और इस प्रकार अंतरराष्ट्रवादी भी नहीं। राष्ट्र एक अत्यंत व्यापक शब्द है। इससे जुड़े अनेक शब्द थोड़े से हेरफेर के साथ अपने अर्थ गांभीर्य में एक विस्तार लिये हुए होते हैं। हिंदी प्रचारिणी सभा काशी द्वारा प्रकाशित 'हिंदी शब्द सागर' के अनुसार—राष्ट्र एक संज्ञा है, जिसके अंतर्गत देश, राज्य, मुल्क, प्रजा और एक देश या राष्ट्र में बसनेवाला जनसमुदाय सभी समाहित हो जाते हैं। राष्ट्रवाद वह सिद्धांत है, जिसमें अपने राष्ट्र के हितों को सबसे अधिक प्रधानता दी जाती है। वहीं राष्ट्रीय शब्द राष्ट्र संबंधी या राष्ट्र का, विशेषत: अपने राष्ट्र या देश का द्योतक है। राष्ट्र से जुड़ा एक और शब्द होता है—राष्ट्रीयता। इस राष्ट्रीयता के अर्थ को दो तरह से समझा जा सकता है—1. किसी राष्ट्र के विशेष गुण, अर्थात् जब हम स्वयं से पृथक् किसी अन्य व्यक्ति के राष्ट्र के बारे में बात कर रहे होते हैं या उसके राष्ट्र के विशेष गुणों की बात करते हुए उससे उस व्यक्ति की पहचान को रेखांकित करते हैं; 2. जब हम अपने देश या राष्ट्र के प्रति अपने प्रेम या रागात्मक संबंध को महसूस अथवा अभिव्यक्त कर रहे होते हैं तो वह हमारी राष्ट्रीयता होती है। उसी प्रकार राष्ट्रतंत्र किसी भी राष्ट्र में उसके शासन करने की प्रणाली को कहते हैं।

राष्ट्रवाद किसी भी देश के नागरिकों की अपने देश के प्रति वह रागात्मक भावना है, जिसके कारण वह बिना किसी व्यक्तिगत स्वार्थ के अपने राष्ट्र की प्राकृतिक, भौतिक, भौगोलिक, सांस्कृतिक और दार्शनिक अस्मिता से

निश्छल प्रेम करता है। यह प्रेम की भावना उसे उसी तरह उत्तराधिकार में स्वत: मिलती है, जैसे उसके देश के प्राकृतिक संसाधन, संस्कृति, परंपराएँ और जीवन-दर्शन मिले होते हैं। जिस नागरिक के भीतर इस भावना का अभाव होता है, वह छिन्नमूल ही कहा जा सकता है। जिस प्रकार अपनी जड़ों से कटकर वृक्ष प्राणवंत नहीं रह जाता और एक समय के बाद उसकी पत्तियाँ पीली पड़कर निर्जीव हो जाती हैं, उसी प्रकार अपनी जन्मभूमि से भावनात्मक रूप से कटा हुआ व्यक्ति विश्व समाज में अपनी पहचान खो देता है।

राष्ट्रवाद रागतत्त्व से अनुप्राणित एक विचारधारा है, जो किसी भी देश के नागरिकों की साझा अस्मिता की पहचान होती है। यह वही भावना है, जो एक ही राष्ट्र में विविध भाषाओं, वर्गों और संस्कृतियों को एक सूत्र में जोड़ते हुए उसे राष्ट्र-प्रेम की ओर उन्मुख करती है। किसी भी देश की प्रगति अथवा विकास इसकी बात में निहित होता है कि उसके नागरिक अपने देश के प्रति कितने समर्पित और निष्ठावान हैं। यह समर्पण एवं लगाव स्वाभाविक होता है और इसका पोषण तथा विकास परिवार से लेकर समाज और शिक्षालयों तक किया जाता है। जिस प्रकार हमारी नदियों, जंगलों, पहाड़ों, समुद्रों आदि से हमारा सहजात संबंध होता है, संस्कृति और प्राकृतिक परिवेश से अटूट नाता होता है; उसी प्रकार हमारा संबंध अपनी मातृभूमि, जिसे राष्ट्र या देश नाम से एक भौगोलिक और राजनीतिक सीमा में हम बाँधते हैं, से भी सहजात संबंध होता है। हम अपने देश को उसी तरह जानते हैं, जैसे अपनी माँ को जानते हैं। अलग से किसी परिचय की आवश्यकता नहीं होती। हमारे यहाँ तो कहा भी गया है—'जननी जन्मभूमिश्च स्वर्गादिपि गरीयसी।' अर्थात् माँ और मातृभूमि स्वर्ग से भी श्रेष्ठ हैं। राष्ट्र को माँ के रूप में देखने की परंपरा केवल भारत में ही नहीं है, अपितु विश्व के कई देशों में है। इसके पीछे सार्वभौम सत्य वही है। जिस प्रकार एक माँ अपने बच्चे का पालन-पोषण निस्स्वार्थ भाव से करती है और बच्चा भी आजीवन माँ के साथ एक अटूट नैसर्गिक आत्मीय डोर से बँधा रहता है, उसी प्रकार राष्ट्र भी माँ की तरह अपने

नागरिकों के संपोषण, पहचान और समृद्धि से जुड़ा रहता है। यही वह भावना है, जिसके कारण वैदिक ऋषि कहता है—'माता भूमिः पुत्रोऽहं पृथिव्याः।' (अथर्व) आगे भी ऋषि कहता है—

गिरयस्ते पर्वतः हिमवन्तोऽरण्यं पृथिवि स्योनमस्तु।

(अथर्व.)

अर्थात् हे पृथ्वी! तेरे पर्वत, तेरे हिमावृत शैल, तेरे अरण्य सुखदायक हों।

उदीराणा उत्तासीनास्तिष्ठतः प्रक्रामन्तः।
पदभ्यां दक्षिणसव्याभ्यां मा व्यथिष्महि भूम्याम्

(अथर्व.)

अर्थात् उठते हुए, बैठते हुए, खड़े हुए और दक्षिण तथा वाम पैरों से बढ़ते हुए हम भूमि को पीड़ा न पहुँचाएँ।

अपनी मातृभूमि के प्रति यह रेशम से कोमल उद्गार भारतीय मनीषा द्वारा दी गई राष्ट्रवाद की सार्वकालिक प्रगतिशील परिभाषा है। राष्ट्र के प्रति प्रेम की इससे सुंदर अभिव्यक्ति शायद ही दुनिया के किसी साहित्य में हो।

वास्तव में देखा जाए तो राष्ट्रवाद एक ऐसी सामूहिक भावना है, जिससे किसी भी देश के लोग एक सूत्र में बँधे होते हैं और अपने सभी प्रकार के मतभेदों को भुलाकर राष्ट्र की उन्नति और सुरक्षा में लगे रहते हैं। उदाहरण के लिए, यदि किसी देश का अपने शत्रु देश से युद्ध चल रहा होता है तो संघर्ष के उस काल में राष्ट्र के आम नागरिक भी एकजुट होकर अपनी सरकार और सेना का समर्थन करते हैं तथा मनोबल बढ़ाते हैं। इसके पीछे कहीं-न-कहीं वही राष्ट्रवाद की भावना काम रही होती है। इतना ही नहीं, कुछ लोगों में यह भावना इतनी तीव्र होती है कि वे राष्ट्र के लिए अपनी जान भी दे देने में नहीं हिचकिचाते। किसी बड़े देश के विभिन्न हिस्सों में रहनेवाले नागरिक भले ही एक-दूसरे से अपरिचित हों, परंतु राष्ट्र के अस्तित्व के प्रश्न पर यह अपरिचय झट समाप्त हो जाता है और अपने राष्ट्र से संबंधित मुद्दों पर वे सर्वसम्मति

विकसित कर लेते हैं अथवा गंभीर विचार-विमर्श कर एक निष्कर्ष पर पहुँचने का प्रयास करते हैं। यह राष्ट्रवाद ही है, जब हम विदेश में प्रवास कर रहे होते हैं और वहाँ कोई अपने देश का मिल जाता है तो अपरिचित होते हुए भी उसके प्रति हम आत्मीयता महसूस करने लगते हैं। यह एक स्थूल अनुभव कहा जा सकता है राष्ट्रवाद की भावना का, परंतु है वह राष्ट्रवाद ही।

यह राष्ट्रीय भावना समय-समय पर विविध रूपों में हमारे भीतर से प्रस्फुटित होती रहती है। जैसे—हमारे भीतर प्रेम, ममता, क्रोध, घृणा, परोपकार, लोभ आदि भावनाएँ एक साथ विद्यमान रहती हैं और परिस्थिति के अनुसार उनकी अभिव्यक्ति हो जाती है, उसी प्रकार राष्ट्र के साथ भी प्रेम की एक भावना लगातार हमारे हृदय में विद्यमान रहती है। कोई उसकी तीव्रता को महसूस करता है और अभिव्यक्त हो जाता है तथा कोई उसे अपने भीतर बलात् दबाकर सुला देता है। ऐसा वह दूसरी विचारधारा के प्रभाव में आकर करता है। यह उसका स्वाभाविक रूप नहीं होता। किसी लोभ, अवसर या स्वार्थ के वशीभूत होकर वह अपने राष्ट्रप्रेम की भावना को दबाता है और दूसरे की वैचारिकी को ओढ़ लेता है। दर्शन का एक सिद्धांत है कि जब हम किसी वस्तु के अस्तित्व को नकार रहे होते हैं, उसी समय हम उसे मजबूती से स्वीकार भी कर रहे होते हैं। यानी पहले आपके भीतर उसके अस्तित्व का स्वीकार भाव है, तब उसे आप निरस्त करना चाह रहे हैं। अस्तित्व हो ही न, तो नकारना किसे? राष्ट्रवाद की भावना का विरोध करनेवालों के साथ भी यही दर्शन लागू होता है।

किसी भी राष्ट्र की उन्नति और समृद्धि के लिए आवश्यक है कि उसके नागरिक अपने भीतर राष्ट्रवाद की भावना को सतत जीवंत रखें। शायद इसी भाव को जीवित रखने के लिए तमाम राष्ट्रीय चिह्न, राष्ट्र-गीत और राष्ट्रीय पर्वों का अस्तित्व किसी भी देश में होता है। किसी भी राजनीतिक या अन्य आयोजन के अवसर पर राष्ट्रगीत का गायन या ध्वज का सम्मान इसी भावना को अक्षुण्ण रखने का एक प्रयास है।

यहाँ यह स्पष्ट कर देना अत्यंत आवश्यक है कि राष्ट्रवाद का आशय

किसी राजनीतिक पार्टी का समर्थन करना नहीं है, क्योंकि जिस समय राष्ट्रवादी विचारधारा से ओतप्रोत कोई नेता किसी राजनीतिक मंच से भाषण दे रहा होता है, उसी समय एक किसान अपने देशवासियों का पेट भरने के लिए खेतों में सिंचाई कर रहा होता है और उसी समय हिमालय की ऊँची चोटियों पर माइनस पचास डिग्री तापमान पर खड़ा वीर सैनिक अपने देश की सीमा की पहरेदारी कर रहा होता है। इसलिए केवल राष्ट्रवादी विचारधारा की किसी पार्टी का समर्थन करना सच्चा राष्ट्रवाद नहीं है। वैचारिकी के कारण कोई राजनीतिक पार्टी अधिक राष्ट्रवादी या कम राष्ट्रवादी प्रतीत हो सकती है। इसलिए राजनीतिक पार्टी की राष्ट्रवादी विचारधारा भी महत्त्वपूर्ण हो सकती है, उसी तरह जैसे किसान या सैनिक का राष्ट्रप्रेम।

राष्ट्रवाद राजनीतिक रूप से स्वाधीन और भौगोलिक रूप से सुनिश्चित किसी भूखंड पर रहनेवाले मानव समूहों के भीतर विद्यमान उस आस्था का नाम है, जिसके अंतर्गत वे संस्कृति, इतिहास, परंपरा, भाषा और प्राकृतिक परिवेश के आधार पर स्वयं को एक-दूसरे से संपृक्त मानते हैं और अपने सुख-दुःख, खुशी आदि की भावना को साझा करते हैं। इस परिभाषा के साथ ही हमें यह भी स्वीकार करना होगा कि विश्व में ऐसा कोई राष्ट्र नहीं है, जो इस परिभाषा की कसौटी पर शत-प्रति-शत खरा उतर सके। कहीं पर जातिभेद है तो कहीं पर नस्ल भेद है। कहीं पर भाषायी वैभिन्न्य है तो कहीं थोड़े से हेरफेर के साथ सांस्कृतिक वैविध्य मिलता है। इसके बावजूद यदि धरती का एटलस देखा जाए तो एक इंच भी भूखंड ऐसा नहीं है, जो किसी भी राष्ट्र की भौगोलिक सीमा में न आता हो। धरती की एक-एक इंच जमीन किसी-न-किसी राष्ट्र की सीमा के अंतर्गत ही बँटी मिलेगी।

राष्ट्रों की ये भौगोलिक सीमाएँ भी समय-समय पर बदली हुई मिलती हैं। कारण स्पष्ट है। मनुष्य के भीतर की भोग लिप्सा ने उसे दूसरों के क्षेत्र में अतिक्रमण करना सिखाया। उसके भीतर दूसरे की जमीन पर अधिकार कर बैठने के लोभ को जन्म दिया। कमजोर राष्ट्र सदा इस मानसिकता का

शिकार होता रहा। राष्ट्रप्रेम की भावना की कमी के कारण भी कई बार अपनी सीमाओं को सुरक्षित रख पाने में नाकाम रहे कुछ देश। कारण जो भी रहा हो, परंतु परिणाम के रूप में हम धरती के भौगोलिक इतिहास का अध्ययन यदि करें तो पाएँगे कि बहुत से राष्ट्रों की सीमाएँ विस्तारित हुईं तो बहुतों की संकुचित भी हुईं। आधुनिक युग में तिब्बत से लेकर अनेक छोटे-छोटे राष्ट्रों का विलुप्त हुआ अस्तित्व इसी बात का प्रमाण है कि मानव की स्वार्थ लिप्सा में राष्ट्रों की भौगोलिक सीमाएँ बनती-बिगड़ती रही हैं। अतः राष्ट्रवाद की परिभाषा के अंतर्गत हम भौगोलिक सीमाओं को बहुत सशक्त ढंग से स्थापित नहीं कर सकते। इसी तरह राष्ट्रवाद के अन्य पक्षों का भी विश्लेषण हम किसी राष्ट्र के संदर्भ में कर सकते हैं। इसलिए राष्ट्रवाद की भावना सार्वभौम होते हुए भी अपने-अपने राष्ट्र के चरित्र और परिवेश के अनुसार राष्ट्रवाद की यह परिभाषा थोड़ी परिवर्तित हो सकती है। पूरे विश्व-राष्ट्रों के लिए एक ही परिभाषा सटीक नहीं हो सकती। सभी राष्ट्रों को अपने राष्ट्रवाद की यह परिभाषा अपनी परिस्थितियों में गढ़नी है। हाँ, उसके अवयव थोड़े हेरफेर के साथ वही रहेंगे और मूल में एक अंतवर्तिनी शक्ति की तरह प्रवाहित होगी सार्वभौम प्रेम की भावना अपने राष्ट्र के लिए।

उदाहरण के लिए, प्रो. स्नाइडर राष्ट्रवाद की जो परिभाषा देते हैं, वह उनके राष्ट्र में पूरी तरह चरितार्थ हो सकती है, परंतु भारत जैसे देश में शायद उस परिभाषा में कतिपय संशोधन करना पड़े। प्रो. स्नाइडर लिखते हैं कि इतिहास के एक विशेष चरण पर राजनीतिक, आर्थिक, सामाजिक और बौद्धिक कारणों का एक उत्पाद- राष्ट्रवाद, एक सु-परिभाषित भौगोलिक क्षेत्र में निवास करनेवाले ऐसे व्यक्तियों के समूह की एक मनःस्थिति, अनुभव या भावना है, जो समान भाषा बोलते हैं, जिनके पास एक ऐसा साहित्य है, जिसमें राष्ट्र की अभिलाषाएँ अभिव्यक्त हो चुकी हैं, जो समान परंपराओं व समान रीति-रिवाजों से संबद्ध हैं, जो अपने वीरपुरुषों की पूजा करते हैं और कुछ स्थितियों में समान धर्मवाले हैं।

अब यदि इस परिभाषा की कसौटी पर हम भारत के राष्ट्रवाद को तौलें तो तमाम विसंगतियाँ सामने आती हैं। सबसे पहले तो भारत के लिए राष्ट्रवाद एक राजनीतिक, आर्थिक, बौद्धिक कारणों का उत्पाद नहीं है। राष्ट्रवाद वह अटूट रागात्मक लगाव है, जो भारत के लोगों को एक सूत्र में बाँधता है। भारत में एक भाषा नहीं बोली जाती। हिंदू धर्म के अलावा अन्य धर्म और पंथ भी हैं यहाँ। पर उन सबमें एक समन्वय स्थापित कर राष्ट्र हित के बारे में सोचने का तात्पर्य है राष्ट्रवाद। हाँ, वीरों की पूजा करते हैं यहाँ के लोग। राष्ट्र की अभिलाषाओं वाला साहित्य भी है भारत के पास। बस दुःखद पक्ष यह रहा कि भारत की स्वाधीनता के बाद से (सन् 1947) 21वीं सदी के प्रारंभिक दशकों में कुछ प्रतिगामी तत्त्वों ने सुनियोजित षड्यंत्र के तहत भारतीय अस्मिता और सांस्कृतिक चेतना को खंडित करने के लिए राष्ट्रवाद शब्द का प्रयोग ऐसे संकुचित अर्थों में करना प्रारंभ किया कि उसने राष्ट्रवाद को एक बोझ की तरह राष्ट्र की एका-भावना को पंगु बनाने का प्रयास किया, जिसके लिए हमारे देश के वीर सपूतों ने खूनी लड़ाई लड़ी थी और अपना सर्वोच्च बलिदान देकर भी राष्ट्र को पराधीनता से मुक्त कराया था। थोड़े से आत्मघाती आत्मनिंदक इन देश विरोधियों ने राष्ट्रवाद की भावना से खिलवाड़ करते हुए इसका उपयोग भारतीयों के बीच धर्म, जाति, भाषा और विचारधारा के आधार पर विभाजन करनेवाले तत्त्व के रूप में किया। इरफान हबीब ने अपनी पुस्तक में भारत में राष्ट्रवाद का उदय उन्नीस शताब्दी के अंतिम वर्षों में बताया और लिखा कि स्वघोषित राष्ट्रवादियों और एक संस्कृति का उन्माद हमारी सामाजिक बुनावट को टुकड़ों में बाँटने का खतरा पैदा कर रहा है। एक दोहरेपन ने हमें घेर लिया है। राज्य और उसकी राजनीति के प्रति आपके नजरिए के आधार पर तय किया जा रहा है कि आप एक राष्ट्रवादी हैं या राष्ट्रविरोधी।

जबकि सत्य यह है कि भारत में प्राचीन काल से ही राष्ट्रवाद की भावना 'वसुधैव कुटुम्बकम्' और मानवतावाद के सिद्धांत पर टिकी थी। जब हमारी

ऋचाएँ बोलती हैं कि 'माता भूमिः पुत्रोऽहम् पृथिव्याः', तो यह भावना जाति, भाषा या विचारधारा के आधार पर समाज या राष्ट्र को तोड़ने की साजिश नहीं कही जा सकती। वास्तव में, यह हमारी संकुचित दृष्टि है, जिसने राष्ट्र-प्रेम को जाति, धर्म, संप्रदाय और भाषा के चश्मे से देखने का प्रयास किया है। राष्ट्र किसी धर्म या जाति से बिल्कुल अलग है, इसलिए राष्ट्रवाद की भावना शुद्ध रूप से राष्ट्र के प्रति प्रेम और उसकी प्रगति से जुड़ी है; राष्ट्र की पहचान से जुड़ी है। राष्ट्र की अस्मिता पर कोई आँच न आने पाए, इस पवित्र भावना की अभिव्यक्ति है राष्ट्रवाद।

राष्ट्रवाद को राष्ट्रविरोधी ताकतों के अनेक कटाक्ष और आरोप-प्रत्यारोप भी समय-समय पर सहन करने पड़े हैं। यह इस देश का दुर्भाग्य कहा जाएगा कि बड़े-बड़े लेखकों और चिंतकों ने भी राष्ट्रवाद की नकारात्मक व्याख्या की। प्रख्यात लेखक मुंशी प्रेमचंद ने राष्ट्रीयता को वर्तमान युग का कोढ़ माना। उनके अनुसार यह उसी प्रकार था, जैसे मध्यकाल में सांप्रदायिकता कोढ़ की तरह थी। अब आजादी के बाद भी कोई चिंतक यह कहे कि केवल मध्ययुग में सांप्रदायिकता थी और बीसवीं-इक्कीसवीं सदी में वह नहीं है, यह एक-दूसरे विमर्श की माँग करता है। जब तक संप्रदाय और पंथ अस्तित्व में रहेंगे, तब तक सांप्रदायिकता से मुक्त समाज की हम कल्पना नहीं कर सकते।

यह सांप्रदायिकता किसी राष्ट्र का एक पक्ष या लक्षण हो सकता है, परंतु राष्ट्र की पहचान नहीं है सांप्रदायिकता। एक राष्ट्र में कई मत, संप्रदाय और पंथ एक साथ अस्तित्व में हो सकते हैं। उनमें समय-समय पर आपस में टकराहटें भी हो सकती हैं, परंतु ये टकराहटें राष्ट्रीय चेतना को समाप्त नहीं कर सकतीं। राष्ट्रीय चेतना इन सबसे परे एक अलग भावना ही है, जो हमें अपनी धरती से जोड़े रखती है, यदि हम कहीं अन्य देश से आकर नहीं बसे हैं तो। कई बार बाहर से आनेवाले विदेशी मेहमान भी भारत की संस्कृति में ऐसा रच-बस गए कि उन्हें मूल भारतीयों से पृथक् करना कठिन है। उन्होंने भारत राष्ट्र को बिना क्षति पहुँचाए इसके अस्तित्व को स्वीकार किया और स्वयं

भी इसकी हवा, पानी, मिट्टी में रम गए। शक आए, हूण आए, स्वाधीनता आंदोलन के समय अनेक विदेशी शासकों के बीच से कुछ लोग निकलकर अपना हिंदू नामकरण करते हुए भारत की सेवा में जुट गए थे।

वर्तमान युग में चीन द्वारा जब तिब्बत राष्ट्र के ऊपर बलात् अधिकार कर लिया गया तो अपनी पहचान और राष्ट्र की सुरक्षा के लिए लाखों तिब्बती शरणार्थी परम पावन दलाई लामाजी के साथ सन् 1959 में भागकर भारत में शरण लेने आए और अपनी अहिंसक मुक्ति साधना की मशाल भारत और अन्य विश्व-राष्ट्रों की भूमि से जलाए रखी। परंतु इन शरणार्थियों ने कभी स्वार्थ भरी दृष्टि भारत के ऊपर नहीं डाली, जबकि चीन तिब्बत पर कब्जे के बाद भारत की सीमाओं से लगनेवाले क्षेत्रों में बार-बार घुसपैठ की कोशिशें सन् 1962 के बाद से लगातार करता रहा। तो किसी भी देश का आम नागरिक हो या वहाँ का राष्ट्रपति, उसका व्यक्तिगत राष्ट्रीय चरित्र उसके विचार और कर्म से झलक जाता है।

तो चर्चा भारत में राष्ट्रवाद या राष्ट्रीयता को लेकर कुछ विचारकों के चिंतन बिंदुओं पर हो रही थी। प्रेमचंद जिसे राष्ट्रीयता कहते हैं, उसे ही रवींद्रनाथ टैगोर राष्ट्रवाद कहते हैं तथा उसे आधुनिक समय और समाज की बीमारी जैसा मानते हैं। यूरोप के इस आविष्कार को वे मानव समाज के लिए अशुभ मानते हैं। अब यदि राष्ट्रवाद की भावना का जनक हम भी यूरोप को ही मान लेंगे, तब तो इस तरह की व्याख्या की भी जा सकती है, क्योंकि जैसे-जैसे मनुष्य ने तकनीकी रूप से विकास करना शुरू किया, वह और हिंसक और क्रूर, आक्रमणकारी और अतिक्रमणकारी बनता गया। तमाम विकास के दावों के बीच भी हजारों वर्षों से हम मनुष्य को देख रहे हैं कि वह वैसा ही लड़ाकू, ईर्ष्यालु और लोभी है, जैसे वह हजारों वर्षों पूर्व था। तकनीकी विकास ने भौगोलिक दूरियाँ तो कम कर दीं, पर मन से मन की दूरी बढ़ा दी। संवेदनाएँ घटती गईं। हमें राष्ट्रवाद का इतिहास विश्व के प्राचीनतम साहित्य और वैचारिकी में ढूँढ़ना होगा और बिना कोई पूर्वग्रह या दुराग्रह पाले।

आज विश्व के सामने सबसे बड़ी चुनौती है कि मनुष्य ही मानवता का विरोधी बनकर सामने खड़ा है। आपस में सुख-दु:ख बाँटने की भावना कम हुई है। वह नैसर्गिक प्रेम का आंतरिक धागा शायद टूट गया है। भारतीय अध्यात्म में 'सर्व खल्विदं ब्रह्म', अर्थात् जो भी अस्तित्ववान है, वह ब्रह्म का ही चिदंश है, की भावना बहुत प्राचीन काल से हमारे शास्त्रों में वर्णित है। अब यदि इसमें गहरी आस्था जागृत कर ली जाए तो सभी प्राणी ब्रह्मरूप हैं। तो कौन, किसके अस्तित्व को नष्ट करने के लिए संघर्ष करेगा? इस अंगांगी भावना के कारण सृष्टि से सभी का लगाव होता है और मनुष्य के व्यवहार में परिवर्तन लाया जा सकता है। एक-दूसरे के प्रति ममत्व भाव उत्पन्न होता है। स्थूल रूप में व्याख्यायित करें तो इसी ममत्व की भावना के कारण परिवार में एक व्यक्ति कमाता है तो दूसरे सदस्यों को भी खिलाता है। राष्ट्र स्तर पर यह प्रेम दूसरे ढंग से व्यक्त होता है। सीमा पर सैनिक जागता है, ताकि उसके देश के नागरिक चैन से सो सकें। किसान अन्न उपजाता है कि राष्ट्र के लोगों की क्षुधा शांत हो। उससे भी ऊपर उठें तो वैज्ञानिक दवाओं और अन्य विज्ञान के क्षेत्रों में इसलिए लगातार शोध करते हैं कि विश्व भर के मानव-समाज का कल्याण हो। व्यष्टि का सृष्टि से नाता व्यापक होता जाता है। एक प्रेम और आस्था का सूत्र जो मानव को मानव से जोड़े रखता है और इस प्रकार अपने राष्ट्र से और राष्ट्र से होते हुए विश्व समुदाय से। 'जो कमाएगा, वह खाएगा' की विकृति नष्ट होती है। आदर्श रूप में देखा जाए तो प्रेम की यह भावना शोषण की वृत्ति को मिटाने का काम करती है। परंतु कई बार व्यक्तिगत अधिकार की भावना प्रबल हो उठती है और राष्ट्र के प्रति मनुष्य की सोच संकुचित हो उठती है।

भौतिकता और अध्यात्म का समन्वय करनेवाला सिद्धांत भारत के राष्ट्रवाद के मूल में है। मनुष्य और मनुष्य के बीच सामंजस्य स्थापित करना इसकी आत्मा है। प्राय: अध्यात्म का अर्थ ज्ञान प्राप्त हो जाने के बाद निर्लिप्तता या उदासीनता से लगाया जाता है, परंतु हमारी यह भौतिक और

आध्यात्मिक प्रगति विज्ञाननिष्ठ है। भारतीय धर्म की अवधारणा अब विश्व भर के वैज्ञानिकों को शोध हेतु अपनी ओर आकृष्ट कर रही है। भारतीय धर्म और अध्यात्म में निहित सृष्टिहित और विश्वकल्याण का मार्ग अब आधुनिक विज्ञान का एक प्रिय विषय बनता जा रहा है। इसकी आहट स्वामी विवेकानंद ने सुनी। उसी विचार को हमारे मनीषियों ने आगे चलकर एकात्म मानववाद के सिद्धांत के रूप में प्रतिपादित किया। उन्होंने प्रकृति के सभी चराचार प्राणियों के बीच एक परस्परावलंबी संबंध की गहराई से देखा और उसे प्रतिपादित किया। इसी प्रकार का अध्ययन पाश्चात्य वैज्ञानिकों ने भी किया। संपूर्ण विश्व में परोक्ष या अपरोक्ष रूप से एक धारणा बलवती हुई है कि प्रस्थापित धर्मों के अलावा भी कोई ऐसा आध्यात्मिक सिद्धांत हो, जो सर्वव्यापी, सर्वमान्य और सर्वसुलभ हो। इसके लिए एक व्यापक दृष्टि चाहिए, जो विभिन्न धर्मों के भीतर छिपे विश्वकल्याण और मानवतावाद के तत्त्वों को खोज निकाले और उनका समन्वय करते हुए एक वैज्ञानिक तथा सृष्टि के लिए हितकारी अध्यात्म का प्रारूप विश्वसमाज के सम्मुख आदर्श के रूप में रखे। निस्संदेह जब सभी धर्मों का अनुशीलन किया जाएगा तो विश्वकल्याणकारी और सृष्टि-हितकारी तत्त्व भारतीय धर्म और अध्यात्म की सुदीर्घ परंपरा में अधिक-से-अधिक मिलेंगे, क्योंकि 'सर्वे भवन्तु सुखिनः' जैसी परिकल्पना भारतीय सनातन धर्म की देन है। 'सह नौ भुनक्तु' का मानवतावादी दृष्टिकोण भारतीय अध्यात्म में है। 'सर्व खल्विदं ब्रह्म', अर्थात् सभी वस्तुओं में वही एकमात्र सत्ता प्रतिभासित है, जैसा जीवन-दर्शन उसी भारतीय संस्कृति की देन है।

कोई यह प्रश्न उठा सकता है कि जिस समय पूरी धरती जनसंख्या वृद्धि, वर्चस्व की लड़ाई, युद्ध और आतंकी विस्फोटों से दहल रही है, ऐसे में राष्ट्रवाद पर विचार करना या उसके प्रश्न उठाना अनावश्यक है। यहाँ यह जरूरी है जानना कि जीवन तब सुगम होता है, जब उसका विकास सर्वांगीण होता है। ऐसा नहीं हो सकता कि विचार करते समय मनुष्य देखता नहीं

अथवा चलता नहीं। देखना, विचार करना और चलना, तीनों क्रियाएँ एक सामंजस्य में रहते हुए जीवन को गति प्रदान करती हैं। यदि विचारहीनता के साथ गति हो या दृष्टिहीनता के साथ विचार हो तो वह प्रगति एकांगी मानी जाएगी। किसी भी राष्ट्र के साथ भी ऐसा ही होता है। उसकी वैचारिकी, संस्कृति, परंपराएँ और इतिहास उसके भौतिक विकास के साथ कदमताल करते हुए चलते हैं और जहाँ पर ये सारे तत्त्व उपस्थित हों, वहाँ उसके प्रति भावनात्मक लगाव भी हमारे भीतर उत्तराधिकार के रूप में आ ही जाता है। उदाहरण चीन का भी लिया जा सकता है। जिस समय चीन युद्ध की आग में जल रहा था, उस समय भी चीन के साहित्यकार, कलाकार खाइयों और जंगलों में छिपकर अपना कार्य करते थे एवं शत्रु की आहट सुनते ही अपनी पुस्तकों, कलाकृतियों आदि को लेकर उस स्थान से हट जाते थे। कोई भी देश निराशा के अंधकार में वहाँ के विचारकों और लेखकों से ही प्रकाश पाता है। सांस्कृतिक निधियों के रक्षक होते हैं लेखक और कलाकार। साहित्य और राजनीति मिलकर राष्ट्र के निर्माण कार्य में लगे रहते हैं।

प्रश्न यह भी उठाया जाता है कि यदि अंतिम लक्ष्य विश्वकल्याण और मानवतावाद है तो बीच में यह राष्ट्रवाद क्यों ? अलग अस्मिता की बातें क्यों ? क्यों नहीं सीधे हम विश्वकल्याण या विश्व-मानव समूहों की बात करें ? क्यों हम राष्ट्र से शुरू करके वैश्विक कल्याण की बातें करते हैं ? इन सभी प्रश्नों का सीधा-सरल उत्तर है। गंतव्य सागर की तरह है, जिसमें समस्त नदियाँ आकर गिरती हैं। लेकिन इन नदियों का उद्गम, दूरी और पाटों का विस्तार अलग-अलग होता है। जब तक ये सागर में समाहित नहीं हो जातीं, तब तक इनकी अपनी अलग-अलग पहचान होती है। विभिन्न राष्ट्र वही नदियाँ हैं, जिनकी अपनी एक पहचान है, परंतु जिस समय किसी भी राष्ट्र की भावना मानवता के उच्चतम शिखर पर पहुँच जाती है, वह उतनी ही विश्वजनीन और सागर की तरह अनंत हो जाती है। उदाहरण के लिए, जब हम भारत राष्ट्र कहते हैं, उसी समय उसकी संस्कृति और परंपराओं के साथ उसके निवासी

मूर्तिमान हो उठते हैं तथा विश्वराष्ट्रों के बीच भारत अपने परिचय का बोध लिए उपस्थित हो जाता है।

राष्ट्र की तरह ही वैदिक मनीषा ने स्वराज्य, साम्राज्य, महाराज्य, परमेष्ठिराज्य आदि शासन तंत्रों के द्योतक शब्दों से विश्व-समुदाय को परिचित करवाया है। भारत में वैदिक शासन प्रणाली भी संभवतः गणतांत्रिक थी, इसलिए ऋषि कहता है—

आ त्वाहार्षमन्तरेधि ध्रुवस्तिष्ठा विचाचलिः।
विशस्त्वा सर्वावांछन्तु मा त्वद्राष्ट्रमधिभ्रशत्॥

ऋग्. 10-173-1

अर्थात् तुम्हें राष्ट्रपति बनाया। तुम इस देश में अटल, अविचल स्थिर रहो। विश (जन) तुम्हें चाहें। तुम्हारे राष्ट्र का ह्रास न हो।

यह इस बात का भी प्रमाण है कि हमारे राष्ट्र की प्रतिभा ने तत्त्वगत एकता और भौगोलिक भिन्नता में बँटे जीवन के मध्य एक अटूट सांस्कृतिक सूत्र अपनी विकास-यात्रा के प्रस्थान बिंदु से ही ढूँढ़ लिया था। वही तत्त्वगत एकता राष्ट्र से होते हुए विश्वकल्याण और एकात्म मानववाद तक पहुँचती है। वही राष्ट्र-प्रेम की भावना है, वही तत्त्वगत एकता राष्ट्र के सभी प्राणियों को एक सांस्कृतिक सूत्र में बाँधती है। यही तात्त्विक भावना राष्ट्रभावना है, अर्थात् राष्ट्रवाद।

□

राष्ट्रवाद का इतिहास

सत्य की खोज एक सनातन और अंतहीन यात्रा है और इस यात्रा की साक्षी बनी रही है हमारी भारतीय संस्कृति। यही साक्षी भाव इतिहास की आधारभूमि बना। इतिहास लेखन सत्य का ज्ञान प्राप्त करने के लिए एक पवित्र और शोधपरक कर्म है। देश और विश्व की राजनीतिक, सामाजिक, सांस्कृतिक और भौगोलिक प्रकृति किसी कालखंड में क्या रही है, यह जानने के लिए हमें इतिहास का अध्ययन करना पड़ता है। दूसरे मानव समूहों के स्वभाव, सभ्यता, शक्ति और कमजोरियों का ज्ञान प्राप्त करने के लिए हम दूसरे देशों का भी इतिहास पढ़ते हैं, ताकि उनकी शक्ति या दुर्बलता का हम अनुमान लगा सकें। अपने राष्ट्र की सुरक्षा के लिए भी इतिहास का अध्ययन जरूरी हो जाता है।

इस दृष्टि से देखें तो भारत का इतिहास सबसे प्राचीनतम इतिहास है। केवल यदि 'महाभारत' को ही लें तो यह तथ्यों और घटनाओं का क्रमबद्ध लिखित इतिहास ग्रंथ है, जिसका समय ई.पू. 3138 से प्रारंभ होता है। उसके बाद के ऐतिहासिक प्रमाण हमें भारतीय पुराणों, अभिलेखों, इतिहास ग्रंथों तथा प्रामाणिक स्रोतों के रूप में उपलब्ध होते हैं। 943 ईसवी में चोल सम्राट् परांतक प्रथम के लिखित अभिलेख में कलियुग के 4044 वर्षों के बीतने का उल्लेख मिलता है।

'वायुपुराण' में भारतीय राजवंशों का प्रामाणिक विवरण उपलब्ध होता है तो 'मत्स्य पुराण' बताता है कि ऋषभपुत्र भरत से शासित जंबूद्वीप का

भरतखंड भारतवर्ष के रूप में विख्यात हुआ। महाभारत काल से लेकर ई.पू. चौथी शताब्दी तक भारत का स्वाधीन और अपराजेय इतिहास तो असंदिग्ध है। इस अवधि में न जाने कितने अन्य राष्ट्र बने और समाप्त हुए, परंतु भारतवर्ष अपराजेय खड़ा रहा। यूरोप के कई राष्ट्रों का कोई इतिहास नहीं मिलता। अनुमान पर उनके संघर्ष और पराधीनता की कहानियाँ छिटपुट मिलती हैं।

विषय से संबंधित इतिहास-अध्ययन के क्रम में एक पुस्तक इस ग्रंथ की लेखिका के हाथ लगी, जो काफी पुरानी और जीर्ण-शीर्ण अवस्था में थी। पुस्तक का नाम है—'प्राचीन भारतीय अभिलेख-संग्रह'(2), संपादक, अवध किशोर नारायण एवं मणिशंकर शुक्ल हैं। यह पुस्तक प्राचीन भारतीय इतिहास, संस्कृति एवं पुरातत्त्व विभाग, काशी हिंदू विश्वविद्यालय, वाराणसी द्वारा प्रकाशित और श्री शंकर प्रेस, लंका, वाराणसी में मुद्रित है। संस्करण प्रथम लिखा है, परंतु वर्ष नहीं दिया है। पुस्तक का मूल्य मात्र दस रुपए अंकित है और उसी पृष्ठ के ऊपर छपा है—

Issued by
The Head of the Department
Ancient Indian History, Culture & Archaeology
Banaras Hindu University

इस पुस्तक का संदर्भ यहाँ देना इसलिए महत्त्वपूर्ण है, क्योंकि इसके विषयक्रम में महास्थान खंडित प्रस्तर पट्टिका अभिलेख से लेकर समुद्रगुप्त के गया ताम्रपत्र-अभिलेख, कुल सत्तावन अभिलेखों के प्राप्ति स्थान, प्रकृति, निर्माण-सामग्री भाषा-लिपि, काल तिथि, संक्षिप्त विषय-वस्तु और मुख्य संदर्भ का उल्लेख हिंदी भाषांतर के साथ किया गया है, जो भारत के इतिहास का एक महत्त्वपूर्ण साक्ष्य भी है। उदाहरण के लिए, पहले ही अभिलेख महास्थान खंडित प्रस्तर पट्टिका अभिलेख का प्राप्ति स्थान पूर्वी पाकिस्तान (पहले भारत था) के बोगरा जिले का महास्थान नामक जगह थी, जहाँ यह खंडित प्रस्तर पट्टिका मिली, जिस पर प्राकृत और ब्राह्मी लिपि में धन-धान्य संबंधी व्यवस्था का उल्लेख है। इस प्रस्तर पट्टिका का काल

लगभग 300 ई.पू. है। इसी के आसपास का दूसरा अभिलेख पिपरहवा बौद्ध कलश-अभिलेख उत्तर प्रदेश के बस्ती जिले के पिपरहवा नामक क्षेत्र में प्राप्त हुआ, जो स्मारक धर्मपाल से संदर्भित है और जिसमें प्राकृत और ब्राह्मी में अंकित है—

सुकिति-भतिनं स-भगिनिकनं स-पुत्र-दलनं।
इयं सलिल-निधने बुधस भगवते सकि॥

उपर्युक्त का हिंदी भाषांतर इस पुस्तक में निम्नवत् है—

सुकीति और भक्ति क्रा भगिनी, पुत्र दारा सहित।
शाक्यों के भगवान् बुद्ध का यह शरीर निधान॥

यह प्रस्तर बौद्ध कलश अभिलेख लगभग 300 ई.पू. प्राप्त हुआ था।

इस प्रकार भारतीय संस्कृति और राजनीतिक, भौगोलिक सीमाओं तथा घटनाओं का उल्लेख इतिहास के क्रमिक सोपान ही है।

मानव विकास की प्रारंभिक यात्रा से लेकर इक्कीसवीं सदी आते-आते इतिहास लेखन के साथ कई तरह के विवाद जुड़ते चले गए। कहीं तिथियों और कालखंड के साथ जानबूझकर की गई भयंकर भूलें तो कभी तथ्यों के साथ छेड़छाड़। कभी किसी विशेष विचारधारा के प्रभाव में इतिहास लेखन ने अपना दुष्प्रभाव नई पीढ़ियों पर छोड़ा तो कभी किसी अतिवाद ने इतिहास के पन्नों को अपने रंग में रँगा। ऐसा इसलिए भी हुआ, क्योंकि इतिहास केवल विवरण नहीं होता। अनेक विवरणों और घटनाओं में से सही चुनाव करके इतिहास लेखन होता है, क्योंकि हम जानते हैं कि किसी कालखंड में किसी बड़ी राजनीतिक, सांस्कृतिक या भौगोलिक घटना के साथ ही कई अन्य छोटी बड़ी घटनाएँ भी जुड़ी होती हैं, इतिहास लिखते समय जिन्हें दृष्टि ओझल नहीं किया जा सकता। हाँ, अपने राष्ट्र की अस्मिता, सांस्कृतिक पहचान और उससे जुड़ी महत्त्वपूर्ण घटनाओं को इतिहास में शामिल करना एक जोखिम भरा कार्य होता है। ऐसे में यदि इतिहास लेखक की दृष्टि किंचित् भी राष्ट्रविरोधी है तो वह त्रुटिपूर्ण या आंशिक सत्य ही इतिहास में देता है।

हम सब जानते हैं कि खंडित दृष्टिकोण से लिखे गए छिन्न-भिन्न इतिहास का भविष्य की पीढ़ियों पर बुरा प्रभाव कुछ अधिक ही पड़ता है। इसके ठीक विपरीत, अच्छी तरह से लिखे इतिहास का शायद उतना अच्छा प्रभाव नहीं पड़ता, क्योंकि वहाँ सत्य को सत्य ही लिखा होता है। यदि सत्य के साथ कोई रोचक और राष्ट्रविरोधी काल्पनिक तथ्य जोड़ दिया जाए तो उसे उत्सुकतावश लोग अधिक पढ़ते हैं और उस विचारधारा से दुष्प्रभावित भी अधिकांश हो जाते हैं। इसलिए किसी भी राष्ट्र के इतिहास-लेखक को निष्पक्ष और राष्ट्रनिष्ठ होना पहली शर्त होनी चाहिए अन्यथा वह राष्ट्र के विध्वंस की नींव डाल सकता है अपने इतिहास-लेखन के द्वारा। उसके पास यह भी विवेक होना आवश्यक है कि इतिहास-लेखन के समय चुनाव करते हुए कौन से तथ्य दृष्टि ओझल किए जा सकते हैं और किन तथ्यों को उभारकर राष्ट्र हित में भविष्य को सौंपा जाए? क्योंकि इतिहास लेखन समय के प्रवाह को पलटने की एक प्रक्रिया है। पुनः जीवित करने का एक प्रयास है। इस प्रयास में बहुत सी बातें समय के प्रवाह में लुप्तप्राय होती हैं और बहुत से महत्त्वपूर्ण तथ्य मुश्किल से हाथ लगते हैं।

इतिहास-लेखन मात्र लेखन की एक विधा नहीं है, अपितु अतीत का निर्माण है। यह निर्माण मजबूत और राष्ट्र के हित का होना चाहिए। दुर्भाग्य से लगभग हजारों वर्षों के दीर्घकाल तक भारत का इतिहास-लेखन कुछ राष्ट्रविरोधी कम्युनिस्ट विचारकों ने किया, जिसके कारण भारत का सही और गौरवशाली इतिहास भविष्य के हाथों आधा-अधूरा या भग्न रूप में आ सका और इक्कीसवीं सदी के दूसरे दशक तक भारत में इतिहास के पुनर्लेखन की माँग जोर पकड़ने लगी। यहाँ यह ध्यान देने की भी बात है कि जब तक अंतरराष्ट्रीय इतिहासकारों के प्रभाव में आकर भारत का इतिहास लेखन करनेवाले देशी-विदेशी लेखकों के ग्रंथों का सम्यक् अध्ययन करके तथ्यों के साथ की गई अनदेखी या सुनियोजित साजिश को समझा और चिह्नित नहीं किया जाएगा, तब तक सच्चा राष्ट्रीय इतिहास-लेखन संभव नहीं होगा।

क्योंकि इसके पूर्व जो भी इतिहास-लेखन किया गया था, उसके पीछे का उद्‌देश्य विदेशी शासन की जड़ों को भारत में मजबूत करना और भारत के प्राचीन गौरवशाली अतीत को छिन्न-भिन्न करना था।

सभी जानते हैं कि भारत में प्राचीन काल से इतिहास-लेखन काव्य या दर्शन के रूप में ही मिलता है। इसलिए भारतीय काव्य और दर्शन के प्रति कम्युनिस्ट सोचवाले अध्यापकों द्वारा नई पीढ़ियों में एक अश्रद्धा और उदासीनता का भाव भरने का कार्यक्रम शिक्षालयों के माध्यम से किया जाने लगा। यह भी सब जानते हैं कि विश्व की प्राचीनतम साहित्य की विरासत भारत के पास है, जो ईसा पूर्व हजारों-हजार वर्षों पहले से अस्तित्व में है और इस प्राचीनतम साहित्यिक विरासत की शैली भी वैदिक मंत्रों के रूपों में काव्यमय और दार्शनिक रही है। इसलिए इस प्राचीन काव्य-दर्शन और उसकी भाषा के प्रति जानबूझकर एक उपेक्षा का भाव भरा गया तथा उसके स्थान पर एक विदेशी भाषा के वर्चस्व को स्थापित किया गया। ऐसा इतिहास निश्चित रूप से भारतीय पुनर्जीवन या क्रांति के झूठे होने का प्रमाण है। अंत:करण की प्रेरणा के बिना कभी किसी राष्ट्रवादी विचारधारा का जन्म नहीं हो सकता। कोई दमनकारी विदेशी शासन किसी राष्ट्र के निवासियों के अंत:करण को जगाने में समर्थ नहीं हो सकते। उदाहरण के लिए, यदि भारत पर अंग्रेजी राज या मुगलराज का अधिकार न हुआ होता तो निश्चित रूप से हमारे देश का आधुनिक इतिहास ऐसा न लिखा गया होता। इसके लिए हम बाहरी ताकतों को ही केवल जिम्मेदार ठहराकर अपने कर्तव्य की इतिश्री नहीं कर सकते। राष्ट्र के भीतर के कुछ दीमकनुमा लोग भी पतन के कारणों में प्रमुख थे।

हमें इतिहास-लेखन में अपनी बुराइयों पर परदा भी नहीं डालना है, परंतु इतना तो स्पष्ट करना है कि राष्ट्र में उन बुराइयों की जड़ें कहाँ थीं? एक उदाहरण से इसे समझ सकते हैं। अंग्रेजी शासन से पूर्व हमारे देश में 'सती प्रथा' थी, इस तथ्य से कोई इनकार नहीं कर सकता। यह एक विकृत और

अमानवीय कृत्य था। इतिहास लेखकों ने अपने इतिहास ग्रंथों में हिंदू समाज में व्याप्त इस कुप्रथा पर जोरदार प्रहार किए हैं। परंतु देश के संपूर्ण जीवन में इनका जो स्थान एवं काल था और इसके पैदा होने के जो कारण थे, उन कारणों पर भी इतिहासकारों ने सम्यक् दृष्टि डाली होती तो परिदृश्य कुछ और होता। यदि किसी दशक या शासक विशेष के काल में 'सती' होने की घटनाएँ अधिक हुईं तो उन आँकड़ों और तथ्यों को भी किसी इतिहास ग्रंथ में दर्ज किया जाना चाहिए था, ताकि बाद की पीढ़ियाँ यह समझ सकें कि इस प्रकार की घटनाएँ अति महत्त्वपूर्ण थीं या गौण किस्म कीं। राष्ट्र में नवजागरण या पुनर्जीवन के नाम पर भी इतिहास लिखने की कोशिश की गई। कभी मुगल पुनर्जीवन तो कभी अंग्रेज पुनर्जीवन। जब भी कोई आक्रांता या विजेता आया, यहाँ पर नवजागरण का ढोल पीटा गया। यह सब हुआ, पर विदेशी चश्मे से। यह उसी प्रकार हुआ, जैसे इंग्लैंड में कोई फ्रांस का राजदूत आए और वह अपने ग्रंथ में इंग्लैंड का विवरण दे। बाद में चलकर उस विवरण को ही इंग्लैंड का इतिहास मान लिया जाए। भारतीय इतिहास के साथ भी यही समस्या आई। आक्रांता या विजयी सेना के साथ आया कोई व्यक्ति अपने विवरणों से भारत का इतिहास तैयार करता रहा और उसे ही बाद में हमारे यहाँ के इतिहासकार कुछ चटपटे अंदाज में लिपिबद्ध करते रहे।

तो, शायद इतिहास-लेखन की यही त्रुटिपूर्ण शैली आज राष्ट्रवादी इतिहास-लेखन की आधारभूमि तैयार करती है। क्योंकि जब कभी भी किसी राष्ट्र की संस्कृति, परंपरा, जातीय स्मृतियों या इतिहास आदि से नकारात्मक तत्त्वों द्वारा छेड़छाड़ की जाती है, तब-तब राष्ट्रवाद या स्वदेशी की भावना और प्रबल हो उठती है। वह अपनी जड़ों से संपोषण प्राप्त करता है। इसलिए जो कुछ भी भारतीय काव्य और दर्शन में वर्णित ऐतिहासिक तथ्य हैं, वे इस राष्ट्रवादी इतिहास लेखन की आधार भूमि हैं, क्योंकि विश्व समाजों का कोई संदर्भ लिये बिना भारत के दोषों को अतिरंजित कर भारतीय जनमानस में हताशा, कुंठा और राष्ट्रीय आत्महीनता का बोध भरने का काम इन वामपंथी

इतिहास लेखकों ने किया, जिनका उद्देश्य ही था कि भारत अपने जीवन-दर्शन और सांस्कृतिक उत्कृष्टता के आधार पर विश्व शक्ति बनकर न उभरने पाए, क्योंकि भारत जैसा गौरवशाली अतीत और विरासत किसी अन्य राष्ट्र के पास नहीं। इतिहासकारों द्वारा यह तथ्य भी छिपाया गया कि छत्रपति शिवाजी के समय से ही भारत के अधिकांश हिस्सों में मराठा, राजपूत या जाटों का प्रतिनिधित्व करनेवाले वीर हिंदू शासक थे।

उसी तरह इतिहासकारों द्वारा ही यह भ्रम भी फैलाया गया कि हिंदू समाज में जातिगत भेदभाव या अस्पृश्यता जैसी कुप्रथा व्याप्त थी, जबकि सत्य तो यह था कि अस्पृश्यता का जातिगत स्वरूप सर्वप्रथम मुसलिम आधिपत्य वाले क्षेत्रों में हुआ था। सिर पर मैला ढोने का काम एक वर्ग विशेष से करवाकर उन्हें अस्पृश्य बनाया गया। बाद में इसी अस्पृश्य वर्ग को अंग्रेजी हुकूमत ने दलित जाति के नाम पर समाज की एक विकराल कुप्रथा घोषित किया और भारत के राष्ट्रीय चरित्र को विश्व समाज में कलंकित करने का प्रयास किया। जो लोग भारत के वास्तविक ग्रामीण या शहरी संस्कृति से परिचित होंगे, उन्हें यह ज्ञात होगा कि एक सामान्य भारतीय घर में प्राय: शौचालयों का उपयोग या विद्यमानता 21वीं सदी के प्रारंभ तक नगण्य थी। लोग नहाने और दैनिक क्रिया के लिए खेतों, नदियों, तालाबों आदि के पास जाया करते थे। इसलिए मैला ढोने जैसी सामान्य प्रथा थी ही नहीं। हाँ, मुगल शासकों के महलों से यह प्रथा विकसित हुई और एक वर्ग इस कार्य को करने के लिए विवश किया गया। इतिहासकारों ने विदेशी शासन के प्रभाव में ही भारतीय समाज ने, विशेष रूप से हिंदू समाज को हजारों वर्षों से अन्यायरत और शोषक के रूप में प्रचारित किया, जो सत्य से सर्वथा विपरीत था। भारत के स्वभाव को जानने के लिए आवश्यक है कि प्रामाणिक ऐतिहासिक तथ्यों को सामने रखा जाए।

किसी भी राष्ट्र के प्रमुख तत्त्वों के रूप में दो ही बातें महत्त्वपूर्ण होती हैं—एक, उसकी ज्ञान शक्ति और दूसरी, उसकी रक्षा शक्ति। भारतीय संस्कृति में उसे ही ब्रह्म तेज और क्षात्र तेज कहा गया। कोई भी राष्ट्र इन दो अवयवों

के बिना अस्तित्व में नहीं रह सकता। बुद्धिबल के साथ-साथ बाहुबल भी आवश्यक है। शास्त्र ज्ञान के साथ शस्त्र ज्ञान भी आवश्यक है। हाँ, इन दोनों का ही विवेकपूर्ण उपयोग राष्ट्र जीवन को समृद्ध बनाता है। इनमें से किसी एक के भी कमजोर होने पर राष्ट्र का अस्तित्व खतरे में आ सकता है। जो लोग भारत में वर्ण-व्यवस्था की आलोचना करते हैं, उन्हें पहले इन चारों वर्णों के प्राचीन और राष्ट्रीय महत्त्व को गहराई से समझना चाहिए। सबसे पहले तो यह स्पष्ट हो जाना चाहिए कि विश्व राष्ट्रों में व्याप्त वर्ग-संघर्ष से बिल्कुल विपरीत भारतीय संस्कृति ने पूरे विश्व को वर्ण-व्यवस्था जैसी उदारचेतना दी, परंतु कुछ राष्ट्रविरोधी विचारकों ने इस वर्ण-व्यवस्था की व्याख्या संकीर्ण अर्थों में करते हुए, यहाँ भी वर्गभेद जैसा संघर्ष पैदा करने का प्रयास किया।

वर्णों के बीच परस्पर सामंजस्य बनाए रखने के लिए ही वर्ण-धर्म की व्यवस्था की गई। इस धर्म का अर्थ ही था कि वे अपने-अपने वर्ण के निर्धारित कर्मों का संपादन निष्ठा से करते रहें, ताकि राष्ट्र-समाज की गति और प्रगति बाधित न हो। वर्णाश्रम की यह व्यवस्था मानव मस्तिष्क की उत्कृष्टतम सोच थी, जिसमें सभी वर्णों के लोग परस्पर एक-दूसरे के प्रति समर्पित थे और कर्तव्य-बोध से भरे थे। यह कर्तव्य-बोध एक वास्तविक समाजवाद था, जिसमें सभी ताने-बाने की तरह एक-दूसरे से गुँथे थे। यही कारण था कि प्राचीन भारत में कभी भी जातीय संघर्ष की भावना विकसित होते दिखाई नहीं पड़ी। कुछ लोगों ने इस वर्ण-व्यवस्था को ही जातिवाद का उद्‌गम माना, परंतु भारतीय प्राचीन मनीषा ने स्पष्ट किया है कि मनुष्य की जाति केवल एक है, इसलिए उसकी कई जातियाँ संभव ही नहीं है। वर्ण-व्यवस्था भारत का मौलिक राष्ट्रीय संस्कार है, जिसे हम कतिपय उदाहरणों से समझ सकते हैं। ये वही राष्ट्रीय संस्कार थे, जिनके कारण भारत में सांप्रदायिकता या कबीलाई संस्कृति का विकास नहीं हुआ। सांप्रदायिकता के स्थान पर भारतीय संस्कृति ने राष्ट्र को चिंतनशीन ऋषि, महात्मा और संत दिए, जिनका कार्य समाज को ज्ञान दान देना और किसी भी प्रकार के आपसी वैमनस्य को समाप्त करना

था। ऋषिगण भिक्षाटन करते हुए या समाज के लोगों के बीच घूम-घूमकर वेद वचन या धार्मिक आयोजनों के द्वारा लोगों के चित्त का परिष्कार करते थे। जो लोग ऋषियों के इस ज्ञान-दान या धार्मिक अनुष्ठानों में व्यवधान या विघ्न उत्पन्न करते थे, उनका विनाश करना तथा राज्य की सुरक्षा का कार्य शासक और सैनिक के रूप में क्षत्रिय वर्ण का था। जबकि ब्राह्मण इस क्षत्रिय वर्ण को न्यायपरक शासन करने की नैतिक प्रेरणा देने का कार्य भी करता था। इसके कारण वैश्य वर्ण के लोग भी अनुशासित होकर कपटरहित अपने व्यापार कार्य में संलग्न रह पाते थे। शूद्र वर्ण को तीनों वर्णों की सेवा का कार्य अपने शिल्प और कुटीर उद्योग द्वारा संपादित करना था, परंतु कालांतर में कुछ लोगों ने सेवा कार्य को हीन कार्य के रूप में प्रचारित और प्रसारित करना शुरू कर दिया तथा मुगल काल आते-आते इसे मैला ढोने या मृत पशुओं की खाल से वस्तुएँ बनाने जैसे कार्य के साथ जोड़ दिया, जिसे एक सामाजिक विकृति के रूप में कहा जा सकता है। यह भारतीय संस्कृति में पैदा किया गया एक विकार है, जो कभी संस्कृति की मुख्यधारा नहीं कहा जा सकता। वर्ण-व्यवस्था के पीछे सामाजिक समरसता की भावना ही भारतीय संस्कृति की मुख्यधारा है और यही सामाजिक समरसता भारत में राष्ट्रवाद की पवित्र भावना है। कालांतर में इस समरसता को बिगाड़ने की कोशिशें हुईं और अनेक विकृतियाँ सामने आईं।

हमारे वेदों में राष्ट्रवादी चिंतन के जो बिंदु थे, वही पुराणों में भी आख्यानों के माध्यम से व्यक्त हुए हैं। वास्तव में, हमारे सभी पुराण भारतीय इतिहास की घटनाओं का दस्तावेज ही हैं। 'विष्णु पुराण' में राष्ट्र को धरती का स्वर्ग मानते हुए उसके प्रति श्रद्धाभाव रखने का आह्वान किया गया है—

गायन्ति देवाः किल गीतकानि धन्यास्तु ते भारत भूमि भागे।
स्वर्गापस्वर्गास्पदमार्गेभूते भवन्ति भूयः पुरुषाः सुरत्वात्॥

हमें यह नहीं भूलना चाहिए कि जिस समय विश्व के शेष देशों में सभ्यता और संस्कृति का विकास नहीं हुआ था तथा वह आदिम अवस्था में जी रहा था, उस समय भारत में देव संस्कृति का निर्माण हो गया था। इस संस्कृति

के संपर्क में जब भी कोई विदेशी आता था, वह इस पर मुग्ध होकर इसके वशीभूत हो जाता था। 'वायु पुराण' और 'भागवत पुराण' में भी भारतभूमि की महिमा का वर्णन प्राप्त होता है। 'भागवत पुराण' में तो इसे विश्व की पवित्रतम भूमि कहा गया है, जहाँ देवता भी जन्म लेने की इच्छा करते हैं—

कदा वयं हि लप्स्यामो जन्म भारत-भूतले।
कदा पुण्येन महता प्राप्यस्यामः परमं पदम्॥

पुराणों के बाद भी अनेक कवियों और लेखकों ने अपने इस राष्ट्र-प्रेम को अपनी-अपनी रचनाओं में स्वर दिया, जो अनवरत वर्तमान समय तक मुखरित है। यदि हम इन लेखकों की रचनाओं का अध्ययन करते हैं तो राष्ट्रवाद की अनुगूँज सुनाई पड़ती है। भारत के स्वाधीनता आंदोलन में तो यह गूँज कुछ अधिक ही मुखर हो उठी थी, जिसमें सोए हुए भारत को जगाने का क्रांतिकारी कार्य किया। प्राचीन साहित्य से लेकर वर्तमान युग तक के साहित्य में राष्ट्रवाद की इस धुन को इतिहास की श्रृंखला कह सकते हैं। यहाँ सोए भारत और उसे जगाने का तात्पर्य यही है कि पहले जो जाग्रत् अवस्था में होता है, वही सोता है। चिरकाल से सोए को हम वर्तमान में सोता हुआ नहीं कह सकते। भारत के सोने का अभिप्राय भी वही है कि पहले यह जाग्रत् था, परंतु बाद में परिस्थितियों के कारण आलस्य, प्रमाद या उदासीनता के कारण अपने अस्तित्व और पहचान के प्रति आँखें मूँद बैठा और कुछ समय के लिए अपने मूल से कट गया था। लेखकों, कवियों, क्रांतिकारी सपूतों ने पुनर्जागरण के साथ भारत की अपनी पहचान पुनः वापस दिला दी। यही पुनर्जागरण काल है।

कुछ लोगों को इस बात पर भी आपत्ति होती है कि भारत को सनातन या हिंदू धर्म के ही साथ जोड़कर अध्ययन करने या समझने की क्या आवश्यकता है? और भी पंथ और मजहब तो हैं यहाँ। तो उन लोगों को यह स्पष्ट होना चाहिए कि भारत को पिछले मात्र दो सौ सालों के 'नेशन' के रूप में तो नहीं समझा जा सकता। उसे समझना होगा तो उसका प्राचीन इतिहास, भूगोल, जीवन-दर्शन, धर्म, संस्कृति, सभी के समन्वित रूप में देखा जा सकता है।

अब सनातन धर्म या जिसे कालांतर में हिंदू धर्म नाम दे दिया गया, से भिन्न भारत का कोई महत्त्व, कोई भी विचारक, चिंतक नहीं बता सकता। इसलाम या ईसाइयत आदि धाराएँ भारत में बाद के एक कालखंड की विशेषताएँ मात्र हैं। भारत ने इन पंथों और मजहबों को भी अपने यहाँ स्थान दिया। भारत की यह विशेषता भी हमें हिंदू धर्म के आलोक में ही भारत राष्ट्र को समझने की आवश्यकता की ओर इंगित करती है, क्योंकि यूरोपीय देशों का अस्तित्व ही 18वीं, 19वीं शताब्दी के आसपास का है। आपसी टकराव या टूटन से ये कई नेशन बन सके और नेशन की उनकी यह स्थिति भी कुछ सौ वर्षों पूर्व की घटना है। उदाहरण के लिए, महाभारत, मनुस्मृति तथा अनेक प्राचीन ग्रंथों में यवन राज्य भारतवर्ष के एक प्रांत के रूप में वर्णित है। लेखक-द्वय रामेश्वर प्रसाद मिश्र और कुसुम लता केडिया की चर्चित पुस्तक 'कभी भी पराधीन नहीं रहा है भारत' के पृष्ठ संख्या 9 पर एक शोधपूर्ण व्याख्या है कि महाभारत में यवन राज्य उत्तरी भारतवर्ष का एक प्रांत वर्णित है। स्वयं यूनानी स्रोतों में उस क्षेत्र को 'ग्रीस' कभी नहीं कहा गया। उस क्षेत्र को ग्रीस नाम तो रोमनों के आक्रमण के समय सीमांत पर बसे एक गाँव के नाम से दिया, जबकि प्राचीन यवन साहित्य में भी उस क्षेत्र का नाम यवन और हेला ही है और आज भी स्वयं को वे 'हेलेनिक रिपब्लिक' ही कहते हैं।

बाद के समय में भारत में इसलामिक संस्कृति के सूत्र यत्र-तत्र मिलते हैं, परंतु उसे भारत की अस्मिता या इतिहास कहना त्रुटिपूर्ण होगा, क्योंकि छल-बल या मार-काट से जो इसलाम भारत के कुछ क्षेत्रों में फैला, उसमें विदेशी मुसलमान लगभग शून्य थे। जो थे, वे लगभग सभी लोग हिंदू पूर्वजों की संतान थे। भारत में इसलाम की सफलता विदेशी आक्रमणों की सफलता का परिणाम नहीं है, अपितु भारत में राजनैतिक लोगों द्वारा लोभ अथवा भय और दमन के कारण फैलाया गया यथार्थ है। इस भेद को हर भारतीय को समझना होगा। इसलाम की तरह ही अंग्रेज जाति के भारत में आने-जाने या व्यापार करने को इंग्लैंड नामक राष्ट्र का भारत में प्रभाव नहीं मानना चाहिए,

क्योंकि ब्रिटेन में राष्ट्र भावना का उदय ही 19वीं शताब्दी के प्रारंभिक वर्षों में माना जाता है। प्रोटेस्टेंट पंथ का वर्चस्व इस राष्ट्र भावना के उदय का कारण बना। गांधीजी ने भी लिखा है कि भारत को कभी भी तलवार के बल पर पराधीन नहीं किया गया। हाँ, मुट्ठी भर गुलाम मानसिकता और कम्युनिस्ट सोचवाले भारत के लेखकों द्वारा भारत की हजारों वर्षों की गुलामी के झूठ का इतिहास लिखा गया और सन् 1947 के बाद शिक्षालयों द्वारा अज्ञानतावश इसको ही सच मानने के लिए नई पीढ़ी को तैयार किया गया।

इतिहास के नाम पर इस झूठ को प्रचारित करने के पीछे मात्र एक उद्देश्य था कि भारत की विराट् शक्ति और तेजस् विश्व के सामने उभरने न पाए, अन्यथा वह पुनः अपने उत्कर्ष को प्राप्त कर विश्व राष्ट्रों में शीर्ष पर जा पहुँचेगा। यह कार्य उपनिवेशवादियों और साम्राज्यवादी ताकतों के साथ ही कुछ राष्ट्रविरोधी विचारकों एवं चिंतकों ने भी किया। भारत आदिकाल से वीरों का देश था और इसे जानबूझकर वीरता से विमुख और कायरतापूर्ण सहिष्णुता दिखलानेवाले राष्ट्र के रूप में प्रचारित किया गया। आजाद हिंद फौज की धूम पूरे विश्व में मच चुकी थी। चंद्रशेखर आजाद, भगत सिंह, सुभाष चंद्र बोस, तिलक, लाला लाजपत राय, रामप्रसाद बिस्मिल, दुर्गा भाभी, भगवतीचरण वोहरा, वीर सावरकर आदि क्रांतिकारी देशभक्तों की घर-घर में अभ्यर्थना हो रही थी, परंतु इतिहास में कुछ दूसरे ही तरह का तथ्य लिखा जा रहा था।

इतिहास और गौरवशाली अतीत के साथ उपनिवेशवादियों और साम्राज्यवादियों द्वारा यह अभद्र छेड़छाड़ केवल भारत में ही नहीं, अपितु अफ्रीका, मेक्सिको, पेरू, ब्राजील आदि विविध राष्ट्रों में भी की गई। जब हम आज राष्ट्रवाद के इतिहास पर दृष्टि डालते हैं तो यह स्पष्ट होता है कि राष्ट्रवाद का विचार एक ही प्रकार से पूरे यूरोप में नहीं फैला। फ्रांस में इसकी अभिव्यक्ति हिंसक झड़पों और जनता के आक्रोश के रूप में हुई। वहीं ब्रिटेन में अपेक्षाकृत संसदीय और मर्यादित राष्ट्रवाद का स्वरूप हमें मिलता है। यही राष्ट्रवादी विचार जैसे-जैसे यूरोपीय जमीन से आगे बढ़कर एशिया, लैटिन अमेरिका और

अफ्रीका पहुँचा, राष्ट्रवाद की भावना यूरोपीय राष्ट्रवाद से पृथक् होने लगी।

आधुनिक राष्ट्रवाद के प्रतिपादक के रूप में जॉन गॉटफ्रेड हर्डर को भी माना जाता है, जिन्होंने 18वीं सदी में पहली बार इस शब्द का प्रयोग किया था और जर्मन राष्ट्रवाद की नींव डाली थी। उस समय राष्ट्रवाद से तात्पर्य समान भाषा, नस्ल, धर्म या क्षेत्र से ही था। उधर भारत में राष्ट्रवाद के जनक के रूप में बाल गंगाधर तिलक को भी माना जाता है, जिन्होंने सन् 1890 के आसपास राष्ट्रवाद का विचार लोगों के सम्मुख रखा। पर भारत में राष्ट्रवाद का इतिहास मात्र कुछ सौ वर्षों का नहीं रहा है। उसकी एक सनातन सुदीर्घ परंपरा रही है। भारतीय स्वाधीनता आंदोलन के आसपास यह राष्ट्रवाद उभरकर केंद्र में आया, क्योंकि जब किसी राष्ट्र की संस्कृति और भाषा पर कोई विदेशी संस्कृति आक्रमण करती है तो स्वदेशी का भाव गहरा जाता है। यह स्वदेशी का भाव ही राष्ट्रवाद है। अपनी संस्कृति, मूल्यों, भाषा और परंपराओं को विदेशियों से सुरक्षित रख पाने का भाव ही राष्ट्रीयता की चेतना को जन्म देता है। भारतीय स्वाधीनता आंदोलन के समय हम वही स्वदेशी का भाव हर भारतीय के भीतर देखते हैं। उस समय लेखक अपनी रचनाओं के माध्यम से भी स्वदेशी की हुंकार भर रहे थे, परंतु उसी समय रवींद्रनाथ टैगोर जैसे लेखक इस भावना को दूसरे ढंग से भी देख रहे थे। टैगोर भारत के औपनिवेशिक पराधीनता के काल में पैदा हुए थे। उन्होंने 20वीं सदी के प्रारंभिक दशक में ही देश के भीतर-बाहर राष्ट्रवाद को एक क्रांतिकारी भावना में उभरते देखा, जिसका स्वरूप किंचित् हिंसक था। इस हिंसा की बलि बहुत से अंग्रेज भी चढ़ गए थे। टैगोर विचलित हुए थे। उन्हें महसूस हुआ कि राष्ट्रवाद की अवधारणा के मूल में घृणा है, जो मानवीय मूल्यों और मानवता के विरुद्ध है। राष्ट्रवाद को यूरोपीय देन मानते हुए उन्होंने इसे सांस्कृतिक संकल्पना के स्थान पर राजनीतिक और आर्थिक संकल्पना के रूप में माना। कहा तो यह भी जाता है कि सन् 1917 में राष्ट्रवाद की तीखी आलोचना करने के कारण उन्हें जापान से अपना वक्तव्य दिए बिना ही वापस आना पड़ा था।

टैगोर ने फासीवाद को साम्यवाद से कहीं अधिक खतरनाक मानते हुए उसे असह्य निरंकुशवाद की संज्ञा दी। उन्होंने फासीवादियों को राष्ट्रवाद के उन्माद का प्रतीक मानते हुए कहा कि फासीवाद से पहले राष्ट्रवाद आर्थिक विस्तारवाद और उपनिवेशवाद से जुड़ा हुआ था। पर बाद में मशीनीकरण की सभ्यता और राजनीतिक सर्वसत्तावाद के परिणामस्वरूप एक ऐसा वातावरण तैयार हुआ, जिसमें मानवीय मूल्यों और संवेदनाओं के लिए कोई जगह नहीं रह गई। दुर्बल और असंगठित पड़ोसी राज्यों पर अधिकार करने की कोशिश इसी प्रकार के राष्ट्रवाद का प्रतिफल है। इससे उत्पन्न साम्राज्यवाद अंततः मानवता का शत्रु बनता है। वर्तमान में चीन द्वारा तिब्बत पर आधिपत्य उसी निरंकुश राष्ट्रवादी उन्माद का स्वाभाविक परिणाम है। इसलिए टैगोर राष्ट्रवाद से अधिक समाज को महत्त्व देते हैं, क्योंकि उनका दृष्टिकोण था कि समाज मानवीय विकास के लिए अधिक जरूरी तत्त्व है। वे मानवता को राष्ट्रीयता से ऊपर की चीज मानते थे। मनुष्य के नैतिक और आध्यात्मिक उन्नति के प्रश्न पर उन्होंने अधिक बल दिया। मानवीय मूल्यों की दृष्टि से वे भारत को पिछड़ा नहीं देखना चाहते थे। उनका मानना था कि कोई भी राष्ट्र मात्र राजनीतिक आजादी से शक्तिशाली नहीं बन सकता। इसलिए राष्ट्रवाद की धारणा को भारत से लेकर वैश्विक स्तर तक वे प्रायः हतोत्सहित ही करते रहे। उन्होंने भारत से यह अपेक्षा की थी कि वह पश्चिमी राष्ट्रवाद से दूर रहते हुए अंतरराष्ट्रीय सहयोग में अपनी भूमिका का निर्वाह करे और पहले की भाँति अपने मानवीय एकता के आदर्शों को प्राप्त करे। उनका मानना था कि यूरोपीय राष्ट्र राष्ट्रवाद के नशे में अपनी आध्यात्मिक और मनोवैज्ञानिक एकता को संकट में डाल रहे हैं। भविष्य में उन्हें अनेक चुनौतियों का सामना करना पड़ सकता है।

पश्चिमी राष्ट्रवाद एक भाषा, एक जाति, एक राष्ट्र के सिद्धांत पर आधारित था, जो भारतीय समाज के लिए पूर्णतः अनुकूल नहीं था, क्योंकि भारत एक बहुभाषा-भाषी देश था, जहाँ विभिन्न धर्मों के अनुयायी रहते आए हैं और जहाँ पर्याप्त सांस्कृतिक वैविध्य है, इसलिए पश्चिम का राष्ट्रवाद भारत के लिए बहुत

प्रासंगिक नहीं है। वैश्विक परिदृश्य तो और भयानक था। 17वीं से लेकर 20वीं शताब्दी के मध्य औद्योगिक क्रांति की पृष्ठभूमि में पश्चिमी देशों में राष्ट्रवाद ने उपनिवेशवाद और साम्राज्यवाद का रूप ले लिया और एशियाई तथा अफ्रीकी देशों को गुलामी की ओर धकेल दिया। परिणाम यह हुआ कि इस राजनीतिक प्रतिस्पर्धा ने पूरी दुनिया को प्रथम विश्वयुद्ध की आग में झोंक दिया। राष्ट्रवाद की इसी लहर ने 1920 के बाद के दशकों में जर्मनी में नाजीवाद, इटली में फासीवाद और जापान में सैन्यवाद के रूप में निरंकुश राजनीति को जन्म दिया तथा बाद में द्वितीय विश्वयुद्ध भी हुआ। भूगोल भले बदलता है, पर इतिहास स्थिर रहता है। उदाहरण के लिए, तिब्बत का भूगोल भले ही बीसवीं-इक्कीसवीं सदी में बदल गया हो, पर उसका इतिहास सुरक्षित है।

संक्षेप में यही कहा जा सकता है कि वर्तमान समय में राष्ट्रवाद का अर्थ चाहे जिन संदर्भों में होता हो, परंतु भारतीय संस्कृति में इसकी एक पवित्र धारा बही थी और आज तक उसकी अंतवर्तिनी शक्ति को हम महसूस कर सकते हैं। यह एक अतिचेतना का सूक्ष्म प्रवाह है और अतिचेतना को इतिहास के तिथिक्रम में बाँधकर उसका मूल्यांकन नहीं किया जा सकता। इस अतिचेतना के प्रत्यय को पश्चिम स्वीकार करे या न करे, परंतु भारत सदियों से इसका अस्तित्व स्वीकार करता आया है। भारतीय ऋषियों ने जीवन के सत्य को जानने और उसे जीने का प्रयास किया। यही कारण है कि भारतीय जीवन-दर्शन न किसी पाश्चात्य जीवन-दर्शन का अनुगामी है और न ही केवल शब्दों पर आश्रित है, बल्कि वह अनुभूतियों पर आश्रित है। अनुभूति का अर्थ ही होता है शाश्वत सत्य में प्रवेश। भारत में राष्ट्र के प्रति रागात्मक अनुभूति का एक लंबा इतिहास है, जो तिथिक्रम जैसे शाब्दिक अभिव्यक्तियों से परे है और उस अनुभूति को ही सतत महसूस करना, अर्थात् राष्ट्रवाद की भावना के शाश्वत सत्य में प्रवेश करना है।

□

राष्ट्र की वैदिक अवधारणा

हजारों वर्षों तक परतंत्रता के वातावरण में रहने के कारण भारतीयों के गौरवशाली इतिहास को जिस प्रकार मुट्ठी भर वामपंथी इतिहासकारों ने छिन्न-भिन्न करके लिखा और एक भ्रमपूर्ण स्थिति नई पीढ़ियों के सम्मुख रखते हुए उन्हें राष्ट्रीय चिंतन से विरत करने का कार्य किया, उसी तरह कुछ आयातित विचारों वाले तथाकथित विद्वानों ने यह भ्रम भी फैलाने का प्रयास किया कि भारत में राष्ट्रवाद की भावना कभी रही ही नहीं। उनके अनुसार राष्ट्रवाद की अवधारणा मुख्य रूप से ब्रिटिश शासनकाल की देन थी। इन राष्ट्रविरोधी इतिहास लेखकों ने अपनी ओर से पूरा प्रयास किया कि वे इस बात को स्थापित कर सकें कि भारत देश में राष्ट्रीयता की भावना थी ही नहीं। इस भ्रांत धारणा को प्रसारित करने में विदेशी लेखकों के साथ-साथ भारत में रह रहे देश विरोधी मुट्ठी भर छद्म लेखक भी शामिल थे। यह एक दुःखद सत्य है। जबकि सर्वमान्य सार्वभौम सच तो यह है कि पूरे विश्व में राष्ट्रवाद की पहली भावना केवल भारतवर्ष के इतिहास में मिलती है। राष्ट्रवाद की एक ऐसी अवधारणा, जो पूरी तरह मानवतावादी सिद्धांतों पर आधारित थी और उसमें रागात्मकता की गहरी जड़ें दूर-दूर तक फैली थीं। इस भारतीय राष्ट्रवाद का स्वरूप इतना उदात्त था कि उसमें जातीय या वर्गीय संघर्ष के कहीं दूर-दूर तक चिह्न भी नहीं दिखाई पड़ते। सौमनस्य, प्रेमभाव और परस्पर बंधुता वाले इस राष्ट्रवाद की गहरी जड़ें हमें वैदिक काल से ही प्राप्त होती हैं। वस्तुतः विश्व के इस प्राचीनतम भारतीय राष्ट्रवाद को ही हम विश्व का प्रारंभिक और

शुद्ध राष्ट्रवाद मान सकते हैं, जहाँ पर सांप्रदायिक वैमनस्य को कोई जगह नहीं दी गई है।

हमारे वेदों में अनेक ऐसे मंत्र हैं, जो राष्ट्रवाद के चिंतन से ओतप्रोत हैं। यह चिंतन मानव को मानव से जोड़नेवाला है, अपनी मातृभूमि से जोड़नेवाला है और इस प्रकार सर्वोच्च लक्ष्य मोक्ष की ओर उन्मुख करनेवाला चिंतन है।

यजुर्वेद के दसवें अध्याय में राज्याभिषेक के अवसर पर राजा के लिए राष्ट्रीय कर्तव्यों को बताया गया है। एक मंत्र में ऋषि कहता है—

स्वराज स्थ राष्ट्रदा राष्ट्रममुष्मै दत्त।
जनभृत स्थ राष्ट्रदा राष्ट्रं मे दत्त।
विश्वभृत स्थ राष्ट्रदा राष्ट्रं मे दत्त।

(यजु. 10-4)

अर्थात् स्वराज स्थ यानी राष्ट्र स्वतंत्र हो, जनभृत स्थ अर्थात् जनता के सुख समृद्धि के लिए प्रयत्नशील रहना और विश्वभृत स्थ, यानी संसार के कल्याण के लिए प्रयत्नशील रहना, ये तीन महत्त्वपूर्ण कर्तव्य किसी शासक में होने चाहिए।

अथर्ववेद में कहा गया है कि राजा का कर्तव्य है कि वह राष्ट्र की रक्षा और व्यवस्था को इतना सुदृढ़ रखे कि राष्ट्र निरंतर उन्नति कर सके—

इदं राष्ट्रं पिपृहि सौभगाय।

(अथर्व. 7-35-1)

अथर्ववेद के ही एक मंत्र में वृहद् राष्ट्र का भी उल्लेख है। वृहद् राष्ट्र से तात्पर्य यह है कि राजा को अपने राष्ट्र का विस्तार करने के लिए एवं उसे महान् बनाने के लिए प्रयत्नशील होना चाहिए, ताकि अन्य स्थानों से भी लोग आकर वहाँ रहना चाहें। वृहद् राष्ट्र को संवेश्य इसलिए कहा गया है कि जिसमें अन्य लोगों का भी प्रवेश हो सके—

बृहद् राष्ट्रं संवेश्य दधातु।

(अथर्व. 3-8-1)

अथर्ववेद का 'पृथ्वी सूक्त' राष्ट्रवाद की उसी धारणा का पोषक है, जिसमें पृथ्वी को माता कहा गया है और इस प्रकार राष्ट्र को माँ की तरह पूजनीया मानते हुए उसके साथ अपना नाता पुत्र का रखा गया। ऋषियों द्वारा इन वेद मंत्रों में धरती के एक विशेष भूखंड को, जिसे हम राष्ट्र नाम से पुकारते हैं, उस राष्ट्र के साथ नागरिकों का पुत्रवत् संबंध बताकर यह संपुष्ट किया गया है कि संसार में इससे महत्त्वपूर्ण और पवित्र कोई दूसरा संबंध नहीं हो सकता। जैसे माता और पुत्र का संबंध अटूट और निर्मल होता है, उसी प्रकार किसी भी राष्ट्र के साथ उसके नागरिकों का अटूट रिश्ता होता है। यही वह रागात्मक लगाव है, जिसके कारण समय-समय पर अनेक भारतीय सपूतों ने स्वयं को राष्ट्र के लिए वैसे ही समर्पित कर दिया, जैसे कोई पुत्र अपनी माँ के लिए अपना सर्वस्व न्योछावर कर देता है और उसका प्रतिदान कभी नहीं माँगता। प्राचीन काल से ही हमारे भारतीय धरती पुत्रों के द्वारा ऐसा सर्वोत्कृष्ट बलिदान इसलिए संभव होता आया, क्योंकि उनके लहू को झंकृत करनेवाली ऐसी ऋचाएँ और वेदमंत्र उनके पास धरोहर और प्रेरणा के रूप में बहुत प्राचीनकाल से उपलब्ध थे। वेदों, स्मृतियों और सभी प्राचीन साहित्य में राष्ट्र एवं राष्ट्रवाद की अवधारणा हमें दूध में घृत की तरह विद्यमान दिखाई पड़ती है। ऋग्वेद में कई ऋचाओं में राष्ट्र शब्द का उल्लेख प्रत्यक्षतः मिलता है। यथा—

मम द्विता राष्ट्रं क्षत्रियस्य विश्वायोर्विश्वे अमृता यथा नः।
क्रतुं सचन्ते वरुणस्य देवा राजामि कृष्टेरूपमस्य वव्रेः॥

ऋग्. 4-42-1

अथवा

राजा राष्ट्रानां पेशो नदीनामनुत्तमस्मै क्षत्रं विश्वायु।

ऋग्. 7-34-11

अथवा

युवो राष्ट्रं बृहदिन्वति द्यौर्यौ सेतृभिरज्जुभिः सिनीथः।

ऋग्. 7-84-2

अथवा

हस्तेनैव ग्राह्य आधिरस्या ब्रह्मजायेयमिति चेदवोचन्।
न दूताय प्रह्ये तस्थ एषा तथा राष्ट्रं गुपितं क्षत्रियस्य॥

ऋग्. 10-109-03

अथवा

बह्वीः समा अकरमन्तरस्मिन्निन्द्रं वृणानः पितरं जहामि।
अग्निः सोमो वरुणस्ते च्यवन्ते पर्यावद्राष्ट्रं तदवाम्यायन्॥

ऋग्. 10-124-4

अथर्ववेद में राष्ट्र शब्द का उल्लेख कई बार आया है। यथा—

ब्रह्मचर्येण तपसा राजा राष्ट्र वि रक्षति।
आचार्यों ब्रह्मचर्येण ब्रह्मचारिणमिच्छते॥

अथर्व. का. 11/अ. 3/सू. 5/17

ऋग्वेद का अध्ययन करने से स्पष्ट होता है कि उस काल में वरुण अथवा इंद्र को राजा के रूप में महत्ता प्राप्त थी, जिसे 'सम्राज' भी कहा गया है। ऋग्वेद में राजन् शब्द का भी संदर्भ कई बार आया है। वैदिक युग में राजा की सहायता करने के लिए 'सभा' एवं 'समिति' नामक दो संस्थाओं का भी उल्लेख मिलता है। ये दोनों संस्थाएँ परोक्ष रूप से राजा की निरंकुशता पर नियंत्रण भी रखती थीं। अथर्ववेद में एक मंत्र है, जिसमें राजा प्रार्थना करता है—

सभ्यः सभां मे पाहि ये च सभ्याः सभासदः।

अथर्व. 19-55-5

अर्थात् सभा मेरी रक्षा करे, उसके जो सभासद् हैं, वे मेरी रक्षा करें।

यजुर्वेद की संहिताओं तथा ब्राह्मण ग्रंथों में राष्ट्र और राज्य के अधिकारियों की सूचना प्राप्त होती है। उत्तर वैदिक काल तक आते-आते एक निश्चित भूभाग पर निवास करने के कारण राष्ट्र या राजसत्ता का एक स्पष्ट स्वरूप सामने आता है।

भारत भूभाग का भौगोलिक, सांस्कृतिक और राजनीतिक विस्तार तथा इस भूखंड पर स्थित पहाड़ों, नदियों, जंगलों, समुद्र आदि का वर्णन वेदकालीन मनीषा ने इस प्रकार किया है कि वे हमें मात्र परिचित ही नहीं, अपितु प्रिय भी लगते हैं। यह रागात्मक संबंध ही राष्ट्रीयता या स्वराष्ट्र बोध है, जिससे हमारा नजदीकी रागात्मक संबंध नहीं होगा, उसके बारे में कवि-कंठ आत्मीयता से गुनगुना नहीं सकता। उदाहरण के लिए, गंगा नदी के साथ हमारा आत्मीय संबंध है तो हम उसके लिए कविताएँ, कहानियाँ, मंत्र, निबंध, कुछ भी लिख सकते हैं। यह प्रस्फुटन काव्य-काल का स्वाभाविक प्रस्फुटन माना जा सकता है। परंतु यही स्वाभाविकता हमारे भीतर टेम्स नदी के प्रति नहीं आ सकती, क्योंकि उसके साथ हमारा आत्मीय परिचय या रागात्मक संबंध नहीं है। उसके संबंध में जो कुछ भी लिखा जाएगा, वह केवल कृत्रिमता के धरातल पर होगा। राष्ट्रप्रेम के संदर्भ में भारत के अलावा किसी भी भूखंड पर निवास करनेवाला मानव शायद ही गर्व से यह हुंकार भर सका होगा—'माता भूमिः पुत्रोऽहम् पृथिव्याः।' (अथर्ववेद)

अर्थात् भूमि माता है। मैं पृथ्वी का पुत्र हूँ। इस भूखंड पर निवास करनेवाले किसी मानव समूह ने जिस भी काल में इस भावना को आत्मसात् किया होगा, उसे ही इस भूखंड पर अस्तित्ववान पर्वत, जंगल, नदियाँ आदि उसे अपने भाई-बहन जैसे लगे होंगे और वह कह उठा होगा—

गिरयस्ते पर्वतः हिमवन्तोऽरण्यं पृथिवि स्योनमस्तुं।

(अथर्ववेद)

अर्थात् हे पृथ्वी! तेरे हिमाच्छादित शैल और तेरे जंगल सुखदायक हों। और—

यावत् तेभि पश्यामि भूमे सूर्येण मेदिना।
तावन्मे चक्षुर्मामेष्टोत्तरामुत्तरां समाम्॥

(अथर्ववेद)

अर्थात् हे भूमि! प्रकाशित सूर्य के साथ जब तुम्हारी ओर देखता रहूँ, तब तक वर्ष-वर्षांतर तक मेरी दृष्टि क्षीण न हो।

उसके आगे भी हमारी वैदिक मनीषा कामना करती है कि 'सानो भूमिस्त्विषिं बलं राष्ट्रे दधातूत्तमे', अर्थात् वह पृथ्वी हमारे सर्वोत्कृष्ट राष्ट्र में ओज और शक्ति उत्पन्न करे।

जैसे-जैसे सप्तसिन्धवः की संस्कृति आगे बढ़ती गई, राष्ट्र की अवधारणा विस्तारित होती गई। वैदिक वाङ्मय में अनेक नदियों के नाम आए हैं, जिनमें कुछ के नामों में आज परिवर्तन हो गया है। पुराणों में कई सौ नदियों का उल्लेख है, परंतु ऋग्वेद में अष्टक ऋषि, जिन्हें विश्वामित्र का पुत्र कहा गया है, ने सप्त आप के अतिरिक्त अन्य निन्यानबे बहती हुई नदियों का उल्लेख किया है—

नवति नव च स्रोत्या स्रवन्ती।

ऋग्. 10-140-8

भूगर्भ विज्ञान बताता है कि पृथ्वी का स्वरूप करोड़ों वर्षों से परिवर्तनशील रहा है और आज भी यह देखने को मिलता है। विज्ञान की यह शाखा पृथ्वी, पहाड़ और समुद्र आदि की स्थिति में हुए परिवर्तनों के आधार पर अपने कुछ महत्त्वपूर्ण निष्कर्षों पर पहुँची है। आगे आनेवाले दूसरे वैज्ञानिक निष्कर्ष, हो सकता है कि कुछ अलग भी हों, क्योंकि पृथ्वी पर परिवर्तन जारी है। कभी इस परिवर्तन की गति ज्वालामुखी फटने या भूकंप की तरह अत्यंत तीव्र हो सकती है तो कभी इतनी धीमी कि हम पृथ्वीवासियों का इसका आभास भी न हो सके।

ऋग्वेद में पूर्व और पश्चिम के समुद्रों के साथ दूसरे चार समुद्रों का भी वर्णन मिलता है—

उभौ समुद्रावा क्षेति यश्च पूर्व उतापरः।

ऋग्. 10-136-5

ऋग्वेद काल के इन चार समुद्रों में से उत्तरी समुद्र की स्थिति हिमालय के उपरांत सुदूर पश्चिम तक रही होगी, जिसके अवशेष के रूप में कृष्णसागर कश्यपह्रद्, अराल आदि की स्थिति है तथा समुद्र के उत्तर की भूमि ध्रुव प्रदेश तक फैली होगी। जिस प्राकृतिक कारण से हिमालय का जन्म हुआ होगा, उसी से समुद्र भी अपनी जगह से हटे होंगे। पृथ्वी की प्लेटों में हो रहे परिवर्तनों के आधार पर ही भूविज्ञानी इस निष्कर्ष पर पहुँचे कि आज जहाँ हिमालय है, वहाँ समुद्र हुआ करता था। भूगर्भ वेत्ताओं के अनुसार इस प्रकार के परिवर्तन में पचीस हजार से लेकर पचहत्तर हजार वर्ष भी लग सकते हैं। इन सब पूर्वकालिक और परिस्थितिजन्य तथ्यों के आधार पर हम यह कैसे अनुमान कर सकते हैं कि आज हमारे और हमारे वेदकालीन ऋषियों तथा पूर्वजों के बीच समय का कितना सुनिश्चित और विस्तृत पाट फैला हुआ है।

क्या हमें विदेशी शोधकर्ताओं का वह पूर्वग्रह से भरा अनुमान मानना चाहिए, जिससे वे वैदिक काल को ईसवी सन् से मात्र साढ़े तीन हजार वर्ष तक ही पीछे ले जा पाते हैं? क्योंकि उनके अनुसार तो बाइबिल में सृष्टि रचना की अवधि ही साढ़े सात हजार वर्षों के लगभग अनुमानित है। जबकि कुछ भारतीय चिंतकों और वेद ज्ञानियों के निष्कर्ष के आधार पर वेदों के कुछ मंत्रों का समय उन्नीस हजार वर्ष पूर्व तक पहुँच गया है। एक छोटे से उदाहरण से यह स्पष्ट हो जाता है। वेदों के रचनाकाल के आरंभ में मृगशिरा नक्षत्र में सूर्य के रहने पर ही दिन-रात बराबर होते थे और इसी समय वसंत संपात होता था। परंतु यह स्थिति साढ़े छह हजार वर्ष पूर्व ही संभव थी। आजकल सूर्य के किसी दूसरे नक्षत्र में रहने पर दिन-रात बराबर होते हैं। इस खगोलीय परिवर्तन में हजारों वर्ष लगे। इसलिए वैदिक साहित्य के निर्माण काल के संबंध में

किसी निष्कर्ष पर पहुँचने से पहले हमें अनेक भौगोलिक, प्राकृतिक और खगोलीय तथ्यों का अनुशीलन तथा गहन अध्ययन करना पड़ेगा।

इन सभी तथ्यों और निष्कर्षों को यदि हम एक ओर रख दें तो भी हम पाएँगे कि इन प्राकृतिक परिवर्तनों के बाद भी भारत भूमि की तात्त्विक एकता अखंड रही है। हम उससे आज भी उसी तरह जुड़े हुए हैं, जैसे अपने पूर्वजों से। ऋग्वेद और अथर्ववेद में हिमालय का उल्लेख 'हिमवत' नाम से अनेक बार आया है। संसार में शायद ही कोई पर्वत ऐसा होगा, जिसकी हर चोटी, हर घाटी से हमारा जीवन, धर्म, दर्शन और काव्य-कला जुड़ी हो। हिमालय की जीवन-कथा हमारे लिए रहस्य और रोमांच का खजाना है। हिमालय, जो आज तक भारत की संश्लिष्ट विशेषताओं के एक अखंड विग्रह के रूप में हमारा गौरव बना तना खड़ा है। भारतीय संस्कृति के हर नए प्रवाह का पुरातन साक्षी। ऋतुएँ बदल गईं, ग्रह-नक्षत्रों की गति परिवर्तित हुई, परंतु वैदिक युग से लेकर आज इक्कीसवीं सदी तक भारतीयों का रागात्मक संबंध इस हिमालय के साथ क्रमशः गहराता ही गया है। पृथ्वी के गर्भ में हो रही हलचलों का भी साक्षी रहा है यह हिमालय। भूविज्ञानियों की मानें तो पृथ्वी के भीतर हो रही किसी कंपन के कारण ही समुद्र के भीतर से हिमालय भी ऊपर उठा होगा। इस कंपन के साक्षी बने ऋषि ने ही इस मंत्र का अन्वेषण किया होगा—

यः पृथिवीं व्यथमानादृंदृंह्यः पर्वतान्प्रकुपितां अरम्णात।
यो अंतरिक्षं विममेवरीयो यो द्यामस्तभ्नात्स जनास इन्द्र॥

ऋग्. 2-18-2

अर्थात् जिसने व्यथित (हिलती हुई) पृथ्वी को दृढ़ किया, जिसने क्षुब्ध पर्वतों को शांत किया, जिसने विस्तृत अंतरिक्ष को फैलाया और जिसने आकाश को स्थिर किया, वह इंद्र है।

प्राचीन वाङ्मय में राष्ट्रवाद के लक्षण अन्य प्रतीकों में भी परिलक्षित

होते हैं। हमें उन्हें विस्मृत नहीं करना चाहिए। भारत राष्ट्र नदियों की दृष्टि से बहुत समृद्ध रहा है। उसकी संस्कृति का विकास नदियों के किनारों पर हुआ। इसलिए अपनी नदियों के प्रति हर भारतवासी में आज भी एक भक्तिभाव दिखाई देता है, जो भारत की सांस्कृतिक विशेषता भी है। धर्म और अध्यात्म की दृष्टि से भारत जितना प्राचीन और समृद्ध देश विश्व में कोई और नहीं रहा है। भारत का प्रत्येक सनातनी मनुष्य अपने प्रतिदिन के धार्मिक अनुष्ठान में पवित्र होने के क्रम में एक श्लोक अवश्य बोलता है—

गङ्गे च यमुने चैव गोदावरी सरस्वति।
नर्मदे, सिन्धु, कावेरि जलेऽस्मिन सन्निधिं कुरु॥

हिमालय से लेकर दक्षिण भारत तक की नदियों का नित्य प्रति स्मरण करना संपूर्ण भारतवर्ष का स्मरण करना है। अपने राष्ट्र की प्राकृतिक संपदा के साथ उसकी भौगोलिक सीमाओं को प्रतिदिन अपनी स्मृति का विषय बनाना आज का ही भारतीय नहीं करता, अपितु हमारे मंत्र द्रष्टा ऋषियों के द्वारा यह सूक्ष्म राष्ट्रीय चेतना एक सौंदर्य बोध के रूप में युगों पूर्व से प्राप्त थी। इसी राष्ट्रबोध के व्यापक आकाश के नीचे भारतीय जीवन की पृथ्वीपुत्र वाली संस्कृति विकसित होती रही।

वैदिक काल के अश्वत्थ (पीपल), शमी (छंकुर), शिंशपा (शीशम), पलाश (टेसू) आदि आज तक हर ग्राम की संस्कृति के देवता रूप प्रहरी बने हुए हैं। इक्षु, मधु, यव, ब्रीहि, गोधूम आदि की हरीतिमा से आज तक धरती का अंचल शस्य श्यामला है। इसी तरह हंस, क्रौंच, चक्रवाक, अश्व, गौ, मेष, कस्तूरी मृग आदि से हमारे जीवन का चिर परिचय है। ऐसी कोई भी संस्कृति इतनी चिरजीवी नहीं हो सकती, जिसमें कोई विशेष जीवन-दर्शन और उस जीवन-दर्शन से रागात्मक भाव रखनेवाले मानव-समूह न हों। भारतीय संस्कृति का यह जीवन-दर्शन अपने अविच्छिन्न गति और सनातन आयु के साथ यदि आज तक अपने विभिन्न रूपों में स्पंदित हो, उसी एकत्व का बोध कराता है तो उस शक्ति को हमें पहचानने की आवश्यकता है।

ऋग्वेद से लेकर गीता तक सर्ववाद और सर्वात्मवाद की कथा हो या सगुण; निर्गुण भाव धाराएँ, सांख्य दर्शन का निर्विकार साक्षी पुरुष हो या चिर परिवर्तनशीला प्रकृति का मधुर द्वंद्व; वेदांत दर्शन के नित्य शुद्ध परमतत्त्व का चिर एकाकीपन हो या काव्य में बँधा उस एकमात्र तत्त्व का सौंदर्य; भारतीय संस्कृति के ये सभी रूप आज भी हमारे लिए उतने ही आत्मीय लगते हैं। भारतीय संस्कृति की यह विविधता इसलिए है कि भारत की प्रकृति ही विविधता और उसके सौंदर्य से भरी पड़ी है। भारतीय चिंतन की समस्त पद्धतियाँ भारत के इस प्राकृतिक और भौगोलिक परिवेश की ऋणी हैं और जब हम इन्हें समग्रता में महसूस करते हैं तो अपनी संपूर्ण विशेषताओं, प्राकृतिक सौंदर्य, भौगोलिक सीमाओं और इसमें सहजात से हमारे पहाड़, जंगल, नदियाँ सभी एक साथ पुंजीभूत हो, एक अखंड राष्ट्र भारत का जीवंत विग्रह बन हमारी दृष्टि के सामने झिलमिला उठता है और हम एक रेशमी डोर से रागात्मिका बंधन में बँध जाते हैं एक बार फिर। यही वे भाव हैं, जो हमें विश्वास दिलाते हैं कि सदियों पूर्व से भारतवर्ष एक भौगोलिक, राजनीतिक, सांस्कृतिक अस्मिता का नाम है, जिसे सनातन आयु का वरदान प्राप्त है। यही रागात्मक भाव हमारी राष्ट्रीयता की पहचान है। राष्ट्रीयता अर्थात् राष्ट्रवाद।

□

राष्ट्रीय चरित्र

सामान्य रूप से देखा जाए तो हमारा भारतीय समाज ईश्वरोन्मुख समाज है। सभी महान् आत्माएँ ईश्वर का अंश हैं, इसलिए अलौकिक हैं और इसलिए महापुरुषों को मानव समाज से पृथक् समझते हुए, उन्हें ईश्वर की एक विशेष श्रेणी में रख देने की प्रवृत्ति आमतौर पर हमारे भारतीय समाज में पाई जाती है। दूसरे शब्दों में कहा जाए तो मात्र इससे हमारा राष्ट्रीय चरित्र अपने सुंदरतम के साथ निर्मित नहीं होता। ईश्वर में अत्यधिक विश्वास तो ठीक है, परंतु ईश्वरीय कृपा के ही चक्कर में पड़कर आत्मरक्षा या संकटों का सामना न करना या अपने कर्तव्य से च्युत होकर अवतारी ईश्वर से सभी दुःखों को दूर करने की कामना करना कहीं-न-कहीं पुरुषार्थ की भावना को कम करता है। हम राम की पूजा विष्णु के अवतार के रूप में तो करते हैं, परंतु राम के चरित्र के उदात्त गुणों को अपने चरित्र में उतारने का प्रयास कदाचित् ही कर पाते हैं। हम कबीर, रैदास के सिद्धांतों को अपने चरित्र में न लाकर उन्हें ही मंदिरों में स्थापित करने लगे। उनके नाम पर पीठ और पंथ चलाने लगे। आजादी के बाद की घटना है। बाबा साहब आंबेडकर के राजनीतिक या सामाजिक सिद्धांतों को आत्मसात् न करते हुए जगह-जगह उनके पुतले खड़े करने और कहीं-कहीं तो ईश्वर की तरह चित्र छापकर भगवान् कहकर उनकी पूजा करने के दृश्य भी सामने आए। कहने का तात्पर्य बस इतना ही है कि इस प्रकार के श्रेष्ठ पुरुषों को मानव श्रेणी से बाहर ढकेलकर भगवान् बना देना मानव-समाज की दुर्बलता बहुत पहले से रही है। हमारी भारतीय

संस्कृति और परंपरा में उनका पूजन करने का विधान रहा है, जिन्होंने अपनी असाधारण शक्ति और प्रतिभा से विषम परिस्थितियों को परिवर्तित कर दिया हो। ऐसे ही महापुरुषों को हम युग-प्रवर्तकों की श्रेणी में रखते हैं और राष्ट्र-समाज से अपेक्षा करते हैं कि वे इन महापुरुषों के चरित्र के उदात्त गुणों को अपने चरित्र में उतारें, ताकि राष्ट्र-चरित्र समुन्नत हो सके। किसी एक या दो महापुरुषों के चरित्र से राष्ट्र का चरित्र सुदृढ़ और स्पृहणीय नहीं बन सकता।

राष्ट्रीय चरित्र को स्थूल रूप में हम राष्ट्र के सम्मान से जोड़ सकते हैं। अपने व्यक्तिगत स्वार्थ से ऊपर उठकर जब एक मनुष्य अपने राष्ट्र को महत्त्व देता है और उसकी सेवा में जी-जान से तत्पर होता है, तब राष्ट्रीय चरित्र का प्रादुर्भाव होता है। ऐसे ही व्यक्ति के अंत:करण में यह भाव उत्पन्न होता है कि वह अपने राष्ट्र-पुरुष का अभिन्न अंग है। ऐसे राष्ट्रीय चरित्र के निर्माण की बातें हमारा प्राचीन साहित्य भी करता है।

व्यचिष्ठे वहुपाय्ये यतेमहि स्वराज्ये।

ऋग्वेद 5-66-6

अर्थात् बहुमत से रक्षित इस अपने विस्तृत स्वराज्य के हित के लिए हम प्रयत्न करें। यह बहुमत ही राष्ट्रीय चरित्र है। नागरिकों के राष्ट्रीय चरित्र से ही किसी राष्ट्र का हित होता है। स्वराज्य वही राष्ट्रवाद की भावना है, जिसके कारण व्यक्ति राष्ट्र के सम्मान की भावना से ओतप्रोत होकर अपना कर्तव्य निर्वाह करता है। अथर्ववेद में यह भावना और स्पष्ट रूप से दृष्टिगोचर होती है—

अहमस्मि सहमान उत्तरोनाम भूम्याम्।
अभीषाडस्मि विश्वाषाडाशामाशां विषासहि:॥

अथर्व. 12-1-54

अर्थात् अपनी भूमि के लिए और उसका दु:ख दूर करने के लिए मैं सब प्रकार के कष्टों का वरण करता हूँ—वे कष्ट चाहे जिस दिशा से आएँ और चाहे जिस समय आएँ।

अब यदि भारत का यह प्राचीन साहित्य इस प्रकार के राष्ट्रीय चरित्र की दृढ़ता की बातें करता है तो स्पष्ट है कि इस भूखंड पर रहनेवाला मानव समूह अपनी धरती से कितना गहरा अनुराग रखता था। किसी भी भूखंड पर पाए जानेवाले साहित्य को पढ़कर ही समझा जा सकता है कि वहाँ के निवासियों का तादात्म्यीकरण अपनी उस धरती से कितना गहरा है। बिना अपनी उस धरती से अटूट लगाव हुए, वह वहाँ के जंगलों, पर्वतों, नदियों या सागरों के गीत नहीं गुनगुना सकता। वह पूरे विश्व की प्रकृति को देखकर मुग्ध तो हो सकता है, परंतु उससे संस्कारगत आत्मीयता नहीं हो सकती। वैसे ही जैसे अपने गाँव से दूर महानगरों के झिलमिलाते वातावरण में भी रहकर उस व्यक्ति को वर्षों के बाद अपने गाँव में बाँस के झुरमुट में जगमगाते जुगनुओं की बरबस याद आती रहती है। दरवाजे के बाहर खड़े नीम, आम, महुआ के पेड़ उसकी स्मृति में झिलमिलाते रहते हैं।

हमारे वेदों में मतभेदों को स्वीकृति प्रदान करते हुए भी जिस एकता और राष्ट्रीय भावना की कामना की गई है, उसी पर किसी राष्ट्र की प्रगति निर्भर होती है—

समानी व आकूतिः समाना हृदयानि वः।
समानमस्तु, वो मनो यथा वः सुसहासति॥

ऋग्. 10-191-4

अर्थात् तुम्हारा कर्म समान हो, तुम्हारे हृदय और मन भी समान हों। तुम एक मति वाले होकर सब प्रकार से सुसंगठित होओ।

कोई छिद्रान्वेषण करते हुए कह सकता है कि एक विस्तृत राष्ट्र में सबके कर्म समान कैसे हो सकते हैं? फिर राष्ट्र की प्रगति कैसे होगी? यहाँ कर्म का आशय अध्यवसाय से है, अर्थात् आप अपनी रुचि से जो भी कर्म करिए, वह राष्ट्रहित को ध्यान में रखकर होना चाहिए। मन और हृदय से राष्ट्र की चिंता में निरत रहने का आह्वान करता है वैदिक ऋषि। नागरिकों में आपसी

सौमनस्य के बिना सुसंगठित होना अत्यंत दुष्कर कार्य है, इसलिए एक मति होने की महत्ता का प्रतिपादन किया गया है। कोई राष्ट्र तब तक सुगठित नहीं हो सकता, जब तक इसके नागरिकों में आपनी सौमनस्य और एकता की भावना न हो। यह भावना ही राष्ट्रीय चरित्र का निर्माण करती है, जिसके कारण विकास की निरंतरता संभव रहती है। साहित्य इस भावना के उत्प्रेरक का कार्य करता है। इतिहास साक्षी है कि किसी भी धरती का मानव समूह जिस सीमा तक अपनी धरती से तादात्म्य स्थापित कर सका है, उसी सीमा तक वह अपनी धरती पर अपराजित रहकर जी सका है। यह तादात्म्य घटते ही वह आक्रांताओं से घिरता रहा है। एक मति के अभाव में विघटनकारी शक्तियाँ छलपूर्वक उसके ऊपर प्रभावी हुई हैं और वह असंगठित होकर दूसरों के हाथों की कठपुतली बन बैठा।

हिंदी साहित्य में राष्ट्रीय भावना का आरंभिक स्वरूप वीरगाथा काल की कविताओं में मिलता है। इसके पीछे कुछ प्रमुख कारण थे। एक प्रमुख कारण था—भारत पर विदेशी आक्रमण, जो एक दूसरे धर्मावलंबियों द्वारा परिचालित था। यही वह कारण है कि वीरगाथा काल की राष्ट्रीय भावना धार्मिक अधिक है। दूसरे शब्दों में, उसे सांप्रदायिक भी कह सकते हैं, क्योंकि उसमें जातीयता का भाव प्रबल है। कई बार विदेशी आक्रमणों के स्थान पर देश के कई राजा आपस में ही टकरा जाते थे। ऐसी स्थिति में उनके दरबारी कवि अपने आश्रय देनेवाले राजा की स्तुति में कविताएँ रचने लगते थे। मेरी दृष्टि में इस प्रकार का साहित्य राष्ट्रीय साहित्य का संकुचित और विकृत रूप है। इसे चारण-काव्य कहना ही अधिक उपयुक्त है। पृथ्वीराज रासो, हम्मीर रासो, बीसलदेव रासो आदि काव्य-कृतियाँ उसी श्रेणी का साहित्य हैं।

अंग्रेजी राज्य की भारत में स्थापना के साथ ही भारतवर्ष में नेशनल ऐंथम प्रचलित हुआ। सन् 1883 ई. में 'नेशनल ऐंथम सोसाइटी' की स्थापना हुई, जिसका उद्देश्य था कि 'गॉड सेव द क्वीन' का सभी भारतीय भाषाओं में अनुवाद कराया जाए और उनका समयानुसार गायन प्रस्तुत किया जाए।

फारस के मिर्जा मुहम्मद बाकर खाँ ने अरबी तथा फारसी में, मैक्समूलर और राजा सुरेंद्र मोहन ने संस्कृत में, सुरेंद्र मोहन ने बांग्ला में, महाराजा ट्रावनकोर ने मलयालम में, के.एन. कविराजी ने गुजराती में, बी. बालाजी नेनी ने मराठी में और भारतेंदु हरिश्चंद्र ने हिंदी में अनुवाद प्रेषित किया। भारतेंदु का अनुवाद था—"प्रभु रच्छहु दयाल महरानी, बहुदिन जिये प्रजा सुखदानी, हे प्रभु रच्छहु श्री महरानी। सब दिस में तिनकी जय होइ, रहै प्रसन्न सकल भय खोइ, राज करे बहुदिन लों सोइ, हे प्रभु रच्छहु श्री महरानी।" (हिंदी साहित्य कोश, भाग-एक, पृ. 708, ज्ञानमंडल लिमिटेड, वाराणसी)। निश्चित रूप से इस प्रकार के साहित्य को राष्ट्रीय साहित्य नहीं कहा जा सकता, जिससे नई पीढ़ी के राष्ट्रीय चरित्र का निर्माण होता हो। यह चाटुकारिता, स्तुति, प्रशंसा या अवसर वाद के साहित्य की श्रेणी में आएगा, जिसका कोई दीर्घगामी प्रभाव नहीं होता।

राष्ट्रीय साहित्य के अंतर्गत उन सभी रचनाओं को समाहित किया जा सकता है, जिनमें देश या राष्ट्र को एक इकाई मानकर साहित्य सृजन किया गया है। ऐसा साहित्य प्राय: किसी निश्चित समय में संस्कृति और सभ्यता का प्रतिनिधित्व करता है। जब कभी विश्व साहित्य में प्रतिनिधित्व का प्रश्न आता है, तब इस राष्ट्रीय साहित्य को प्रस्तुत किया जा सकता है। इस दृष्टि से विश्व की सभी विकसित सभ्यताओं में राष्ट्रीय चरित्र का निर्माण करनेवाले साहित्य का सृजन हुआ। गिलबर्ट हिवेट ने अपनी पुस्तक 'द क्लासिकल ट्रेडिशन' में लिखा है कि सन् एक हजार ईसवी के पूर्व से ही इंग्लैंड में मौलिक और जीवंत राष्ट्रीय साहित्य का निर्माण हो रहा था। भारत में तो राष्ट्रीय साहित्य सृजन का इतिहास वैदिक काल तक अवश्य ही जाता है, जो विश्व की सभी संस्कृतियों में प्राचीनतम है।

राष्ट्रीय चरित्र-निर्माण का आरंभिक स्वरूप भारतीय संस्कृति के लोकगीतों में प्रचुरता से मिलता है। इनमें कलात्मक सौंदर्य उतना भले न हो, परंतु सभ्यता और संस्कृति की एक अजस्रधारा स्पष्ट परिलक्षित होती है। एक

भूखंड पर प्राय: कई भाषाओं और बोलियों के अस्तित्व में रहने से कभी-कभी एक ही घटना या कथा सभी भाषाओं और बोलियों में अभिव्यक्ति पाती है। इन लोकगीतों के रचयिता प्रात: अज्ञात ही होते हैं। श्रुत या वाचिक परंपरा से यह लोकसाहित्य अपने सौंदर्य और कथ्य के साथ एक पीढ़ी से दूसरी पीढ़ी तक हस्तांतरित होता है। कई बार आगे चलकर कोई बड़ा कवि या लेखक इन बिखरे लोकसूत्रों के आधार पर अपने महाकाव्य की सृष्टि करता है। मिल्टन का 'पैराडाइज लास्ट', वाल्मीकि का 'रामायण', व्यास का 'महाभारत' आदि इसी प्रकार के राष्ट्रीय साहित्य की श्रेणी में रखे जा सकते हैं।

वैसे तो प्रत्येक युग में इस प्रकार के राष्ट्रीय साहित्य सृजन की संभावना रहती है, परंतु कुछ विशेष परिस्थितियों में इस प्रकार का सृजन बढ़ जाता है। उदाहरण के लिए, यदि कोई देश दुर्भाग्य से परतंत्र हो जाता है तो राष्ट्रीयता की भावना के विकास के साथ-साथ इस प्रकार के साहित्य सृजन में भी वृद्धि हो जाती है। फ्रांस की राज्य क्रांति, रूस की साम्यवादी क्रांति, चीन का गृहयुद्ध आदि ऐसी परिस्थितियाँ थीं, जब उन देशों में भी इस प्रकार का साहित्य लिखा गया। परंतु यहाँ ध्यान देने योग्य बात यह है कि देश की आंतरिक क्रांति या गृहयुद्ध की स्थिति में दोनों पक्ष अपने आप को राष्ट्रभक्त या राष्ट्रवादी मानते हैं। यहीं पर राष्ट्रभक्ति या राष्ट्रवाद के वास्तविक स्वरूप को पहचानने की आवश्यकता होती है। उस स्वरूप को परखने का सबसे बड़ा निकष मानवता का सिद्धांत या मानवीय मूल्य होता है। जिस राष्ट्रवाद में मानव-मूल्य केंद्रीय तत्त्व नहीं होता, वह राष्ट्रवादी साहित्य राष्ट्रीय चरित्र का निर्माण नहीं कर सकता। उदाहरण के लिए, राष्ट्रीय भावनाओं का एक उदात्त रूप मैथिलीशरण गुप्त की 'भारत भारती' में दिखाई देता है—"जग जाँय तेरी नोक से, सोए हुए हों भाव जो।" उसी प्रकार राम और कृष्ण के पुरातन कथानक द्वारा भी एक आदर्श नेता की ही कल्पना की जाती है। माखनलाल चतुर्वेदी, बालकृष्ण शर्मा नवीन, रामधारी सिंह 'दिनकर', सुभद्रा कुमारी चौहान, सोहनलाल द्विवेदी आदि राष्ट्रीय चेतना वाले कवियों का उद्भव तब

हुआ है, जब भारतमाता परतंत्रता की बेड़ियों में जकड़ी कराह रही थी।

उन्नीसवीं शताब्दी के अंत से जिस राष्ट्रीय आंदोलन का सूत्रपात हुआ, वह क्रमशः संगठित होता चला गया। छायावाद काल के साहित्य को हम देशभक्ति के एक सांस्कृतिक आवरण से आच्छादित पाते हैं। उसमें आवेश के स्थान पर एक स्थायी दहक है। प्रसाद 'हिमालय के आँगन में उसे प्रथम किरणों का दे उपहार' जैसी पंक्तियों में भारतीय इतिहास का गौरव चित्रित करते हैं तो 'स्वतंत्रता पुकारती' जैसी पंक्तियाँ राष्ट्रीय चरित्र वाले नागरिकों की शिराओं में एक स्थायी ताप संचरित करती है। 'वीरों का कैसा हो वसंत' से सुभद्रा कुमारी चौहान भारतीयों में राष्ट्रभक्ति का एक शौर्य भर रही थीं तो वहीं कोई दूसरा रचनाकार गुनगुना उठता था—'उठो सोनेवालो, सवेरा हुआ है, वतन के फकीरों का फेरा हुआ है।' श्याम नारायण पांडेय का प्रबंध-काव्य 'हल्दीघाटी', रामनरेश त्रिपाठी का खंडकाव्य 'पथिक' और 'मिलन' देशभक्ति के साहित्य का आदर्श नमूना है। परंतु इसी कालखंड में ऐसे भी साहित्यकार हुए, जो समाज को या तो मार्क्सवादी विचारधारा से प्रभावित रचनाएँ दे रहे थे या कुछ साहित्यकार राजभक्ति, जो अंग्रेजी शासन के प्रति थी, के प्रभाव में 'जियो विक्टोरिया रानी' जैसा साहित्य सृजन कर रहे थे।

महान् लेखक प्रायः ऐसे साहित्य सृजन में प्रवृत्त नहीं होते। एक उदाहरण द्वारा इसे समझा जा सकता है—एक बार जर्मनी के ड्यूक ने गेटे से युद्धगीत लिखने का आग्रह किया तो गेटे ने यह कहते हुए मना कर दिया था कि मैं मानव को घृणा नहीं करता, इसलिए मेरे लिए युद्धगीत लिखना संभव नहीं है। इस प्रकार की राष्ट्रीय भावना संकीर्ण नहीं थी, इसलिए इसे मानववाद के समकक्ष रखा गया, क्योंकि उसका दृष्टिकोण व्यापक और उदार था। अर्नेस्ट रेनान ने इसे दूसरे ढंग से अभिव्यक्त करते हुए कहा है कि व्यक्तियों की एक साथ मिलकर रहने की अदम्य इच्छा ही राष्ट्रीयता की जननी है। कहीं-न-कहीं यह इच्छा वैदिक साहित्य की उस कामना के बहुत नजदीक है, जहाँ ऋषि कहता है कि हम साथ खाएँ, साथ रहें, साथ चलें, साथ कार्य करें।

भारत बहुत समय तक एक अखंड देश रहा, इसलिए उस समय की भाषा संस्कृत साहित्य में हम आवेशपूर्ण राष्ट्रीय भावना का दर्शन नहीं कर पाते। बाद के कालखंडों में विदेशी आक्रमणों या पराधीनता के कारण राष्ट्रीयता की भावना प्रबल होती चली गई और राष्ट्रीय चरित्र के निर्माण के लिए देशप्रेम में पगी रचनाओं के दिग्दर्शन हमें होते हैं। इस समय तो विभिन्न राष्ट्रीय आंदोलन हुए, उनका प्रत्यक्ष प्रभाव भारत के राष्ट्रीय साहित्य पर भी हुआ। स्वतंत्रता आंदोलन में गांधी के प्रवेश के साथ राष्ट्रीय भावना में थोड़े परिवर्तन हुए। उस काल में अहिंसा को प्रधानता मिलने के कारण साहित्य में उत्साह, वीरता, शौर्य आदि के स्थान पर अपेक्षाकृत नैतिक और सांस्कृतिक आवरण में ढकी-मुँदी रचनाएँ आने लगीं। राष्ट्रीय भावना परोक्ष हो गई। छायावादी साहित्य में जहाँ विश्व मानवता का स्वर सुनाई पड़ने लगा तो मार्क्सवादी लेखकों की रचनाओं में राष्ट्रीय भावना के नाम पर वर्ग-संघर्ष की भावना को प्रमुख स्थान मिला, परंतु सर्वमान्य प्राचीन मान्यता के आधार पर मानवता ही विजयिनी हुई। साहित्य ने राष्ट्रीय चरित्र के निर्माण में मानवीय मूल्य को ही शिखर पर रखा।

साहित्य के अतिरिक्त हमारे परिवार और शिक्षा केंद्रों की जिम्मेदारी बनती है कि वे राष्ट्रीय चरित्र-निर्माण करते हुए अच्छे नागरिक राष्ट्र को सौंपे। परिवार की भूमिका प्रारंभिक स्तर से ही शुरू हो जाती है। बचपन से ही बच्चे के मन में अच्छे संस्कारों का बीजारोपण कर उसे क्रमशः एक राष्ट्रनिष्ठ नागरिक के रूप में तैयार किया जाना चाहिए। उसे अपनी सनातन संस्कृति, परंपरा और मानवीय मूल्यों का ज्ञान कराना इसलिए भी अनिवार्य होता है कि आगे चलकर यही बीज रूप संस्कार और मूल्य उसके व्यक्तित्व का निर्धारण करते हैं। यदि बचपन में ही नैसर्गिक गुणों, जैसे अहिंसा, प्रेम, ममता, करुणा, दया, परोपकार, सद्भाव आदि का समावेश हो जाता है तो आगे चलकर वह एक सद्गुणों से युक्त नागरिक के रूप में तैयार होता है, जो किसी भी समृद्ध राष्ट्र के लिए अपेक्षित होता है। अपनी जन्मभूमि और प्राकृतिक परिवेश से जुड़ाव उसे राष्ट्रभक्त मनुष्य के रूप में निर्मित करता है। यहाँ माता और

पिता की भूमिका सबसे अहम होती है। हमारे छोटे-छोटे व्यवहार बच्चों के मस्तिष्क और हृदय पर एक अमिट प्रभाव छोड़ते हैं। घर में अपने माता-पिता के द्वारा दादा-दादी या बड़ों का सम्मान करते देख वह स्वयं ही सम्मान करना सीख जाता है। परिवार के अन्य सदस्यों के साथ सभी का सौमनस्य और प्रेमपूर्ण व्यवहार बालक के व्यक्तित्व को सकारात्मक बनाता है। प्रकृति के साथ रागात्मक संबंध महसूस करना उसे परिवार से ही प्राप्त हो सकता है। चिड़ियों के लिए दाना-पानी रखना, फूलों और पेड़ों से परिचय करवाना, चाँद-तारों की पहचान करना, किस्से-कहानियों के माध्यम से आदर्श की बातें सुनना और आत्मसात् करना, ये सभी आदतें एक बालक में परिवार के माध्यम से ही आती हैं।

भारतीय संस्कृति इस दृष्टिकोण से अति प्राचीन काल से समृद्ध रही है। संयुक्त परिवारों में बच्चों का लालन-पालन इस तरह से होता था कि उनके व्यक्तित्व का विकास कभी निराशा या अकेलेपन या कुंठा की दिशा में होता ही नहीं था। आधुनिक युग के न्युक्लियर परिवारों में बच्चे में हताशा, कुंठा, अकेलेपन जैसी त्रासदी भौतिकतावादी संस्कृति की देन है। दादी, नानी द्वारा चंदामामा और बिल्ली मौसी की कहानियाँ सुनने और प्रकृति के बीच पल-पोसकर सहज व्यक्तित्व वाले बच्चे अब अपने एकल परिवार में महानगरों के फ्लैट सिस्टम में कैद होकर वीडियो गेम या मोबाइल और टीवी स्क्रीन पर नजरें गड़ाए, कार्टून फिल्में देखते हुए नौकरानी के सान्निध्य में पलने को अभिशप्त हैं। समझा जा सकता है कि एक अत्यंत कम पढ़ी-लिखी या चंद रुपयों के लिए नौकरी करनेवाली महिला दूसरे के बच्चे में किन संस्कारों का बीजारोपण करेगी? एक असहज मानसिक विकास ही होगा बच्चे का। कई बार अभिभावक बच्चे को खिलौनों के नाम पर महँगी-महँगी नकली बंदूकें, तलवारें या कारें खरीदकर देते हैं। एक कोमल मस्तिष्क में इस प्रकार बंदूकों से खेलने का भाव भरकर एक हिंसक या क्रूर व्यक्तित्व का निर्माण चुपचाप कब हो गया, यह बहुत बाद में पता चलता है, तब तक देर हो चुकी होती है।

इस तरह की छोटी-छोटी बातों का ध्यान देते हुए बच्चे का लालन-पालन समृद्ध संस्कारों और उदात्त मानवीय गुणों के साथ करना चाहिए, तभी एक राष्ट्रीय चरित्र का निर्माण हम कर पाएँगे। जो बच्चे बाल्यावस्था से पशुओं की बलि, चिड़ियों का मारा जाना, एक-दूसरे पर वाचिक हमले करना, हिंसा और क्रूरता का नग्न तांडव देख रहे हों, उनसे हम किसी कोमल हृदय राष्ट्रनिष्ठ नागरिक होने की अपेक्षा भी क्यों करें?

परिवार से निकलकर बालक शिक्षालयों में जाता है। राष्ट्रीय चरित्र-निर्माण करने की अधिकांश जिम्मेदारी शिक्षालयों की होती है। संसार में प्रत्येक प्राणी किसी विशेष भूखंड पर कुछ विशेष परिस्थितियों में और कुछ विशेष संस्कारों के साथ पैदा होता है। इनमें बहुत से संस्कार अनुकूल हो सकते हैं, परंतु कुछ समाज के प्रतिकूल भी हो सकते हैं। शिक्षालयों में मनुष्य की बुद्धि और हृदय का परिष्कार किया जाता है। विषम संस्कारों का संशोधन शिक्षालय करते हैं तो वहीं व्यक्ति की सामंजस्य भावना का विस्तार भी करते हैं। इस प्रक्रिया से गुजरने के बाद ही किसी सुंदर स्वप्न या आदर्श की कल्पना हम कर पाते हैं, जो राष्ट्रीय चरित्र को रेखांकित कर सके। व्यक्तित्व की विषमताओं को दूर करने का रसायन हमारे साहित्य में विद्यमान है। शिक्षालयों को चरित्र-निर्माण करने के लिए इन साहित्य-रसायनों का उपयोग करना चाहिए। यदि आनेवाली पीढ़ियों से विषमता समाप्त कर जीवन की सुगमता पर ध्यान देना है तो शिक्षा में साहित्य और संस्कृति का स्थान प्रमुख होना चाहिए। यही वह अमृत पाथेय है, जो विद्यार्थी के भीतर राष्ट्रीय एकता और इस प्रकार वैश्विक नागरिक बनने की क्षमता का संकेत देता है तथा किसी भी राष्ट्र के नागरिक को एक पूर्ण मनुष्य बना सकने की सामर्थ्य रखता है।

सबसे पहले विद्यार्थी अपने अध्यापक को ही अपना आदर्श मानता है। अध्यापक का पूरा व्यक्तित्व; बोलने की कला, रहन-सहन, आचार-विचार, आचरण सभी कुछ मिलकर छात्र का रोल-मॉडल बनता है। अध्यापक के ज्ञान का स्तर यदि उच्चकोटि का होता है तो छात्र उससे बहुत-कुछ सीख

सकता है, परंतु उस ज्ञान में कहीं से मानवीय मूल्यों का अभाव हो या पक्षपातपूर्ण भावना के साथ वह कक्षा में छात्रों के साथ व्यवहार करे तो राष्ट्रीय चरित्र के विध्वंस की नींव पड़ते देर नहीं लगती। दुर्भाग्य से भारत में उसकी संस्कृति को छिन्न-भिन्न करने और शिक्षा द्वारा चरित्र-निर्माण की भावना को पराजित करने के लिए आक्रामक शक्तियाँ समय-समय पर सिर उठाती रही हैं। भारत की आधी शक्ति तो इन आक्रांता शक्तियों का सिर कुचलने में क्षय होती रही है। यह एक दु:खद सत्य है। यह स्थिति इतनी भयानक न होती, यदि राष्ट्रनिष्ठा के बीज यहाँ के सभी नागरिकों में गहरी जड़ें जमाए होते। देश की भीतरी नकारात्मक शक्तियाँ इन जड़ों में दीमक की तरह लगती रही हैं और भारतमाता के सपूतों को इन दीमकों को नष्ट करने में अपनी ऊर्जा का क्षय करना पड़ा।

इन शिक्षालयों में पाठ्यक्रमों के रूप में भी जो कुछ छात्रों को देने की चेष्टा की गई, उसे भी नकारात्मक ही कहा जाएगा। कम-से-कम सन् 1947 में भारत के आजाद होने के कई दशकों बाद तक यह स्थिति दिखाई पड़ती रही। इतिहास के नाम पर तोड़-मरोड़कर लिखे गए तथ्यों को जानबूझकर पाठ्यक्रमों में शामिल किया गया, ताकि भविष्य के ये नागरिक अपने गौरवशाली इतिहास को न जान पाएँ। भारत में आए विदेशी आक्रांताओं को महान् बताया गया और देश के लिए घास की रोटियाँ खानेवाले वीर राणा प्रताप सामान्य योद्धा चित्रित किए गए। यह सब किया गया एक विशेष प्रकार की देश विरोधी मानसिकता रखनेवाले मुट्ठी भर कम्युनिस्ट इतिहास लेखकों द्वारा। संस्कृति और परंपरा के नाम पर भी खंडित जीवन-मूल्य पढ़ने को मिला विद्यार्थियों को। आधुनिकता के नाम पर अश्लील साहित्य मनोरंजन भर ही बन सका पाठ्यक्रमों में। साहित्य का वह विराट् उद्देश्य कि अच्छा साहित्य व्यक्तित्व का परिष्कार करता है, कहीं राष्ट्र-समाज को मुँह चिढ़ाने लगा था। ऐसा नहीं था कि इस काल में भी राष्ट्रभक्तों की कमी थी, लेकिन उनकी ऊर्जा सकारात्मक कुछ नया करने के स्थान पर इन षड्यंत्रों को नष्ट

करने और नकारात्मकता को चिह्नित करने में अधिक जाया हो रही थी। यही कारण है कि बीसवीं और इक्कीसवीं सदी में भी भारत का समाज-जीवन राष्ट्रीय चरित्र से उतना समृद्ध नहीं दिखाई पड़ता, जितना उसे होना चाहिए।

राष्ट्रीय चरित्र के स्तर को उन्नत करने के लिए तेजस्वी वृत्ति और संस्कृति की अखंड दृष्टि की आवश्यकता होती है। हर व्यक्ति के भीतर बस यही कामना रहे कि अपनी सारी शक्ति, बुद्धि, संपत्ति राष्ट्र की स्वतंत्रता की रक्षा और उन्नति हेतु न्योछावर करेंगे, तभी यह संभव है।

राष्ट्रीय चरित्र-निर्माण का सबसे सुंदर और महान् मंत्र हमारी प्राचीन मनीषा गुनगुनाती है—

नाना धर्म निगूढ़ तत्त्व निचिता
यत्संस्कृति राजते,
सेऽयं भारतभूमिर्निितांत रुचिरा
मातैव नः सर्वदा,
तस्या उन्नति हेतवे हि भवताम्
ज्ञानम् तथा मे बलम्,
संपन्ना बलशालिनी विजयताम्
मे मातृभूः सर्वदा॥

अर्थात् यह सत्य है कि भारत भूमि हमारी माँ है, जिसके मातृत्व की रश्मियों में छिपी है हमारी संस्कृति। समाहित है धर्मों की अनेकता और उनमें निगूढ़ दर्शन के तत्त्व, समृद्धि और प्रगति। इसी से हमने पाया जीवन का अनंत सुख। मेरा ज्ञान और मेरी शक्ति मेरे देश की उन्नति के काम आए। मेरी मातृभूमि वैभवयुक्त, संपन्न और अजेय रहते हुए पल-पल विकसित हो।

प्रत्येक अंत:करण में ऐसे अमिट संस्कार और तेजस्वी प्रवृत्ति के द्वारा ही राष्ट्रव्यापी सामर्थ्य का निर्माण हो सकता है। अपने राष्ट्रीय जीवनधारा का परिचय केवल कोरे शब्दों में कराने से उतना प्रभावी नहीं होगा। इसके लिए तो इस भारत भू की सांस्कृतिक पुण्यधारा में जिन महापुरुषों का अभ्युदय

हुआ और जिनके योगदानों से यह प्रवाह अखंडित रूप से बहता रहा, उनका परिचय नई पीढ़ियों से करवाना होगा। यह शिक्षालयों की गुरुतर जिम्मेदारी है। अपनी भारतीय संस्कृति, परंपराओं, जीवन-दर्शन और मानवीय मूल्यों की स्मृति हमारे हृदय में बराबर बनी रहनी चाहिए। उनके स्मरण मात्र से सफलता का मार्ग और कर्तव्य का पक्ष स्वतः निर्धारित हो लेगा।

शिक्षा में थोड़ा आगे बढ़ते हैं तो हमारे विश्वविद्यालय जिज्ञासा शमन और ज्ञान शक्ति का केंद्र होते हैं। इस बात पर अधिक जोर दिया जाना चाहिए कि इन विश्वविद्यालयों के अध्यापक वास्तव में अपने विषय के विद्वान् हों, वे छात्रों के भीतर ज्ञान की सौंदर्यशक्ति पैदा कर सकने की क्षमता रखते हों। खोज के बिना विश्वविद्यालयों का अस्तित्व निष्प्राण सा होता है। आवश्यकता इस बात की है कि विश्वविद्यालयों के विद्वान् अध्यापक अपने छात्रों के भीतर खोज करने और रहस्यों का उद्‌घाटन करने के प्रति एक जिज्ञासा भरी ललक पैदा कर सकें। भौतिकशास्त्र, भूगर्भ विज्ञान, रसायन, वनस्पति विज्ञान आदि विषयों में खोज करना निश्चित रूप से कुछ नए तथ्यों के रहस्योद्‌घाटन का द्वार खोलता है। कला या समाजशास्त्र के विषयों में प्रायः खोज वर्णनात्मक शैली में ही होता है। उसमें भी नए ढंग से खोज करने की प्रवृत्ति छात्रों के बीच यदि जाग्रत् हो तो संस्कृति का एक नया गवाक्ष खुल सकता है। उदाहरण के लिए, भारत भूमि पर अनेक नदियाँ, अनेक मिथकीय चरित्र, उसकी संस्कृति और सभ्यता में जीवन रस की तरह घुले-मिले हैं। गंगा, यमुना, गोदावरी, नर्मदा, कावेरी आदि के साथ प्रचलित लोककथाओं में खोज की बड़ी सामग्री उपलब्ध हो सकती है। प्राचीन इतिहास के पूर्व भी दक्षिणपंथ था। उसके भी इतिहास का अध्ययन नए तथ्य राष्ट्र-समाज के सामने रख सकता है। भारत के विभिन्न क्षेत्रों में प्रचलित भाषाओं की वर्णमाला का अध्ययन, उनके स्वरूप आदि का क्रमिक विकास, ध्वनियाँ, उनकी अभिव्यंजना-शक्ति आदि की जिज्ञासा छात्रों को अपनी भारतभूमि के प्रति रागात्मक भाव भरती है। क्यों उड़िया या बँगला वर्णमाला नागरी लिपि से भिन्न हो गई तथा उसमें सीधी

रेखाओं के स्थान पर वक्र और गोल रेखाओं का प्रयोग बढ़ गया अथवा तमिल वर्णमाला में अक्षरों की संख्या कम क्यों हो गई आदि अनेक ऐसे विषय हैं, जिन पर खोजपूर्ण दृष्टि डालने की जरूरत है और यही जरूरत हमारे शिक्षालयों में राष्ट्रीय चरित्र का भी निर्माण करती चलती है।

यहाँ यह भी स्पष्ट करना होगा कि जब हम इतिहास के खोज की बातें करते हैं तो इसका स्वरूप केवल विवरणात्मक नहीं होना है, अपितु अतीत को पुनः जीवित करने का ईमानदार प्रयास है और उससे किसी राष्ट्र के मनुष्य का मन बनता है। 'मैं कौन हूँ', केवल दर्शन का ही विषय नहीं होता, अपितु यह जिज्ञासा इतिहास का भी आधार होता है। पूरी दुनिया के राष्ट्रों का राष्ट्रीय मन इसी इतिहास-बोध से जुड़ा होता है। इसलिए इतिहास लेखन में बहुत सावधानी की अपेक्षा होती है, क्योंकि यह केवल काल्पनिक लेखन नहीं, अपितु इतिहास का निर्माण होता है, अतीत का पुनः जीवित होना होता है। दूसरे शब्दों में, समय के प्रवाह को पलटने की एक गंभीर चेष्टा है। त्रुटिपूर्ण ढंग से लिखे गए इतिहास का भविष्य पर भी बुरा प्रभाव पड़ता है। इसलिए किसी भी देश का लिखा गया इतिहास उसके नागरिकों और राष्ट्र की चेतना का स्वरूप निर्धारित करता है।

राष्ट्र समाज के प्रति कर्तव्यनिष्ठा और मूल्य-बोध से ही निर्मित हो सकता है राष्ट्रीय चरित्र और सही अर्थों में वही होता है राष्ट्रप्रेम अर्थात् राष्ट्रवाद।

□

सांस्कृतिक, भौगोलिक, आर्थिक और राजनीतिक राष्ट्रवाद

राष्ट्रवाद को समझने के कई कोण हैं। एक सरसरी दृष्टि में देखा जाए तो सांस्कृतिक, भौगोलिक, आर्थिक एवं राजनीतिक रूप से राष्ट्रवाद विश्व के सभी राष्ट्रों में व्याप्त है। भाषा राष्ट्रवाद का औजार मात्र है। महादेवी वर्मा के कथन से प्रारंभ करना चाहूँ तो वे अपने निबंध 'भारतीय संस्कृति की पृष्ठभूमि' में लिखती है—"भारत की सांस्कृतिक उपलब्धियाँ उसी का दायभाग नहीं, वे मानवजाति का भी उत्तराधिकार हैं।" भारत अपने भौगोलिक रूप में जितना विविधता से भरा है, अनेक ऋतुओं, नदियों, पहाड़ों, जंगलों के साथ सुंदरतम प्राकृतिक परिवेश का आनंद भोक्ता है, उतना ही सांस्कृतिक दृष्टिकोण से वह संश्लिष्ट है। मनुष्य के सूक्ष्म मनोजगत् से लेकर प्रत्यक्ष संसार में संपादित होने वाले विविध प्रकार के कर्म, अनुष्ठान, पर्व, उत्सव, रीति-रिवाज, परंपराएँ आदि में निरंतर एक परिष्कार का क्रम अनवरत दिखाई पड़ रहा है, वही भारत की अजस्र प्रवाहमयी संस्कृति है। यह कोई बना बनाया पदार्थ नहीं है, अपितु निर्माण की सतत परंपरा है। संस्कृति के इस विकास क्रम में नैतिक मूल्य, सामाजिक, आध्यात्मिक, राजनीतिक आदि विविध तत्त्व समाहित रहते हैं। भारत जैसे विशाल राष्ट्र में यह संस्कृति सहस्र दल कमल की तरह है, जिसके प्रत्येक दल में भारतीय जीवन-दर्शन, ज्ञान-विज्ञान, आध्यात्मिकता और परंपरा की सुगंध प्रस्फुटित होती है। इस संस्कृति को समझने के लिए भारत के लौकिक व्यवहार को समझना आवश्यक होता

है। भौगोलिक विविधता में बँटे जीवन, परंतु सांस्कृतिक लय में अभिन्न हृदय ही भारत की असली पहचान है।

दूर-दूर रहते हुए भी कहीं कोई अपरिचय नहीं। भारतीय संस्कृति का यह ऐक्य भाव ही था, जो उत्तर से लेकर दक्षिण तक और पूरब से लेकर पश्चिम तक सभी को एक सूक्ष्म बंधन में आज तक बाँधे हुए है और उसके मूल में हमारे ऋषियों, चिंतकों की वह सोच है, जिसके कारण उन लोगों ने देश भर में फैले लोगों को किसी-किसी बहाने एक जगह लाने के साधनों की खोज की। भारत के कोने-कोने में विद्यमान तीर्थस्थल और पुण्य पर्व, जहाँ बिना किसी औपचारिक निमंत्रण के करोड़ों की संख्या में लोग आज भी पहुँचते हैं, दुर्गम यात्राएँ करते हैं। सुदूर सागर की गोद में कन्याकुमारी हो, रामेश्वरम् हो या हिमालय के उन्नत शिखर पर विराजमान केदारनाथ, बदरीनाथ हों, पूर्व में जगन्नाथ हो तो पश्चिम में द्वारकाधीश हो, गंगा यमुना, सरस्वती के संगम प्रयाग में कुंभ का विशाल जन पर्व हो या हरिद्वार या नासिक में छलकी अमृत की बूँदों का संस्पर्श करने के लिए उमड़ा जनसैलाब हो, अनेक ऐसी यात्राएँ हैं, जो भारत के किसी कोने को अपरिचित नहीं रहने देतीं और जहाँ इकट्ठा होकर वर्ण, राज्य, भाषा आदि की संकीर्ण दीवार लघुतम हो जाती है, जिसे फाँदकर कभी भी इस पार या उस पार पहुँचा जा सकता है। परंतु संस्कृति के इस निर्माण-परंपरा में कहीं भी प्रयास या प्रयत्न उसी तरह नहीं दिखाई पड़ता, जैसे किसी बुने हुए वस्त्र का ताना-बाना स्पष्ट नहीं होता।

स्पष्ट है कि भारत की ऐसी संस्कृति एक लंबे कालावधि की तपस्या का परिणाम है, जिसे आसानी से मिटाया नहीं जा सकता। राजनीतिक उत्थान-पतन का इस पर कभी कोई विशेष प्रभाव नहीं पड़ा। असंख्य तत्त्वान्वेषियों के चिंतन का परिणाम है भारतीय संस्कृति। आत्मान्वेषण की अविराम यात्रा है भारतीय संस्कृति। इस यात्रा में शरीर, इंद्रियों, विचारों, अनुभूतियों, ज्ञान-विज्ञान और प्राण ऊर्जा, सभी का सहयोग चाहिए होता है, क्योंकि ये सभी हमारी चेतना के अंश हैं और सत्य का अनुभव करने में हमारे सहयोगी हैं। इन

सबके सहयोग के बिना आत्मतत्त्व की दिव्यता को नहीं समझा जा सकता। भारतीय ऋषि बराबर अंतस के आलोक की प्राप्त करने का आह्वान करता है और हमारी संस्कृति उसी आलोक की संवाहिका है। यह संस्कृति भारतभूमि पर पैदा अवश्य हुई है, परंतु बिना किसी भेदभाव, राग-द्वेष के यह प्राणिमात्र के कल्याण के लिए उद्यत है। शुद्ध अंत:करण से मानव का कल्याण करना ही भारतीय संस्कृति है। 'सर्व खल्विंद ब्रह्म' का मूल मंत्र पूरे विश्व के लिए भारतीय संस्कृति की अनुपम देन है। सभी प्राणियों में उसी एकमात्र चेतन तत्त्व की सत्ता को देखना भारतीय संस्कृति ने सिखाया। जब सभी उसी का चिदंश होंगे तो कोई भी छोटा, बड़ा या उपेक्षणीय हो ही नहीं सकता और इसलिए भेद भी नहीं, वैर भी नहीं। इस राष्ट्रीय चरित्र से भारतीय संस्कृति विश्व बंधुत्व और अहिंसा का संदेश पूरी मानवता को देती है। यही वह प्राणशक्ति है, जिसके कारण भारतीय समाज अनेक संकटों का सामना करते हुए भी जीवित है, जबकि अनेक राष्ट्र दुनिया के मानचित्र से गायब हो चुके हैं।

"सृष्टि के प्रारंभ काल से ही अखिल मानव-हितों को दृष्टि में रखते हुए हमारे पूर्वजों ने उस महान् तत्त्वज्ञान का विकास किया है, जिसके द्वारा हमने न केवल अपने जीवन में एकात्मता की प्रतिष्ठा की, बल्कि संपूर्ण विश्व में एकात्मता लाने की भावना प्रकट की और आज भी गिरी हुई स्थिति में हमारे इस महान् तत्त्वज्ञान का झंडा फहरानेवाले कई श्रेष्ठ पुरुष हमारी इस रत्नगर्भा वसुंधरा ने दिए हैं। जब हम संसार को 'आत्मा वाऽऽरे द्रष्टव्य: श्रोतव्य: गंतव्य:…' का श्रेष्ठ तत्त्वज्ञान सिखाने की क्षमता प्राप्त कर चुके थे, तब यूरोप के मनुष्य जंगलियों के समान नंगे-भूखे दौड़ा करते थे। उनके विकास का इतिहास तो केवल 1,500 वर्षों का इतिहास है।"

(पृ. 137, श्रीगुरुजी समग्र, खंड-10, सुरुचि प्रकाशन, नई दिल्ली)

हमारे विशाल देश का रूपात्मक वैविध्य उसकी सांस्कृतिक एकता का ही पूरक है। स्थूल रूप में भौगोलिक रूपरेखा और विश्व के मानचित्र पर

उसकी एक स्थिति किसी राष्ट्र की अस्मिता का परिचायक है, किंतु राष्ट्र केवल कागज के टुकड़े पर पेंसिल या स्याही से खींची गई कोई आकृति मात्र नहीं है। अनेक भावनात्मक उपादान और कोमल संबंध से उस भौगोलिक राष्ट्र की पहचान बनती है। भारत राष्ट्र शब्द का उच्चारण करते ही भारतभूमि के निवासी और उसकी संस्कृति के साथ-साथ विश्व राष्ट्रों के बीच उसकी अपनी राजनीतिक, आर्थिक और आध्यात्मिक स्थिति का भी परिचय होता है। अपने राष्ट्र के प्राकृतिक परिवेश से लगाव के साथ वहाँ के लोगों की सर्वसम्मति से स्वीकृत शासन व्यवस्था को राष्ट्रीयता की संज्ञा दे सकते हैं। इसी राष्ट्रीयता की भावना के कारण ही अपनी मातृभूमि की रक्षा में सर्वोच्च बलिदान दे देने में भी वहाँ के वीर सैनिक पीछे नहीं हटते।

वेदों में भूगोल संबंधी सामग्री कम है। राष्ट्र और देश की कल्पना स्पष्ट दिखाई पड़ती है। राष्ट्र की उन्नति, राष्ट्र की सुरक्षा, राष्ट्रीय भावना, राजनीतिक व्यवस्था आदि के संबंध में अनेक मंत्र मिलते हैं। अथर्ववेद में 'राष्ट्राणि' शब्द का प्रयोग मिलता है, जिससे अनुमान होता है कि धरती पर राष्ट्रों के रूप में अनेक भूखंड थे। 'त्वं राष्ट्राणि रक्षसि।' यजुर्वेद में राष्ट्रीय सुरक्षा के लिए सजग रहने की बात कही गई है—'वयं राष्ट्रे जागृयाम पुरोहिताः।' अथर्ववेद में पृथ्वी के तीन, छह और नौ भागों का उल्लेख मिलता है—

तिस्रः पृथिवीः (अथर्व 19-27-3)

अर्थात् पृथ्वी के तीन खंड हैं। अब अनुमान के आधार पर हम उन्हें 1. यूरेशिया (यूरोप और एशिया), 2. अफ्रीका, 3. अमेरिका (उत्तरी और दक्षिणी) मान सकते हैं।

अथर्ववेद में ही एक स्थान पर उल्लेख है—

षड् उर्व्यः। (अथर्ववेद 11-7-18)

उर्वी का अर्थ पृथ्वी होता है। अर्थात् पृथ्वी के छह खंड हैं। डॉ. कपिलदेव द्विवेदी अपनी पुस्तक 'वैदिक साहित्य एवं संस्कृति' में 'षड् उर्व्यः' की व्याख्या करते हुए लिखते हैं—"इन भूखंडों को महाद्वीप मानने पर

ये छह भूखंड माने जा सकते हैं—1. उत्तरी अमेरिका, 2. दक्षिणी अमेरिका, 3. अफ्रीका, 4. यूरोप, 5. एशिया, 6. ऑस्ट्रेलिया।" (पृ. 248)

वहीं भारतीय परंपरा में पृथ्वी के लिए 'सप्तद्वीपा वसुंधरा' भी आया है, अर्थात् पृथ्वी पर सात बड़े द्वीप हैं। अग्निपुराण और श्रीमद्भागवत पुराण में इन सातों द्वीपों के नाम इस प्रकार हैं—1. जंबूद्वीप, 2. प्लक्ष, 3. महान् शाल्मलि, 4. कुश, 5. क्रौंच, 6. शाक, 7. पुष्कर द्वीप। जंबूद्वीप का एक भाग है भारतवर्ष। सनातन धर्म में आज भी किसी धार्मिक अनुष्ठान से पूर्व संकल्प लेने का विधान है और उसमें कहते हैं— "जम्बूद्वीपे भरत खण्डे भारतवर्षे¨।" इस भारत भूखंड पर हिमवत्, मूजवत्, महामेरु, क्रौंच, मैनाक, सुदर्शन आदि अनेक पर्वतों एवं सिंधु, शतुद्रु (सतलज), विपाशा (व्यास), इरावती (सप्ती), चंद्रभागा (चिनाब), वितस्ता (झेलम), गंगा, यमुना, सरस्वती, सुषोमा (अटक जिले में बहनेवाली सोहन नदी) आदि विद्यमान हैं। इन नदियों की अनेक सहायक नदियों का भी वेदों आदि में उल्लेख मिलता है। ऋग्वेद में नदी सूक्त के अगले मंत्र में सिंधु की पश्चिमी सहायक नदियों का वर्णन है—

तृष्टामया प्रथमं यातवे सजूः सुसर्त्वा रसया श्वेत्या त्या।
त्वं सिन्धो कुभया गोमतीं क्रुमुं मेहत्वा सरथं याभिरीयसे॥

(ऋग्. 10-75-6)

अर्थात् तृष्टामा, सुसर्तु (सुरु नदी), रसा, श्वेती (कश्मीर की नदी गिलगिल), कुभा (काबुल), गोमती (वर्तमान में गोमाल नाम से प्रचलित नदी), क्रुभु (कुर्रम नदी) आदि सिंधु की पश्चिमी सहायक नदियाँ हैं। अथर्ववेद और ऋग्वेद में 90 और 99 नदियों का उल्लेख मिलता है।

नदियों के अतिरिक्त वैदिक साहित्य में कुछ प्रमुख जनपदों के नामों का भी उल्लेख है, जिनसे भारत की भौगोलिक सीमा का अनुमान लगाया जा सकता है। गांधारि, मूजवत्, अंग और मगध का उल्लेख अथर्ववेद-5-22-14 के इस मंत्र में दृष्टव्य है—

गन्धारिभ्यो मूजवद्भ्योऽङ्गेभ्यो मगधेभ्यः।

ऋग्वेद में गंधार देश की ऊन वाली भेड़ों का उल्लेख है। वर्तमान कंधार नाम गांधारि का ही बिगड़ा हुआ रूप है। प्राचीन काल में तक्षशिला से लेकर वर्तमान के काबुल तक का प्रदेश गंधार कहलाता था।

मूजवत् वर्तमान का मुंजान क्षेत्र है और मूजवत् हिंदुकुश की एक शाखा का नाम है, जो भारत के उत्तर पश्चिम में स्थित है। इसी प्रकार गोपथ ब्राह्मण (2–10) में 'अंगमगधेषु' का उल्लेख है, जिससे प्रतीत होता है कि ये दोनों क्षेत्र आसपास थे। वर्तमान में बिहार में गंगा का दक्षिण–पूर्वी मैदान अंग देश था, जिसमें आज के मुंगेर और भागलपुर क्षेत्र स्थित हैं। वहीं मगध गंगा का दक्षिण–पश्चिमी भाग माना जाता है, जिसमें वर्तमान के पटना और गया जिले हैं। बल्हिक और महावृष क्षेत्र का उल्लेख मूजवत् के साथ ही अथर्ववेद में आया है। इससे ज्ञात होता है कि ये दोनों क्षेत्र मूजवत् के समीपस्थ थे। कुरु–पंचाल मध्य देश में स्थित थे तो ऐतरेय ब्राह्मण में हिमालय के ऊपरी भाग में उत्तर कुरु और उत्तर मद्र जनपदों का उल्लेख है। शायद कुरु और मद्रों की एक शाखा यहाँ भी आकर बस गई थी।

ऐतरेय ब्राह्मण में ही प्राच्य (अंग, बंग, मगध) नीच्य (पश्चिमी जनपद जैसे सुराष्ट्र, कच्छ, सौवीर आदि) और सत्वत् (दक्षिणी जनपद) का भी उल्लेख है। कोसल और विदेह जनपदों का नाम एक साथ मिलता है, इससे लगता है कि ये दोनों भी आसपास ही थे। सदानीरा (गंडक) नदी को इन दोनों जनपदों की विभाजक रेखा बताया गया है।

काशी (काशि, काश्य) का उल्लेख अथर्ववेद, शतपथ, जैमिनीय ब्राह्मण और वृहदारण्यक उपनिषद् में मिलता है। यही वर्तमान काशी या वाराणसी है। कीकट प्रदेश का उल्लेख ऋग्वेद में है, जो विपाशा (व्यास) और शतुद्रु (सतलज) नदी के आसपास का स्थान है, जहाँ अनार्यों की बहुलता थी। चेदि का उल्लेख ऋग्वेद में है, जो बुंदेलखंड का एक भाग था। मत्स्य देश शतपथ और गोपथ ब्राह्मण में उल्लिखित है। नैमिष छांदोग्य उपनिषद् और

काठक संहिता में वर्णित है, जो आज का प्रचलित नैमिषारण्य है। पंचजन का उल्लेख वेदों में बार-बार आया है। 'पञ्चजना मम होत्रं जुषध्वम्।' (ऋग्. 10-53-4) ऐतरेय ब्राह्मण में पंचजन की सुस्पष्ट व्याख्या है। संक्षेप में—पूर्व, पश्चिम, उत्तर और दक्षिण के राजा एवं प्रजा तथा 'ध्रुवा मध्यमा प्रतिष्ठा' अर्थात् मध्यदेश कुरु-पंचाल से अभिप्राय है। इस प्रकार पंचजन में संपूर्ण भारत की प्रजा का प्रतिनिधित्व हो जाता है।

ऋग्वेद और अथर्ववेद में चार समुद्रों का उल्लेख आया है, जो रत्नों के भंडार कहे गए हैं—

चतुःसमुद्रं धरुणं रयीणाम्। (ऋग्. 10-47-2)

वहीं अथर्ववेद के एक मंत्र में तीन समुद्रों का उल्लेख है—'त्रीन् समुद्रान्'। (अथर्व. 19-27-4)

'पूर्वस्माद् हंसि-उत्तरास्मिन् समुद्रे।' (अथर्व. 11-2-25) पूर्व में बंगाल की खाड़ी का समुद्र और पश्चिम समुद्र से अरब सागर का होना स्पष्ट है। इन दो समुद्रों के अतिरिक्त तीसरा समुद्र उत्तर की ओर था। कालासागर भी समझा जा सकता है, क्योंकि चौथा समुद्र हिंद महासागर को लेना ही उचित प्रतीत होता है।

प्राचीन साहित्य में वर्णित उपर्युक्त प्राकृतिक एवं जनपदीय क्षेत्रों के अध्ययन से भारत राष्ट्र का भौगोलिक स्वरूप कुछ तो स्पष्ट हो ही जाता है। यह भी सत्य है कि समय के साथ-साथ परिस्थितियों वश इन भौगोलिक सीमाओं का विस्तार या संकुचन भी होता रहा है, इसलिए भौगोलिक दृष्टि से भारत की सीमाएँ भले वही प्राचीन स्वरूप वाली अब न हों, परंतु उनका इतिहास हमारे प्राचीन साहित्य में सुरक्षित है। भूगोल भले परिवर्तित हो जाता है, परंतु किसी राष्ट्र का इतिहास नहीं बदलता। इस भौगोलिक राष्ट्र की सुरक्षा के लिए ही हर युग में वीर नागरिकों की कामना की जाती है।

जो लोग स्वयं को एक राष्ट्र के रूप में देखते हैं, किसी भौगोलिक क्षेत्र विशेष से जुड़ा हुआ मानते हैं, वे उसे अपनी गृहभूमि मानते हैं। कोई इसे

मातृभूमि तो कोई पितृभूमि कहता है। कोई उसे पवित्रभूमि तो किसी के लिए वह भौगोलिक क्षेत्र स्वर्ग होता है। उदाहरण यहूदियों का ले सकते हैं। इतिहास का अध्ययन करें तो पता चलता है कि वे विश्व के विभिन्न क्षेत्रों में बिखरे-फैले थे, परंतु उन्होंने अपने को हमेशा फिलिस्तीन का मूल निवासी माना। अपने इस मूल गृहभूमि को वे 'स्वर्ग' मानते हैं।

कई बार कई राष्ट्रों के भूखंडों पर दूसरे समूहों ने भी दावे किए और परिणाम संघर्ष रहा। वास्तव में देखें तो विश्व में सभी युद्धों या संघर्षों के पीछे कहीं-न-कहीं यह भौगोलिक क्षेत्र या गृहभूमि ही कारण रहा है। उसी की सुरक्षा में अगणित साहित्य की रचना भी हुई। देश-प्रेम के गीत गाए जाते रहे। सैनिकों में ओज भरा जाता रहा तो राष्ट्र के नागरिकों में कर्तव्यनिष्ठा और स्वाधीनता की रक्षा का भाव भरा जाता रहा है। वेदों से लेकर आज तक के साहित्य में राष्ट्र रक्षा के काव्य प्रस्फुटित होते रहे हैं। इन प्रेरक गीत-मंत्रों ने भारतीय लोगों के भीतर शौर्य और ओज की भावना भरी है। भारत भूमि की रक्षा के लिए प्राणों का उत्सर्ग तक कर देने की भावना ही राष्ट्रीयता की भावना है। अपनी मिट्टी में मिल जाने का वही क्रांतिकारी उद्घोष है। नागरिकों की निस्स्वार्थ-राष्ट्रभक्तियुक्त शक्ति ही किसी राष्ट्र की वास्तविक शक्ति होती है। राष्ट्रीय चरित्र का विकास होने पर कोई भी राष्ट्र वैभवशाली बनता है और राष्ट्रीय चरित्र के नष्ट हो जाने पर राष्ट्र का पतन होता है। प्राय: व्यक्तिगत चरित्र को लोग राष्ट्रीय चरित्र समझ लेते हैं। यह एक आंशिक सत्य है। सत्य बोलना, दया करना आदि व्यक्तिगत सद्गुण हो सकते हैं, किंतु इन्हीं से राष्ट्रीय चरित्र का संपूर्ण निर्माण नहीं होता। अपना सर्वस्व जीवन राष्ट्र के लिए समर्पित कर देने की सिद्धि राष्ट्रीय चरित्र की प्रमुख विशेषता है। राष्ट्र-गौरव के लिए व्यक्तिगत चरित्र और राष्ट्रीय चरित्र दोनों ही पक्षों का ठीक होना आवश्यक है। एम.एस. गोलवलकरजी कहते हैं—

"चारित्र्य और संस्कृति राष्ट्रोन्नति के दो पहिए हैं। उनका संरक्षण और सम्मान करके आधिभौतिक सुख साधन आत्मसात् करके भारतीय जनसमूह

को एक सूत्र में गूँथकर भासमान बाहरी छिन्न-विच्छिन्नता नष्ट करके एकरूप, एक रस और महाशक्तिशाली समाज-जीवन उत्पन्न करना है। वही सारे संसार को सुख-संजीवन देगा। विश्वशांति का पाठ देनेवाली पवित्र भारतीय भावगंगा संपूर्ण विश्व में बहेगी।"

(पृ. 103, श्रीगुरुजी समग्र, खंड-10)

एक बार पुनः हम राष्ट्रवाद की उस परिभाषा पर विहंगम दृष्टि डालते हैं, जिसमें कहा जाता है कि लोगों के किसी समूह की उस आस्था को राष्ट्रवाद कहते हैं, जिसके आधार पर वे स्वयं को साझा इतिहास, परंपरा, भाषा, संस्कृति, जाति आदि के आधार पर एकजुट मानते हैं। इन्हीं इच्छाओं के कारण वे इस निष्कर्ष पर पहुँचते हैं कि उन्हें आत्मनिर्णय के आधार पर राजनीतिक समुदाय अथवा राष्ट्र की स्थापना करने का अधिकार है, यानी स्वतंत्र राजनीतिक अस्तित्व बनाने की चाहत से राष्ट्र का निर्माण होता है। राजनीतिक राष्ट्र बनने की यह चाहत उसे अन्य समूहों से अलग करती है। इस राजनीतिक रूप से स्वतंत्र अस्तित्व के लिए कुछ राजनीतिक आदर्श या मूल्य स्वीकार करने होते हैं, जैसे—शासन व्यवस्था, उदारता, समानता, स्वतंत्रता, धार्मिक मान्यताओं का सम्मान आदि। इन राजनीतिक मूल्यों के प्रति उस राष्ट्र के मानव-समूहों की जितनी ही प्रतिबद्धता होगी, उतना ही मजबूत राष्ट्र होगा। इसके लिए प्रत्येक नागरिक को कुछ दायित्वों का अहसास करना आवश्यक होता है। उसे यह समझना होगा कि जिस प्रकार के समानता, स्वतंत्रता के अधिकारों का वह उपभोग करना चाहता है, वही अधिकार अपने साथ वाले दूसरे व्यक्तियों को भी देना पड़ेगा। जैसे ही व्यक्ति इन दायित्वों को अनुभव करता है, उसमें राष्ट्र के प्रति अधिक निष्ठा और प्रतिबद्धता आती जाती है। यहाँ जानना भी जरूरी है कि केवल साझी राजनीतिक दृष्टि ही पर्याप्त नहीं हो सकती व्यक्तियों को एक राष्ट्र के रूप में बाँधने में। धर्म, भाषा, रीति-रिवाज, साझी सांस्कृतिक पहचान भी एक-दूसरे के करीब लाते हैं।

कुछ विद्वानों का यह मानना है कि भारतीय राजनीति में राष्ट्रवाद का आविर्भाव ऐसे समय में हुआ, जब देश में सामाजिक समरसता का प्रयास चल रहा था, परंतु उसके बावजूद अलगाववाद की भावना चरम पर पहुँच गई थी। इन विद्वानों के सामने सन् 1947 में भारत को आजादी मिलने के तुरंत बाद की भारत-विभाजन की घटना थी, जिसमें मजहबी आधार पर देश के बँटवारे के फलस्वरूप हिंदुओं का लहूलुहान रेला भारत की ओर आने लगा था, जबकि दोनों देशों के बीच यह संधि हुई थी कि वे अपने-अपने देशों में अल्पसंख्यकों को पूरा संरक्षण देंगे। इस संधि के प्रति भारत की उदारता और प्रतिबद्धता के बाद भी पाकिस्तान अपने समझौते से मुकर गया था। डॉ. श्यामाप्रसाद मुकर्जी को उस समय इस चेतना-शून्य राजनीति में राष्ट्रवाद की भावना की कमी महसूस हुई थी और उन्होंने बेचैनी में अपने पद से इस्तीफा दे दिया था। आशंका यह भी हो रही थी कि कहीं मुट्ठी भर लोग लोकतंत्र को अपने कब्जे में न ले लें, इसलिए डॉ. मुकर्जी ने सांस्कृतिक राष्ट्रवाद-आधारित राजनीतिक दल गठित करने का निर्णय लिया। उस समय के सरसंघचालक माननीय माधव सदाशिवराव गोलवलकर ने कलकत्ता में डॉ. मुकर्जी की इस अगली कार्य-योजना पर अपनी सहमति प्रदान कर दी। इस प्रकार भारतीय राजनीति में डॉ. श्यामाप्रसाद मुकर्जी के प्रवेश के साथ भारतीय राजनीति में सांस्कृतिक राष्ट्रवाद का नवोन्मेष हुआ। उनका मानना था कि राजनीतिक इतिहास में देशप्रेम, स्वाधीनता-प्रेम और राष्ट्रवाद को अलग-अलग समझने की जरूरत है। ये तीनों समानार्थी नहीं हैं।

राष्ट्रवाद देशभक्ति और स्वाधीनता की चेतना से अधिक महत्त्वपूर्ण तत्त्व है। राष्ट्रवाद देशप्रेम की वह श्रेष्ठ भावना है, जो देश की अखंडता और उसके प्रति समर्पण की भावना पर अधिक बल देता है। राष्ट्रवाद की इस उच्चकोटि की भावना के बिना भी कोई नागरिक देशप्रेमी बना रह सकता है। स्वतंत्रता का उपभोग दोनों साथ-साथ कर सकते हैं। मार्क्सवादी भी अपने को देशप्रेमी बताते हैं, परंतु उनकी निष्ठाएँ कहीं और होती हैं। आतंकवादी स्वयं को शहीद कहते

हैं, परंतु किसी राष्ट्र के प्रति उनका योगदान या जिम्मेदारी प्रत्यक्ष नहीं दिखाई पड़ती। राष्ट्रवाद की भावना के बिना कोई भी देश समृद्ध नहीं हो सकता।

धर्मनिरपेक्षता की आड़ में भारत देश के राजनीतिक और सामाजिक ताने-बाने को कई राजनीतिक पार्टियाँ छिन्न-भिन्न करने पर तुली हुई थीं। इससे अल्पसंख्यकवाद, कट्टरवाद और अलगाववाद को हवा मिली। स्पष्ट सी बात है कि इन सबका प्रभाव भारत के मूल निवासी और सनातन धर्म में अटूट आस्था रखनेवालों पर भी पड़ा, जिन्हें कालांतर में हिंदू नाम से पुकारा जाने लगा था।

"ईसा के जन्म के पश्चात् भारत पर जितने आक्रमण हुए और विशेष रूप से मध्यकाल में जो आक्रमण हुए, उस दौरान आक्रमणकारियों ने भारतीय जीवन-शैली और भारतीय दर्शन तथा संस्कृति को जो नाम दिया, वह हिंदू था। 'हिंदू' और इसी से प्रसूत 'हिंदुत्व' शब्द मूलतः अभारतीय है। इस शब्द को हम भारतवासियों ने स्वयं के लिए कभी नहीं गढ़ा, पर कालांतर में राजनीतिक तथा बौद्धिक दासता के दुष्परिणामस्वरूप इन शब्दों को हमने अपना अवश्य लिया।"

(पृ. 254-255, हिंदुत्व, ले. नरेंद्र मोहन)

भारत की स्वतंत्रता के बाद भारत के संविधान निर्माताओं ने लगभग पिछले दो हजार वर्षों की बौद्धिक परतंत्रता और दासता को मिटाकर जिस भारतीय राजनीति को एक सर्वप्रिय और वैश्विक स्वरूप प्रदान करने की कोशिश की, उसे गहराई से समझना आवश्यक है। कुछ कम्युनिस्ट विचारकों ने धर्म को मजहब का समानार्थी मानने की भूल करते हुए सनातन धर्म के शाश्वत मानव-मूल्यों को संकीर्ण दृष्टि से समझने का कार्य किया। उस संकीर्णता को मिटाते हुए भारत के संविधान निर्माताओं ने भारतीय जीवन-पद्धति को धर्म का मूल मानते हुए राष्ट्र के कल्याण के लिए उनका सूत्र वाक्य में प्रयोग किया। धर्म शब्द की वास्तविक व्याख्या की गई। यूरोपीय और

इसलामिक विचारक तथा वामपंथी इतिहासकार भारत के जीवन-दर्शन की जिस गहराई की थाह नाप भी न सके, उसे स्वतंत्रता बाद भारत के संविधान निर्माताओं और चिंतकों ने पुनः व्याख्यायित करने का काम किया तथा उसके स्वरूप को स्पष्ट किया। 'धर्मचक्र प्रवर्तनाय' को भारतीय संसद् के प्रेरणा वाक्य के रूप में स्वीकार किया गया तो भारत की न्यायपालिका को प्रेरणा-सूत्र का महावाक्य 'धर्मोरक्षति रक्षितः' प्रदान किया गया।

यहाँ यह ध्यान देनेवाला तथ्य है कि संविधान निर्माताओं ने इन भारतीय मूल्यों का संकेत करनेवाले सूत्र वाक्यों में जोड़ने के लिए विदेशी संस्कृति से कुछ भी उधार लेने की कोशिश नहीं की। भारतीय संविधान के मूल ग्रंथ में जिन सांकेतिक चित्रों का प्रयोग हुआ है, वे भी भारतीय संस्कृति से ही लिये गए हैं। इसे मक्का, मदीना या ईसा मसीह के जीवन के चित्रों से नहीं सजाया गया है। दुर्भाग्यवश हमारे संविधान का मूल स्वरूप आम लोगों तक उपलब्ध नहीं है। संविधान का जो पाठ बाजारों में उपलब्ध होता है, उसमें वे सांकेतिक चित्र नहीं दिए होते। "संविधान के जिस भाग में भारतीय नागरिकता का उल्लेख है, उस भाग का प्रारंभ वैदिक काल के गुरुकुल से किया गया है—ऐसा गुरुकुल, जहाँ वैदिक उपनिषदों का पाठ हो रहा है और हवन भी हो रहा है। वैदिक ऋषियों द्वारा किया जानेवाला यह हवन ही भारतीय संस्कृति के मूल तत्त्व को बताने के लिए पर्याप्त है। इसी प्रकार संविधान के भाग तीन में जहाँ मौलिक अधिकारों की चर्चा की गई है, उसका प्रारंभ राम, सीता और लक्ष्मण के चित्रों से किया गया है। भारतीय संस्कृति में राम का क्या स्थान है, इसे हिंदुत्व के आलोचक भलीभाँति जानते हैं, पर दुर्भाग्य यह है कि वे इस सत्य को आज भी आत्मसात् करने के लिए तैयार नहीं। एक तरह से राम का अपमान भारतीय संस्कृति और संविधान का अपमान है। ...संविधान में राम, सीता और लक्ष्मण के ही चित्र नहीं हैं, वरन् इस संविधान को सांस्कृतिक आधार देने के निमित्त भगवान् शंकर, भगवान् कृष्ण, भगवान् बुद्ध और भगवान् महावीर के भी चित्र हैं।"

(पृ. 262, 'हिंदुत्व' ले. नरेंद्र मोहन, प्रभात प्रकाशन, नई दिल्ली)

स्पष्ट सी बात है कि संविधान में दिए इन चित्रों का तात्पर्य ही है भारतीय संस्कृति की पृष्ठभूमि को रेखांकित करना। ये चित्र भारत के इतिहास की ओर भी संकेत करते हैं। भारत के विभिन्न राजनीतिक दल धर्मनिरपेक्षता की आड़ में अल्पसंख्यकवाद, अलगाववाद जैसी छिछली राजनीति कर वोटबैंक तक अपनी पहुँच बनाने के फेर में भारतीय संविधान की मूल अवधारणा को ही दृष्टि ओझल करने की कोशिशें करते हैं। भारतीय राजनीति से जुड़े अधिकांश लोगों में अपनी संस्कृति के तत्त्वों को लेकर विभ्रम और अनभिज्ञता की स्थिति है। वह भारत के पूरे सांस्कृतिक चरित्र को पश्चिमी चश्मे से देखना चाहता है। सबसे अधिक विभ्रम अंग्रेज इतिहासकारों और विचारकों ने फैलाया और उनकी 'हाँ में हाँ' मिलाते कुछ भारतीयता विरोधी भारतीय विचारकों एवं लेखकों ने भी फैलाया। इन सभी का लक्ष्य था—भारत को मानसिक स्तर पर विभाजित रखना। पहले आर्यों और द्रविड़ों में विभाजित किया और बाद में यह स्थापित करने में लग गए कि भारत कभी एक संगठित राष्ट्र के रूप में नहीं रहा और न ही वह कभी सांस्कृतिक या राजनीतिक इकाई के रूप में पहचाना गया। यहाँ अनेक संस्कृतियाँ थीं और धीरे-धीरे इस दुष्प्रचार ने भारत की सांस्कृतिक और राजनीतिक एकता की पक्षधरता को ही लोगों के मस्तिष्क से कमजोर कर दिया। यदि बार-बार किसी एक ही झूठ की दोहराया जाए तो एक समय के बाद वह सत्य सा प्रतीत होने लगता है। भारत के अधिकांश तत्कालीन कांग्रेसी नेता भी अंग्रेजों और ईसाई पादरियों द्वारा फैलाई जा रही अवधारणाओं को सत्य मानकर चलने लगे थे। तिलक, महामना मदनमोहन मालवीय, हेडगेवार, महर्षि अरविंद जैसे विचारकों ने अंग्रेजों की इस कुटिलता का विरोध किया, परंतु भारतीय राजनीति उस समय अर्धमूर्च्छित सी अवस्था में इस अवधारणा की स्वीकार कर बैठी थी और यह मान लिया कि वास्तव में भारत की कोई एक भू-सांस्कृतिक अवधारणा नहीं है। यह एक विडंबनापूर्ण स्थिति थी। यह सांस्कृतिक बिखराव राजनीति के हर स्तर पर दिखाई पड़ने लगा।

इस सांस्कृतिक बिखराव को कुछ महापुरुषों और राजनीतिक दल ने रोकने का भी प्रयास किया। संविधान के 'मौलिक अधिकारों' वाले भाग के पहले राम, सीता और लक्ष्मण का चित्र देकर यह संकेत दिया गया कि 'रामराज्य' तभी आ पाएगा, जब नागरिकों को विधि के सामने समानता का अधिकार प्राप्त हो, चाहे वह शिक्षा या अभिव्यक्ति की समानता हो या शोषण, जातीयता, लिंगभेद आदि के विरुद्ध समानता का अधिकार हो। इसी प्रकार संविधान के 'राज्य के नीति-निर्देशक तत्त्व' वाले भाग से पूर्व नीतिज्ञ भगवान् कृष्ण को अर्जुन को उपदेश देने का चित्र देने के पीछे भी भारतीय राजनीति में नीतिगत व्याख्या का प्राचीनतम स्वरूप दिग्दर्शित करने का ही भाव निहित है। सभी जानते हैं कि श्रीमद्भगवद्गीता में लोककल्याण के लिए व्यक्ति के क्या कर्तव्य हैं, नीति को निर्धारित करनेवाले कौन से तत्त्व हैं, इन सबका विशद् विवेचन श्रीकृष्ण ने अर्जुन के बहाने किया है। इन सबके पीछे एक ही उद्देश्य है कि राष्ट्र की वर्तमान राजनीतिक भावना को भारत की हजारों वर्षों पुरानी संस्कृति और उसके प्रतीकों के साथ भी जोड़ा जाए, तभी इस राष्ट्र की विशेषता को विश्व समुदाय पहचान पाएगा।

भारत की प्राचीन राजनीति, जो उसके सांस्कृतिक प्रवाह में घुली-मिली है और जिसका आधार ही था आध्यात्मिक चिंतन, परंतु उद्देश्य सर्वदा ही मानव मात्र का कल्याण रहा है। दुःखद यह रहा कि संविधान निर्माण के कुछ समय बाद से स्वार्थपरक राजनीति के चलते संविधान का जो पाठ देश की जनता के लिए प्रकाशित किया गया, उनमें से वे सारे चित्र गायब कर दिए गए, जो प्रतीक रूप में राष्ट्र को प्रेरणा देने के लिए अंकित किए गए थे। यह एक राजनीतिक छल कहा जाएगा, जो अक्षम्य है। कम-से-कम संविधान निर्माताओं ने जिस भावना से उसे रखा था और उस पर अपने हस्ताक्षर भी किए थे, उस भावना को तो सुरक्षित और अक्षुण्ण रखा जाना चाहिए था। परंतु स्वार्थी और अंधी राजनीति ने वोटबैंक साधने के लिए ऐसा किया होगा, यह विश्वास पुष्ट होता है। स्वाधीनता आंदोलन के समय राजनीति के माध्यम से

जिस राष्ट्रवाद के दर्शन हम सबको हुए थे, वह आजादी के बाद वोट राजनीति के लिए अपने-अपने ढंग से उपयोग में आने लगा।

यह सभी को ज्ञात है कि राष्ट्र केवल एक भौगोलिक या राजनीतिक इकाई ही नहीं होता। राष्ट्र सबसे पहले व्यक्ति की चेतना में पैदा होता है। अथर्ववेद का एक मंत्र है—

भद्रमिच्छन्त ऋषयः स्वर्विदस्तपो दीक्षामुपनिषेदुरग्रे।
ततो राष्ट्रं बलमोजश्च जातं तदस्मै देवा उपसंनमन्तु॥

(अथर्व. 19-41-1)

अर्थात् समस्त मानवों का कल्याण करने की इच्छा से ऋषियों ने सृष्टि के प्रारंभ में दीक्षा लेकर तप किया और उससे राष्ट्रीय बल तथा ओज प्रकट हुआ, जिससे राष्ट्र का निर्माण हुआ। इसलिए सभी बुद्धिमान प्राणी इस राष्ट्र को नमन करें तथा उसकी सेवा करें।

यह मंत्र बताता है कि राष्ट्रीय चेतना की भारतीय जड़ें कितनी गहराई में हैं। सिद्धांततः कोई भी अधिकार राष्ट्र से ऊपर नहीं हो सकता। हर नागरिक को राष्ट्रीय हितों को ही सबसे ऊपर रखना चाहिए। राष्ट्रीय हित क्या हैं, इसका निर्णय लेने का अधिकार केवल राजनीतिज्ञों का नहीं है। हर नागरिक जो अपने राष्ट्रीय मूल्यों, आदर्शों, परंपराओं के उद्‌गम स्रोत को जानता है, वह राष्ट्रीय हितों की परिभाषा भी समझता है। इस ज्ञान में ही भारत की एकात्मता और सांस्कृतिक, भौगोलिक तथा राजनीतिक राष्ट्रवाद के सूत्र छिपे हैं, जिससे भारत राष्ट्र का निर्माण हुआ है। काल के प्रचंड प्रवाह में या प्रमाद में उस ज्ञान पर काले बादल छा गए, परंतु राष्ट्र की अस्मिता के लिए उस ज्ञान को पुनः सामने लाने का भगीरथ प्रयास हर युग में अपेक्षित है। यह सत्य है कि राजनीति व्यक्ति को संकीर्ण सोच का बना देती है, परंतु भारत की सांस्कृतिक अस्मिता को पहचानना है तो उस संकीर्णता को छोड़कर दृष्टि को विराट् बनाना पड़ेगा। संस्कृति पर भाषण देने से ही सर्वगुण-संपन्न राजनीतिज्ञ नहीं

बना जा सकता, क्योंकि उनमें तब तक कोई बदलाव नहीं आएगा, जब तक वे अपनी संस्कृति के गहरे अंतस में उतरने की विधि नहीं जान लेते।

आर्थिक राष्ट्रवाद इन सबसे थोड़ा भिन्न प्रकार की विचारधारा है। एक सर्वमान्य परिभाषा यह दी जाती है कि किसी देश की आर्थिक विचारधारा तब आर्थिक राष्ट्रवाद के अंतर्गत आ जाती है, जब वह देश अपने अर्थतंत्र, पूँजी निर्माण, श्रमशक्ति के संबंध में घरेलू नियंत्रण रखना चाहता है और आवश्यकता पड़ने पर 'कर' तथा अन्य पाबंदियाँ भी लगा सकता है। संरक्षणवाद और वाणिज्यवाद इसके दो प्रमुख घटक हैं। आयातित वस्तुओं पर शुल्क लगाना, अन्य सरकारी प्रतिबंधक नियमों द्वारा विदेशी कंपनियों (समवायों) द्वारा स्थानीय बाजारों और समवायों के अधिग्रहण को रोकना आदि संरक्षणवाद के अंतर्गत आता है। संरक्षणवाद वह आर्थिक नीति है, जिसका अर्थ है—विभिन्न देशों के बीच व्यापार आदि पर कुछ आवश्यक प्रतिबंध लगाना। वाणिज्यवाद सैद्धांतिक रूप से व्यापारिक क्रांति से उद्‌भूत एक आर्थिक विचारधारा है, जिसका प्रारंभ यूरोप में 16वीं से 18वीं शताब्दी के मध्य हुआ। इसे ही वणिकवाद या व्यापारवाद कहा गया।

यदि धर्म, समाज और राष्ट्र को दृष्टि ओझल कर कोई आर्थिक स्वार्थों के आधार पर ही एकता या अंतरराष्ट्रीयवाद स्थापित करना चाहता है तो ऐसी एकता सीमित भू-क्षेत्रों में संभव नहीं। यह व्यवस्था अखिल विश्वस्तर पर ही संभव हो सकती है, जिसमें विभिन्न प्रकार की आर्थिक अभिरुचि रखनेवाली संपूर्ण मानवता को समाविष्ट करना होगा। वर्तमान समय में औद्योगीकरण किसी भी देश के विकास को जानने का मापदंड बन चुका है। यही कारण है कि दुनिया के तमाम राष्ट्रों के बीच वर्चस्व की होड़ मची रहती है और इसके लिए युद्ध या संघर्ष भी होते रहते हैं। एक राष्ट्र अपने देश के अतिरिक्त उत्पादन की बिक्री के लिए दूसरे देश को अपना बाजार बनाना चाहता है और इस स्पर्धा में कभी-कभी युद्ध या संघर्ष भी अनिवार्य हो जाता है। आर्थिक विषमता इसलिए भी आती है, क्योंकि मशीनों के अधिक उपयोग से व्यक्ति बेरोजगार होने लगा है। मशीनें मनुष्य की सुख-सुविधा के लिए होती हैं, परंतु

उनका अधिकाधिक उपयोग भस्मासुर की तरह हो जाएगा। यदि उसे नियंत्रित नहीं किया गया तो वह अपने निर्माता को ही समाप्त कर देगी। आर्थिक राष्ट्रवाद के लिए आवश्यक है कि मशीनों के नियंत्रित उपयोग के साथ स्वदेशी चीजों के निर्माण और उनका देश के भीतर खपत तथा बाहरी देशों के लिए निर्यात करने की भी स्थिति बनी रहे। सहकारिता के साथ कार्य करने पर पैसा, श्रम या बुद्धि लगानेवाले अलग-अलग व्यक्ति हो सकते हैं, परंतु लाभ में सबका भाग होना चाहिए। ऐसा नहीं होने पर ही संघर्ष की स्थिति उत्पन्न होती है। भारतीय परिस्थिति के अनुकूल ही औद्योगीकरण का प्रारूप होना चाहिए। लघु और कुटीर उद्योगों का प्रचार-प्रसार होना चाहिए और उन्हें बड़े औद्योगिक केंद्रों को सहयोग देना चाहिए। बड़े उद्योगों के उपकरण या साधन के रूप में ये लघु या गृह उद्योग होने चाहिए। उदाहरण के लिए, साइकिल या पंखों के छोटे-छोटे उपकरण अलग-अलग स्थानों पर लघु उद्योग के रूप में हों और उन सबको लाकर एक बड़े औद्योगिक केंद्र के साथ जोड़ दिया जाए। इसी तरह कृषि और औद्योगिक क्षेत्र में भी समन्वय की स्थापना हो सकती है। किसान गन्ने की फसल अपने-अपने खेतों में उगाते हैं और उसे लाकर चीनी मिलों को देते हैं। इससे राष्ट्र के भीतर बेरोजगारी, संघर्ष या गरीबी की स्थिति आने नहीं पाएगी और गाँव शहर के बीच का अंतर भी समाप्त होता है।

विदेशी कंपनियों की स्थापना से स्वदेशी का क्षरण तो होता ही है, साथ ही यह विकास केवल आयातित विकास होकर रह जाता है। "उद्योगों के राष्ट्रीयकरण का अर्थ है—राज्य का पूँजीवाद, जिसमें पूँजीवाद के सभी गुण-दोष विद्यमान हैं। मैं भविष्य में औद्योगिक सहकारिता की व्यवस्था देखना चाहता हूँ, जिसमें सहकारी संस्था का सदस्य ही नहीं, बल्कि विशाल समाज के हर सदस्य की स्वयं की जिम्मेदारियाँ और नैतिक बंधन का ज्ञान हो, केवल अधिकारों की माँग और कर्तव्य से बचने के उपायों का नहीं। भारतीय संस्कृति में कर्तव्य और समाज के प्रति नैतिक बंधनों की भावना पर बल दिया गया है।"

(पृ. 53, श्रीगुरुजी समग्र, खंड-9, सुरुचि प्रकाशन)

आर्थिक राष्ट्रवाद की चर्चा करते हुए दो-तीन मूलभूत कारणों पर विचार करना आवश्यक है। पहला, बेतहाशा बढ़ रही जनसंख्या को कम करने के उपायों और राजनीतिक संकल्पशक्ति का; दूसरा, उद्योगों की स्थापना से पूर्व सम्यक् विचार-विमर्श और उचित मानदंडों के पालन की। उपलब्धियों के प्रदर्शन मात्र से हम आर्थिक रूप से आत्मनिर्भर नहीं बन सकते। हम भारत के संदर्भ में एक पुराना उदाहरण ले सकते हैं। भिलाई में इस्पात के कारखाने की स्थापना के लिए लगभग एक सौ वर्गमील जमीन का अधिग्रहण किया गया, जहाँ बहुत अच्छे किस्म के चावल का उत्पादन होता था। इस स्थान से खदान की दूरी लगभग तीस कि.मी. थी। अब यदि कृषि योग्य उपजाऊ भूमि के अधिग्रहण के स्थान पर उसके आसपास जहाँ कहीं अनुपजाऊ भूमि थी, उसे लिया गया होता तो चावल के उत्पादन पर दुष्प्रभाव न पड़ता। कृषि और उद्योगों के बीच प्रायः यह सामंजस्य नहीं दिखाई पड़ता। शहरों का विस्तार भी कृषि भूमि का अतिक्रमण करता है। एक तरफ जनसंख्या वृद्धि से अधिक संसाधनों और अन्न की आवश्यकता होती है तो दूसरी ओर असामंजस्य पूर्ण उद्योगों की स्थापना तथा शहरों के विस्तार के फलस्वरूप कृषिभूमि पर अतिक्रमण राष्ट्र के आर्थिक ढाँचे को कमजोर करता है और देश को दूसरों का मुखापेक्षी होना पड़ता है। विदेशी सहायता या प्रदर्शन की भावना से राष्ट्र का कल्याण नहीं हो सकता।

वैदिक अर्थव्यवस्था में भी कृषि कार्य को गौरवपूर्ण कार्य माना जाता था, इसलिए इंद्र और पुषा देव इस कार्य के साथ जुड़ते हैं। यजुर्वेद में राजा के चार प्रमुख कार्य बताए गए हैं—1. कृषि की उन्नति, 2. जनकल्याण, 3. राष्ट्र की श्रीवृद्धि, 4. राष्ट्र को पुष्ट बनाना। कृषि इनमें प्रथम स्थान पर है। शतपथ ब्राह्मण में कृषि कार्य को 'कृषन्तः, वपन्तः, लुनन्तः, मृणन्तः' के द्वारा व्याख्यायित किया गया है, अर्थात् कर्षण यानी खेत की जुताई, वपन अर्थात् बीज बोना, लवन यानी पकी फसलों की कटाई और मर्दन यानी मड़ाई करके उन फसलों में से अन्न प्राप्त करना। वेदों और संहिताओं में प्रमुख रूप से बारह प्रकार के अन्नों का उल्लेख मिलता है, जिसमें व्रीहि (धान),

यव (जौ), माष (उड़द), तिल, मुद्ग (मूँग), खल्व (चना), अणु (पतला चावल), श्यामाक (सावां), गोधूम (गेहूँ), मसूर, नीवार (कोदों) आदि हैं। वेदों में खाद के लिए करीष, शकन्, शकृत् (गोबर) का उल्लेख है।

पशुपालन भी वैदिक काल में एक प्रमुख व्यवसाय था। पशुसंवर्धन और पशुपालन सामाजिक और राष्ट्रीय महत्त्व के थे। गोष्ठ, गोशाला, व्रज आदि इससे संबंधित शब्दावलियाँ थीं। व्रज घिरे हुए बाड़े के रूप में होते थे, जिनमें गाय, बैल, अश्व, भेड़, बकरी आदि सभी रहते थे। इसके अलावा भी वेदों में लगभग एक सौ चालीस वृत्तियों (आजीविका के साधनों) का उल्लेख मिलता है। शिल्पियों और श्रमजीवियों की आर्थिक स्थिति उत्तम थी। सूती, ऊनी, रेशमी वस्त्रों का उद्योग भी सुप्रतिष्ठित था। ऊनी वस्त्रों के लिए 'ऊर्णायु', रेशमी के लिए 'तार्प्य' और सूती वस्त्रों के लिए 'वासस्' शब्दों का प्रयोग होता था। 'तंत्र' करघा को कहते थे तो तंतु और ओतु ताना-बाना के लिए प्रयुक्त होता था। मयूख धागा तानने की खूँटियाँ थीं। रथ, गाड़ी और उन पर नक्काशी का काम करनेवाले को रथकार या तक्षन् अथवा त्वष्टा कहते थे, जिन्हें आज हम बढ़ई के नाम से जानते हैं। कर्मार लौहकार (लोहार) को कहते थे, जो लोहे को तपाकर बरतन, औजार, अस्त्र-शस्त्र भी बनाते थे। यजुर्वेद में एक शब्द आता है—यांत्रिक। यह कारीगर या मिस्त्री (Mechanic) के लिए प्रयुक्त होता था। तैत्तिरीय संहिता में एक मंत्र है—

वातानां यन्त्राय, ऋतूनां यन्त्राय, दिशां यन्त्राय,
तेजसे यन्त्राय, ओजसे यन्त्राय।

(तैत्ति सं. 1-6-1-2)

अर्थात् वात यंत्र यानी वायु विज्ञान संबंधी यंत्र, ऋतु यंत्र यानी ग्रीष्म आदि ऋतुओं का बोधक यंत्र, दिग्यंत्र यानी दिशाबोधक यंत्र, तेजो यंत्र, यानी प्रकाश का नियंत्रक यंत्र और ओजो यंत्र, यानी ऊर्जा नापने का यंत्र।

हिरण्यकार सोना, चाँदी आदि धातुओं को गलाकर विविध आभूषण बनाने का काम करते थे। मणिकार इन आभूषणों में रत्न या मणि जड़ने का

काम करते थे। चर्मकार या चर्मम्न चमड़े का सामान जैसे—चाबुक, धनुर्ज्या (धनुष की डोरी), ढोल (दुंदुभि), मशक आदि बनाते थे। नक्काशी या वस्त्रों पर कढ़ाई का काम करनेवाले को 'पेशिता' कहते थे। सौचिक सिलाई का काम करनेवाले को तो रजयित्री वस्त्रों की रँगाई करनेवाली स्त्रियों को कहा जाता था। आंजनीकारी आँख के लिए सुरमा बनानेवाली तो वप्ता (नाई) बाल और दाढ़ी बनाने का काम करता था। मलग वस्त्र धोने तो भिषक् वैद्य या चिकित्सक के लिए प्रयुक्त होता था। ज्योतिषी के लिए नक्षत्र-दर्श शब्द आता है। यह एक प्रसिद्ध व्यवसाय था उस समय। प्रश्नविवाक न्यायाधीश के लिए प्रयुक्त शब्द है और न्यायालय (कोर्ट) भी एक बड़े व्यवसाय के रूप में था। द्यूत को भी कुछ लोगों ने आजीविका का साधन बना लिया था, परंतु वेदों ने इसे दुर्व्यसन माना और छोड़ने का आदेश दिया।

इन सबके अतिरिक्त कलात्मक वृत्तियाँ भी थीं, जिसमें नृत्य, संगीत और वाद्य आदि आते थे। इन सब सामानों के क्रय-विक्रय के लिए व्यापार एकमात्र साधन हुआ करता था। क्रय के लिए पण और प्रपण तथा विक्रय के लिए प्रतिपण शब्द का प्रयोग होता था। मूल्य (दाम) के लिए 'वस्न' और शुल्क शब्द आया है। यजुर्वेद में व्यापार का आधार आदान-प्रदान बताया गया है।

वैदिक काल में समुद्री व्यापार भी बहुत प्रचलित था। बड़ी समुद्री नौकाओं (पोतों) में सैकड़ों अरित्र (पतवार) लगते थे। इन्हें अथाह समुद्र में चलनेवाला बताया गया है—अनारम्भणे अग्रभणे समुदे˙˙˙ (ऋग्. 1-116-4) अश्विनीकुमार के रथ को 'श्येनपत्वा', अर्थात् बाज की तरह उड़नेवाला और मन से भी तीव्र गतिवाला बताया गया है—रथो अश्विना श्येनपत्वा मनसो जवीयान्। (ऋग्. 1-118-1)। इससे ज्ञात होता है कि वैदिक ऋषियों को आकाशीय यात्रा का भी सम्यक् ज्ञान था। विविध उद्योगों से जो वस्तुएँ तैयार होती थीं, उन्हें स्थल मार्ग, समुद्री मार्ग या जल मार्ग से भेजा जाता था। स्थल मार्ग से सामानों को ढोने के लिए पशुओं और यानों का उपयोग किया जाता था।

संक्षेप में आर्थिक राष्ट्रवाद को किसी राष्ट्र की कुछ विशेष आर्थिक नीतियों से जोड़कर नहीं, अपितु राष्ट्र से जोड़कर समझने का प्रयास करना चाहिए। राष्ट्र के आर्थिक हित से जुड़े बिंदुओं को आर्थिक राष्ट्रवाद के रूप में समझा जा सकता है। स्वदेशी का अधिकाधिक विकास और रोजगार के माध्यम से गरीबी का उन्मूलन किसी भी देश के आर्थिक राष्ट्रवाद की नींव है। औपनिवेशिक शासन के अंतर्गत भारत उस समय औद्योगिक क्षेत्र में अल्पविकास की प्रक्रिया से गुजर रहा था, जिसके दो प्रमुख कारण थे—एक, भारत के स्वदेशी उद्योग-धंधों का पतन; दूसरे, आधुनिक उद्योग के तीव्र विकास की विफलता। इन दोनों ही कारणों ने भारत में रोजगार के अवसर समाप्त किए और गरीबी बढ़ाई। एक समय में यही भारत देश था, जो महान् उत्पादक देश था और एशिया तथा यूरोप के अधिकांश भागों में अपनी वस्तुओं का निर्यात करता था, परंतु अंग्रेजों के शासनकाल तक आते-आते स्थिति विपरीत हो गई और भारत स्वयं ब्रिटेन से कपड़ों का आयात करने के लिए विवश हो गया। भारत की संपत्ति विदेशों में जाने के कारण रोजगार के अवसर कम होने के साथ गरीबी भयावह रूप से बढ़ने लगी। औद्योगिक रोजगार के सिकुड़ने की वजह से कृषि पर दबाव बढ़ा, जो एक विकट समस्या थी। अंग्रेजों ने अपने सस्ते मशीन निर्मित वस्तुओं को बेचने के लिए अपनी राजनीतिक शक्तियों का उपयोग किया। भारत का हस्तशिल्प धीरे-धीरे नष्ट होने लगा। इन सब स्थितियों का आकलन करने से एक निष्कर्ष पर पहुँचा जा सकता है कि किसी भी राष्ट्र के देशभक्त बुद्धिजीवियों और प्रबुद्ध नागरिकों को ही यह तय करना होगा कि अत्यावश्यक राष्ट्रीय आर्थिक हित कौन से हैं, तभी उनका संरक्षण किया जा सकता है। इस महान् और प्राचीन राष्ट्र की संतानें हम स्वाभाविक रूप से यह कामना करते हैं कि हमारा राष्ट्र समृद्ध, वैभवशाली और अपराजेय रहे। समृद्धि की यह कामना और उस हेतु नित सजग एवं सतत प्रयास ही भारत का आर्थिक राष्ट्रवाद है।

□

राज्य और राष्ट्र जीवन

राष्ट्र की परिभाषा एक ऐसे मानव-समूह के रूप में की जा सकती है, जो एक भौगोलिक सीमा में साथ-साथ रहते हुए एक निश्चित समान परंपरा, समान हितों तथा समान भावनाओं से बँधे होते हैं। सामान्य अर्थों में राज्य किसी संगठित राजनीतिक शासन व्यवस्था वाले भूभाग को कहते हैं, जिसका शासक कोई राजा होता है और उसके शासन व्यवस्था में प्रजा या प्रजा के प्रतिनिधियों का कोई स्थान नहीं होता। परंतु लोकतंत्र में राज्य किसी बड़े राष्ट्र के अपने एक प्रांत के रूप में जाना जाता है। उदाहरण के लिए, भारत जैसे लोकतांत्रिक राष्ट्र में उसके अपने कई प्रांत हैं, जैसे उत्तर प्रदेश, बिहार, तमिलनाडु, महाराष्ट्र, केरल आदि। इन राज्यों में भी प्रजातांत्रिक व्यवस्था से ही शासन चलता है। राष्ट्रवाद और इन आधुनिक राज्यों (प्रांतों) के बीच एक ऐतिहासिक संरचनागत संबंध पाया जाता है।

तो सबसे पहले हम थोड़ी सी चर्चा राज्य के प्राचीन स्वरूप पर कर लेते हैं, जिसका शासक कोई राजा होता था और राज्य के शासन में प्रजा का कोई प्रतिनिधित्व नहीं होता था, क्योंकि राज्य के इस पुराने स्वरूप को समझे बिना हम आगे की बातें नहीं समझ सकते। प्राय: प्राचीन विश्व समाजों में देखते हैं कि राजघरानों की आपसी शादियों में प्रतिष्ठा का प्रदर्शन करने के लिए पूरा-का-पूरा कोई एक भू-क्षेत्र उपहार या दहेज के रूप में दूसरे पक्ष को दे दिया जाता था और रातोरात उस भूखंड पर स्थित राज्य की प्रजा दूसरे राज्य की प्रजा बन जाती थी। पहले राजकुमारियों के विवाह में दास-दासियों तथा

धन-संपत्ति के साथ प्रजा सहित दस-बीस गाँव या नगर उपहार में दे दिए जाते थे। यह उस राज्य की प्रतिष्ठा का प्रश्न होता था। परंतु इस सत्ता हस्तांतरण का कोई प्रभाव वहाँ की प्रजा पर नहीं पड़ता था। यहाँ से वहाँ आवागमन या व्यापार आदि पर कोई गंभीर प्रश्न नहीं हुआ करता था और न ही राजा के इस कृत्य का विरोध होता था। सामान्य प्रक्रिया में ली जाती थीं इस प्रकार की घटनाएँ। कोई दोनों ही संबंधी-राज्यों में कहीं भी जाकर अपना काम कर सकता था। इसके लिए कोई रोक-टोक या पात्रता की शर्तें नहीं होती थीं। कभी-कभी दो राज्यों के बीच युद्ध या अपना अलग राज्य बना लेने के कारण भी भौगोलिक सीमाएँ बदल जाती थीं। स्थानीय स्तर पर कोई जागीरदार या जमींदार प्रजा पर अपना शासन करता था। संस्कृति, राजनीति, कानून, प्रशासन सब विकेंद्रित थे। इनमें कहीं कोई समरूपता या साम्य नहीं होता था। यही कारण था कि हम प्राचीन यूरोप में आचार-विचार और सांस्कृतिक बहुरूपता पाते हैं।

सोलहवीं-सत्रहवीं शताब्दी के आसपास यूरोप में नए प्रकार के राज्यों के स्वरूप ने राष्ट्रवाद की एक आधारभूमि भी तैयार की। राज्य का यह स्वरूप केंद्रीकृत और अविभाजित संप्रभु सत्ता का स्वरूप था। 1688 में इंग्लैंड में राजशाही और संसद् के बीच टकराव की एक बड़ी घटना घटित हुई, जिसे 'ग्लोरियस रिवोल्यूशन' के रूप में जाना जाता है। इस टकराव में लैटिन का शब्द 'नेशियो' महत्त्वपूर्ण ढंग से प्रचलन में आया, जिसका शाब्दिक अर्थ था—मूल या उद्गम। यही 'नेशियो' नेशन बना और नेशन से नेशनलिज्म। यह नेशियो शब्द प्रारंभ में पूँजीपति वर्ग के लिए उपयोग में लाया जाता था, परंतु आगे चलकर इसका अर्थ व्यापक हो गया और यह नेशन या देश के लिए प्रयुक्त होने लगा। 18वीं सदी में यूरोप में औद्योगिक क्रांति दौरान पूँजीपति वर्ग इसी 'नेशनलिज्म' या राष्ट्रवाद की विचारधारा के आलोक में एकताबद्ध हुए और राजनीतिक प्रतिनिधित्व भी किया।

धीरे-धीरे राजशाहियाँ निरंकुश और अत्याचारी होने लगीं और उनके

अत्याचारों का विरोध करने के लिए जनता को बार-बार आंदोलन करने के लिए विवश होना पड़ा। फ्रांसीसी क्रांति जैसी घटनाएँ इस प्रकार के आंदोलनों का प्रतिफल थीं। विद्रोह का यह इतिहास बहुत पहले से चला आ रहा था। जो साम्राज्य बहुजातीय और बहुभाषीय थे, वे पहले कई राज्यों के समूह के रूप में राष्ट्र बने और फिर आगे चलकर टूट गए। परंतु राष्ट्रवाद ने इन बहुभाषीय और बहुजातीय राज्यों को एकता के सूत्र में पिरोए रखने का काम किया। इस संदर्भ में मुसोलिनी की विचारधारा उल्लेखनीय है कि 'राष्ट्र राज्य का निर्माण नहीं करता, अपितु राज्य द्वारा राष्ट्र का निर्माण होता है।'

प्रथम विश्वयुद्ध के बाद राष्ट्रवाद ने राज्यों की शक्ति को भी बढ़ाने का काम किया। आज भी प्रायः दिखलाई पड़ता है कि राष्ट्रवाद शासन में विद्यमान लोगों के हाथों को सबल बनाता है। टैगोर मानते थे कि सामाजिक रूढ़ियाँ राष्ट्रवाद के विकास में बाधक हैं, यानी समाज को रूढ़ियों से मुक्त करना राष्ट्रवाद का एक विशेष लक्षण है। हालाँकि टैगोर ने राष्ट्र-राज्य की आक्रामक नीतियों की आलोचना भी की। "चूँकि राष्ट्रवाद के नाम पर राज्य शक्ति का अनियमित प्रयोग अनेक अपराधों की जन्म देता है, इसलिए युद्धोन्माद को बढ़ाता हुआ राष्ट्रवाद अपने समाज विरोधी रूप में उपस्थित होता है।"

राज्य और विचारधारा जब अपनी-अपनी जगह कट्टर हो जाते हैं और स्वयं को ही सत्य के स्थान पर प्रतिष्ठापित करने लगते हैं, तब राष्ट्र जीवन के सामने संकट खड़ा होने लगता है। प्राचीन भारतीय दृष्टि से देखें तो राष्ट्र एक सांस्कृतिक इकाई है और राज्य प्रशासनिक। राज्य को पृथक् मौलिक और स्थायी इकाई कभी नहीं स्वीकार किया गया। परंतु अंग्रेजों की परतंत्रता से भौतिक रूप से 1947 में मुक्त होने, परंतु मानसिक रूप से उनके विचारों से प्रभावित संविधान निर्माताओं ने भारत का निर्माण अनेक राज्यों के संघ के रूप में माना, जैसा अंग्रेजों ने विभाजन की कूटनीति के कारण पहले भी किया था। अंग्रेजों से पूर्व यूनानियों, इसलामी आक्रमणकारियों तक ने भारत

को एक अखंड राष्ट्र माना था, परंतु अंग्रेजों ने भारत को अनेक राज्यों के समूह के रूप में माना और यह भी कि इन राज्यों की अपनी अलग-अलग संस्कृतियाँ हैं और उन्हें अपनी रक्षा का अधिकार है। दुःखद था कि अंग्रेजों की इस विभाजनकारी मानसिकता को हमारे संविधान निर्माताओं ने भी स्वीकार कर लिया और संविधान के प्रथम अनुच्छेद में लिखा—

भारत-अर्थात्—इंडिया-राज्यों का संघ होगा।

दूसरे अनुच्छेद में लिखा गया—

राज्य और उनके राज्य क्षेत्र होंगे।

संविधान निर्माताओं की इस भूल में भारत राष्ट्र का स्वरूप कहीं नहीं है। राष्ट्रगान, राष्ट्रध्वज, राष्ट्रपति, राष्ट्रीय मार्ग जैसी शब्दावलियाँ तो हैं, पर राष्ट्र कहीं नहीं है। अंग्रेजी दासता से मुक्ति मिली, पर हमारा संविधान लिखा गया अंग्रेजी भाषा में। इस विडंबना के साथ हम भारत राष्ट्र के सत्य को कैसे देख सकते हैं?

'सत्य क्या है?' यह विषय सदियों से भारतीय ऋषियों, तपस्वियों, विचारकों और चिंतकों की जिज्ञासा के मूल में रहा है। सत्य की खोज सनातन जीवन-यात्रा का उद्देश्य ही रही है। हर युग के समाज ने अपने-अपने ढंग से इसे खोजने और आत्मसात् करने की कोशिशें कीं।

वास्तव में, सत्य का स्वरूप देखनेवाले के दृष्टिकोण से निर्धारित होता है, इसलिए आज तक किसी विचारक ने यह दावा नहीं किया कि वास्तव में सत्य ऐसा ही है और इसलिए अंतिम सत्य के बारे में प्रायः बड़े-बड़े विचारक मौन हो जाते हैं, चाहे वे बुद्ध हों, प्लेटो हों या ईसा मसीह हों। बुद्ध ने बिना कोई युद्ध किए, बिना गृहस्थ जीवन बिताए, जिस सत्य को महसूस कर लिया था, उसी सत्य को सम्राट् अशोक ने लाखों लोगों का संहार और रक्तपात करने के बाद समझा कि 'जीत से बड़ी कोई हार नहीं।' सिकंदर को रक्तपात और संहार के बाद भी नहीं समझ में आया। तो सत्य का स्वरूप

देखनेवाले के दृष्टिकोण से निर्धारित होता है। आप राग में, द्वेष में हैं, विरक्ति में हैं या आसक्ति में हैं, तदनुरूप सत्य का स्वरूप भी होता है।

राष्ट्र-जीवन में अपने राष्ट्र से लगाव रखनेवाला हर व्यक्ति चाहता है कि उसका राष्ट्र विश्व में समृद्धि और प्रतिष्ठा में सबसे ऊपर रहे। यह एक स्वाभाविक कामना है। परंतु ऐसा हो पाना प्रायः कठिन होता है, क्योंकि बाह्य जगत् में इतनी बाधाएँ और प्रतिस्पर्धात्मक संघर्ष है कि व्यक्ति अपनी इस कामना की पूर्ति आसानी से नहीं कर सकता। 'श्रीगुरुजी समग्र खंड-11' से गुरुजी के विचार को उद्धृत करना समीचीन होगा—

"जगत् आज जिस अवस्था में है, मनुष्यों के समूहों, जिनको हम 'राष्ट्र' कहते हैं, में बँटा हुआ है। ये राष्ट्र अधिकाधिक सामर्थ्य एवं समृद्धि तथा पृथ्वी के अधिकांश प्रदेशों पर अपना प्रभुत्व स्थापित करने के लिए परस्पर स्पर्धा में लगे हुए हैं। आदिकाल से लेकर वर्तमान समय तक एक यह मानव-इतिहास का निश्चित लक्षण रहा है। इन सहस्रों वर्षों के काल में घोषणाएँ बदलती रही हैं, परंतु यह आधारभूत तथ्य वैसा ही बना है। मुखौटा भले ही बदला हो, परंतु भावना नहीं।"

(पृ. 269, श्रीगुरुजी समग्र, खंड-11, सुरुचि प्रकाशन, देशबंधु गुप्ता मार्ग, नई दिल्ली)

यह सच ही है, क्योंकि हम देखते आ रहे हैं कि संसार में एक युद्ध के बाद दूसरे युद्ध की स्थिति बनी रह रही है। दो युद्धों के बीच के समय को आप शांति काल या संधि या समझौता काल कह सकते हैं। मनुष्य की आदिम प्रकृति रही है युद्ध और संघर्ष की, इसलिए हम इस विश्व में कभी पूरी तरह शांति स्थापित हुए नहीं देख पाते। एक के बाद एक विश्व के किसी-न-किसी दो देशों के मध्य युद्ध छिड़ जाता है या फिर गृहयुद्ध जैसी स्थितियाँ भी बन जाती हैं किसी-किसी असंतोष के कारण। एक-दूसरे पर प्रभुत्व स्थापित करने की भावना सतत बनी रह रही है मानव समाज में। यह आधिपत्य की प्रबल

भावना ही दो राष्ट्रों को युद्ध की स्थिति में धकेलती है। कभी यथार्थ में अस्त्र-शस्त्र टकराते हैं तो कभी शीतयुद्ध या कूटनीतिक चालों के द्वारा एक-दूसरे पर वर्चस्व का संघर्ष जारी रहता है।

यूरोप के इतिहास पर दृष्टिपात करें तो स्पष्ट होता है कि औद्योगिक क्रांति के बाद वहाँ के देश शक्तिसंपन्न हो गए थे और तब उन्होंने दूसरे देशों पर अपने आक्रात्मक पंजे फैलाए। पुर्तगाल जब सामर्थ्यवान था तो उसने हमारे देश गोवा तक अपना हाथ फैलाया। इंग्लैंड ने तो अपने साम्राज्य को विश्व के कोन-कोने तक फैलाने तक उपक्रम किया। जर्मनी ने आक्रामकता की कहानी दो-दो विश्वयुद्धों के रूप में ही लिख डाली। दूसरी ओर रूस शक्तिशाली बना तो दूसरे विश्वयुद्ध के बाद उसने फिनलैंड, पोलैंड, चेकोस्लोवाकिया आदि राज्यों को अपने में मिला लिया और जर्मनी के कुछ हिस्सों पर भी कब्जा कर लिया। चीन तिब्बत को अपने में मिलाने के बाद लद्दाख, नेफा, अरुणाचल और अन्य हिमालयी राज्यों में हस्तक्षेप करने की फिराक में लगा। इन सारी परिस्थितियों को देखकर यही कहा जा सकता है कि संघर्ष या युद्ध कभी खत्म नहीं हुए। प्रथम विश्वयुद्ध के बाद एक महत्त्वपूर्ण बैठक में विश्व के अनेक राष्ट्रों ने संकल्प लिया कि अब युद्ध नहीं होने चाहिए, क्योंकि इसमें निर्दोष जनता मारी जाती है, परंतु दो दशकों के अंदर ही दूसरे विश्वयुद्ध के द्वारा पूरी धरती रक्त-स्नाता हो गई।

साम्यवाद का जन्म ही इस अवधारणा के साथ हुआ था कि सभी प्रकार के आधिपत्य को नकारा जाए और उसके विरुद्ध एक क्रांति की घोषणा होनी चाहिए। परंतु विश्व का इतिहास उठाकर देखें तो पता चलता है कि अधिकांश आक्रमणों के षड्यंत्र साम्यवाद की आड़ लेकर ही किए गए। "रूस और चीन में साम्यवादी अपने ही राजाओं तथा जागीरदारों के विरुद्ध विद्रोह के रूप में खड़े हुए थे। उन्होंने उनको समाप्त कर सत्ता ग्रहण कर ली, परंतु अल्पकाल में ही साम्राज्यवाद का वही मार्ग 'संसार के मानवों को साम्राज्यवाद तथा पूँजीपतियों के पंजे से मुक्त करने' की नवीन घोषणा

की आड़ लेकर अपनाया। यहाँ तक कि वे अपनी आक्रमणकारी सेनाओं को 'मुक्तिसेना' के नाम से संबोधित करते हैं।"

(पृ. 271, श्रीगुरुजी समग्र, खंड-11, सुरुचि प्रकाशन, नई दिल्ली)

कभी अमेरिका भी ब्रिटेन के साम्राज्यवादी अत्याचारों के विरोध में खड़ा हुआ था, परंतु कुछ वर्षों बाद ही स्थितियाँ बदलीं और अमेरिका इंग्लैंड का पुनः मित्र बन गया। इंग्लैंड तथा फ्रांस कई दशकों तक एक-दूसरे के कट्टर दुश्मन रहे और इंग्लैंड ने जर्मनी के साथ मित्रता निभाने में फ्रांस को कुचल डाला, लेकिन वही फ्रांस और इंग्लैंड ने दोनों विश्वयुद्धों में मित्र बनकर जर्मनी को नष्ट करने का उपक्रम किया। राष्ट्र-राज्यों के बीच परस्पर मित्रता का ऐसा रोचक इतिहास रहा है। इसलिए दूसरे राष्ट्रों से मित्रता के आधार पर अपने राष्ट्र की सुरक्षा के बारे में सोचना अपने को छलने का प्रयास होगा। शक्तिशाली और कमजोर राष्ट्रों के बीच मित्रता का परिणाम हमेशा यही होगा कि शक्तिशाली राष्ट्र सभी संसाधनों का स्वयं उपभोग करेगा और दुर्बल मित्र राष्ट्र बनकर हानि की स्थिति में रहेगा। कम-से-कम अब तक का वैश्विक राजनीतिक इतिहास तो यही बताता है। यहाँ तक कि शक्तिशाली राष्ट्र युद्ध की स्थिति में अपने राष्ट्र की भूमि को युद्ध के विध्वंसक प्रभाव से बचाने की कोशिश करते हैं और दूसरे राष्ट्रों की भूमि पर युद्ध चलाते रहते हैं। उदाहरण के लिए, अमेरिका की सेनाओं को हम लोगों ने कोरिया, वियतनाम आदि देशों में युद्ध करते हुए देखा। इस प्रकार छोटे राष्ट्र बड़े राष्ट्रों के युद्ध क्षेत्र बन जाते हैं।

प्रथम विश्वयुद्ध के समय जर्मनी फ्रांस में अपनी सेना भेजने के लिए पर्वतीय-क्षेत्र का उपयोग न करते हुए तटस्थ रहनेवाले छोटे राष्ट्र नीदरलैंड की समतल भूमि से ले गया। वहीं तुलनात्मक दृष्टि से देखें तो स्विट्जरलैंड भी एक छोटा और तटस्थ राष्ट्र था, परंतु जब अंग्रेजी वायुमान जर्मनी पर बम गिराने के लिए स्विट्जरलैंड की वायु सीमा से गुजर रहा था तो चेतावनी के

बाद भी न मानने पर स्विट्जरलैंड ने उन वायुयानों को मार गिराया था, क्योंकि वहाँ की जनता में राष्ट्रीय स्वाभिमान और स्वतंत्रता के प्रति बहुत आग्रह है। यह अंतरराष्ट्रीय नियम भी है कि युद्ध के समय विदेशी सेनाओं या अस्त्र-शस्त्र ले जाने के लिए तटस्थ-देशों को मार्ग की तरह उपयोग नहीं किया जा सकता। इंग्लैंड ने स्विट्जरलैंड के संदर्भ में उक्त नियमों की उपेक्षा की थी।

यह सारे उदाहरण इसलिए कि प्रत्येक राष्ट्र को अपनी स्वतंत्रता और समृद्धि को बनाए रखने के लिए सबल बनना आवश्यक है। अजेय राष्ट्रीय सामर्थ्य ही वास्तविक राष्ट्रीय जीवन का आधार है। हमें अपने राष्ट्र के भीतर ही वह सामर्थ्य पैदा करना होगा, जिसके कारण दूसरे देश हमसे मैत्री का हाथ बढ़ाएँ। बीसवीं शताब्दी के उत्तरार्ध से भारत में कुछ शब्द बहुत प्रचलित हुए, जैसे पंथनिरपेक्षता और गतिशील तटस्थता। एक आम धारणा यह भी बनी कि अहिंसा और पंचशील के सिद्धांतों से भारत बिना शक्तिशाली बने भी सुखी और सम्मानपूर्वक रह सकता है। परंतु यह भ्रम है। यहाँ वह कहावत याद होनी चाहिए—'सोभती उस भुजंग को, जिसके पास गरल हो।' कई बार राष्ट्र के प्रमुख व्यक्ति सेना को भी विश्वबंधुत्व और अंतरराष्ट्रीयता का संदेश देते दिखाई पड़ जाते हैं। उनका मानना होता है कि हमें अब देश, राष्ट्र आदि की संकुचित सीमाओं से निकलकर वैश्विक बनना चाहिए। अब यदि इस भावना के साथ भारत का वीर सैनिक सीमा पर युद्ध करने जाए तो क्या वह पूरी निष्ठा से राष्ट्र की रक्षा कर सकेगा? ऐसा असंभव है। उसकी विश्वचेतना राष्ट्र चेतना के विरुद्ध विद्रोह भी कर सकती है कभी। फिर क्या ऐसी विश्वचेतना हमारे राष्ट्र को विनाश से बचा लेगी? शायद कदापि नहीं। इसलिए राष्ट्रीय जीवन, राष्ट्रीय सामर्थ्य और राष्ट्रीय भावना आवश्यक है।

□

राष्ट्रीयता और अंतरराष्ट्रीयता

राष्ट्रीयता अपने देश के प्रति उत्कट प्रेम है तो अंतरराष्ट्रीयता पूरे विश्व के मनुष्यों को अपने में देखना और उनके कल्याण की कामना करना है, चाहे वे भले ही किसी दूसरे देश के निवासी हों।

यजुर्वेद का एक प्रसिद्ध मंत्र है—'तन्मे मनः शिवसंकल्पमस्तु।' (यजु. 34-1), उसी में आगे दूसरा मंत्र है—

यस्मिन् सर्वाणि भूतानि आत्मैवाभूद् विजानतः।
तत्र को मोहः कःशोक एकत्वमनुपश्यतः॥

(यजु. 40-7)

दोनों ही मंत्रों का तात्पर्य यह है कि आत्मदर्शन के लिए मन का पवित्र होना आवश्यक है, क्योंकि जब तक मन शुद्ध नहीं होगा, उसमें अच्छे विचार नहीं आएँगे। इन शुभ विचारों से ही ज्ञान का मार्ग खुलता है। मनुष्य को चाहिए कि सबको अपनी तरह समझे और सभी प्राणियों में आत्मा का ही रूप देखे। तब मनुष्य दुःख और शोक के बंधन में नहीं पड़ता।

जहाँ परस्पर प्रेम की भावना है, वही राष्ट्र निरंतर उन्नति करता है। वहीं विश्वकल्याण के लिए ऋग्वेद में कहा गया है कि परस्पर एक-दूसरे के सुख-दुःख में सहायक हों। वेदों में 'शं यो' का प्रयोग समग्र सुख और शांति के संदर्भ में किया गया है। चारों ही वेदों में सौमनस्य, एकत्व, सहृदयता और परस्पर तादात्म्य को विश्वकल्याण का एक महत्त्वपूर्ण साधन बताया गया

है। हम साथ मिलकर चलें, संगठित रूप से कोई बात बोलें, हमारे चित्त में सौमनस्यता हो, हम समान विचार से समष्टिगत निर्णय लें। हमारे हृदय, मन और विचार सह-अस्तित्व की भावना से ओतप्रोत हों—

1. सं गच्छध्वं सं वदध्वं,
सं वो मनान्सि जानताम्।
(ऋग्. 10-191-2)

2. समानो मन्त्रः समितिः समानी,
समानं मनः सह चित्तमेषाम्।
(ऋग्. 10-191-3)

3. समानी व आकूतिः, समाना हृदयानि वः।
समानमस्तु वो मनो, यथा वः सुसहासति॥
(ऋग्. 10-191-4)

अपने राष्ट्र के जन के कल्याण से विश्वकल्याण तक यह सिद्धांत वेदों में प्रतिपादित है। यही राष्ट्रीयता से अंतरराष्ट्रीयता की सहज यात्रा है। यदि मनुष्य के भीतर अपने राष्ट्र और उसके लोगों के प्रति प्रेम की भावना नहीं होगी तो वह राष्ट्रीय नहीं कहा जा सकता और यदि राष्ट्रीयता की भावना न हो तो व्यक्ति अंतरराष्ट्रीयता की बातें कैसे सोच सकता है? तो अंतरराष्ट्रीय भावना के लिए राष्ट्रीय भावना प्राथमिक सोपान है। अपनी माँ के सम्मान के बिना दूसरी स्त्री को माँ की तरह सम्मान देना कदापि नहीं आ सकता।

आधुनिक समय में राष्ट्रीयता या राष्ट्रवाद के आलोचकों की कमी नहीं है और न ही उसे खारिज करनेवालों के तर्क अप्रभावी है। उनका मानना है कि राष्ट्रवाद छोटी-छोटी पहचानों का अस्तित्व या तो समाप्त कर देता है या उन्हें नेपथ्य में धकेल देता है। राष्ट्रवाद के साथ कई अन्य सैद्धांतिक विवाद भी जुड़े होते हैं। उदाहरणार्थ राष्ट्रवाद के साथ आधुनिक संस्कृति और पूँजीवाद

का आपसी संबंध या फिर पूर्व और पश्चिम के राष्ट्रवाद में भेद? धर्म एक महत्त्वपूर्ण कारक है मानव समाज का, फिर भी धर्म के आधार पर राष्ट्र का चरित्र मान्यता नहीं पाता है। यह सिद्धांत हो सकता है, परंतु व्यावहारिकता में हम पाते हैं कि अधिकांश राष्ट्रों की रचना भाषा के साथ-साथ धर्म के आधार पर ही होती है, फिर भी ये दोनों ही कारण राष्ट्र को संगठित रखने में प्राय: नाकाम होते हैं और समय-समय पर विरोध एवं जन आंदोलन होते रहते हैं।

इस सांस्कृतिक और राजनीतिक राष्ट्रवाद को भी अलग-अलग समझने की आवश्यकता है। राजनीतिशास्त्र में राष्ट्रवाद का कोई सर्वमान्य सिद्धांत या सुव्यवस्थित अध्ययन प्राय: न के बराबर है, क्योंकि विभिन्न राष्ट्रों की अपनी अलग-अलग परिस्थितियाँ हैं, इसलिए वहाँ के राष्ट्रवाद या राष्ट्रीयता का चरित्र भी अलग हो जाता है। कई बार इस राष्ट्रवाद ने अत्याचारी शासन से मुक्ति दिलाने में सहयोग किया तो कभी कटुता और युद्ध का कारण भी बना। कई बार तो कई राष्ट्रों के विनष्ट हो जाने का कारण भी बना। यूरोप में बीसवीं शताब्दी के आरंभ में आस्ट्रियाई-हंगेरियाई और रूसी साम्राज्य तथा एशिया और अफ्रीका में ब्रिटिश, फ्रांसीसी, डच और पुर्तगाली साम्राज्यों के विघटन के मूल में राष्ट्रवाद की भावना ही प्रमुख कारण बनी। भारत उसका एक उदाहरण है, जहाँ राष्ट्रीयता की भावना ने अंग्रेजी सत्ता के पाँव उखाड़ दिए और उन्हें वापस जाना पड़ा।

भारत विश्व के अन्य राष्ट्रों के मध्य कुछ विशेष भी है और ऊपर भी। सुभाष चंद्र बोस मानते थे कि भारत के पास विश्व को देने के लिए कोई विशेष संदेश है। मुंशी प्रेमचंद ने बनारसी दास चतुर्वेदी को लिखे अपने पत्र में साफ लिखा—"मेरी आकांक्षाएँ कुछ नहीं हैं। इस समय तो सबसे बड़ी आकांक्षा यही है कि हम स्वराज्य संग्राम में विजयी हों।" परंतु स्वराज्य को अपना सबसे बड़ा मकसद माननेवाले प्रेमचंद सहित कई अन्य विचारक भी राष्ट्रीयता को स्वीकार नहीं कर पाते। उनका मानना है कि राष्ट्रवाद या राष्ट्रीयता पूरे विश्व को राष्ट्रों या गिरोहों में बाँट देता है और सभी एक-दूसरे

को हिंसक दृष्टि से देखते हैं अथवा संदेह करते हैं। ऐसी स्थिति में विश्व में शांति की स्थापना असंभव है। अपने सीमित दायरे के अंदर रामराज्य ही क्यों न स्थापित कर लिया जाए, परंतु वह विश्वकल्याण के लिए उपयोगी नहीं हो सकता।

टैगोर ने राष्ट्रवाद के स्थान पर अंतरराष्ट्रवाद को श्रेष्ठ माना। उन्होंने तीन आधारों पर राष्ट्रवाद की आलोचना की—(1) राष्ट्र-राज्य की आक्रामक नीति, (2) प्रतिस्पर्धी वाणिज्यवाद की अवधारणा और (3) प्रजातिवाद। कुछ विचारकों ने शोषण के अमानवीय उपकरण के रूप में राष्ट्रवाद को देखा तो कुछ ने यह माना कि वैश्वीकरण और तकनीकी विकास ने दुनिया को एक वैश्विक गाँव (ग्लोबल विलेज) में बदल दिया है और इसलिए अब मूल मूल्य के रूप में राष्ट्रवाद या राष्ट्रीयता का कोई महत्त्व नहीं रह गया। यहाँ ध्यान देने पर यह बात स्पष्ट हो जाती है कि राष्ट्रवाद की यह व्याख्या तथ्यहीन है, क्योंकि राष्ट्रवाद का अर्थ देश के प्रति समर्पण की भावना है, जो एक सैनिक के भीतर अपने देश की सीमाओं की सुरक्षा की भावना, साहस और शक्ति प्रदान करता है। विभिन्न धर्मों के अनुयायी, विभिन्न भाषा-भाषी और विविध संस्कृतियों के अभ्यासी होने के बावजूद यदि किसी राष्ट्र के सभी नागरिक एकजुट होते हैं तो उस राष्ट्र पर कोई आंतरिक या बाह्य संकट नहीं आने पाता। भारत राष्ट्रवाद के इस विशेष सर्वव्यापी अर्थ का सदियों से संवाहक रहा है। जब-जब अलगाववादी ताकतों या साम्राज्यवादी शक्तियों ने भारत की सुरक्षा या एकता को खतरा पहुँचाने की कोशिशें की हैं, भारतीयों के भीतर राष्ट्रवाद की गहरी जड़ों ने उनका पूरे आत्मबल एवं स्वाभिमान के साथ सामना किया है और सफलता प्राप्त की।

कम्युनिस्ट विचारधारा भी प्राय: राष्ट्रवाद की भावना को संसार की एकता और कल्याण के लिए बाधा मानते हुए अंतरराष्ट्रीयतावाद को बढ़ावा देती है। उनके अनुसार तो पूरे विश्व के मानवों के मस्तिष्क से राष्ट्रवाद की भावना का उन्मूलन कर देना चाहिए। परंतु हमें रूस का उदाहरण नहीं भूलना

चाहिए। अंतरराष्ट्रीयतावाद को स्वीकार करने और राष्ट्रीयता का परित्याग करनेवाले सोवियत रूस में क्रांति के प्रथम चरण में तो एक सीमा तक भौतिक प्रगति हुई, परंतु धीरे-धीरे वहाँ की जनता का जोश ठंडा होने लगा और बड़े-बड़े कारखानों में मजदूरों को डरा-धमकाकर काम करवाने की स्थिति आ गई। फिर जिस समय हिटलर के टैंक रूस की भूमि को रौंदते जा रहे थे, उस समय अंतरराष्ट्रीयता और कम्युनिज्म का घोष रूस की जनता को राष्ट्र के लिए उठ खड़े होने का जोश भरने में नाकाम रही। रूस के नेताओं को अपने देश की जनता में देशभक्ति की भावना जगाने के लिए अपने वीर पूर्वजों का स्मरण दिलाना और उनसे शौर्य की प्रेरणा दिलाना नितांत आवश्यक लगने लगा। अत: मातृभूमि और अपनी परंपराओं आदि के प्रति श्रद्धाभाव राष्ट्रभक्ति और राष्ट्रीय सुरक्षा के लिए अत्यंत जरूरी है। इसलिए राष्ट्रवाद को नष्ट नहीं किया जा सकता।

राष्ट्रीयता को दृष्टि ओझल करते हुए और सीधे अंतरराष्ट्रीयता या विश्व एकता की बातें करनेवाले कुछ तथाकथित चिंतकों ने राष्ट्र के सामने कई प्रकार के संकट ही खड़े किए हैं। सीधे विश्वशांति या अंतरराष्ट्रीयता के सम्मोहित करनेवाले नारों के पीछे छिपी आक्रामक शक्तियों को चिह्नित करने की आवश्यकता है। हमें उनके आक्रामक उद्देश्यों को भी समझते चलना होगा। अंतरराष्ट्रीय शांति-सम्मेलनों का आयोजन करनेवाले बहुत से राष्ट्र विश्व संहारक अस्त्र-शस्त्रों के निर्माण में भी उतने ही मनोयोग से लगे हुए हैं। हमारे सामने चीन का उदाहरण है। 'पंचशील' सिद्धांत में अपना विश्वास-प्रदर्शन करनेवाला चीन भारत की सीमाओं पर दानवी नृत्य करता रहा है। उसके पहले तिब्बत जैसे धार्मिक और बौद्ध मतावलंबी अहिंसक राष्ट्र को बलात् अपने में मिला लिया। पं. नेहरू ने उस समय हलका सा विरोध किया तो उसने भारत की ओर आँखें तरेरते हुए उसे अपना 'आंतरिक मामला' कहकर शांत करवा दिया। जिस समय उस संधि-पत्र पर दोनों देशों के प्रधानमंत्रियों के हस्ताक्षर हो रहे थे, उसी समय चीन के सैनिक हिमालय के

भारतीय भूभाग में कब्जे की नीयत से आँखें गड़ाए हुए थे।

"गांधीजी के शिष्य तथा प्रसिद्ध अर्थशास्त्री डॉ. जे.सी. कुमारप्पा ने अपनी रूस और चीन की यात्रा के पश्चात् उन दिनों स्पष्ट चेतावनी दी थी कि उनकी (चीन और रूस की) दृष्टि में पंचशील की संधि उस कागज के टुकड़े के बराबर भी मूल्य नहीं रखती, जिस पर लिखी गई है। परंतु साम्यवादी चीन के आक्रमण के सर्वग्रासी भय के सुस्पष्ट चिह्नों के प्रति हमारे नेता आँखें बंद कर अपने स्वप्नलोक में विचरण करते रहे। हमारे देश में साम्यवादियों ने चीन के एक नए मानचित्र की प्रतियाँ बाँटीं, जिसमें हिमालय के सभी क्षेत्रों लद्दाख, नेपाल, सिक्किम, भूटान तथा नेफा (तिब्बत से बाहर निकलती हुई चीन की आक्रामक मुट्ठी की पाँच उँगलियों के पाँच प्रतीक) तथा बर्मा के भाग चीन की सीमा के अंतर्गत दिखाए गए थे।"

(पृ. 280, श्रीगुरुजी समग्र, खंड-11, सुरुचि प्रकाशन, नई दिल्ली)

हमें इस बात का गर्व होता है कि हमारी पंथनिरपेक्षता और अंतरराष्ट्रीयता की भावना के कारण विश्व के बड़े राष्ट्र हमारे मित्र हैं और हमें आर्थिक सहयोग देते हैं। परंतु वहीं पर तथाकथित भारत का मित्र बननेवाला अमेरिका हमारे विरोधी देश पाकिस्तान को भी नवीनतम अस्त्र-शस्त्र की आपूर्ति करता रहा है। दुर्भाग्य से बार-बार इन घटनाओं की भिन्न-भिन्न रूपों में आवृत्ति से भी हम कोई सीख नहीं ले पाए। कम-से-कम अतीत का अध्ययन करते हुए हमें इस सत्य को स्वीकार कर लेना चाहिए कि वास्तविक राष्ट्रीय सम्मान तथा शांति के लिए हमारे राष्ट्र को अजेय राष्ट्रीय शक्ति का निर्माण करना ही होगा। यह राष्ट्रीय शक्ति प्राप्त करने के लिए रास्ता राष्ट्रीयता से होकर ही जाता है। बिना राष्ट्रीयता की भावना के हम विश्वबंधुत्व और शांति स्थापना जैसे महान् सिद्धांतों के केवल उपदेशक मात्र बनकर रह जाएँगे। शक्तिहीन राष्ट्र के तत्त्वज्ञान को विश्व सुनने के लिए तैयार नहीं। हमारे ऋषियों ने बहुत पहले ही उद्घोषणा की थी—

उत्पद्यन्ते विलीयन्ते दरिद्राणां मनोरथाः।

अर्थात् दुर्बलों और निर्धनों की इच्छाएँ हवा में महल बनाने की तरह हैं। पूरा विश्व शक्तिसंपन्न लोगों को ही महत्त्व देता है। दुर्भाग्य से भारत में आजादी के बाद से अहिंसा शब्द का प्रयोग गलत ढंग से होने लगा। शक्ति को हिंसा का पर्याय और उससे परे की स्थिति को अहिंसा के रूप में देखने की प्रवृत्ति पैदा हो गई। यहाँ शक्ति हिंसा का नहीं, सामर्थ्य का पर्याय है। उदाहरण के लिए, यदि कोई शक्तिशाली व्यक्ति किसी कमजोर व्यक्ति पर दया करते हुए उसकी गलतियों को क्षमा कर देता है, तब तो वह अहिंसा का व्यवहार है, परंतु यदि कोई निर्बल और असहाय व्यक्ति किसी शक्तिसंपन्न व्यक्ति को क्षमा-दान देने की कोशिश करेगा तो वह हास्यास्पद हो उठेगा। यदि कोई हमारे देश के भूभाग पर कब्जा करने की नीयत से घुस आए तो क्या उस समय हमारी 'वसुधैव कुटुम्बकम्' की उद्घोषणा आत्मप्रवंचना सी नहीं प्रतीत होगी? इसलिए शांति, अहिंसा, विश्वबंधुत्व, वसुधैव कुटुम्बकम् जैसे बड़े-बड़े शब्द बिना राष्ट्रीय शक्ति और सामर्थ्य के खोखले तथा भ्रमपूर्ण जान पड़ेंगे। जब तक हम राष्ट्रीय नहीं होंगे, तब तक अंतरराष्ट्रीयता भी एक दिवास्वप्न की भाँति है। हमारी सीमाएँ दिनोदिन सिकुड़ती जाएँ और हम कहें कि हम अंतरराष्ट्रीय हो रहे हैं। अपनी मातृभूमि की अखंडता और सम्मान को न बचा पाने के अपमान को हम शांति के पीछे नहीं छिपा सकते। शत्रु देश हमारे सैनिकों को मारते रहें और हम विश्वबंधुत्व तथा अहिंसा का ढोल पीटते रहें तो यह हमारी कायरता है, वैश्विक भावना नहीं। क्यों नहीं कोई राष्ट्र अमेरिका, चीन या रूस के किसी भूभाग पर कब्जा करके कहता कि संपूर्ण विश्व एक है, हम ग्लोबल गाँव के निवासी हैं और उसके इस कृत्य पर चीन, अमेरिका या रूस की सत्ता अपनी प्रतिक्रिया न दे। ऐसा कभी संभव नहीं है। हमारे शास्त्रों में एक श्लोक है—

अश्वं नैव गजं नैव व्याघ्रं नैव च।
अजापुत्रं बलि दद्यात् देवो दुर्बलघातकः॥

अर्थात् घोड़ा नहीं, हाथी नहीं, व्याघ्र भी नहीं, बकरा ही बलि दिया जाता

है। देवता भी दुर्बल का ही विनाश करते हैं, अर्थात् सबल और सामर्थ्यवान को कोई मिटाने की कल्पना भी नहीं कर सकता। केवल अपरिमित शक्तिसंपन्न राष्ट्र ही यशस्वी और उत्कर्ष को प्राप्त होता है। इस राष्ट्र को शक्तिशाली बनाने का कार्य केवल अस्त्र-शस्त्र नहीं करते, अपितु उन्हें चलानेवाले वीर सैनिकों के हृदय में भरे देशभक्ति के भाव करते हैं। यदि हृदय में राष्ट्र के प्रति प्रेम ही न हो, राष्ट्रीयता की भावना ही न हो तो ये सभी हथियार व्यर्थ हो जाएँगे और राष्ट्र को पराधीन होने या दूसरे शक्तिशाली देशों के लिए युद्धभूमि बन जाने से कोई नहीं रोक पाएगा। इसलिए अपराजेय राष्ट्रीय संकल्पशक्ति आवश्यक है। अंतरराष्ट्रीय और विश्वबंधुत्व के लिए राष्ट्रीयता की चेतना की आवश्यकता है। राष्ट्रीय सामर्थ्य और संकल्पशक्ति, अर्थात् राष्ट्रवाद। तभी हम अंतरराष्ट्रीय भावों को भी समझ सकेंगे।

□

मार्क्सवाद और राष्ट्रवाद

राष्ट्रवाद का सच तभी सामने आ सकता है, जब उस पर विचार करते समय कोई पूर्वग्रह, बंधन या अवरोध न हो। अहं भी अपने आप में एक प्रकार का पूर्वग्रह है। यानी हम जो हैं, वही सच है; हम जो सोचते हैं, वही सच है आदि तमाम पूर्वग्रह प्रायः हमें हमेशा घेरे रहते हैं। किसी गंभीर विषय पर चिंतन करते हुए इन सभी पूर्वग्रहों से मुक्त हुए बिना सत्य का साक्षात्कार नहीं किया जा सकता। सत्य का अनुभव वही कर सकता है, जिसके भीतर स्व को विसर्जित कर पाने की साधना का बल हो। सत्य की इस यात्रा में पहले द्रष्टा, दृश्य और दृष्टि तीनों की उपस्थिति रहती है, परंतु जब ये तीनों एकाकार हो जाते हैं, तब हमें सत्य का साक्षात्कार होता है।

यहाँ राष्ट्रीयता या राष्ट्रवाद और मार्क्सवाद पर तटस्थ विचार करना इसलिए आवश्यक है कि मार्क्सवाद मानता है कि राष्ट्रवाद भी पूँजीवाद से ही संबंधित है। मार्क्स ने देखा था कि यूरोप में पूँजीवाद के साथ ही राष्ट्रवाद का उदय हुआ था और व्यापारिक स्पर्धा के कारण राष्ट्रीयता की चेतना का पूँजीपतियों में विकास हुआ। यह व्यापार की ही भावना थी, जिसके कारण यूरोपीय देशों ने अन्य महाद्वीपों की खोज की। अंग्रेज पहले भारत में व्यापार करने के दृष्टिकोण से ही आए थे। व्यापारिक स्पर्धा के कारण यूरोपीय देशों में राष्ट्रवाद ने उग्र रूप धारण किया। स्टालिन मानता था कि राष्ट्रीयता का पाठ बाजार ही सिखाता है। इस प्रक्रिया में भाषा, संस्कृति और प्रदेश के साथ आर्थिक जीवन भी राष्ट्रीयता का आधार बनता है। शायद इसी दृष्टिकोण से

इजराइल के यहूदी राष्ट्र भी बने। इसके पहले वे यूरोप के भिन्न-भिन्न क्षेत्रों में फैले थे। राष्ट्रीयता की आड़ लेकर ही आधुनिक साम्राज्यों का भी उदय हुआ। ऐसे किसी एक साम्राज्य में कई जातियों या अलग-अलग राष्ट्रों का अस्तित्व भी हो सकता था। साम्राज्यवादी देश उन राष्ट्रों या जातियों का इसलिए भी शोषण करते थे, क्योंकि वे स्वयं को अधिक सभ्य मानते थे। इसका सबसे सटीक उदाहरण बीसवीं सदी में विस्तारवादी चीन की नीति दिखलाई पड़ती है, जिसने तिब्बत सहित कई पड़ोसी राज्यों को अपने में इसलिए मिला लिया कि उसे लगता था कि तिब्बत की लोग पिछड़ी प्रजातियों के लोग हैं, जिन्हें विकास के प्रकाश में लाने का काम वह कर रहा था। इसी क्रम में उसने तिब्बत की भारत से लगनेवाली सीमाओं पर सड़कों, रेल लाइनें बिछाने आदि का काम शुरू कर दिया। अनेक बौद्ध विहारों और मठों को उजाड़ दिया। शहरों के नाम बदल दिए। उनकी प्रजाति को नष्ट करने के लिए तिब्बती क्षेत्रों में चीनी लोगों को बसाने का काम किया। ऐसे उदाहरण इतिहास में अनेक मिल जाएँगे। जारशाही रूस के साम्राज्य में भी कई परतंत्र राष्ट्र थे। इन परतंत्र राष्ट्रों में धीरे-धीरे राष्ट्रवाद की चेतना जाग्रत् हुई। इस जागरण का परिणाम आंदोलनों और स्वाधीनता की माँगों के रूप में हुआ, जिनका नेतृत्व अधिकांश पूँजीपतियों के हाथ में था। एशिया के अनेक राष्ट्रों ने ब्रिटेन, जर्मनी, तुर्की, हंगरी, फ्रांस आदि से मुक्ति के लिए आंदोलन किए। इस राष्ट्रवाद के प्रश्न को हल करने के लिए साम्राज्यवाद का अंत करने के नारे दिए जाने लगे, क्योंकि कम्युनिस्ट मानते थे कि पूँजीवादी शोषण के साथ ही सभी प्रकार के शोषण बंद हो सकते हैं। उनके अनुसार राष्ट्रवाद भी एक प्रकार का शोषण है।

अपने इन एकांगी विचारों के कारण ही मार्क्सवाद राष्ट्रीय चेतना का कोई ठोस आधार या सिद्धांत दे नहीं पाता। विश्व के सभी मजदूरों की एकता का नारा देनेवाले मार्क्स यह मानते हैं कि मजदूरों का कोई अपना राष्ट्र नहीं होता। वे दुनिया भर में फैले हैं। वर्ग विभाजन के अतिरिक्त मार्क्स की सोच में सामाजिक और सांस्कृतिक एकता का कोई स्थान नहीं है। राष्ट्रवाद के

सिद्धांत के स्थान पर उनका लेखन अपने समय की व्यावहारिक राजनीति के अंतर्गत मात्र राष्ट्रीय प्रश्नों का समाधान तलाशता है। अपने समय के कुछ राष्ट्रीय संघर्षों के बारे में तो उनका अपना मानना था कि वे राष्ट्र नष्ट हो जाने के लिए ही अभिशप्त हैं। इसके ठीक विपरीत, लेनिन का सिद्धांत था कि सभी राष्ट्रों को आत्मनिर्णय का अधिकार मिलना चाहिए। दूसरी तरफ स्टालिन राष्ट्रों के उभार को औद्योगिक क्रांति से जोड़कर देख रहे थे, इसलिए उनका भी राष्ट्रवाद ऐतिहासिक पृष्ठभूमि का विश्लेषण कर पाने में अक्षम था। सारांश में कहा जा सकता है कि मार्क्सवाद राष्ट्रवाद को पूँजीवाद का सहयोगी मानकर चल रहा था, इसलिए मार्क्स के सिद्धांत में कहीं भी राष्ट्रवाद का स्थान नहीं था।

मार्क्सवादी इतिहास के आधार पर कहते हैं कि सर्वहारा का राज्य आने ही वाला है। उनके अनुसार राजाओं, महाराजाओं, वीरपुरुषों का वर्णन करना इतिहास का उद्‌देश्य नहीं है। इतिहास का मुख्य विषय तो किसी राष्ट्र की जनता की स्वाभाविक जीवन स्थिति, उत्पादन के साधनों और उनके आपसी संबंध एवं परिणामों का विवेचन होना चाहिए। वे वर्गहीन समाज, सामंत एवं गुलाम किसान, पूँजीपति और मजदूर, मजदूर राज्य आदि की स्थापना के संजाल बुनते हैं, परंतु यह याद रखना चाहिए कि यह मार्क्सवादी विचारधारा लगभग चार सौ वर्षों की ही घटनाओं पर केंद्रित होती है। उन्हें मानव के लाखों-करोड़ों वर्षों के इतिहास की घटनाओं से कोई तात्पर्य नहीं है। मार्क्सवादियों के अनुसार तो वर्ग-संघर्ष और वर्ग-विद्वेष तथा वर्ग-विध्वंस का इतिहास ही सही मायने में इतिहास होता है। परंतु मानव का इतिहास मात्र वर्ग संघर्ष, वर्ग-विद्वेष और उनके ध्वंस में ही निहित नहीं है। आत्मसाक्षात्कार, दया, परोपकार, क्षमा, त्याग, स्वधर्मानुष्ठान आदि भी इतिहास के लक्ष्य रहे हैं। क्योंकि वर्ग-संघर्ष तो केवल मानव समाज में नहीं, अपितु पशु-पक्षियों, कीट-पतंगों आदि में भी चलता है। वे भी खाने-पीने और विषयों के भोग के लिए आपस में लड़ते हैं। मजदूरों में भी जब कभी आपसी

मतभेद या संघर्ष होता है तो उसके दो गुट बन जाते हैं। कभी ये गुट जातियों पर तो कभी धर्म या जीविका भेद से बनते हैं और आपस में उनका संघर्ष होता है। मार्क्सवाद का वर्गविहीन समाज का सपना अपने आधार बिंदु पर ही खंडित होता दिखाई देने लगता है।

दूसरी तरफ रामायण आदि के आधार पर वर्तमान सृष्टि की आयु ही लगभग दो अरब वर्षों की है। एक पृष्ठ भी यदि एक वर्ष के इतिहास लेखन के लिए दिया जाए तो दो अरब पृष्ठों का इतिहास तैयार होगा। यही कारण है कि सभी घटनाओं या सभी व्यक्तियों को इतिहास में स्थान नहीं मिलता और न ही ऐसा संभव है। यहाँ यह भी स्पष्ट करना आवश्यक है कि रामायण, महाभारत आदि का इतिहास किन्हीं अनुमानों या मूर्ति, शिलालेख, स्तंभों या मुद्राओं के आधार पर नहीं बना है। वह समाधि जन्य ऋतंभरा प्रज्ञा पर आधारित इतिहास है। धरती के प्राचीनतम साहित्य वेदों में राष्ट्र शब्द का प्रयोग आता है—'आ ब्रह्मन् ब्राह्मणों ब्रह्मवर्चसी जायतामाराष्ट्रे राजन्य:।' (यजु. 22-22)। धर्म नियंत्रित रामराज्य प्रणाली में भी सामंजस्य की स्थापना को महत्त्व दिया गया और सार्वभौम सत्ता द्वारा अपने अधीन राष्ट्रों और विभिन्न जातियों का नियंत्रण करने के तथ्य हमें प्राप्त होते हैं। वाल्मीकि त्रेता युग के धरातल पर बैठकर रामकथा का वर्णन कर रहे थे तो तुलसी कलियुग के धरातल पर बैठकर रामकथा कह रहे थे। वाल्मीकि के राम की विजय-यात्रा, राक्षस-संस्कृति के उन्मूलन के लिए उस समय हुई, जब राक्षसों के उत्पीड़न से देव-संस्कृति और आश्रम-संस्कृति त्रस्त थी। कलियुग की स्थिति सतयुग, त्रेता और द्वापर तीनों से भिन्न थी। तुलसी का युग राजनीतिक, सांस्कृतिक और सामाजिक तीनों दृष्टियों से भयावह था। तुलसी अपने 'रामचरित मानस' में रामराज्य की जो परिकल्पना करते हैं, वह शायद किसी भी युग की शासन-सत्ता के लिए एक मानक है। सुशासन की ऐसी प्रगतिशील परिभाषा आज तक गढ़ी नहीं गई। इसी परिभाषा के आलोक में ही मार्क्स भी थोड़ा-थोड़ा चलते नजर आते हैं, पर दृष्टि संकुचित लिये।

रामराज बैठे त्रैलोका। हरषित भये गए सब सोका॥
बयरु न कर काहू सन कोई। रामप्रताप विषमता खोई॥
दैहिक, दैविक, भौतिक तापा, रामराज नहिं काहुहिं व्यापा॥
सब नर करहिं परस्पर प्रीतीं। चलहिं स्वधर्म निरत श्रुति नीती॥
अल्प मृत्यु नहिं कवनिउ पीरा। सब सुंदर सब बिरुज सरीरा।
नहिं दरिद्र कोउ दुःखी न दीना। नहिं कोउ अबुध न लच्छन हीना॥

यहाँ उपर्युक्त पंक्तियों के कुछ शब्दों को ही लेंगे। स्वधर्म निरत यानी धार्मिक उन्माद नहीं, कट्टरता या जेहाद नहीं। दैहिक ताप न होना, यानी सभी के लिए चिकित्सा व्यवस्था होना। दैविक, भौतिक ताप यानी प्रकृति और पर्यावरण का संतुलन। किसी के अबुध, दरिद्र या दुःखी न होने का तात्पर्य ही है कि शिक्षा और रोजगार सभी के लिए आवश्यक थे रामराज्य में। समझ में नहीं आता कि आधुनिक युग में मार्क्सवादी तुलसी को इस दृष्टि से क्यों नहीं देख पाए? यह मार्क्सवादियों को सोचना है, राष्ट्रवादियों को नहीं।

रामविलास शर्मा अपनी पुस्तक 'भारत में अंग्रेजी राज और मार्क्सवाद' की भूमिका में ही कहते हैं—"भारत जैसे देश में विभिन्न प्रदेशों के मजदूरों और किसानों की एकता जितना ही मजबूत होगी, उतना ही राष्ट्रीय एकता सुदृढ़ होगी। किसानों, मजदूरों की एकता कायम करना, उसे मजबूत करना मार्क्सवादियों का ऐतिहासिक कर्तव्य है। यहाँ मार्क्सवाद राष्ट्रीय चेतना से जुड़ जाता है। तात्कालिक कर्तव्य देश को विदेशी साहूकारों और उनके देशी सहयोगियों के चंगुल से बाहर निकालना, स्वतंत्र विकास के मार्ग पर उसे आगे बढ़ाना है। मूल समस्याएँ समाजवाद की स्थापना से ही हल होंगी। समाजवाद और लोकतंत्र में कोई बुनियादी अंतर्विरोध नहीं है। वास्तव में बुनियादी अंतर्विरोध लोकतंत्र और पूँजीवाद में है।"

यह सच है कि सच्चा लोकतंत्र वही है तो समाज के हर व्यक्ति की अस्मिता का सम्मान करे और उसमें आस्था रखे। यह लोकतांत्रिक भावना आएगी, तभी सच्चा समाजवाद विकसित होगा। वास्तविक लोकतंत्र में

समाजवादी, मार्क्सवादी, दक्षिणपंथी सभी समाहित हो जाते हैं। लोकतंत्र का तात्पर्य ही है कि उस देश की जनता सत्ताधीशों से आँखें मिलाकर प्रश्न पूछ सके। सवाल खड़े कर सके। प्रश्न पूछना चाहिए और जोरदार आवाज में पूछना चाहिए। यह अधिकार सभी की मिला होता है सच्चे लोकतंत्र में। चाहे वह पूँजीपति हो या मजदूर वर्ग का सबसे अंतिम व्यक्ति। जो समाज अपने सत्ताधीशों से प्रश्न नहीं पूछता, वह समाज हिंसा की ओर मुड़ जाता है तथा आतंकी पैदा करता है। एक-दूसरे की पहचान मिटा अपना वर्चस्व स्थापित करना चाहता है।

लोकतंत्र का सबसे जीवंत उदाहरण भारतीय सनातन धर्म में संहार के देवता शिव के दरबार में मिलता है, जहाँ भस्म लपेटे दिगंबर से लेकर सबके भूख की चिंता करती अन्नपूर्णा और उनका वाहन शेर, गणेश का वाहन चूहा, कार्तिकेय का वाहन मोर, शिव का वाहन नंदी और साथ में साँप, गोजर, बिच्छू सब एक साथ होते हैं। यह लोकतांत्रिक दृष्टि सनातन धर्म की है, जो जीवन का एक संस्कार है। यह संस्कार कहीं पाश्चात्य देशों में नहीं मिलता, क्योंकि वहाँ केवल संघर्ष है, सामंजस्य नहीं। उनका जीवन ही संघर्षमय है। उदाहरण के लिए, ठंड की ऋतु आई तो आठ-आठ महीने वे ठंड में काँपते बिताते हैं और चार महीनों के वसंत या दूसरी ऋतु में अपने कठिन दिनों के लिए सुविधाएँ जुटाते हैं। इसलिए उनकी दृष्टि हमेशा संघर्ष की रहती है। भारत की तरह आनंद और मौज-मस्ती की दृष्टि उन्हें नहीं मिल पाती। इसके पीछे प्राकृतिक कारण भी है। भारत के पास छह-छह ऋतुएँ हैं, खुला आसमान है, बारहों महीने कल-कल बहती नदियाँ हैं, स्वच्छ हवा है। चारों ओर प्राकृतिक सौंदर्य, इसलिए भारत की दृष्टि में आनंद प्रमुख है। उसे पता है कि हर दो महीने बाद ही तो ऋतु बदल जाएगी, इसलिए उसे अपने लिए सुविधा या कंफर्ट जुटा लेने की हड़बड़ी नहीं, संघर्ष नहीं। उत्सवधर्मी देश इसलिए है भारत।

सभी संप्रदायों में एक महत्त्वपूर्ण भाव हमेशा काम करता है कि वह

संपूर्ण विश्व पर अपना ध्वज लहराना चाहता है। परंतु सनातन के भीतर यह दृष्टि कभी नहीं रही। अखंड सनातन धर्म में सत्य का स्वीकृत भाव सदा से हिलोरें लेता रहा। वैदिक ऋषि सत्य की ऋचाएँ खोजता रहा, इसलिए उसकी दृष्टि दर्शन की दृष्टि है। वह द्रष्टा कहलाता है। हमें भारत के प्राचीन लोकतंत्र को पुनर्जीवित करना होगा। समाजवाद तो सत्ता तक पहुँचने का माध्यम मात्र है। वह कोई वैज्ञानिक शासन प्रणाली नहीं है। पूँजीवाद और श्रमिकवाद दो सामाजिक स्थितियाँ हैं। इनमें सामंजस्य होना चाहिए, एक–दूसरे को विनष्ट करने की भावना नहीं। जैसे ही हम किसी एक के अस्तित्व को मिटाना चाहते हैं, लोकतंत्र के विरोधी बन बैठते हैं। इसलिए भारत के संदर्भ में मार्क्सवाद का अध्ययन एक अलग ही प्रकार से करने की आवश्यकता है।

श्रमिकों का एकाधिपत्य मार्क्स का प्रथम सिद्धांत है। कहा जाता है कि रूस में श्रमिक वर्ग को छोड़कर कोई दूसरा वर्ग नहीं है, इसलिए वहाँ कोई दूसरी राजनीतिक पार्टी नहीं है। इसके विपरीत पूँजीवादी राष्ट्रों में कई वर्ग हैं और लगभग हर वर्ग का प्रतिनिधित्व करनेवाली उनकी अपनी एक पार्टी अवश्य है। उदाहरण के लिए, भारत में ही कम्युनिस्ट पार्टी, समाजवादी पार्टी, भारतीय जनता पार्टी, कांग्रेस आदि अनेक पार्टी भेद हैं। अब यदि मान लिया जाए कि किसी राष्ट्र में केवल एक पार्टी है और जनता में आपस में कोई मतभेद या वर्गभेद नहीं है तो पहले यह एक अविश्वसनीय परिकल्पना है, दूसरे विचारों की स्वतंत्रता, मीडिया की स्वतंत्रता, संपत्ति रखने की स्वतंत्रता या चुनाव लड़ने की स्वतंत्रता जैसे मानव के मूलभूत अधिकारों का क्या होगा? फिर तो सरकारी विचार ही एकमात्र विचार रह जाएगा और वही मत जनता का मत कहा जा सकेगा। सरकार के विरोधी विचार राष्ट्रविरोधी, मानवताविरोधी या जनविरोधी माने जाएँगे। किसी भी राष्ट्र में विचारों की स्वतंत्रता के लिए थोड़े मत वैभिन्न्य की गुंजाइश रखनी पड़ेगी। मार्क्स के विचार में आरंभ में नए कानूनों द्वारा जायदाद के अधिकार और पूँजीवादियों के उत्पादन पर जबरदस्ती आक्रमण करना पड़ेगा। तत्पश्चात् सभी प्राचीन

प्रणालियों पर भी आक्रमण करना पड़ेगा। इस विचार से स्पष्ट हो जाता है कि कम्युनिस्ट आंदोलन की आधार-भूमि क्या है और इस आंदोलन के पीछे निहित भाव क्या है?

वास्तव में यह धारणा ही आधारहीन है कि व्यक्तियों के व्यक्तित्व में निजी सुधार के बिना पूरे समूह का सुधार हो जाएगा। यदि परिवार के सदस्यों में सौहार्द नहीं है तो बाहरी समाज में कैसे हो जाएगा? यह कहा जा सकता है कि प्रायः राष्ट्र, समाज या प्रांत के वातावरण का प्रभाव भी व्यक्ति पर पड़ता है तो उसका सीधा सा उत्तर है कि मनुष्यों का समूह ही तो राष्ट्र, प्रांत या समाज के रूप में होता है। इसलिए व्यक्तिगत रूप से मनुष्य नामक इकाई को संस्कारित करना होगा। राग, द्वेष, घृणा, मद, मोह आदि कुसंस्कारों से व्यक्ति और दूसरे शब्दों में सामूहिक रूप से राष्ट्र को बचाना होगा, जो सामाजिक या राष्ट्रीय विघटन के कारण बनते हैं। इसलिए इस प्रकार की राष्ट्रीय व्यवस्था को धर्म से जोड़ा गया। धार्मिक व्यक्ति कठिन-से-कठिन परिस्थितियों में रहकर भी धर्म और राष्ट्र की रक्षा करता है। अपने राष्ट्र को उन्नति के मार्ग पर ले चलने के लिए हर व्यक्ति के भीतर सहिष्णुता और स्वार्थ-त्याग को इसलिए आवश्यक भी माना गया। अपने कुटुंब को कुटुंब बना पाने के बाद ही मनुष्य 'वसुधैव कुटुम्बकम्' की बात कर सकता है। वस्तुतः कुटुंब के संचालन में जिन सद्गुणों की आवश्यकता होती है, उन्हीं गुणों की चाहना एक राष्ट्र को चलाने के लिए भी जरूरी है। इसलिए भारतीय प्राचीन शास्त्रों में कुटुंब की रक्षा के लिए बहुत से मंत्र आते हैं। अथर्ववेद का एक मंत्र है—

सहृदयं सांमनस्यमविद्वेषं कृणोमि वः (3-6-30-1)

अर्थात् हे विवाद करनेवाले मनुष्यो! मैं तुम लोगों का वैमनस्य मिटाकर सौमनस्य कराता हूँ।

मा भ्राता भ्रातरं द्विक्षन् मा स्वसारमुत स्वसा।
सम्यञ्चः सव्रता भूत्वा वाचं वदत भद्रया॥

अर्थात् एक भाई दूसरे भाई से द्वेष न करे। एक बहन दूसरे से द्वेष न करे।

सब लोग समान रहन–सहन, ज्ञान, कर्म संपन्न होकर कल्याणमयी वाणी बोलें।

कितनी उदार और सर्वकल्याण की भावना है इसमें। आधुनिक युग में (21वीं शताब्दी) हम देखते हैं कि कुटुंब से लेकर राष्ट्र और विश्व में आपसी वैमनस्य एवं विघटन ही है। ऐसे में प्राथमिक इकाई कुटुंब में सौमनस्य के बिना क्या समाज या राष्ट्र में सौमनस्य लाया जा सकता है ? जिस श्रमिक वर्ग की बातें मार्क्स करता है और पूँजीवाद को समाप्त करने की इच्छा उसमें है, उसी श्रमिक वर्ग में भी प्राय: वर्ग के भीतर ही वर्गभेद और अंत में व्यक्ति–व्यक्ति के भीतर संघर्ष एवं कलह का विकराल रूप दिखाई देता है। कई बार साधनविहीन श्रमिक वर्ग भी साधन संपन्न लोगों को नुकसान करने की कोशिशें करते हैं। इसलिए मजदूरों और श्रमिकों के एकाधिपत्य का सिद्धांत पूरे विश्व के लिए महत्त्वहीन हो जाता है, इसलिए समाजवाद या मार्क्सवाद की अवधारणा सत्ता में आने का एक हथकंडा मात्र प्रतीत होने लगता है। अन्याय को रोकना सत्ता का उद्देश्य होना चाहिए। वह अन्याय चाहे अमीर के साथ होता हो या गरीब के साथ। प्रत्येक व्यक्ति और प्रत्येक समूह को अपने विकास की सुविधा मिलनी ही चाहिए। यह सुविधा किसी दूसरे के ध्वंस पर नहीं होनी चाहिए। इसलिए भारतीय राष्ट्रवाद 'वसुधैव कुटुम्बकम्' कहता है, 'पुत्रोऽहम् पृथिव्या:' जैसी विश्वव्यापी भावना प्रसारित करता है। भारत का राष्ट्रवाद पूरी धरती के साथ माता और पुत्र जैसे कोमल रिश्ते की बात करता है, इसलिए उसका राष्ट्रवाद मार्क्सवाद की तरह जर्जर और संकीर्ण नहीं है। वह पूरे विश्व के मनुष्यों की कल्याण कामना और अपनी मातृभूमि की सीमाओं के साथ एक नैसर्गिक प्यार में डूबने का नाम है। छीन–झपट या लूट–खसोट और हिंसा के द्वारा समानता की स्थापना करने के पक्ष में नहीं रहता भारतीय राष्ट्रवाद।

इन अटल सिद्धांतों को कोई एक व्यक्ति स्थापित नहीं करता, बल्कि सदियों से हमारे ऋषियों, तपस्वियों, विचारकों और चिंतकों की तपस्या से उद्भूत मानवीय विचारधारा है यह, जिसमें एक साथ कई सात्त्विक मस्तिष्क

का चिंतन है। भारतीय राष्ट्रवाद यह मानता है कि समाज में निर्बल, निर्धन, अशिक्षित को सबल, धनवान और शिक्षित बनाकर तो सामाजिक समानता लाई जा सकती है, परंतु बलवान, धनवान और बुद्धिमानों को निर्बल, गरीब और अशिक्षित या निर्बुद्धि बनाकर समाज में समानता लाने की बातें करना उसी तरह हास्यास्पद है, जैसे एक आँखवालों या नेत्रहीनों के समान बनाने के लिए स्वस्थ लोगों की भी एक या दोनों आँखें फोड़कर एकाक्षि या नेत्रहीन बना देना। किसी की आँखें फोड़ देना आसान है। हिंसा के द्वारा संभव है। परंतु किसी नेत्रहीन को आँखें प्रदान कर देना कठिन कार्य है और हिंसा के द्वारा संपन्न नहीं हो सकता। उसके लिए एक बुद्धिमान, कुशल चिकित्सक द्वारा शल्य-क्रिया जरूरी है। उसी प्रकार किसी पूँजीपति के धन को बलात् छीनकर निर्धन बना देना या बलवान को निर्बल और बुद्धिमान को अल्पज्ञ बना देना और इस प्रकार वर्ग लोप करके समानता की स्थापना करना मूर्खता के अलावा और कुछ नहीं। मार्क्सवाद इसलिए अपनी भूमि पर भी असफल हुआ, जहाँ वह पैदा हुआ था। कौन कह सकता है कि रूस के प्रधानमंत्री या पार्टी के संचालक पद प्राप्ति के बाद भी अपने जीवन का स्तर मजदूरों की तरह रखते हैं? या जहाँ-जहाँ मार्क्सवाद की छाया पहुँची, वहाँ मजदूर जैसे ही नेता होते हैं?

'अग्निपुराण' में एक श्लोक है, जो आज के सच्चे लोकतंत्र का स्वरूप और इसमें 'इनकम टैक्स भुगतान' करनेवालों की स्थिति का साक्षात् प्रमाण है। वह श्लोक है—

आजीव्यः सर्वसत्त्वानां राजा पर्जन्यवद्भवेत्।
आयद्वारेषु सर्वेषु कुर्यादाप्तान परीक्षितान।
आददीत धनं तैस्तु भास्वानुस्त्रैरिवोदकम्॥

अर्थात् राजा मेघ की तरह समस्त प्रजा को आजीविका प्रदान करनेवाला हो। उसके यहाँ आय के जितने द्वार (साधन) हों, उन सब पर वह विश्वस्त एवं परीक्षित किए गए लोगों को नियुक्त करे। जैसे सूर्य अपनी किरणों द्वारा

पृथ्वी से जल लेता है, उसी प्रकार वह राजा उन आयुक्त पुरुषों द्वारा धन ग्रहण करे।

हमें लगता है कि इससे अधिक स्पष्ट और प्रगतिशील परिभाषा किसी लोकतंत्र की किसी और प्राचीन साहित्य में नहीं मिलेगी। भारत की प्राचीन शासन प्रणाली में भी सभी के कल्याण की भावना सन्निहित थी, अर्थात् जिसे हम भारतीय राष्ट्रवाद कह सकते हैं और जो मार्क्स के सिद्धांतों से बिल्कुल भिन्न है।

□

भारतीय राष्ट्रवाद

भारत एक अति प्राचीन राष्ट्र है, जिसके इतिहास के बारे में केवल अनुमान लगाया जा सकता है। निश्चित रूप से कुछ नहीं कहा जा सकता। संपूर्ण विश्व के इतिहास पर यदि दृष्टि डालें तो हम पाते हैं कि जिन-जिन राष्ट्रों ने अपना लक्ष्य भुलाकर अपनी परंपरागत जीवन प्रणाली को विस्मृत कर दिया था, उनका अस्तित्व भी लगभग नष्ट हो चुका था। दुनिया के मानचित्र से उनकी पहचान आज मिट चुकी है। इसके ठीक विपरीत, जिन राष्ट्रों के सामने अपना एक विराट् उद्देश्य रहा, वे आज तक तमाम संकटों में घिरकर भी जीवित राष्ट्र के रूप में हमारे सामने हैं। भारत राष्ट्र उनमें से एक है। जब विश्व के कई क्षेत्रों में मनुष्य असंस्कृत और आदिम प्रवृत्ति के साथ नंगे-भूखे इधर-उधर विचरण करता था, उस समय भारत के ऋषि मानव कल्याण के लिए तत्त्वज्ञान के विकास में लगे हुए थे। प्राणिमात्र में परम तत्त्व का साक्षात्कार करते हुए विश्वशांति की कामना प्रकट कर रहे थे। अपने पूर्वजों द्वारा दिया गया यह तत्त्वज्ञान और विश्वशांति तथा मानव-कल्याण का संदेश भारत की संस्कृति की चिरंतन थाती है। यही जीवनधारा भारत राष्ट्र की प्राणशक्ति है।

भारत का जन्म दो-चार हजार वर्षों पूर्व हुआ हो, यह कहना भारी भूल होगी। पृथ्वी के जिस भूभाग को मानव सभ्यता के उद्भव का प्रथम स्थल माना जाता है, उसकी प्राचीनता का सहज अनुमान लगाया जा सकता है। भारत का अर्थ ही है कि प्रकाश (भा) में जो निमग्न (रत) हो, अर्थात् यह

प्रकाश तत्त्वज्ञान का प्रकाश है। शाश्वत सत्य के ज्ञान में निमग्न भारत के जीवन-दर्शन को न तो किसी धर्म प्रवर्तक ने यह नाम दिया और न ही यहाँ के ऋषियों ने यह कहा कि यहाँ जिस तत्त्व की अनुभूति कर ली गई, वही अंतिम सत्य है। यह उदारता भारत की अपनी विशेषता प्रारंभ से ही रही है। पत्थर पर भी फूल चढ़ाने से उस पत्थर में देवत्व आ जाता है, यह बात सिखाता है भारत।

विश्व के अन्य देशों में भी जैसे-जैसे सभ्यता का विकास होता गया, वहाँ के लोगों में भारतीय संस्कृति और तत्त्वदर्शन के प्रति जिज्ञासा बढ़ती गई। तात्त्विक दृष्टि से आदि भारत ने भेद के अस्तित्व को नकारा था, इसलिए कोई प्राणी उसके लिए पृथक् न था। वसुधैव कुटुम्बकम् उसी अभेद दृष्टि का एक नारा था, जो भारत ने सर्वप्रथम दिया। 'माता भूमिः पुत्रोऽहम् पृथिव्याः' का सर्वप्रथम उद्घोष भारतीय ऋषि ने इस भूखंड पर किया। आगे चलकर यही तात्त्विक दृष्टि इस राष्ट्र की पहचान बन गई। डॉ. राधाकृष्णन अपने ग्रंथ 'भारतीय दर्शन' के विषय प्रवेश में भारत का परिचय देते हुए लिखते हैं—"भाग्य से भारत ऐसे स्थान पर स्थित है, जहाँ प्रकृति अपने दान में मुक्तहस्त रही है और जहाँ के प्राकृतिक दृश्य मनोरम हैं। एक ओर हिमालय अपनी सघन पर्वतमाला और उत्तुंगता के कारण तथा दूसरे ओर पार्श्व में लहराता हुआ सागर एक लंबे समय तक भारत को बाहरी आक्रमणों से सुरक्षित रखने में सहायक सिद्ध हुआ। उदार प्रकृति ने प्रचुर मात्रा में खाद्य-सामग्री प्रदान की और इस प्रकार यहाँ के निवासी जीवित रहने के संघर्ष से मुक्त रहे। भारतीयों ने कभी यह अनुभव नहीं किया कि संसार एक युद्ध क्षेत्र है, जहाँ लोग शक्ति, संपत्ति और प्रभुत्व की प्राप्ति के लिए संघर्ष करते हैं। जब हमें पार्थिव जीवन की समस्याओं को हल करने, प्रकृति से अधिकाधिक लाभ साधित करने तथा संसार की शक्तियों को नियंत्रित करने में अपनी शक्ति को व्यर्थ नहीं गँवाना पड़ता तो हम उच्चतर जीवन के विषय में सोचना-विचारना आरंभ करते हैं। संभवतः यहाँ की दुर्बल बनानेवाली जलवायु ने भारतीयों को विश्राम

और कर्मविरति की ओर प्रवृत्त किया। विस्तृत पत्रसंकुल वृक्षावली से पूर्ण विशाल वनों ने धर्मनिष्ठ व्यक्तियों को शांतिपूर्वक विचरने की तथा अद्‌भुत कल्पनाओं और दिव्य आनंद के गान में रत रहने की अत्यधिक सुविधा प्रदान की। संसार से क्लांत व्यक्ति इन प्राकृतिक दृश्यों के अवलोकनार्थ तीर्थयात्रा पर निकलते हैं, आंतरिक शांति प्राप्त करते हैं, मंद-मंद पवन तथा निर्झरों का संगीत सुनते हैं तथा पक्षियों और वन लता-पल्लवों के मर्मर गान से प्रमुदित होकर स्वस्थ हृदय और प्रफुल्ल मन वापस लौटते हैं। आश्रमों, तपोवनों और वानप्रस्थों की अरण्य कुटियों में ही भारत के तत्त्वचिंतकों ने ध्यानमग्न होकर जीवन सत्ता की गंभीर समस्याओं पर विचार किया। सुरक्षित जीवन, प्राकृतिक साधनों की संपन्नता, अतिचिंता से मुक्ति, जीवन की जिम्मेदारियों से विरक्ति और क्रूर व्यावहारिक स्वार्थ के अभाव ने ही भारत के उच्चतर जीवन को प्रोत्साहन प्रदान किया, जिसके परिणामस्वरूप हमें इतिहास के आरंभ काल से ही भारतीय मन में आत्मज्ञान के लिए एक प्रकार की विकलता, विद्या के प्रति प्रेम और मस्तिष्क की अधिक स्वस्थ एवं युक्ति युक्त प्रवृत्तियों के प्रति लालसा दिखाई देती है।"

यहाँ डॉ. राधाकृष्णन के उस वाक्य से मेरी आंशिक रूप से असहमति है कि 'संभवत: यहाँ की दुर्बल बनानेवाली जलवायु ने भारतीयों को विश्राम और कर्म विरति की ओर प्रवृत्त किया।' यानी डॉ. राधाकृष्णन भारतीयों को प्रकारांतर से अकर्मण्य और आलसी बताना चाहते हैं, जोकि यहाँ की दुर्बल बनानेवाली जलवायु का परिणाम है। शायद विश्व में अकेला भारत ऐसा देश है, जहाँ छह-छह ऋतुएँ अपने सौंदर्य और विशेषता के साथ आती हैं। विश्व के कई देशों में एक ही ऋतु या दो ऋतुएँ होती हैं। कहीं छह महीने दिन और छह महीने रात, तो कहीं रात अत्यंत छोटी होती है। इस प्रकार के जलवायु में वृक्षों, वनों, नदियों, पहाड़ों आदि के स्वरूप पर भी एकरसता का प्रभाव पड़ता है। वृक्षों, फूलों, पत्तियों आदि में विविधता का सौंदर्य प्राय: कम मिलता है। घने कुहरे या बर्फबारी के सात-आठ महीनों बाद थोड़ी धूप

या वसंत का मौसम आता है तो वहाँ के लोगों को थोड़ा सुख और प्राकृतिक सौंदर्य की अनुभूति होती है। इसके ठीक विपरीत भारत में वसंत ग्रीष्म, शरद, शिशिर हेमंत, वर्षा ऋतुओं का आगमन यहाँ के लोगों को शारीरिक रूप से मजबूत प्रतिरोधक क्षमता वाला और मन से प्रकृति-प्रेमी बनाता है। प्रकृति के सान्निध्य में रहते हुए ही यहाँ के ऋषियों, महात्माओं, तपस्वियों और संतों ने जीव-जगत्, ईश्वर की शाश्वत जिज्ञासा पर आध्यात्मिक और उच्चतर चिंतन किया। यहाँ के अंत उत्पादकों ने सृष्टि के सभी प्राणियों के भूख की व्यवस्था की। यहाँ का धर्म, अध्यात्म, ज्योतिष्, आयुर्वेद, वास्तुशिल्प, चिकित्साशास्त्र, शिल्प आदि विदेशों तक पहुँचा और उनका मार्ग प्रशस्त हुआ। जंगल में निर्भीक रहती शकुंतला अपने पुत्र भरत का पालन-पोषण एक वीरयोद्धा की तरह करती है और भरत बाल्यावस्था में ही शेर का मुँह खोलकर उसके दाँत गिनता है। सीता तपावेन में रहते हुए अपने बालकों लव-कुश का वीरोचित पालन-पोषण करती हैं, जो राम के अश्वमेध यज्ञ के घोड़े को पकड़कर बाँध लेते हैं और युद्ध के लिए ललकारते हैं। भारत का पूरा ज्ञात इतिहास वीरों और उनकी वीरता के कारनामों से भरा है। अकर्मण्य और दुर्बल व्यक्ति उच्चतर चिंतन कर ही नहीं सकता। यह आधुनिक विज्ञान भी कहता है। इस भारत भूमि पर आध्यात्मिक ज्ञान ही सर्वोपरि रहा, जिसने यहाँ की संस्कृति और जीवन-दर्शन को अनुप्राणित किया है। इसमें अपनी बात दुराग्रहपूर्वक मनवा लेने की न तो कभी आकांक्षा रही और न ही हठ। इसका अपना एक अलग ही तात्त्विक सौंदर्य था, जो बाहरी लोगों को भी उतना ही आकृष्ट करता रहा, जितना भारत के निवासियों को और उसके पीछे मात्र एक कारण था, उस तात्त्विक ज्ञान का सार्वभौम होना। यही एक विशेषता भारत की एकात्मता का मूल सूत्र भी है।

कुछ कुटिल भारतीय विचारकों ने और विशेष रूप से अंग्रेजों ने यह प्रचारित किया कि हम कभी एक राष्ट्र नहीं थे, बल्कि नवोदित राष्ट्र हैं। उनका यह भी मानना था कि भारत में रहनेवाले लोग विभिन्न कबीलों में विभाजित

थे और आपस में युद्ध करते रहते थे। देशप्रेम या राष्ट्रीयता की भावना से वे अपरिचित थे। इसी तथाकथित वैचारिकी के दृष्टिगत यह भी कहा गया कि भारत के विकास में हमेशा से पश्चिम का योगदान रहा है। इसी दुराग्रह के कारण 'आर्यों के भारत आगमन' की कहानियाँ सुनियोजित ढंग से गढ़ी गईं, साथ ही आर्यों से अनार्यों के युद्ध की घटनाएँ भी स्थापित करने की वक्र चालें चली गईं। पश्चिम के कुछ विद्वानों, जिन्हें संस्कृत भाषा का सम्यक् ज्ञान नहीं था, ने हमारे वेदों, उपनिषदों और दार्शनिक ग्रंथों का अपने अल्पज्ञान से अनुभूति विहीन कृत्रिम व्याख्याएँ और भाष्य प्रस्तुत किए। वैदिक ऋचाओं के मनगढंत अर्थ निकाले गए। उन पश्चिमी विद्वानों को यही नहीं ज्ञात था कि इन वैदिक ऋचाओं की रचना किसी व्याकरण के आधार पर नहीं हुई थी, अपितु इन ऋचाओं के आधार पर व्याकरण की रचना हुई। पश्चिम के इन अल्पज्ञानियों की देखा-देखी भारत में भी बहुत से विद्वान् ऐसे हुए, जिन्होंने पश्चिम द्वारा स्थापित झूठे तथ्यों को ही सही मानते हुए अपनी लेखनी चलाई। रामधारी सिंह 'दिनकर' की पुस्तक 'संस्कृति के चार अध्याय' (लोकभारती प्रकाशन, इलाहाबाद, पेपर बैक संस्करण-2017) की प्रस्तावना भारत के पूर्व प्रधानमंत्री जवाहरलाल नेहरू द्वारा 30 सितंबर, 1955 ई. में लिखी गई है और जो इस पुस्तक का मुख्य आकर्षण भी है। जवाहरलाल नेहरू ने लिखा है, जिसे सभी को पढ़ना चाहिए—

"काफी लंबे इतिहास के अंदर भूगोल ने भारत को जो रूप दिया, उससे वह एक ऐसा देश बन गया, जिसके दरवाजे बाहर की ओर से बंद थे। समुद्र और महाशैल हिमालय से घिरा होने के कारण बाहर से किसी का इस देश में आना आसान नहीं था। कई सहस्राब्दियों के भीतर बाहर से लोगों के बड़े-बड़े झुंड भारत में आए, किंतु आर्यों के आगमन के बाद से कभी ऐसा नहीं हुआ, जब बाहरी लोग बहुत बड़ी संख्या में भारत आए हों।"

अर्थात् आर्य बाहर से आए थे। अब यदि वेद आर्यों द्वारा रचित थे और विश्व के प्राचीनतम साहित्य के रूप में भारत भूमि की अमूल्य थाती हैं तो

आर्य जहाँ से भारत आए, वहाँ भी इस प्रकार का प्राचीन साहित्य कुछ तो जरूर मिलता। परंतु हम विश्व के किसी कोने में वेदों जैसा साहित्य नहीं पा सके हैं। तो केवल साहित्य के आधार पर भी यह तथ्य निरस्त हो जाता है कि आर्य बाहर से आए थे। इसी तरह की स्थापनाओं ने भारतीय पीढ़ियों में अपने इतिहास और राष्ट्रीय भाव के साथ भ्रम की स्थिति उत्पन्न कीं।

कुछ इसी तरह की बातें रामधारी सिंह 'दिनकर' ने भी अपनी इस पुस्तक की भूमिका में लिखी हैं—"लगभग दो वर्षों के अध्ययन के पश्चात् मेरे सामने यह सत्य उद्भासित हो उठा कि भारतीय संस्कृति में चार बड़ी क्रांतियाँ हुई हैं और हमारी संस्कृति का इतिहास उन्हीं चार क्रांतियों का इतिहास है। पहली क्रांति तब हुई, जब आर्य भारतवर्ष में आए अथवा जब भारतवर्ष में उनका आर्येतर जातियों से संपर्क हुआ। आर्यों ने आर्येतर जातियों से मिलकर जिस समाज की रचना की, वही आर्यों अथवा हिंदुओं का बुनियादी समाज हुआ और आर्य तथा आर्येतर संस्कृतियों के मिलन से जो संस्कृति उत्पन्न हुई, वही भारत की बुनियादी संस्कृति बनी। इस बुनियादी भारतीय संस्कृति के लगभग आधे उपकरण आर्यों के दिए हुए हैं और उसका दूसरा आधा आर्येतर जातियों का अंशदान है।" (रामधारी सिंह 'दिनकर', 'संस्कृति के चार अध्याय' से)

'भारत राष्ट्र' एक युग्म शब्द है, जिससे भारतभूमि का बोध होने के साथ ही यहाँ निवास करनेवाले लोग और उनकी संस्कृति, भाषा, आचार-विचार, परंपरा, इतिहास आदि का भी बोध होता है। भारत कोई विश्व के मानचित्र पर खिंची मात्र एक लकीर नहीं है, अपितु इसका उच्चारण करते ही विश्व राष्ट्रों के बीच उसकी अपनी एक अलग अस्मिता और परिचय का भी बोध मूर्तिमान हो उठता है। यह अस्मिता केवल राजनीतिक नहीं होती, क्योंकि राजनीति एक संकीर्ण दायरा है। भारत राष्ट्र कोरी एक बौद्धिक परिकल्पना भी नहीं। मात्र एक भौगोलिक क्षेत्रफल भी नहीं भारत, अपितु इन सभी को मिलाकर भारत एक भावनात्मक इकाई है, जिसकी अपनी सांस्कृतिक और आध्यात्मिक जड़ें बहुत गहराई तक जाकर दूर फैली हैं। भारत को जानना है तो हमें उसकी जड़ों

तक जाना होगा, उसकी दार्शनिक और आध्यात्मिक मान्यताओं को समझना होगा, जीवन-दर्शन को आत्मसात् करना होगा। भारत एक ऐसा प्राचीन राष्ट्र है, जिसका उल्लेख वैदिक साहित्य और वेदोत्तर साहित्य में भी उपलब्ध है। हमारी मातृभूमि की परिकल्पना बहुत पहले से स्पष्ट थी। समुद्रपर्यंत भूमि में परिव्याप्त 'पृथिव्यायै समुद्रपर्यन्ताया:' हमारी भारतमाता थी। हमारे पूर्वजों ने भारत की विशालता का चित्र प्रस्तुत करते हुए कहा—

उत्तरं यत्समुद्रस्य हिमाद्रेश्चैव दक्षिणम्।
वर्ष तद्भारतं नाम भारती यत्र सन्तति: ॥

अर्थात् पृथ्वी का वह भूभाग, जो समुद्र के उत्तर और हिमालय के दक्षिण में स्थित है, भारतवर्ष कहलाता है तथा उसकी संतानों को भारतीय कहते हैं। चाणक्य उसे अपने शब्दों में कहते हैं—

हिमवत्समुद्रान्तरमुदीचीनं योजनसहस्रपरिमाणम्।

अर्थात् उत्तर में समुद्र से हिमालय पर्यंत इस देश की लंबाई एक सहस्र योजन है। बाद में कालिदास ने भी वर्णन किया है—

अस्त्युत्तरस्यां दिशि देवतात्मा हिमालयो नाम नगाधिराज:।
पूर्वापरौतोयनिधीवगाह्य स्थित: पृथिव्या: इव मानदंड: ॥

अर्थात् उत्तर दिशा में देवतात्मा हिमालय नाम का पर्वतराज है, जिसकी भुजाएँ पूर्व और पश्चिम में समुद्रपर्यंत फैली हुई हैं और जो पृथ्वी के मानदंड की तरह स्थित है।

इन उद्धरणों से वर्तमान भारत राष्ट्र का एक भौगोलिक चित्र सामने आता, परंतु हमें यह नहीं भूलना है कि कालिदास या चाणक्य का कालखंड कौन सा रहा है। इन विचारकों और लेखकों के अस्तित्व में आने के बहुत पहले अनादि काल से भारत राष्ट्र की अपनी अस्मिता थी। वैदिक साहित्य में भारत भूमि का उल्लेख बार-बार आया है।

ऋग्वेद का स्वराजसूक्त, अथर्ववेद का पृथ्वीसूक्त, यजुर्वेद का छत्तीसवाँ अध्याय राष्ट्र, धरती और मानवता के संदर्भ में भारतीय चिंतन का प्रमाण है।

राष्ट्र का बल और ओज उत्पन्न करनेवाला मंत्र अथर्ववेद के उन्नीसवें खंड में हमें मिलता है, जहाँ ऋषि कहता है—

भदमिच्छन्त ऋषयः स्वर्विदस्तपो दीक्षामुपनिषेदुरग्रे।
ततो राष्ट्रं बलमोजश्च जातं तदस्मै देवा उपसंनमन्तु॥

(अथर्व. 19-41-1)

अर्थात् राष्ट्र के समस्त बल और तेज की उत्पत्ति हमारे ऋषियों के तप से हुई है। ऋषियों ने यह तप इसलिए किया, जिससे जगत् का कल्याण हो, मानव मात्र का कल्याण हो।

सच भी है कि किसी भी राष्ट्र का बल आत्मबल से ही पैदा होता है। राजनीति तो उसे बाह्य रूप से एक सूत्र में पिरोने की बात करती है। इसका तात्पर्य है कि वैदिक काल से भी बहुत समय पूर्व से ही भारत अपने भौगोलिक राजनीतिक, सांस्कृतिक, स्वरूप में विद्यमान था।

जब हम भारत के लिए अखंड भारत शब्द का प्रयोग करते हैं तो वह कालिदास और चाणक्य के समय से हजारोहजार वर्ष पीछे का भारत होता है, जो राजनीतिक रूप से सीमाविहीन और धरती पर फैला एक बड़ा भूभाग था, जिसके बारे में आज भूगर्भ वैज्ञानिक भी कहते हैं कि जहाँ आज हिमालय खड़ा है, वहाँ पहले समुद्र थे। पृथ्वी के भीतर हुए प्राकृतिक परिवर्तनों के फलस्वरूप इस हिमालय का जन्म हुआ। संभवतः समुद्र के उत्तर की भूमि हिमालय के जन्म से पूर्व उत्तरी ध्रुव तक फैली रही होगी। इसमें आश्चर्य जैसी कोई स्थापना नहीं है, क्योंकि प्राकृतिक परिवर्तन इस सृष्टि में होते रहे हैं। जहाँ वेगवती नदियाँ हुआ करती थीं, वहाँ आज मरुस्थल का विस्तार मिलता है। जहाँ असीम सागर हिलोरें लेता था, वहाँ अब सम-विषम गर्त मिलते हैं। ग्रह-नक्षत्रों की गति में तथा ऋतुओं में परिवर्तन दिखलाई पड़ता है। उदाहरण के लिए, वैदिक काल में मृगशिरा नक्षत्र में सूर्य के रहने पर दिन-रात बराबर होते थे, परंतु आज स्थिति बदल गई है। पहले चैत्र वैशाख वसंत के महीने थे,

पर वर्तमान में इन महीनों में ग्रीष्म ऋतु की अनुभूति होती है, यानी प्रकृति में निरंतर परिवर्तन हो रहा है।

इसलिए जब हम अखंड भारत और उसकी राष्ट्रीयता की बात करते हैं, तब राजनीति और राजनीतिज्ञों की अवधारणाओं की बात नहीं कर रहे होते, जो किसी राष्ट्र को एक सूत्र में पिरोने की बात करती है, बल्कि राष्ट्र की अखंड आत्मा की बात कर रहे होते हैं, जो क्षुद्र स्वार्थों का परित्याग कर मानवता का ऊर्ध्वारोहरण करते हुए मानव मात्र के कल्याण की बातें करती है। भारतीय राष्ट्रवाद किसी संकीर्ण चिंतन या विचारधारा का नाम नहीं है, अपितु यह मानव मात्र को और उदार बनने की प्रेरणा देता है। परिवार से समाज और समाज से राष्ट्रीय चेतना फिर मानव मात्र की बातें करता है। यही मानवीय चेतना ऊर्ध्वारोहित हो वैश्विक कल्याण की चेतना में रूपांतरित हो जाती है। इस वैश्विक अवधारणा का संबंध निश्चित ही राजनीतिक सीमाओं से बँधा नहीं होता। राजनीतिज्ञों द्वारा दी जानेवाली बाह्य स्थापनाओं से नितांत परे प्राणिमात्र में अभेद की भावना है। हम पश्चिम की उस परिभाषा में विश्वास नहीं करते कि Man is a social animal, हम एनिमल के रिश्ते से एक-दूसरे से नहीं जुड़ते। तमाम कोमल भावनाएँ और मांगलिक उपादान हमें एक-दूसरे से जोड़ते हैं, जहाँ आकाश पिता होता है, तारे मित्र होते हैं, चंदा मामा होता है, चिड़ियों का दायभाग अन्न की बालियाँ बंदनवार की तरह सज जाती हैं छज्जों से, ताकि उनकी चहचहाहट से घर का कोना-कोना भर उठे। आंतरिक रूप से एक-दूसरे से अभिन्न।

यही है भारत राष्ट्र की अखंड आत्मा, जिसे हम उसके सांस्कृतिक प्रवाह के रूप में देखते हैं। एक उच्चतर भावभूमि, जो हमारे भारतीय राष्ट्रवाद की नींव है। जहाँ सबके लिए प्रेम है, भाव है और संवेदनाएँ हैं। अब यह अलग बात है कि कालांतर में सीमाविहीन अखंड भारत की सीमाएँ परिस्थितियों के कारण सिकुड़ती गईं और आज हम आसेतु हिमालय ही भारत भूमि को राष्ट्र की संज्ञा देते हैं। उसका प्रमाण यह भी है कि कैलास मानसरोवर हिंदुओं के

प्रमुख तीर्थ हैं, जो आज राजनीतिक अतिक्रमणवाद का शिकार होकर दूसरे राष्ट्र की सीमा में है। हिंगलाज मंदिर दूसरे देश के अंदर स्थित है। कनाडा (जो उत्तरी ध्रुव के पास है) में वहाँ के मूल निवासियों को रेड इंडियंस कहा जाता है। कनाडा में लेक लुइस से कुछ दूरी पर स्थित प्राचीन संग्रहालय में इन रेड इंडियंस की संस्कृति के कुछ दिग्दर्शन इस ग्रंथ की लेखिका को भी हुए। मूँज से बने जनेऊ, डाली, मऊनी, पिटारी, पत्थर के अनगढ़ खिलौने, मूर्तियाँ, डफली, माला, पक्षियों और जानवरों की खालें, प्राचीन समय के स्त्री-पुरुषों की आदमकद मूर्तियाँ, जिनके पहनावे आदि प्राचीन भारतीयों की झलक लिये हुए थे। स्त्री-मूर्तियों के बालों की लंबी गुंथी हुई दो चोटियाँ, पुरुषों के वस्त्र आदि यह संकेत करते थे कि इस उत्तरी ध्रुव तक भारतीय संस्कृति का बोलबाला था। कनाडा में रहनेवाले अधिकांश आधुनिक भारत के प्रवासी भारतीय अपने हिंदू धार्मिक अनुष्ठानों में आज भी संकल्प लेते हुए 'जंबूद्वीपे भरतखंडे' के स्थान पर 'क्रौंच द्वीपे' का उच्चारण करते हैं। हम सबको यह पता होना चाहिए कि भागवत पुराण में भी क्रौंच द्वीप का वर्णन आया है।

तो भारत शब्द का उल्लेख ऋग्वेद काल से ही पाया जाता है। कुछ स्थानों पर इसका प्रयोग अग्नि-विशेष के लिए भी हुआ है, किंतु ऋग्वेद 3-53-12 में यह स्पष्ट रूप से जन का नाम है—'विश्वमित्रस्य रक्षति ब्रह्मेदं भारतं जनम्।' भारतवर्ष देश के नाम का मूल स्रोत यही माना जा सकता है। तैत्तिरीय आरण्यक 1-27-2 में भी स्पष्ट रूप से भारत जनों का संबोधन है—'उत्तिष्ठत जाग्रत् अग्निमिच्छध्वं भारताः।'

यजुर्वेद में एक मंत्र आया है—

आब्रह्मन, ब्राह्मणो, ब्रह्मवर्चसी जायताम् राष्ट्रे राजन्यः।

अर्थात् हे ईश्वर! हमारे राष्ट्र में ज्ञानसंपन्न बुद्धिजीवियों तथा अस्त्र-शस्त्र संचालन में निपुण एवं शत्रुओं का दमन करनेवाले सैनिकों का जन्म होता रहे। हम अपने राष्ट्र की रक्षा तभी कर पाएँगे, जब उसके प्रति हमारा रागात्मक भाव हो। वाल्मीकि उसी के लिए कहते हैं—'जननी जन्मभूमिश्च

स्वर्गादिपि गरीयसी।' वेद के साथ-साथ लोक भी जिसकी सीमाओं की रक्षा के लिए अपने वीर सपूतों को उत्प्रेरित करता रहा है और वह उद्घोष एक कंठ से दूसरे कंठ तक लोककाव्य बन संचरित होता रहा है। उदाहरण के लिए, एक लोकगीत में पड़ोसी देश की घात और ऊपर से मेल की बातें करने पर सावधान करने का प्रमाण हम ले सकते हैं—

वीर होशियार!
दगाबाज चलैगी गोली सीमा पै
तुम रहियो छलिया बैरी को
दुबकि लगावै घात।

कभी स्त्रियाँ प्रेरणास्रोत बनती हैं और अपने घर के वीरों की उनका गौरवशाली अतीत याद दिलाती हैं। उनको क्रांति के लिए उकसाती हैं—

शीश भले तू कटायो
न अब पग पीछे हटायो।

भारतीय राष्ट्रीयता का इतिहास जब भी लिखा जाएगा, लोकसाहित्य की इस महान् थाती को नकारकर वह अधूरा इतिहास ही रहेगा। यही रागात्मक भाव भारतीय राष्ट्रवाद है, जो अपने उच्चतम सोपान पर पहुँचकर मानवतावाद और वैश्विक-समाज के प्रति करुणा में रूपांतरित हो जाता है। ऐसी अपनी मातृभूमि की रक्षा के लिए हर काल में उद्घोष होता रहा, प्राणों के उत्सर्ग का आह्वान होता रहा और जनमानस को इसके लिए जाग्रत् करने हेतु राष्ट्र-प्रेम से ओतप्रोत साहित्य-सृजन होता रहा। हर काल का साहित्य ही बताता है कि उस समय राष्ट्रवाद का दीप कितना दिपदिपा रहा था या कभी किन्हीं आँधियों में घिरकर उसकी लौ लपलपा रही थी, पर राष्ट्रवाद का दीप निरंतर प्रज्वलित होकर आदिकाल से मानवमात्र का मार्ग प्रशस्त करता रहा है।

यह भारतीय राष्ट्रवाद एक सतत प्रवाह है, जो किसी राजनीतिक पार्टी के साथ बँधकर नहीं चला। पार्टियाँ भले इसकी अजस्र धारा में अवगाहन करती रहीं, मोती चुनती रहीं, परंतु राष्ट्रवाद की यह धारा तो बिना ठिठके, बिना ठहरे

अजस्र प्रवाहित होती रही है, तब से लेकर आज तक। राजनीति व्यक्ति के भीतर राष्ट्रभक्ति पैदा नहीं कर सकती। राष्ट्र के प्रति इस तप के लिए ऊर्जा तो अंतर्मुखी दृष्टि से प्राप्त होती है, जब उसमें राष्ट्रीय एकात्मता की खोज के लिए एक तितिक्षा पैदा हो। यह भाव किसी बाहरी थोपी गई मान्यताओं से पैदा नहीं हो सकता। यह आकांक्षा केवल उस नागरिक के भीतर पैदा हो सकती है, जिसने स्वयं के अहं और स्वार्थों का परित्याग करते हुए राष्ट्रभक्ति के साथ ही मानव कल्याण के लिए स्वयं को समर्पित कर दिया हो। इस अहं को वही समझ सकता है, जिसने शांत होकर स्वयं को अंतर्मुखी बना लिया हो और अहं के आवरणों को हटाने के पश्चात् राष्ट्रीय एकात्मता की खोज में आगे बढ़ चुका हो। यही वह तपस्या है, जिससे किसी व्यक्ति का राष्ट्रीय चरित्र उभरकर सामने आता है। पारिवारिक चेतना से प्रारंभ होने वाली यह यात्रा राष्ट्रीय चेतना से होती हुई वैश्विक चेतना के अंतिम पड़ाव पर पहुँचती है।

महात्मा गांधी स्वतंत्रता इसलिए ही चाहते थे कि वे स्वराज्य के माध्यम से पूरे विश्व की सेवा करना चाहते थे। वे कहते थे कि मैं अपने देश की स्वतंत्रता इसलिए चाहता हूँ, ताकि देश के संसाधनों का उपयोग मानवजाति के हित के लिए किया जा सके। गांधी की यह भावना ही उनके राष्ट्रवाद को अपने देश की भक्ति से जोड़ते हुए वैश्विक कल्याण के प्राचीन भारतीय उच्चतम सोपान तक पहुँचने का प्रमाण है। गांधी का मानना था कि राष्ट्रीयता और मानवता एक-दूसरे के पर्याय हैं। कोई भी भारतीय अपने देश की सेवा करने के लिए दूसरे देश को क्षति पहुँचाने का विचार मन में नहीं लाता। राष्ट्रभक्त का नियम परिवार के मुखिया के नियम से भिन्न नहीं है। जिस राष्ट्रभक्त में मानवता के प्रति रागात्मकता की कमी है, उसकी राष्ट्रभक्ति भी कमजोर सी होगी। अंतरराष्ट्रवाद तभी संभव है, जब व्यक्ति के भीतर राष्ट्रवाद होगा। गांधी अन्य विचारकों की तरह राष्ट्रवाद को किसी संकीर्ण दृष्टि से नहीं देखते थे। राष्ट्रवाद के नाम पर संकुचित वृत्ति और दूसरे राष्ट्र को क्षति पहुँचा या नष्ट करके अपनी उन्नति करने की भावना को राष्ट्रवाद का सबसे

घृणित पक्ष मानते थे। उनकी राष्ट्रभक्ति में सामान्य रूप से संपूर्ण मानवजाति के कल्याण की भावना अंतर्निहित थी। देशसेवा और विश्वसेवा के बीच कोई विरोध नहीं होना चाहिए, ताकि विभिन्न राष्ट्रों के बीच तनाव और पारस्परिक ईर्ष्या समाप्त हो।

राष्ट्रीय भावनाओं का पूर्ण प्रतिफलन हमें भारतीय स्वतंत्रता संग्राम में भी दिखाई देता है। उन्नीसवीं शताब्दी के अंत में जिस राष्ट्रीय आंदोलन का आरंभ हुआ, वह क्रमशः संगठित होता चला गया। बीसवीं शताब्दी के आरंभ में जिस द्विवेदी युग का विकास हुआ, उसके मूल में भी राष्ट्रीय चेतना ही थी। राष्ट्रीय शब्द 'राष्ट्र' का विशेषण है और अंग्रेजी शब्द 'नेशन' के पर्याय के रूप में प्रयुक्त होने लगा। इस प्रकार इस राष्ट्रीय शब्द को स्वाधीनता आंदोलन और आजादी के आसपास के समय से 'नेशनलिस्टिक' के संदर्भ में प्रयुक्त किया जाने लगा। राष्ट्रीय भावना से ही जनसमूह आपस में संगठित होता है। जिमरन ने अपनी पुस्तक 'राष्ट्रीयता और सरकार' में लिखा है—"मेरी दृष्टि में राष्ट्रीयता का प्रश्न सामूहिक जीवन, सामूहिक, विकास और सामूहिक आत्मसम्मान से संबद्ध है।"

यह उदारवादी राष्ट्रवाद का चेहरा ही है, जिसने उस-उस समय विवेकपूर्ण क्रांति का शंखनाद किया, जब देश के शासक स्वार्थपरता, भोगविलास, उदासीनता या निरंकुशता में डूबे थे और मनुष्यता का भविष्य दाँव पर लगने लगा। हमारे चिंतकों, साधकों और साहित्य-स्रष्टाओं ने देश में व्याप्त इन अनेक अँधेरे आयामों को पार करने के लिए दीप जलाया और पथ को आलोकित किया। भारतभूमि के प्रति यही अनुराग का भाव लेकर युग-युगांतर तक नई पीढ़ियाँ आती रही हैं। देश के प्रति अनुराग भाव, अर्थात् राष्ट्रवाद।

□

सांप्रदायिकता, देशभक्ति और राष्ट्रवाद

देश का शाब्दिक अर्थ दिशाओं का विस्तार है, जिसके भीतर सबकुछ है। दिक् या दृश्य जगत् इसके अंतर्गत व्याप्त होता है। परंतु जब हम देश को राजनीतिक दृष्टि से देखने का प्रयास करते हैं तो इसका आशय होता है—धरती का वह भाग, जो राजनीतिक और भौगोलिक दृष्टि से स्वतंत्र सत्ता रखता हो। देशाटन, यानी भिन्न-भिन्न देशों की यात्रा, देशनिकाला अर्थात् देश से निकाल दिए जाने का दंड, देशांतर, देशभाषा, देशीय, देशज आदि शब्द देश के आसपास के हैं, जिनसे किसी देश की स्वतंत्र सांस्कृतिक, राजनीतिक, भौगोलिक और धार्मिक अस्मिता का परिचय मिलता है। दूसरी ओर राष्ट्र शब्द का उद्गम भी इसके अपने प्राकृतिक परिवेश और उससे जुड़ी रागात्मक भावना के साथ ही तात्पर्य रखता है। ज्ञान और समृद्धि से परिपूर्ण वीर राष्ट्र को ही वेदों में राष्ट्र के नाम से अभिहित किया गया है। वीरता से आशय युद्ध के लिए तत्पर नहीं, अपितु ज्ञानसंपन्न, शक्तिसंपन्न, कौशलसंपन्न और संगठित राष्ट्र से है। ज्ञान के अभाव में व्यक्ति समझ नहीं सकता कि एकता अथवा संगठन की शक्ति क्या है ? अपने विशेष प्राकृतिक परिवेश और भूखंड के प्रति कालसिद्ध रागात्मक भाव की शासनपरक स्वीकृति ही किसी व्यक्ति की देशभक्ति कही जा सकती है। देशभक्ति की भावना का वही स्थान होता है, जो विभिन्न अंग-प्रत्यंग वाले हमारे शरीर में चेतना का होता है। इस देशभक्ति की भावना का विश्व मानवता से कोई

विरोध नहीं होता। विज्ञान जिसे 'ऊर्जा' कहता है, उसे ही भारतीय सनातन मनीषा 'चेतना' कहती है। ऊर्जा सनातन, अखंड और शाश्वत होती है।

यह भी सत्य है कि भारतीय मनीषा ने जो जीवन-शैली विकसित की उसे कोई नाम नहीं दिया। उसी के साथ यह भी सत्य है कि यह जीवन-शैली इसलाम, ईसाइयत या भारत के अलावा पश्चिम के किसी देश की है। भारत की इस अनाम, सुदृढ़ सांस्कृतिक और वैचारिक अवधारणा को पहले-पहल विदेशियों ने 'हिंदुत्व' कहकर संबोधित किया और भारतीयों ने भी इस शब्द को अपने लिए स्वीकार कर लिया। नाम को स्वीकार करते ही आकार की सत्ता स्वयं स्थापित हो जाती है। आकार यानी सीमा। नाम, रूप, आकार आदि तो लौकिक उपलब्धियाँ हैं। भारतीय जीवन-दर्शन तो एक सीमा तक मन की सत्ता को मानता है, फिर उसका भी अतिक्रमण करते हुए वह क्रमशः सर्वात्म स्तर तक पहुँच जाता है। तो ऐसी स्थिति में यह भारतीय जीवन-दर्शन, जिसे 'हिंदुत्व' भी कहते हैं, कैसे सांप्रदायिक हो सकता है? यह बात अलग है कि पश्चिमी जीवन-दर्शन के साथ द्यूतक्रीड़ा में भारतीयों ने अपनी जीवन-शैली को भी दाँव पर लगा दिया। यह शुभ संकेत नहीं। कहीं-न-कहीं आत्मबल में क्षरण की यह रेखा हिंदुत्व या भारतीयता को खतरे में डाल रही है और विरोधी मतों को यह अवसर भी दे रही है कि वे भारतीयता को सांप्रदायिकता के साथ जोड़कर देखने की दुरभिसंधि को संपन्न कर सकें। आत्मबल और विवेक के क्षरण के कारण उपजी आंतरिक कायरता असुरक्षा के भाव बढ़ाता है और वह संबल के लिए सांप्रदायिकता का सहारा लेने की कोशिश करता है। भारतीय जीवन-शैली की आध्यात्मिकता और संपन्नता को जिस तरह से किसी खास रंग, तिलक, वेशभूषा और कर्मकांड से जोड़कर उसे संकीर्ण बनाया गया, उससे सावधान होने की आवश्यकता भारत को है, अन्यथा इसकी भी वही स्थिति हो जाएगी, जैसी इसलाम, ईसाइयत या अन्य पंथों और मजहबों की है। नरेंद्र मोहन अपनी पुस्तक 'हिंदुत्व' में लिखते हैं—

"भारतीयता अर्थात् हिंदुत्व का प्रयोग राजनीतिक संकीर्णता व स्वर्थों के संवर्धन एवं संरक्षण के लिए इधर बहुत तेजी से होता हुआ दिखाई दे रहा है। जिस तेजी से मुसलिम सांप्रदायिकता बढ़ी, उसके प्रतिक्रियास्वरूप मुसलिम राष्ट्रनिष्ठा पर संदेह बढ़ा और जो गैर-मुसलिम हैं, उनमें संगठित होकर मुसलिम अराष्ट्रीयता को रोकने की भावना बढ़ी है। पहले देश और समाज के विभाजन की माँग ने और बाद में भारत के वास्तविक विभाजन ने मुसलिम समाज को संदेह के घेरे में लाकर खड़ा कर दिया। यद्यपि मुसलमान अभारतीय नहीं थे, पर अधिकांश मुसलमानों में अभारतीयता के बीज बोने में पहले तो मुसलिम आक्रमणकारी सफल हुए और बाद में अंग्रेज। इन दोनों विदेशी शक्तियों की दासता ने भारतीय समाज में बिखराव एवं सांप्रदायिकता के ऐसे बीज बोए कि आज भी रह-रहकर ये बीज अंकुरित होते हैं और विषवृक्षों का रूप लेकर भारतीय समाज को आक्रांत कर रहे हैं।" (पृ. 124)

अंग्रेज ही नहीं, अपितु बाद में अन्य वरिष्ठ मुसलिम नेताओं ने भी इस बात को स्थापित करने की कोशिश की कि मुसलिम समाज भारतीयता का अंग नहीं, बल्कि एक पृथक् संस्कृति है, जिसने भारत पर राजनीतिक विजय पाई और लंबे समय तक एक शासक संस्कृति रही है, क्योंकि मुसलिम विजेता शासकों से ही अंग्रेजों ने बाद में भारत की सत्ता अपने हाथ में ली थी। उनका यह पृथकतावादी व्यवहार पूर्ण रूप से राष्ट्रविरोधी और भारतीय जीवन-शैली का खंडन करनेवाला था। स्वाधीनता आंदोलन के अंतिम दशकों में इन मुसलमान नेताओं की यह इच्छा थी कि जब अंग्रेज भारत छोड़ें तो सत्ता उनके हाथ में देकर जाएँ अथवा द्विराष्ट्रवाद का सिद्धांत भारत में लागू किया जाए। यह भारत की सामाजिक एकता और राष्ट्रीय अखंडता के लिए एक जहर की भाँति था। इसका तत्कालीन भारतीय राजनीति द्वारा प्रबल खंडन न करके तुष्टीकरण का मार्ग अपनाया गया और यही नीति भारत की अस्मिता एवं भौगोलिक राष्ट्रीय पहचान के लिए अत्यंत घातक सिद्ध हुई। इसी राष्ट्रवादी

विचारधारा ने भारत में वैमनस्य और अलगाववादी स्थिति पैदा की।

यहाँ यह भी समझना जरूरी है कि भारत में रहनेवाले मुसलमान न तो अरब, ईरान से आए थे और न ही मध्य एशिया से। ये वे मुसलमान थे, जिन्होंने किसी दबाव या भय अथवा प्रलोभन में या किन्हीं कारणों से भारत में रहते हुए भी इसलाम को स्वीकार कर लिया था और स्वयं को आक्रमणकारी बाहरी तत्त्वों के साथ जोड़ लिया था। इसलाम की ही तरह की कुछेक और संस्कृतियाँ भी भारत में बाहर से आईं, पनपीं, फूली-फलीं और अपनी जड़ें यहाँ की जमीन में जमाईं। उनमें से कुछ ने स्वयं को भारतीयता से गहराई से जोड़ा और अपनी संस्कृति की अलग पहचान रखते हुए भी पूरी तरह भारतीयता में विलीन हो गईं, परंतु कुछ ने विलय होने से कड़ाई से स्वयं को रोका। वास्तव में जो लोग भारत में रहते हुए भी भारतीय संस्कृति में अपना विलय किसी भी कीमत पर नहीं होने देना चाहते, वे ही सांप्रदायिक कहे जा सकते हैं।

सांप्रदायिक शब्द घृणित शब्द नहीं है, जैसाकि आज के तथाकथित सेक्युलर लोग उसका प्रयोग एक संकीर्ण अर्थों में करने लगे हैं। दरअसल संप्रदाय से सांप्रदायिक बना है। मनुष्यों का वह समूह, जो किसी एक विशेष संप्रदाय या पंथ से जुड़ा हो, उसमें आस्था और विश्वास रखता हो। शब्द कभी संकीर्ण नहीं होते। संकीर्ण दृष्टि के साथ उनका प्रयोग धीरे-धीरे समय के साथ वह शब्द उसी संकीर्ण अर्थ के लिए रूढ़ हो जाता है। अब जो इस संकीर्ण सांप्रदायिकता को ओढ़कर भारत में रहते हुए भी हठपूर्वक भारत की पहचान से स्वयं को पृथक् रखना चाहते हैं, उन्हें देशभक्त या भारतीय किस आधार पर कहा जा सकता है। कुछ सौ वर्षों भारत के कुछ भूखंडों पर बलात् शासन कर लेने से वे इस राष्ट्र के लाखों वर्षों के इतिहास, परंपरा और दार्शनिक मान्यताओं, आस्थाओं को कैसे समाप्त कर सकते हैं? इस तरह की विचारधारा रखनेवालों से सहमत होना अपनी मातृभूमि के प्रति विश्वासघात है।

कोई भी उपासना पद्धति, चाहे वह हिंदू हो, इसलाम हो, ईसाई हो, बौद्ध या शैव या कोई भी हो, यदि वह राष्ट्र की अवधारणा से ही टकराने लगेगी तो निश्चित ही उसकी भर्त्सना होगी। उपासना-पद्धति का संबंध किसी राष्ट्र की अस्मिता या जीवन-शैली से नहीं हो सकता। हिंदुत्व के सिद्धांत और आस्थाएँ यदि राष्ट्र की मौलिकता और उसके व्यक्तिव से नहीं टकरातीं, तब तक उसे सांप्रदायिक नहीं कहा जा सकता। दूसरी संस्कृतियों और उपासना पद्धति वालों को भी इसी कसौटी पर अपनी देशभक्ति और राष्ट्रवाद को परखना होगा, तब स्पष्ट होगा कि वे भी सांप्रदायिक नहीं हैं, बस एक संप्रदाय में विशेष आस्था और विश्वास है उनका। राष्ट्र के प्रश्न पर वे अलग नहीं है।

हिंदुत्व भारतीयता का प्रतीक है, इसलिए उसे सांप्रदायिक नहीं कहा जा सकता। इसकी अपनी एक भू-सांस्कृतिक अवधारणा है। एक लंबे समय से हिंदुत्व अपने इस भूखंड पर अपनी सांस्कृतिक, धार्मिक, दार्शनिक मान्यताओं और आस्थओं के साथ शांतिपूर्ण जीवन जीता आया है। बहुत से मुगल सूफी-संतों ने भी हिंदुत्व की इस भू-सांस्कृतिक अवधारणा को अपनी रचनाओं में रेखांकित किया। रसखान, रहीम और जायसी जैसे लेखकों ने भी इसे स्वीकार किया है। इकबाल जब 'हिंदी है हम वतन है' कहते हैं, तब हिंदी से उनका तात्पर्य हिंदी भाषा नहीं, अपितु भारतीय संस्कृति है। भारत की यह भू-सांस्कृतिक अवधारणा सभी पंथों, आस्थाओं के लिए सहिष्णुता का मार्ग अपनाती है। उदाहरण हम देख सकते हैं। शक-हूण, यहूदी, पारसी या बीसवीं सदी में तिब्बती शरणार्थी भारत में आए तो क्या भारत ने कभी यह कहा कि पहले अपनी आस्था और उपासना-पद्धति का परित्याग करो, तब हम तुम्हें अपनी भूमि पर शरण देंगे? अब यदि ये ही शरणार्थी भारत पर यह आरोप लगाने लगे कि भारत उनके प्रति असहिष्णु है तो यह तो एक राष्ट्रीय त्रासदी और धोखा खा जानेवाली स्थिति कही जाएगी। इस तरह के धोखा देनेवाले राजनीतिज्ञों और विचारकों से भारत को पूरी तरह सतर्क रहने

और समय रहते समुचित उपाय करने की आवश्यकता है। भारत शरण में आनेवालों को दोनों बाँहें फैलाकर तो स्वागत कर सकता है, लेकिन गले लगकर पीठ में छुरा भोंकनेवाले को कतई बर्दाश्त नहीं कर सकता।

उपर्युक्त बिंदु के अतिरिक्त 1947 में आजादी के बाद की अपनी कुछ कमजोरियों पर भी विचार करना आवश्यक है। एक ओर तो भारत के संविधान में भाषा, मजहब, वंश, आस्था के आधार पर कोई भेदभाव नहीं माना गया। यह एक उदात्त भावना थी। पर वहीं संविधान के कुछ अनुच्छेद ऐसे भी हैं, जो देश के नागरिकों को अल्पसंख्यक और बहुसंख्यक आदि में बाँटते हैं। यह विरोधाभास ही भारत के भीतर अनेक समस्याओं को जन्म देता है। इसके कारण भी भारत के सामने वैचारिक और सांस्कृतिक संकट उत्पन्न हो गया है। नरेंद्र मोहन अपनी पुस्तक 'हिंदुत्व' में लिखते हैं—

"सद्भाव और सहिष्णुता ही भारतीय संस्कृति की आत्मा है। हिंदुत्व के नाम से पहचानी गई और नामांकित की गई यह संस्कृति विश्व की अन्य संस्कृतियों से भिन्न है और इसकी भिन्नता के मूल में यही है कि भारतीय संस्कृति के हृदय में विश्व की सभी संस्कृतियों के लिए सम्मान एवं सद्भाव है। पर इस सम्मान और सद्भाव की भी एक सीमा अवश्य होगी। इस सम्मान और सद्भाव का यह अर्थ नहीं लगाया जाना चाहिए कि जो भी चाहे वह भारत की संस्कृति को पददलित करे, उसे ठोकर लगाए तथा उसे अपमानति करे और न ही इसकी अनुमति दी जा सकती है कि भारत की जो संस्कृति है, उसे नष्ट हो जाने दिया जाए और उसके स्थान पर ऐसी नई संस्कृति उस पर थोप दी जाए, जोकि विश्व की सभी संस्कृतियों का मिला-जुला घोल हो।" (पृ. 130)

कुछ विचारकों का यह भी मानना है कि जब देशभक्ति अंधभक्ति पर पहुँचती है, तब राष्ट्रवाद का आरंभ होता है। यह एक गलत धारणा है। देशभक्ति और राष्ट्रवाद सांप्रदायिकता से बिल्कुल भिन्न अवधारणाएँ है। सांप्रदायिकता के नाम पर हम भारत की भू-सांस्कृतिक अवधारणा को यहाँ

रहनेवाली किसी विशेष प्रजाति या नस्लवाद से जोड़कर नहीं देख सकते। भू-सांस्कृतिक अवधारणा विश्व के अन्य देशों के नस्लवाद से बिल्कुल पृथक् है। हम हिंदुओं को किसी रंग विशेष या आचरण विशेष से चिह्नित नहीं कर सकते। हिंदुत्व में भारत भूमि के सांस्कृतिक प्रवाह का एक सुदीर्घ इतिहास सन्निहित है। भारत एक इतना पुरातन राष्ट्र है कि उसके उद्गम या आदि इतिहास को कोई नहीं जानता। इसलिए उसकी संस्कृति, परंपरा आदि को संप्रदाय के सीमित खाँचे में फिट करना और सांप्रदायिक घोषित करना मूर्खतापूर्ण प्रयास है। हाँ, प्रतिक्रियास्वरूप पनपीं दूसरी संस्कृतियों और आस्थाओं के साथ सांप्रदायिक शब्द जोड़ा जा सकता है। आसेतु-हिमालय भारत अखंड, अनवरत और संपन्न रहा है, इसमें कोई संदेह नहीं।

देश और राष्ट्र की धारणा को कुछ विचारकों के दृष्टिकोण से परिभाषित करें तो देश किसी भूभाग की भौगोलिक और राजनैतिक सीमाओं से परिभाषित होता है, जो संप्रभु हो भी सकता है, नहीं भी। कई बार देश का प्रयोग गाँव जैसे सीमित क्षेत्र के लिए भी आम नागरिक करते पाए जाते हैं। जैसे बाहर किसी प्रांत में नौकरी या व्यवसाय करनेवाले को प्रायः कहते हुए सुना जा सकता है कि मैं अब अपने देश जा रहा हूँ। यानी गाँव जा रहा हूँ। यहाँ उस देश से तात्पर्य नहीं लेना है। देश वह होता है, जो किसी संविधान से बँधा हो और संप्रभु हो। राष्ट्र परिभाषित होता है उस देश में रहनेवाले लोगों और उनकी साझा सांस्कृतिक, ऐतिहासिक विरासत से।

देशभक्ति किसी भी नागरिक में अपने देश के प्रति हो सकती है। जिसके भीतर नहीं होती, उसे देशद्रोही की संज्ञा दी जाती है। वास्तव में, देशभक्ति अपनी उस भूमि के प्रति लगाव और कृतज्ञता-बोध का फल है, जिस पर हमारा जन्म होता है। यह लगाव बलात् उत्पन्न नहीं होता, बल्कि अन्य भावों की तरह हमारे भीतर स्वाभाविक रूप से विकसित होता है। हम उस भूमि के प्रति कृतज्ञ भाव से भर उठते हैं, जिसने हमारा संपोषण किया है और जिसके साथ हमारा भूत, वर्तमान और भविष्य जुड़ा होता है। अपने

देश के प्रति यह लगाव स्वतः स्फूर्त होता है, जो भीतर विद्यमान रहता है। उसके प्रदर्शन की आवश्यकता नहीं होती। देशभक्ति की भावना का स्वरूप अपनी भूमि और सांस्कृतिक, प्राकृतिक परिवेश के प्रति रक्षात्मक भाव का होता है, आक्रामक या उत्पीड़क नहीं। दूसरे देश को पददलित या उस पर वर्चस्व स्थापित करने का भी भाव देशभक्ति नहीं होता। दूसरी ओर कुछ विचारक देशभक्ति को संकुचित सोच की चहारदीवारी से बाहर के विचारों से जुड़ने की स्वतंत्रता नहीं देती, ऐसा मानते हैं। वे यह भी मानते हैं कि देशभक्ति दूसरे देशों की जनता के दुःख-दर्द को समझने की स्वतंत्रता को भी सीमित कर देती है।

उपर्युक्त कथन से इसलिए नहीं सहमत हुआ जा सकता कि यदि किसी व्यक्ति को अपनी माँ से प्यार नहीं है तो वह दूसरे की माँ को प्यार और सम्मान कैसे दे सकता है? अपने देश से प्यार किए बिना दूसरे देश पर प्यार कैसे लुटाया जा सकेगा? अपने यहाँ के लोगों का दुःख-दर्द न जानने-महसूस करनेवाला व्यक्ति दूसरे देश के लोगों का दुःख-दर्द किस संवेदना के आधार पर महसूस करेगा? यह संवदेनशीलता, प्रेम, करुणा, सहानुभूति का संस्कार बचपन में ही परिवार और उसके बाद समाज और देश में विकसित होता है। एकाएक कोई व्यक्ति वैश्विक कल्याण की बातें नहीं सोचने लगता। संवेदना और प्रेम के प्रारंभिक प्रस्थान बिंदु परिवार से गुजरते हुए क्रमशः विश्व तक पहुँचा जा सकता है, इसलिए विश्व के लोगों के प्रति प्रेम के लिए अपने देश के प्रति पहले प्रेम होना चाहिए।

दूसरी ओर राष्ट्रवाद एक ऐसी अवधारणा है, जिसके अनुसार राष्ट्र को सर्वोच्च माना जाता है। राष्ट्रवाद एक ऐसा पवित्र भाव या विचारधारा है, जो किसी भी देश के नागरिकों की साझा पहचान को स्थापित करती है। किसी भी राष्ट्र की प्रगति के लिए यह आवश्यक है कि उसके नागरिक अपने क्षेत्रीय पहचान से ऊपर उठकर राष्ट्रीय स्वाभिमान के लिए कार्य करें और अपने राष्ट्र में गौरव की भावना को सबल करें। भारत जैसे देश में

सांस्कृतिक, धार्मिक और भाषायी विविधता है और इसमें एकता स्थापित करने के लिए राष्ट्रवाद की भावना का विकास प्रत्येक नागरिक में होना चाहिए। शिक्षालयों में तदनुरूप पाठ्यक्रम होने चाहिए, जो राष्ट्रीयता की भावना का विकास करें विद्यार्थियों में। राष्ट्रीय ध्वज, राष्ट्रगान, राष्ट्रीय प्रतीकों का सम्मान करना राष्ट्र-प्रेम की भावना का विकास करने की दिशा में एक सार्थक और ठोस पहल है। देश की अखंडता और एकता के लिए ये अत्यंत आवश्यक तत्त्व हैं। राष्ट्रवाद की भावना एक सहजात भावना है, जो हमें अन्य नैसर्गिक भावनाओं की तरह उत्तराधिकार में जन्म से ही प्राप्त होती है।

कुछ विचारकों की दृष्टि में इस धारणा से ठीक विपरीत राष्ट्रवाद की अवधारणा एक सापेक्षिक राजनीतिक धारणा लगती है, जिसे प्रमाणित करने की आवश्यकता होती है और यह प्रमाणित करने के लिए उन लोगों के साथ खड़ा होना पड़ता है, जो स्वयं को राष्ट्रवाद के प्रवक्ता या राष्ट्रहितों के संरक्षक के रूप में स्वयं को समाज के सामने प्रस्तुत करते हैं। प्रायः ऐसे विचारकों के सामने सन् 1920 के दशक में जर्मनी में हिटलर और इटली में मुसोलिनी का ही उदाहरण होता है, जिन्होंने अपने समर्थकों और पार्टी को राष्ट्रवादी घोषित किया और उन लोगों के विरुद्ध संघर्ष किया, जो उनसे असहमत थे या उनकी नीतियों की आलोचना करते थे। इसलिए वहाँ राष्ट्रवाद की अवधारणा विरोधियों के दमन के साधन के रूप में उपयोग की जाने लगी। उन्होंने अपने विरोधियों को देशद्रोही करार किया। उसी तरह इक्कीसवीं सदी में पाकिस्तान के राष्ट्रवाद को देखा जाए, जो वह भारत विरोध के धरातल पर खड़ा दिखाई देगा।

यह राष्ट्रवाद की एकांगी व्याख्या है। केवल विरोधियों के दमन या दूसरे राष्ट्र के विरोध पर खड़ा राष्ट्रवाद कभी भी राष्ट्रवाद की भावना का सच नहीं हो सकता। राष्ट्रवाद की संकल्पना तो एक सांस्कृतिक संकल्पना है, जिसमें लोग समान भौगोलिक एवं ऐतिहासिक पृष्ठभूमि पर एक-दूसरे

से भावनात्मक जुड़ाव महसूस करते हैं और उन्हें लगता है कि वे एक ही नियति से बँधे हैं तथा जिनके समान सामूहिक लक्ष्य होते हैं, जिनकी प्राप्ति के लिए वे निरंतर प्रयत्नशील रहते हैं। पश्चिमी राष्ट्रवाद भारत के लिए बहुत प्रासंगिक नहीं है।

□

अति राष्ट्रवाद

जैसाकि इस शब्द युग्म के उच्चारण से ही ध्वनित हो रहा है कि इसमें कहीं-न-कहीं नकारात्मकता का पुट है। राष्ट्रवाद के कृष्ण पक्ष के रूप में इसे रखा जा सकता है। यह भी कि राष्ट्रवाद के प्रत्युत्तर में जान-बूझकर गढ़ा गया एक शब्द है—'अति राष्ट्रवाद'। भारत में एक दोहा प्रचलित है—'अति का भला न बरसना, अति की भलो न धूप। अति का भला न बोलना, अति की भली न चूप॥' यानी अति सर्वत्र वर्जयेत्। किसी भी चीज की अति अच्छी नहीं होती। परंतु राष्ट्रवाद यदि अपने राष्ट्र के प्रति एक रागात्मक भावना है तो इस नैसर्गिक भावना की अति इस प्रेम की पराकाष्ठा हो सकती है। उस पराकाष्ठा में मूर्च्छना या पागलपन की स्थिति हो सकती है, जिसे अति प्रेम या अति राग की श्रेणी में रख सकते हैं। यह अति प्रेम स्वयं के लिए भी कभी-कभी हानिकारक हो जाता है, परंतु समाज को नुकसान पहुँचाना इसका कभी उद्देश्य नहीं हो सकता। हाँ, उन्माद की अवस्था तक पहुंचने पर व्यक्ति दूसरों पर ईंट-पत्थर चला सकता है, हिंसा कर सकता है, परंतु इससे पूरा समाज प्रभावित हो या राष्ट्र प्रभावित हो, यह संभव नहीं। इसी से स्पष्ट हो जाता है कि राष्ट्रवाद की पवित्र भावना से घबराए लोगों ने 'अति राष्ट्रवाद' जैसे शब्द को निर्मित किया, ताकि राष्ट्रवाद की बहुत सी उनके लिए अस्वीकार्य बातों को अति राष्ट्रवाद के खाते में डालकर राष्ट्रवाद की भावना की निंदा की जा सके। परंतु इन दोनों ही मानसिकताओं से बचते-बचाते हमें तटस्थ भाव से अति राष्ट्रवाद के विचार को समझना होगा।

कुछ लोग राष्ट्रवाद को थोड़ा वक्री ढंग से समझने की कोशिशें करते हैं और इस प्रयास में अति राष्ट्रवाद की व्याख्या भी अलग सी हो जाती है। उनके अनुसार, राष्ट्र केवल समान भाषा, नस्ल, धर्म या क्षेत्र से बनता है। किंतु जब भी इसके आधार पर समानता स्थापित करने की कोशिशें की गईं, तब-तब तनाव और विरोध को बल मिला है। जब राष्ट्रवाद की सांस्कृतिक अवधारणा को जोर-जबरदस्ती से लागू करवाया जाता है तो यह 'अति राष्ट्रवाद' या 'अंधराष्ट्रवाद' की श्रेणी में रखा जा सकता है। तात्पर्य यह कि राष्ट्रवाद जब स्वयं में चरम मूल्य बन जाता है तो सांस्कृतिक विविधता के नष्ट होने का खतरा पैदा हो जाता है।

उपर्युक्त कथन में आंशिक सत्य हो सकता है। भाषा के आधार पर यह समस्या आ सकती है, किंतु राष्ट्रवाद का आधार केवल भाषा नहीं हो सकती। एक राष्ट्र में कई भाषाएँ बोली जा सकती हैं, किंतु राष्ट्र को एक सूत्र में पिरोए रखने के लिए किसी एक राजकीय संपर्क भाषा का निर्धारण तो जरूरी है, अन्यथा विघटन की स्थिति आ जाएगी। अपनी जनता पर दूसरी नस्ल बन जाने या दूसरे धर्म को आरोपित करना भी किसी राष्ट्र के लिए सुरक्षित सिद्धांत नहीं, इसलिए प्रायः ऐसा अति राष्ट्रवाद अस्तित्व में नहीं आ सकता।

कम-से-कम भारत में राष्ट्रवाद के कई रूप हमें देखने को मिलते हैं। हर राजनीतिक पार्टी का अपना अलग ढंग का राष्ट्रवाद है, जो सीधे उनके वोटबैंक से जाकर मिलता है। अपने वोटबैंक को प्रभावित करने के लिए वे राष्ट्रवाद की अपनी परिभाषाएँ गढ़ते हैं। उदाहरण के लिए, भारत में कांग्रेस, सपा, बसपा, डीएमके, टीएमसी, भाजपा सभी राजनीतिक पार्टियों की अपनी-अपनी राष्ट्रवाद की परिभाषा है, जो उन्हें सत्ता के गलियारे तक पहुँचाने में सहयोगी की भूमिका में होती है। यह राष्ट्रवाद की भावना को एक संकीर्ण राजनीतिक स्वार्थी और विकृत रूप देने जैसा है। इस राष्ट्रवाद में उनके निहित स्वार्थ और हित की भावना अधिक रहती है और देश कहीं पीछे छूट जाता है। देश के प्रति एक पवित्र रागात्मक भाव गौण हो जाता है, क्योंकि उनकी

प्राथमिकता में उनका वोटबैंक होता है। भारत में भारतीय जनता पार्टी को जब-जब सत्ता में आने का अवसर मिला या राष्ट्र के लिए जब भी आंदोलन या क्रांति करने की अदम्य इच्छा ने अँगड़ाई ली, उनके लिए राष्ट्रप्रेम या राष्ट्रीय चेतना सर्वोपरि रही। राष्ट्रवादी राजनीतिक पार्टी के रूप में भाजपा का उभार भी दूसरी राजनीतिक पार्टियों और वामपंथी विचारकों एवं लेखकों को चुभने लगा और उन्होंने उसकी राष्ट्रवाद की भावना को दूसरा नाम एवं रंग देने की कोशिश की और वह था— 'अति राष्ट्रवादी'। यहाँ पुनः स्पष्ट करना आवश्यक है कि किसी भी ऐसी राष्ट्रवादी पार्टी का समर्थक होना ही राष्ट्रवादी होना नहीं है, अपितु व्यक्ति के भीतर अपने देश, उसके प्राकृतिक परिवेश, सांस्कृतिक और पारंपरिक मान्यताओं, भौगोलिक सीमाओं, इतिहास, साहित्य, कला आदि के प्रति एक स्वाभाविक प्रेम और निष्ठा उत्तराधिकार में प्राप्त होती हैं। राष्ट्र-प्रेम की भावना एक सहजात भावना है। वह किसी पार्टी की मान्यताओं या सिद्धांतों से उद्भूत नहीं होती। हाँ, यह हो सकता है कि किसी पार्टी में ऐसे लोगों की संख्या अधिक हो, जो राष्ट्र की सर्वोपरि मानते हों, उसके प्रति रागात्मक भाव रखते हों।

यह अतिशय राष्ट्रवाद की भावना ही थी, जिसने अनगिनत बलिदानों और कठिन संघर्षों के बाद भारत को अंग्रेजी दासता से मुक्ति दिलाई। निस्संदेह उस समय भारत छोटे-छोटे राज्यों और रियासतों में बँटा हुआ था, परंतु स्वाधीनता के संग्राम में सब एक हो गए थे। यह एकता की भावना ही राष्ट्रवाद की भावना थी। यह राष्ट्रवाद का ही परिणाम था कि भारत एक राष्ट्र के रूप में विश्व के सामने फिर से तनकर खड़ा हो गया। अति राष्ट्रवाद का तात्पर्य ही इस बात में निहित है कि कोई व्यक्ति या व्यक्तियों का समूह अपने राष्ट्र को सर्वोच्च मानने लगता है। उसे अपने देश, यहाँ के नागरिकों, इतिहास, संस्कृति, परिवेश और भूखंड को लेकर अत्यधिक गर्व की अनुभूति होती है और वह इस पर किसी भी प्रकार का आघात सहन नहीं कर सकता। यही अति राष्ट्रवाद की एक स्थूल सी परिभाषा दी जा सकती है।

अति राष्ट्रवाद को अपने ढंग से परिभाषित करनेवाले कम्युनिस्ट विचारकों, लेखकों आदि के अलग ही विचार होते हैं। वे हिटलर की नीतियों से प्रारंभ कर डोनाल्ड ट्रंप तक की नीतियों को अति राष्ट्रवाद की संज्ञा देते हैं और इसे मानवता के लिए घातक बताते हैं। उनके अनुसार अति राष्ट्रवाद किसी देश की सरकार को अधिनायकवादी बना देता है। जब कोई मानव समूह अपने देश को ही सबसे बड़ा मानने लगता है तो उसी समय से उसके अंतरराष्ट्रीय रिश्ते खराब होने शुरू हो जाते हैं। हिटलर द्वारा दुनिया को तबाह करना उसका अति राष्ट्रवाद कहा जा सकता है। फासिज्म में राष्ट्रवाद अपनी पराकाष्ठा को प्राप्त हुआ। इसके अनुसार राष्ट्र से बढ़कर दूसरा उपाय नहीं और राष्ट्र-सेवक से बढ़कर दूसरा धर्म नहीं। फासिज्म के लिए राष्ट्र व्यक्तियों का समूह अथवा व्यापारात्मक समष्टि मात्र नहीं, बल्कि एक स्वतंत्र रहस्यमयी सत्ता है, जिसका अपना एक निश्चित उद्देश्य होता है। एक नाजी प्रवक्ता ने कहा था—"जर्मन राष्ट्र के लिए जो कुछ भी हितकर है, वही शुभ अथवा उचित है, जो कुछ भी हानिकारक है, वही अशुभ अथवा अनुचित है।" (पृ. 15, हिंदी साहित्य कोश, भाग-एक)

इस फासिज्म के आंदोलन को इटली में बेनिटो मुसोलिनी ने मार्च 1919 में चलाया था, जो राष्ट्रवाद का विकरालतम रूप था। बाद में विश्व में कहीं भी इस प्रकार के उग्र आंदोलन के लिए फासिज्म नाम रूढ़ हो गया। लैटिन के फासिज्म (Fasees) से उत्पन्न इस शब्द का वास्तविक अर्थ होता है—'पोटली या गट्ठा'। प्राचीन रोम के मजिस्ट्रटों के आगे-आगे अधिकार के प्रतीक के रूप में कुठार से युक्त दंडों की एक पोटली चला करती थी। शायद 'फासिज्म' शब्द इसी भावना से संबद्ध है। 'हिंदी साहित्य कोश', भाग-एक में फासिज्म की व्याख्या करते हुए कहा गया है कि फासिज्म एक व्यापक मनोदशा है। इसके उद्भव की व्याख्या कई प्रकार से की जाती है। कुछ लोगों का मानना है कि जनतंत्र में असाधारण व्यक्तियों को अपनी प्रतिभा और शक्ति का प्रदर्शन करने का पूरा अवसर नहीं मिलता, उनके भीतर एक भावना बार-

बार उठती है कि उन्हें व्यर्थ ही अयोग्य बहुसंख्या के हाथ की कठपुतली बने रहना पड़ता है। अतः जनतंत्र से वे असंतुष्ट रहते हैं। वे ऐसी व्यवस्था की कामना करने लगते हैं, जिसमें उन्हें कार्य करने का पूरा अवसर मिल सके। कुछ लोगों का यह भी विचार है कि फासिज्म जनतंत्र के कठिन उत्तरदायित्व की कठिनाई से पलायन का एक अच्छा मार्ग है। फासिज्म में व्यक्ति अपना सारा उत्तरदायित्व अधिनायक को सौंपकर छुट्टी पा लेता है। साम्यवादियों के अनुसार फासिज्म पतनोन्मुख पूँजीवाद की अंतिम अवस्था है। हालाँकि आवश्यक नहीं कि हिंदी साहित्य कोश द्वारा की गई उपर्युक्त व्याख्या पूरी तरह मान्य हो, परंतु इसे आंशिक सत्य तो माना ही जा सकता है।

प्रख्यात चिंतक और लेखक टैगोर भी यह मानते हैं कि अति राष्ट्रवाद और स्वदेशी का प्रबल आग्रह पश्चिम और विदेशी के पूरी तरह नकार का आधार तैयार करेगा और ऐसी स्थिति में भारत स्वयं तक सीमित होकर रह जाएगा। यह भावना सामाजिक, धार्मिक एवं सांस्कृतिक विविधताओं से भरे भारत जैसे देश में ईसाई, यहूदी, पारसी और इसलाम धर्म के प्रति भी असहिष्णुता का वातावरण निर्मित कर सकता है। यह समाज ही नहीं, व्यक्ति का भी विरोधी है। संकीर्ण राष्ट्रवाद मनुष्य की प्राकृतिक स्वतंत्रता और आध्यात्मिक विकास के मार्ग में बाधा उत्पन्न करता है। इरफान हबीब ने अपनी पुस्तक में उन्नीसवीं शताब्दी के अंतिम वर्षों के बाद से राष्ट्रवाद के उदय और विकास को व्याख्यायित करते हुए उसके विभिन्न स्वरूपों का, जैसे उदारवादी, धर्म केंद्रित, क्रांतिकारी और दक्षिण उदारवाद आदि के माध्यम से समझने और समझाने का प्रयास किया है। इरफान हबीब का यह भी मानना है कि सांस्कृतिक एकरूपता के आह्वान के बीच हम अति राष्ट्रवाद के समय में जी रहे हैं, जहाँ स्वघोषित राष्ट्रवादियों और एक संस्कृति का उन्माद हमारी सामाजिक बुनावट को टुकड़ों में बाँटने का खतरा पैदा कर रहा है। एक प्रकार के दोहरेपन से हम घिरे हुए हैं। एक भारतीय के तौर पर इस तरह का राष्ट्रवाद हमारे लिए दूसरे ग्रह के प्राणी जैसा है, क्योंकि आजादी

के समय से हमने जिस उन्माद रहित, समावेशी, बहुलतावादी राष्ट्रवाद का विकास किया, उसके कुछ निश्‍चित मूलभूत मूल्य थे। इन अति राष्ट्रवादियों ने मुसलिमों, वामपंथियों और पश्‍चिम से आए लोगों को अपना शत्रु मान लिया। उनका मानना है कि यह अति राष्ट्रवाद वैश्‍विक चलन में आ गया है। ट्रंप से लेकर ब्रेक्जिट और यूरोप के अधिकांश अतिवादी दक्षिणपंथी समूह दूसरों के प्रति घृणा को बढ़ावा दे रहे हैं। उनका यह भी मानना है कि अस्सी के दशक तक भारत में राष्ट्रवाद उन्माद रहित था। यह न तो आक्रामक था और न ही विरोधात्मक। इतना ही नहीं, प्रख्यात उपन्यासकार मुंशी प्रेमचंद को भी सुभाष चंद्र बोस के विचारों में संकीर्ण राष्ट्रवाद की गंध मिली। नेहरू का खुला, उदार अंतरराष्ट्रीयतावाद उन्हें अपनी ओर आकृष्ट करता था। भवानी प्रसाद मिश्र की कविता में भी अति राष्ट्रवाद के उसी पक्ष को उकेरा गया है, जिसकी चर्चा अभी हो रही है—

बहुत नहीं, सिर्फ चार कौए थे काले
उन्होंने यह तय किया कि सारे उड़नेवाले
उनके ढंग से उड़ें, रुकें, खाएँ और गाएँ
वे जिसको त्योहार कहें, सब उसे मनाएँ
कभी-कभी जादू हो जाता दुनिया में
दुनिया भर के गुण दिखते हैं औगुनिया में
ये औगुनिए चार बड़े सरताज हो गए
इनके नौकर चील, गरुड़ और बाज हो गए।

उपर्युक्त सभी विचारों को देखने, पढ़ने के बाद यह प्रश्‍न स्वाभाविक है कि क्या राष्ट्र मात्र उन्हीं लोगों तक सीमित है, जिनके बारे में ये चिंतक अपनी दुश्चिंता प्रकट कर रहे हैं? राष्ट्रवाद की इस परिकल्पना में समस्त उत्तेजना राजनेताओं या उनके चाटुकार प्रशंसकों के इर्द-गिर्द ही घूमती नजर आती है। इसमें उन करोड़ों लोगों के दर्शन नहीं होते, जिनके कारण यह देश सांस्कृतिक है, धार्मिक है, दार्शनिक है, सामाजिक है और इतिहास से भी पुराना ऐतिहासिक

है। राष्ट्रवाद एक भावना है, प्रेम है राष्ट्र के प्रति। भारत के भीतर और बाहर भी राष्ट्र को तोड़ने की कोशिशें करनेवाली अलगाववादी ताकतें सदा से सक्रिय रही हैं। बाहरी शत्रुओं के साथ-साथ भारत को अपने आंतरिक शत्रुओं से भी बराबर मुठभेड़ करनी पड़ी। परंतु भारत में अँधेरे से जूझने का संकल्प बहुत पुराना है। यहाँ सूरज के ढलते ही दीप प्रज्वलित कर घर के बाहर देहरी पर रख देने की परंपरा रही है। सह-अस्तित्व भारत की प्रधान सांस्कृतिक चेतना रही है, जिसने उसे सहिष्णु और उदार बनाया। इसलिए भारत सभी प्रकार के विचारों को महत्त्व देता है। उसके दर्शन में आस्तिकतावादी भी हैं तो चार्वाक जैसे भोगवादी या नास्तिकतावादी भी भारतीय दर्शन ही कहलाते हैं। संकट तब खड़ा होता है, जब आक्रमणकारी इस सहिष्णु संस्कृति की जड़ों पर प्रहार करते हैं। वहीं सावधान होना है। इस सावधान होने की प्रक्रिया को ही कभी-कभी अतिराष्ट्रवाद का नाम दिया जाने लगता है।

भारतीय संस्कृति मरणधर्मा संस्कृति नहीं है। यह 'अमृतस्य पुत्राः' की संस्कृति है, इसलिए कालातीत है। यहाँ के लोग अमृत-पथ के यात्री हैं। चेतना के सतत ऊर्ध्वारोहण के प्रति समर्पित। पश्चिम की तरह प्रकृति को जीतने की पागलपन वाली भाषा भारत नहीं बोलता। उसके लिए अपने भूखंड के हर प्राकृतिक पदार्थ—नदी, पेड़, पहाड़, जीव-जंतु, मेघ, अग्नि, सभी पूजनीय हैं। उसके साथ ही पूरी सतर्कता और सतत सजगता के साथ वह जगत् के धर्म का निर्वाह भी करता है। आपातस्थिति में आत्मरक्षा के लिए शौर्य के धर्म का पालन भी करता है। प्राणिमात्र को गले लगाना, स्नेह देना हमारा भारतीय धर्म है तो वहीं हमें किसी भी षड्यंत्र से सावधान रहने की शिक्षा भी देता है यह राष्ट्र। कहीं हमारे प्रमाद का लाभ उठाकर हमारा ही कोई मित्र हमारे घर-परिवार पर आधिपत्य न जमा ले। वोटबैंक की राजनीति ने भारत की सांस्कृतिक आत्मा पर जितने प्रहार किए हैं, उससे सावधान रहने की आवश्यकता है।

कुल मिलाकर राष्ट्र एक भावनात्मक इकाई है। इस भावनात्मकता की व्याख्या अनेक स्तरों पर हो सकती है। ये स्तर सामाजिक भी हो सकते हैं,

आध्यात्मिक भी हो सकते हैं और वैचारिक भी। इन स्तरों की पृष्ठभूमि में अनेक परंपराएँ और इतिहास होते हैं। इसलिए जब हम एक राष्ट्र भारत की बात करते हैं तो केवल उसके एक पक्ष तक सीमित नहीं रहा जा सकता। राष्ट्रीय स्थायित्व के लिए अपनी पहचान आवश्यक है, भावनात्मक लगाव भी आवश्यक है। अपनी अस्मिता को महसूस करने, पहचान को सुरक्षित रखने या राष्ट्रीय चेतना को जाग्रत् रखने को अति राष्ट्रवाद की श्रेणी में नहीं रखा जा सकता। भारत अपनी विविधता में एकता और एक राष्ट्र, प्राचीनतम राष्ट्र की समृद्धिशाली पहचान को पश्चिमी आधुनिक भूमंडलीकरण के नारे के बीच समाप्त करने के पक्ष में कभी नहीं रहा। यही पहचान है उसकी अस्मिता, और यही अस्मिता है उसका राष्ट्रवाद।

□

युद्ध और भारत

इस शीर्षक को देखकर कोई चौंक सकता है कि राष्ट्रवाद से युद्ध का क्या संबंध? एक का अर्थ अपने राष्ट्र से प्रेम या उसकी अस्मिता के साथ अपना प्रगाढ़ आत्मीय भाव और दूसरे का तात्पर्य किसी अन्य देश के साथ युद्ध या उस पर आक्रमण। दरअसल जब भी दो देशों के बीच युद्ध होता है तो स्थूल रूप में उसके दो ही उद्‌देश्य होते हैं—एक, शांति की स्थापना; दो, विस्तार, वर्चस्व, प्रतिशोध या साम्राज्यवादी भावना के कारण। लेकिन दोनों ही स्थिति में युद्ध का परिणाम जन-धन की हानि, किसी संस्कृति का विलोप अथवा पश्चात्ताप ही होता है। महाभारत की एक प्रचलित कथा है—महाभारत का युद्ध अठारह दिनों तक चला था। इस युद्ध ने द्रौपदी को शारीरिक और मानसिक रूप से इतना दुष्प्रभावित कर दिया था कि वह कम उम्र में ही अस्सी वर्षीया वृद्धा की तरह लगने लगी थी। युद्ध के बाद चारों ओर विधवाओं और बच्चों की चीखें सुनाई पड़ रही थीं। पुरुष बहुत कम ही बचे थे। इन सभी लोगों की वर्तमान महारानी द्रौपदी हस्तिनापुर के महल में बैठी शून्य को निहार रही थी। आसपास कोई नहीं था। तभी श्रीकृष्ण ने कक्ष में प्रवेश किया। अपने सखा कृष्ण को देखते ही द्रौपदी भावुक होकर उनसे लिपट गई थी और फूट-फूटकर रो पड़ी थी। श्रीकृष्ण स्नेह से द्रौपदी का सिर सहलाते रहे थे और उसे रोने दिया, क्योंकि कृष्ण जानते थे कि रोने से मन का विषाद हलका हो जाता है।

द्रौपदी के थोड़ी देर रो लेने के बाद श्रीकृष्ण ने उसे पास के आसन पर

बैठा दिया और उसका हाल पूछा, "कैसी हो द्रौपदी?"

द्रौपदी की अंतरात्मा की कचोट बाहर आई थी, "यह क्या हो गया, सखा? मैंने इसकी तो कल्पना भी नहीं की थी।"

श्रीकृष्ण ने उत्तर दिया था, "नियति बहुत क्रूर होती है, द्रौपदी। हमारे सोचने के अनुरूप नहीं, बल्कि हमारे कर्मों के अनुसार परिणाम देती है। तुम प्रतिशोध लेना चाहती थी, वह पूरा हुआ। सारे कौरव समाप्त हो गए। तुम्हें तो अपनी सफलता पर प्रसन्न होना चाहिए।"

श्रीकृष्ण की मंद मुसकान ने द्रौपदी के घावों को कुरेद दिया था। दुःखी स्वर में बोल पड़ी, "तुम मुझे लज्जित करने आए हो, सखा?"

"नहीं, मैं तुम्हें सत्य की अनुभूति कराने आया हूँ। हम अपने कर्मों का परिणाम पहले से नहीं देख पाते और जब वे परिणाम हमारे सामने प्रकट होते हैं तो हमारे वश में कुछ नहीं रहता। क्योंकि कर्म हम कर चुके होते हैं। प्रत्यंचा से छूटे हुए तीर को वापस तरकश में नहीं बुलाया जा सकता।"

द्रौपदी ने निराश स्वर में कृष्ण से प्रश्न किया था, "तो क्या इस युद्ध के लिए पूर्णरूप से मैं ही दोषी हूँ, कोई और नहीं?"

कृष्ण ने मुसकराकर कहा, "मैंने ऐसा नहीं कहा कि तुम पूर्णरूपेण उत्तरदायी हो, पर थोड़ा विवेकपूर्ण ढंग से सोचती तो आज तुम्हें यह कष्ट न होता।"

"मैं क्या कर सकती थी माधव?" द्रौपदी का स्वर पाश्चात्ताप और दुःख से विगलित था।

कृष्ण ने समझाया, "तुम बहुत-कुछ कर सकती थी। इस युद्ध को टाल सकती थी।"

"कैसे कृष्ण?" वह अधीर होकर कृष्ण का मुँह निहार रही थी।

कृष्ण बता रहे थे, "जब तुम्हारा स्वयंवर हो रहा था, तब तुम कर्ण का अपमान नहीं भी कर सकती थी। तुमने अपने महल में दुर्योधन को अपमानित

करते हुए कहा था कि अंधे का पुत्र अंधा ही होता है। इस अपमान की आग में जलता दुर्योधन कर्ण के सहयोग से भरी सभा में तुम्हारा चीरहरण करने की योजना न बनाता। उस समय शायद परिस्थितियाँ कुछ और होतीं, द्रौपदी। हमारे हर शब्द भी हमारे कर्म होते हैं, जिसका परिणाम या दुष्परिणाम केवल हमें प्रभावित नहीं करते, बल्कि पूरे परिवेश को कष्ट पहुँचाते हैं। तुम्हारे शब्द रूपी कर्म का फल यह महाभारत का युद्ध है, जिसमें राजवंश से लेकर प्रजा तक का विनाश हुआ है।"

इस कथा की तरह ही कलिंग के युद्ध में हुई हिंसा, रक्तपात और जन-हानि से सम्राट् अशोक इतना करुणा-विगलित हो जाता है कि वह अस्त्र-शस्त्र से विरत हो अहिंसा की शरण में चला जाता है। हिंसा भी एक नकारात्मक ऊर्जा है। इस ऊर्जा को नष्ट नहीं किया जा सकता। विज्ञान भी मानता है कि ऊर्जा कभी नष्ट नहीं होती। उसका रूपांतरण होता है। सम्राट् अशोक के भीतर भी युद्ध काल की हिंसा का भाव रूपांतरित हो जाता है और मानव मात्र के लिए करुणा से भर उठता है। वह महाकारुणिक बुद्ध की शरण में चला जाता है। विजय का अर्थ दूसरे देश के अस्तित्व को विलुप्त कर देना भारत के संदर्भ में कभी नहीं रहा। यह भी सत्य है कि पूरे विश्व पर भारत का राजनैतिक शासन भले न रहा हो, पर आध्यात्मिक शासन तो इक्कीसवीं सदी तक अक्षुण्ण दिखाई पड़ता है। भौगोलिक दृष्टि से कभी वृहत्तर भारत अस्तित्व में था तो कभी लघु हो गया, पर आध्यात्मिक दृष्टि से धरती के अधिकांश भूभाग पर भारत का ही शासन आज भी देखा सकता है। वैसे भी भारत के स्वभाव में रहा है कि उसने युद्ध आवश्यक होने पर कायरता न दिखलाते हुए उसका सामना किया है और विजयी होने पर विजित देश को पुनः उसे ही लौटा दिया है। अपने में मिला लेने की प्रवृत्ति उसकी कभी नहीं रही है। परंतु अपने क्षेत्र पर बाहरी अतिक्रमण भी उसे कभी सहन नहीं हुआ। भारत की उदारता का यह शौर्य हमें प्रभु श्रीराम से मिलत है। भगवान् राम ने लंका पर विजय प्राप्त करने के पश्चात् विभीषण को लंका का राज्य सौंप दिया और वह भी किंचित्

संकोच के साथ। मानस के 'सुंदरकांड' में तुलसीदास लिखते हैं—

जो संपति सिव रावनहि दीन्हि दिए दस माथ।
सोई संपदा विभीषनहि सकुचि दीन्हि रघुनाथ॥

तो यह उदारता भारत के शौर्य की उदारता है। रावण से युद्ध में अपनी विजय के लिए आश्वस्त राम के विनय की पराकाष्ठा है यह। आधुनिक युग में भी भारत के एक प्रधानमंत्री ने विजित देश बांग्लादेश को एक स्वतंत्र राष्ट्र के रूप में अस्तित्व में ला दिया। तो यह भारत के स्वभाव में है कि वह उदारता के शौर्य में विश्वास रखता है। उदारता का अर्थ कायरता कभी नहीं रहा, अपितु युद्ध के संभावित परिणामों को महसूस कर मानवजाति की सुरक्षा के लिए उसे टालना है। इतिहास साक्षी रहा है कि अपना वर्चस्व स्थापित करने या विस्तारवादी नीति के कारण भारत ने किसी भी प्रकार के युद्ध की पहल कभी नहीं की। न टल पाने की स्थिति में मानव कल्याण एवं शांति स्थापना के उद्द्देश्य से ही भारत किसी भी युद्ध में प्रवृत्त हुआ। भगवान् राम भी पहले युद्ध टालते हैं। संधि का प्रस्ताव रावण तक पहुँचाते हैं, परंतु अवश्यंभावी होने पर वानर, भालुओं की सेना को संगठित कर रावण से युद्ध करते हैं और विजयी होते हैं। परंतु हम देखते हैं कि राम-रावण युद्ध में एक संस्कृति 'राक्षस-संस्कृति' विनष्ट हो जाती है। कहने का तात्पर्य यह कि जब भी दो देशों या दो संस्कृतियों के बीच युद्ध होता है तो किसी-न-किसी एक संस्कृति को नष्ट होना पड़ता है।

भारत युद्ध के पक्ष में कभी नहीं रहा। महाभारत को युद्ध का आख्यान माना जाता है, परंतु उसमें भी युद्ध को टालने के लिए कृष्ण दूत बनकर जाते हैं। वे पांडवों को मात्र पाँच गाँव दे देने का अनुरोध करते हैं, ताकि विशाल जनहानि को रोका जा सके। राम के साथ युद्ध को टालने की खातिर विभीषण अपने भाई रावण का विरोध करता है। दुर्योधन अर्जुन का भाई है। अर्जुन भी युद्धभूमि में स्वजनों को देखकर युद्ध न करने का निश्चय करता है। लेकिन उसी महाभारत में शरशैया पर पड़े भीष्म अपने वंशजों को अंतिम सीख देते

हुए बताते हैं कि अपने देश की सीमाओं की उसी प्रकार रक्षा करनी चाहिए, जैसे अपनी माता के आँचल की रक्षा की जाती है। रक्तपात और युद्ध की विभीषिका से विचलित सम्राट् अशोक भारत के प्राचीनतम वैभव करुणा की शरण में आता है। करुणा, जो भारत की दुर्बलता नहीं, अपितु शक्ति है। उसी करुणा और औदार्य को लेकर सम्राट् अशोक विश्व विजय करता है तथा विश्व के अनेक देशों में अपनी उदारता के शौर्य से अपना आधिपत्य स्थापित करता है। राजनैतिक रूप से वह देशों को विजित नहीं करता, अपितु आध्यात्मिक शासन स्थापित करता है। जन-जन के हृदय पर करुणा का आधिपत्य स्थापित करता है। कुछ इस तरह कि विश्व के तमाम देश आज तक 'बुद्धिस्ट कंट्री' के नाम से अपनी पहचान ही बना लेते हैं। वह चाहे तिब्बत हो, श्रीलंका, बर्मा, थाईलैंड, जापान या चीन ही क्यों न हो।

आज विश्व की स्थिति का जब हम आकलन करने बैठते हैं तो यह जानना आवश्यक हो जाता है कि युद्ध कब से अस्तित्व में है और कितनी सभ्यताओं तथा संस्कृतियों को रौंदता हुआ आज भी अपना विकराल मुँह खोले हुए है। कुछ राष्ट्रों को छोड़कर आज विश्व के अनेक राष्ट्र बात-बात में युद्ध की धमकियाँ देते हैं और दूसरे राष्ट्र की भूमि के साथ उसकी संस्कृति को भी निगल जाने के लिए तत्पर दिखाई पड़ते हैं। आदिम अवस्था से लेकर आज सभ्यता के अनगिनत सोपान तय कर लेने के पश्चात् भी मानवजाति उतना ही बर्बर, लड़ाकू और लुटेरा है, जितना वह हजारों वर्ष पहले जंगलों में आदिम अवस्था में घूमते हुए था। पाषाण युग से लेकर लकड़ी, लोहे, इस्पात और अब परमाणु अस्त्रों के जखीरों के साथ विकास उसकी हिंसक प्रवृत्ति का ही प्रमाण है। दूसरे देशों को अपने वश में कर लेने के लिए उसके पास युद्ध एक आसान उपाय था और समय के साथ विज्ञान की संहारक कल्पनाओं और खोजों ने उसकी इस विषाक्त उड़ान को मजबूत पंख दे दिए। सभ्यता का आरंभ संघर्ष से हुआ और आज भी विश्व में वह संघर्ष किसी से छिपा नहीं है। भारत के ऋषियों ने इस संघर्ष के संभावित परिणाम की भी आहट सुन

ली थी, इसलिए अपनी बौद्धिक क्षमता और मेधा शक्ति को शांति की दिशा में उन्मुख कर दिया था। शांति की ऋचाएँ गूँज उठी थीं, यह बताने के लिए कि जीवन सुगम तब हो सकता है, जब चारों ओर शांति हो और पूरे ब्रह्मांड में एक प्राकृतिक सामंजस्य हो। भारतीय ऋषि संघर्षप्रिय अन्य मानव समूहों को संदेश दे रहा था कि पवित्र भावों और सृष्टि के साथ-साथ मानवता का कल्याण युद्ध में नहीं, शक्ति के प्रदर्शन में नहीं, अपितु शांति की स्थापना में है। वैदिक ऋषि बार-बार दुहरा रहा था—

ॐ द्यौः शान्तिः अन्तरिक्षँ शान्तिः, पृथ्वी शान्ति
रापः शान्तिरोषधयः शान्तिः।

परंतु समाज में ज्यों-ज्यों सुख की परिधि बढ़ती गई, मनुष्य की स्वार्थपरता भी बढ़ती गई। हिंसक पशु की भाँति वह युद्ध-परायण होने लगा। पुरुषों की अपेक्षा स्त्रियों में यह रक्त लोलपुता प्रायः आदिकाल से लगभग न के बराबर रही, इसलिए युद्धों की विभीषिका प्रायः पुरुष-मस्तिष्क की ही उपज रही। यही कारण था कि कभी युद्ध अपनी रक्षा के लिए हुए तो कभी युद्ध केवल युद्ध के लिए भी हुए। हम बीसवीं सदी या इक्कीसवीं सदी का भी परिदृश्य देखें तो पाते हैं कि अपने अधिकार और शक्ति के विस्तार के मद में कई राष्ट्रों के शासकों ने बर्बर-युग के मनुष्यों को भी पीछे छोड़ दिया है। वह पहले से अधिक क्रूर, भयानक और सुख-साधनों का पिपासु बन गया है। मनुष्य की असीमित इच्छाओं और भौतिकतावादी सोच ने युद्ध संख्या में बढ़ोतरी करने के साथ अन्याय और अत्याचार की सीमा को भी बढ़ाया है। बहुत से बड़े राष्ट्रों ने बलपूर्वक, छलपूर्वक अपने से दुर्बल पड़ोसी राष्ट्रों को अपनी विस्तारवादी नीति के अंतर्गत बलात् अपने में मिला लिया है। आज उन राष्ट्रों का भूगोल मानचित्र से गायब है; हालाँकि इतिहास पुस्तकों में वे अपनी राजनीतिक, धार्मिक और सांस्कृतिक अस्मिता के साथ मौजूद हैं।

भारत की नीति सदैव से युद्ध की पहल न करने की रही है। राष्ट्र के प्रति अगाध श्रद्धा का भाव रखते हुए यहाँ के वीर नागरिक और शासक अपनी

भारतमाता की सीमाओं की सुरक्षा करते रहे हैं। बहुत आवश्यक होने पर ही युद्ध को अंतिम विकल्प के रूप में स्वीकार किया भारत ने। जब संधि-प्रस्तावों और सुलह-समझौतों की भाषा आक्रमणकारियों की समझ में नहीं आई, तभी भारत को युद्ध की भाषा में शत्रु देश को जवाब देना पड़ा। शत्रु देशों के सैनिकों को अपने चरणों में समर्पण कर देने के लिए बाध्य कर दिए जाने पर भी भारत ने कभी युद्धबंदियों को अपने यहाँ रखकर यातनाएँ देने जैसा अमानुषिक कृत्य नहीं किया। उसके पीछे सदियों से चली आ रही करुणा और मानव मात्र के प्रति प्रेम की भावना हैं। भारत का मूल जीवन-दर्शन ही है कि सभी की स्वाधीनता मूल्यवान है। धरती पर सह-अस्तित्व के साथ जीने, रहने और खाने का सिद्धांत भारत की प्राचीन संस्कृति है, जिसका प्रवाह आज तक अक्षुण्ण है। भारत की यह युद्ध-विमुखता उसकी दुर्बलता नहीं, अपितु शक्ति है। परिवार से विश्व मानव तक पहुँचने की साधना है। इस साधना की शक्ति कोरी भावुकता पर नहीं टिकी है, अपितु युद्ध प्रिय राष्ट्रों की पाशविकता को अहिंसा के आगे नतमस्तक करने की कठोर तपस्या का सुदीर्घ उद्घोष है। एक सुंदर सत्य की रक्षा का संकल्प-घोष है। मानवतावादी सिद्धांत, विश्वकल्याण और अहिंसा में विश्वास की परिणति है भारत की युद्ध-विमुखता या पहल न करने का सिद्धांत और यही सिद्धांत उसे राष्ट्र-प्रेम की उदात्त भावना से जोड़ता है, अर्थात् राष्ट्रवाद। वह धरती माता के अन्य संतानों का गला काटने के लिए अपनी तलवार की धार बार-बार तेज नहीं करता।

□

भारत राष्ट्र के आंतरिक संकट

यह सत्य है कि केवल अपने भारत राष्ट्र की सांस्कृतिक विविधता, एकता, अखंडता का महिमामंडन करने से ही उसकी ये विशेषताएँ अक्षुण्ण नहीं रहनेवाली हैं। अपने राष्ट्र की भौगोलिक सीमाओं और अस्मिता की बाह्य शत्रुओं से रक्षा करना जितना आवश्यक है, उससे कहीं अधिक आवश्यक होता है समय-समय पर राष्ट्र के भीतर पनप रहे शत्रुओं को चिह्नित कर उनका समुचित उपाय ढूँढ़ना। याद रखना चाहिए कि जो राष्ट्र अपने भीतर के शत्रुओं या छद्म वेश में राष्ट्र रूपी विशाल वृक्ष की जड़ों में लगी दीमक की तरह के शत्रुओं को पहचान नहीं पाता, वह राष्ट्र धीरे-धीरे समाप्त हो जाता है। कुछ राष्ट्रविरोधी विचारधाराएँ भी राष्ट्र के लिए घातक होती हैं। उनका भी समय-समय पर सजग भाव से उन्मूलन करने की आवश्यकता होती है, अन्यथा वे राष्ट्र की बौद्धिक क्षमता पर अपना कब्जा जमा लेती हैं।

राष्ट्र की सुरक्षा के लिए उसके भीतर प्रवहमान वैचारिकी का सतर्क बुद्धि से आकलन करना अत्यंत आवश्यक है। कई बार प्रत्यक्ष आंतरिक संकट मूर्तिमान रूप में दिखाई नहीं पड़ते, किंतु असंतोष, विरोध, भ्रष्टाचार, कदाचार आदि के रूप में समाज में व्याप्त रहते हैं और समयानुसार अपना वीभत्स रूप राष्ट्र के संकट के रूप में दिखाते रहते हैं। इसलिए बौद्धिक या भावनात्मक रूप में विद्यमान इन राष्ट्रीय संकटों का निदान शासन द्वारा होते रहना चाहिए। इस दिशा में शिक्षा और संस्कारों की महती भूमिका होती है। एकता और राष्ट्रीय अनुशासन का पाठ हमें वहीं से सिखाया जा सकता है।

आपस में कलह, विद्वेष और लूट-खसोट की नीयत रहने पर हम राष्ट्र की एकता और अखंडता की कल्पना भी नहीं कर सकते।

भारत राष्ट्र पर अतीत में जितने भी विदेशी आक्रमण हुए, उनका यदि ठीक से विश्लेषण किया जाए तो समझ में आता है कि हमारे आपसी कलह से छिन्न-भिन्न और जर्जर जीवन ही उन आक्रमणों का आधार बना था, जिसने बाहरी शत्रुओं को हमारे भू-क्षेत्र पर आक्रमण करने का अवसर दिया। हमारी आपसी दुर्बलताओं और स्वार्थपरता ने ही पहले मुसलमानों और बाद में अंग्रेजों की पराधीनता स्वीकार करने के लिए हमें विवश किया। देश-विभाजन का संकट रहा हो या भारत की उत्तरी सीमा पर चीन का आक्रमण और छद्म घात, कश्मीर की समस्या रही हो या असम, त्रिपुरा या बांग्लादेश की सीमा पर छिटपुट आक्रमण, वे सभी हमारी दुर्बलताओं के कारण हुए। हम समय से उनका जमकर प्रतिरोध न कर सके।

अपने देश के कुछ विचित्र विचारक इस सिद्धांत में आस्था रखते हैं कि शांति और प्रेम की भाषा से आक्रांताओं को सही रास्ते पर लाया जा सकता है। ऐसे ही कुछ तथाकथित शांतिवादी नेताओं ने चीन के आक्रमण के समय प्रस्ताव रखा कि सेना की जगह चीनी सैनिकों के सामने शांति-सैनिकों को भेजा जाए। लेकिन चीन के इतिहास और वर्तमान को देखकर यह प्रस्ताव हास्यास्पद के अतिरिक्त कुछ नहीं लगता। चीन के जिन क्रूर शासकों ने साम्यवाद के नाम पर अपने ही लाखों लोगों को मौत के घाट उतार दिया हो, उनसे हम करुणा, प्रेम, अहिंसा और शांति की अपेक्षा कैसे कर सकते हैं? महाभारत के युद्ध को टालने के लिए कृष्ण ने बहुत प्रयास किया, परंतु युद्ध टल न सका। युद्धभूमि में गीता का उपदेश देते हुए भगवान् ने अपना विराट् स्वरूप प्रकट करते हुए कहा, "मैं ही काल हूँ और दुष्टों का संहार करने के लिए प्रकट हुआ हूँ।" अर्थात् शांति और सद्भावना के अजस्र स्रोत भगवान् भी मानव-समाज की बुराइयाँ समाप्त करने के लिए भीषण युद्ध-यज्ञ की रचना स्वयं ही करते हैं।

हम भारतीय 'एक देश, एक समाज और एक राष्ट्र' में आस्था रखनेवाले

हैं, इसलिए यह एक स्वाभाविक सी आकांक्षा है कि इस देश में एकात्मक शासन व्यवस्था भी हो। एकात्मक शासन व्यवस्था के लिए संविधान में कतिपय संशोधनों की अपेक्षा है। पूजा स्थलों का विध्वंस, गौहत्या, सरकारी भूमि पर अवैध निर्माण आदि एकात्मता के मार्ग की बड़ी-बड़ी बाधाएँ हैं, जिनके अंत के लिए एक दृढ़ इच्छाशक्ति की आवश्यकता होती है। जनसंख्या का असंतुलित विस्तार और हिंदुओं का धर्म-परिवर्तन एक बहुत बड़ा संकट है भारत राष्ट्र की सुरक्षा के लिए। यह भी सत्य है कि धर्म-परिवर्तन या पंथ-परिवर्तन मात्र से किसी की मानसिकता या हृदय-परिवर्तन नहीं हो सकता, परंतु यह एक अनुचित और आवंछनीय गतिविधि है, इसलिए इस पर प्रतिबंध लगना ही चाहिए। कोई भी पंथ-परिवर्तन उसके गंभीर दार्शनिक या आध्यात्मिक पक्ष का परिणाम नहीं होता, अपितु वह गरीबी, अज्ञानता और निरक्षरता का अनुचित लाभ उठाते हुए संख्या-बल बढ़ाने के लिए किया जाता है। उसका उदाहरण पग-पग पर भारत देश में दिखाई पड़ता है। आदिवासी क्षेत्रों और गाँवों में जहाँ कुछ समूहों की निर्धनता, निरक्षरता का लाभ उठाते हुए उनका धर्म-परिवर्तन चोरी-चुपके कर दिया गया, वे लोग भी गले में उस पंथ का प्रतीक चिह्न लटकाए, परंतु हिंदू धर्म के रीति-रिवाजों, त्योहारों आदि को यथावत् मनाते हुए मिल जाएँगे। वे परंपरा का निर्वाह करते हुए गाँव के डीह बाबा या चौरा माई आदि की नियमित पूजा-उपासना करते हुए पाए जाते हैं। क्योंकि यह सब उनके संस्कारों में रचा-बसा है। लोभवश धर्म-परिवर्तन करने से परंपराएँ और संस्कार नहीं समाप्त किए जा सकते। लेकिन किसी के भोलेपन और अज्ञानता का अनुचित लाभ उठाकर धर्म-परिवर्तन करनेवालों पर कठोर प्रतिबंध लगना ही चाहिए। धर्म निजी स्वतंत्रता है, परंतु किसी को लोभ देकर और बहला-फुसलाकर ऐसा करना अपराध की श्रेणी में आता है। तो भारत का यह भी एक प्रमुख आंतरिक संकट है। इससे हिंदू समाज की परंपराओं और सांस्कृतिक धरोहरों का अपमान होता है।

व्यावहारिक स्तर पर राष्ट्र में एकात्मता लाने के लिए विभिन्न पूजा-

पद्धतियों को समाप्त करने की कोशिश नहीं होनी चाहिए, अपितु असहिष्णुता और पराएपन की भावना की समाप्ति होनी चाहिए। विभिन्न मतों और पंथों की सुरक्षा का सम्मान करते हुए उनके भीतर राष्ट्र के मूल्यों, आदर्शों, जीवन-दृष्टि, परंपराओं और इतिहास के प्रति आदर-भाव रखने का संस्कार देने की आवश्यकता होती है, जिससे विभिन्न पंथों के लोग राष्ट्र के साथ एकाकार होने के भाव से भर सकें। परंतु भारत राष्ट्र के भीतर इसका ठीक उलटा भाव दिखाई देता है। जिन पंथों और मजहबों को सम्मान देते हुए भारत ने उन्हें अपनाया, वे ही भारतीय सनातन संस्कृति और धर्म में आस्था रखनेवालों के लिए संकट बनने का कार्य करने लगे। अल्पसंख्यक या वर्गीय शब्दावली ने भारत में सौमनस्य और उदार सोच-विचार के स्थान पर वैमनस्य और भेद का ही वातावरण आजादी के बाद से निर्मित किया।

इतिहास साक्षी रहा है कि विश्व के अनेक देशों की भाँति भारत में भी बाहरी आक्रांताओं की अपेक्षा आंतरिक विरोधी तत्त्वों ने राष्ट्र की सुरक्षा को आघात पहुँचाने का काम किया है। अंग्रेजों से मुक्ति मिलने के बाद से ही राष्ट्रीय सुरक्षा का यह प्रारंभिक पाठ उपेक्षित रहा है। अपने आंतरिक संकटों पर आवरण डालने की प्रवृत्ति के कारण हमारे राष्ट्र जीवन में एक के बाद एक दुःखद प्रसंग जुड़ते चले गए। आज आवश्यकता है, उन आवरणों को हटाकर निर्मम आत्म-साक्षात्कार के द्वारा वास्तविक संकटों को चिह्नित करने और उनका समुचित उपाय ढूँढ़ने की। आजादी के बाद भारत विभाजन हुआ। पाकिस्तान बना। बहुत से लोग कहते मिल जाएँगे कि पाकिस्तान को प्रश्रय देनेवाले या उसके पक्षधर मुसलमान सदा के लिए भारत छोड़कर चले गए। शेष अब देशभक्त बचे हैं। इस प्रकार का विश्वास आत्मघाती है, क्योंकि पाकिस्तान निर्माण के बाद भी मुसलिम विभीषिका भारत देश से समाप्त नहीं हुई। उसके पीछे के कारणों पर एक विहंगम दृष्टि डालना भी जरूरी है। भारत की अंग्रेजों से मुक्ति के हजारों वर्षों पूर्व जब से मुसलमानों ने इस धरती पर पैर रखा, तब से उनकी यही आकांक्षा रही कि इस पूरे देश को धर्मांतरित

करके मुसलमान बनाया जाए। शताब्दियों तक भारत के विभिन्न भूभागों पर उनका शासन रहा, परंतु उनकी यह आकांक्षा फलवती नहीं होने पाई। कारण यही था कि समय-समय पर इस राष्ट्र में महान् पराक्रमी पुरुषों के रूप में विजयिनी भावना जाग्रत् होती रही, जो मुगल शासन के अंत का कारण बनी। उनका राज्य छिन्न-भिन्न हो गया, परंतु उनकी आकांक्षा भंग नहीं हुई। अंग्रेजों के यहाँ आने और कुछ धूर्त लोगों के दुरभिसंधि के कारण उन्हें अपनी इस इच्छापूर्ति का अवसर मिल गया। "विभाजन के पूर्व संविधान सभा की स्थापना के लिए निर्वाचन हुए। मुसलिम लीग ने पाकिस्तान के निर्माण को अपने चुनाव का आधार बनाकर वे निर्वाचन लड़े। कांग्रेस ने भी संपूर्ण देश में अपने मुसलमान प्रत्याशी खड़े किए थे, किंतु ऐसे प्रत्येक स्थान पर मुसलमानों ने मुसलिम लीग के ही प्रत्याशियों को वोट दिए और कांग्रेस के मुसलमान प्रत्याशी बुरी तरह परास्त हुए। उत्तर-पश्चिमी सीमा प्रांत एक अपवाद था। इसका अर्थ यही है कि जो करोड़ों मुसलमान यहाँ अब भी रह रहे हैं, उन सभी ने पाकिस्तान के लिए वोट दिया था।"

(पृ. 188, श्रीगुरुजी समग्र, खंड-11, सुरुचि प्रकाशन)

प्रश्न यहाँ यह है कि क्या उसके बाद भी, जो यहाँ रह गए, उन्होंने अपने में परिवर्तन कर लिया था? भारत देश में उनके द्वारा लगातार अपनी जनसंख्या वृद्धि करना एक-दूसरे प्रकार का संकट है। योजनाबद्ध तरीके से असम, त्रिपुरा और पश्चिम बंगाल में उनकी घुसपैठ तथा यहाँ के स्थानीय मुसलमानों द्वारा उन्हें अपने यहाँ शरण दिए जाने की घटनाएँ कई दशकों तक भारत ने देखी और झेली हैं। इन सबका परिणाम यह हुआ कि सन् 1950 में उनकी जो जनसंख्या थी, वह लगातार दोगुनी-चौगुनी हो उठी। जेहादी आतंक, शस्त्रों को एकत्र करने की मंशा, हिंसा और दंगों के लिए प्रोत्साहन जैसी खबरें राष्ट्र के लिए खतरे की घंटी हैं और उनकी विध्वंसक तैयारियों के स्पष्ट प्रमाण भी हैं।

इस कुचेष्टा के अंकुर इसलिए नहीं नष्ट होने पाते, क्योंकि हमारे देश के अधिकांश राजनीतिक दलों को केवल चुनाव से तात्पर्य होता है। चुनाव का अर्थ वोट प्राप्त कर सत्ता तक पहुँचना और इसके लिए वे जनता के उन वर्गों का तुष्टीकरण करते हैं, जिनके पास ठोस संख्याबल है। स्पष्ट है कि मुसलमान भारत में एक ठोस संख्याबल वाला वर्ग है, जिसके लिए अधिकांश नेता लालायित रहते हैं। "कांग्रेस ने अपने अतीत के अनुभव से कोई शिक्षा ग्रहण नहीं की। उसने यह भी विचार नहीं किया कि मुसलिम लीग का ही अनुनय करने से हमारे देश पर पाकिस्तान की विपत्ति आई। उसने सन् 1957 में चुनावों के अंतर्गत एक बार पुनः उसी देशद्रोही दल को आलिंगन करने के लिए अपनी बाँहें फैला दीं और उनके इस स्पष्ट राष्ट्रविरोधी कृत्य के समर्थन के लिए पं. जवाहरलाल नेहरू ने मुसलिम लीग को यह कहकर देशभक्ति का एक उज्ज्वल प्रमाण-पत्र भी दे दिया कि वह नवीन दल पुरानी मुसलिम लीग नहीं है, वरन् एक नया देशभक्त दल है, जो अपनी जाति एवं धर्म के प्रति शक्ति रखता है। देशभक्ति की कैसी अद्भुत परिभाषा है?"

(पृ. 193, श्रीगुरुजी समग्र, खंड-11, सुरुचि प्रकाशन)

दूसरी ओर हिंदुत्व है, जो इसलाम की स्वतंत्र अस्मिता को स्वीकार करते हुए अपने समाज में भी सम्मानजनक स्थान देता रहा, परंतु इसका यह तात्पर्य कतई नहीं है कि कोई उसके रूपांतरण हेतु उसके उन्मूलन या विनाश के लिए सक्रिय हो जाए और उसके जीवन-दर्शन या तत्त्व ज्ञान में कोई परिवर्तन करने की कोशिश करने लगे। हिंदुत्व किसी को क्षति पहुँचाने में विश्वास नहीं रखता, इसलिए वह नहीं चाहता कि दूसरा उसे क्षति पहुँचाने की कोशिशें करे। किसी का वैचारिक दर्शन या विशेष जीवन-दर्शन की अधीनता या दासत्व उसे कभी स्वीकार्य नहीं रहा। दुर्भाग्य से इसलाम ने तलवार और पाशविक राजशक्ति के बल पर हिंदुत्व को विनष्ट करने की पूरी चेष्टा की। हिंदू मंदिरों का ध्वंस उनकी मानसिकता का जीता-जागता प्रमाण है।

हिंदुओं के मन में प्रतिक्रियास्वरूप जो विरोध की भावना ने जन्म लिया, वही हिंदुत्व और इसलाम के बीच कलह, तनाव, हिंसा और द्वेष का कारण बना। आक्रामकता और आतंक के साथ कोई भी राष्ट्र समझौता नहीं कर सकता। इन आक्रमणकारियों का इतना उग्र मनोविज्ञान क्यों था, इसके बारे में नरेंद्र मोहन अपनी पुस्तक 'हिंदुत्व' में लिखते हैं—

"लगभग पंद्रह सौ वर्ष पहले मालाबार के तट पर अरब से सताए हुए कुछ व्यापारी आए और वहाँ के हिंदू सम्राट् ने उन्हें तट पर अपनी बस्ती और इबादतघर बनाने तथा व्यापार करने की अनुमति दी, बस यही था हिंदुत्व और इसलाम का प्रथम परिचय। ...कालचक्र बड़ी वक्र गति से आगे बढ़ रहा था। सातवीं शताब्दी का मध्यकाल था। इसलाम के चौथे खलीफा अली के वध के साथ ही इसलाम ने युद्ध और शक्ति के बलबूते समूचे, अरब, सीरिया, इराक तथा ईरान पर विजय प्राप्त कर ली थी और पूरी की पूरी स्थानीय जनता को इसलाम कबूल करने के लिए बाध्य किया जा चुका था। अफगानिस्तान जो तत्कालीन भारत का एक अंग था और यहाँ हिंदू संस्कृति का एक अंग बौद्धों के रूप में फल-फूल रहा था, वहाँ मुसलिम आक्रमणकारी आने लगे थे। सिंध पर भी लगातार हमले हो रहे थे तथा स्थानीय निवासियों को गुलाम बनाकर उन्हें इसलाम कबूल करने के लिए बाध्य किया जा रहा था, पर इन 'मुजाहिदों' को प्रारंभ में मनचाही एवं विशेष सफलता नहीं मिली। लेकिन फिर भी उन मुजाहिदों ने हिम्मत न हारी और उन्होंने वर्ण-व्यवस्था, जाति-प्रथा से दुर्बल हुए तथा छोटे-छोटे रजवाड़ों में बँटे हुए भारत पर अपना 'जिहाद' जारी रखा और उन्हें पहली सफलता उस समय मिली, जब हज्जाज बिन यूसुफ के आदेश पर मुहम्मद बिन कासिम ने सन् 712 में एक 'जिहाद' अर्थात् धर्मयुद्ध की घोषणा की तथा सिंध स्थित देवल के तत्कालीन राजा दाहिर को पराजित कर दिया। मुहम्मद बिन कासिम सिंध में लगभग तीन वर्ष रहा। हर दिन नई लूटपाट, कत्ल, तलवार के जोर पर धर्मांतरण का दौर प्रारंभ हुआ। प्रतिरोध का अर्थ था मौत। जिन्होंने फिर भी इसलाम कबूल नहीं किया,

उन पर शरीयत के कानून के तहत 'जजिया' लगा दिया गया और इस प्रकार आतंक, लूट, हिंसा तथा बर्बर शक्ति ने हिंदुत्व को बाह्य धरातल पर लगभग पराजित कर दिया। आक्रमण इतना तीव्र और आकस्मिक था कि सिंध और उसके आसपास के क्षेत्र के सभी हिंदू रजवाड़े स्तब्ध से हो गए। पर उनका अनुमान था कि आक्रमणकारी अंतत: लूटपाट करके अपने-अपने घर लौट जाएँगे, क्योंकि यही उनका पिछला इतिहास था, पर ऐसा हुआ नहीं। इसलाम का यह आक्रामक रुख 'काफिरों' (बुतपरस्तों) के विरुद्ध किया जानेवाला जिहाद था। इस धर्मयुद्ध का एक और भी कारण था कि 'अल्लाह' के समक्ष सारे विश्व को झुकाने का अभियान।" (पृ. 134-135)

स्पष्ट सी बात है कि इसलाम का यह इतिहास हर भारतीय के हृदय में शूल की तरह गड़ा हुआ है। इसलाम को अपनी इस असहिष्णुता का परित्याग कर अपना उदार पक्ष भारत में प्रकट करना होगा, तभी वह हिंदुत्व ही नहीं, विश्व के साथ सद्भावपूर्ण और सह-अस्तित्व के साथ रह सकेगा।

भारत भूमि के एक-दूसरे आंतरिक संकट की ओर बरबस ही सभी की दृष्टि चली जाती है, वह है—ईसाइयत और ईसाइयत में भोले-भाले भारतीय वनवासियों आदि का मतांतरण। केवल मतांतरण तक ही बात सीमित नहीं है, अपितु भारतीय संस्कृति पर भी आघात किया जाता है और वह भी सेवा, परोपकार एवं मानवोद्धार के नारों के पीछे। यह एक खतरनाक क्रिया है। इसका एक प्रत्यक्ष उदाहरण इस ग्रंथ की लेखिका अर्थात् मैंने स्वयं देखा। बात सन् 2002-03 की है। उस समय मैं दूरदर्शन वाराणसी में कार्यक्रम अधिशासी के रूप में कार्यरत थी। एक दिन बनारस के तत्कालीन विशप मेरे ऑफिस में मिलने के लिए आए। मैंने स्वागत करते हुए उनके आगमन का कारण जानना चाहा। उन्होंने अपने बैग से एक पांडुलिपि निकालते हुए कहा, "ये कुछ लोकगीतों का संग्रह हम लोगों ने किया है। इसे छपवाकर आम जनता के बीच नि:शुल्क वितरित करना है, क्योंकि प्राय: देखा जा रहा है कि अब गाँवों में भी फिल्मी गीतों का प्रचलन हो रहा है। ये लोकगीत लुप्त

हो रहे हैं। आपके पास इसलिए आया हूँ कि आप लोक और मीडिया से जुड़ी हैं। कृपया देख लें कि कुछ छूट तो नहीं गया है।"

मैं फादर की इस विनम्रता से मन-ही-मन प्रभावित होते हुए पांडुलिपि हाथ में लेकर उलटने-पुलटने लगी। विवाह गीतों से लेकर सोहर, लचारी, नकटा, जँतसार, चहका, फाग, सोहाग, जच्चा-बच्चा आदि सभी भारतीय लोकगीतों का संग्रह उस पांडुलिपि में था। एकाएक मैं चौंकी। मैं गाँव की हूँ। गाँवों में गाए जानेवाले अधिकांश लोकगीत मेरे चिर-परिचित साथी हैं। हमारी भारतीय संस्कृति में जब भी कोई बच्चा जन्म लेता है तो लोकगीतों में हमारे कंठ गुनगुनाते हैं कि 'नंद घरे जनमे कन्हइया त बाजे बधइया, जशोदा लुटावेंली मोहर हो।' अथवा विवाह के लोकगीतों में सीता-राम या शिव-पार्वती होते हैं। झूला भी कृष्ण और राधा झूलते हैं। होरी खेलने में रघुवीर और लक्ष्मण संग सीता अवश्य होती हैं तो राधा सखियों से गुहार करती है कि 'कन्हइया घर चलो गुइयाँ, आज खेलें होरी।' कहने का तात्पर्य यह कि लगभग सभी लोकगीत हमारे देवी-देवताओं और महान् पुरुषों से जुड़ते हैं। फादर ने इन लोकगीतों का संग्रह करके बड़ी चतुराई से हमारे सभी देवी-देवताओं और मिथकीय चरित्रों के नाम के स्थान पर प्रभु, ईशू, मरियम आदि जोड़ दिया था और उसे ही छपवाकर अशिक्षित, गरीब और उनकी इन चालों से बेखबर भोली-भाली भारतीय जनता के बीच निःशुल्क वितरित करनेवाले थे।

मैंने बहुत कठोरतापूर्वक प्रतिवाद करते हुए फादर के इस छद्म रूप की ओर ध्यान आकृष्ट किया और भारतीय समाज में विष घोलने के उनके इरादों को भी रेखांकित किया। बिना कुछ बोले फादर लज्जित से धन्यवाद देकर चलने के लिए उठ खड़े हुए थे। मैंने इस घटना को केंद्र में रखकर एक लेख लिखा, जिसे पं. विद्यानिवास मिश्र ने सहर्ष अपने संपादकत्व वाली पत्रिका 'साहित्य अमृत' में प्रकाशित भी किया।

कहने का तात्पर्य यह कि ईसाइयत भारत में एक ऐसा संकट है, जो

ऊपर से देखने पर तो निरुपद्रवी और प्रेम तथा सहानुभूति से परिपूर्ण लगते हैं और ऐसा लगता है, जैसे ईश्वर ने उन्हें मानव कल्याण एवं सेवा के लिए इस धरती पर विशेष रूप से भेजा है, परंतु भीतर-ही-भीतर ये स्कूल, कॉलेज, अनाथालय, अस्पताल, स्वयं सेवी संस्थाएँ और सनातन धर्म के नामों के बैनर के नीचे ईसाइयत के प्रचार-प्रसार के प्रतिष्ठान खोलकर भारत राष्ट्र की नींव को कमजोर करने का प्रयास करते हैं।

एक दूसरी घटना याद आती है। ज्योतिष्पीठाधीश्वर जगद्गुरु शंकराचार्य के एक दंडी संन्यासी ने बातचीत के दौरान मुझे बताया था कि एक बार कलकत्ता प्रवास के मध्य चाई बासा क्षेत्र के सिंहभूमि में बहनेवाली दो नदियों 'काली' और 'कोकिला' संगम के पास जंगलों में रहनेवाली वनवासी जातियों के मध्य शंकराचार्यजी पहुँचे थे। उन्हें सूचना मिली थी कि उस क्षेत्र में निवास करनेवाली वनवासी जातियों, संथाल, उराँव, मुडिया आदि के लिए स्कूल खोलने, चिकित्सा सुविधा या झाड़-फूँक के नाम पर कुछ ईसाई लोग उनका धर्मांतरण कर रहे हैं। अपनी बस्ती में एक लंबे, छरहरे, गौरांग तपस्वी को निर्भीक आया देखकर सभी वनवासी स्त्री-पुरुष उनके पास आकर खड़े हो गए थे। उन्होंने मुसकराकर सभी को स्नेह से निहारा था और वनवासियों का हाल-चाल पूछा। इस बीच उनकी खोजी निगाहें कुछ वनवासियों के गले में लटकी 'क्रॉस' वाली चेन और टूटी-फूटी झोंपड़ियों की दीवार पर टँगी ईसा मसीह की तसवीरों को निहार चुकी थीं। एक नया भगवान्, जो स्वयं लकड़ी के क्रॉस पर दोनों हाथ फैलाए, गरदन एक ओर लुढ़काए और हवा में झूलते पैरों के साथ विद्यमान था।

"ये कौन हैं?" शंकराचार्य ने एक वनवासी से पूछा।

"यह एक पादरी आया था हमारी बस्ती में। बोला, 'ये प्रभु आपकी गरीबी दूर कर देंगे। उन्होंने हमें भेजा है कि हम आपकी मदद करें।'" उसने अपनी टूटी-फूटी भाषा में शंकराचार्य को समझाने का प्रयास किया।

"आप लोगों के भगवान् राम की तसवीर कहाँ है? वही भगवान्, जो

जंगल में रहते थे, शबरी के जूठे बेर खाए। निषाद के मित्र थे। आप लोगों के भगवान् थे।"

शंकराचार्य के इस प्रश्न पर सभी वनवासियों के चेहरे मलिन हो उठे। एक वनवासी बोला, "पादरी ने हम लोगों से कहा कि गरीबी दूर करने के लिए यदि तसवीर बदल देनी पड़े या गले में यह ताबीज (क्रॉस) पहननी पड़े तो क्या आपका नुकसान है? इसलिए हम लोगों ने यह सब किया।"

शंकराचार्य ने उस वनवासी से उसका नाम पूछा तो उसने जेल्स बताया। पहले उसका नाम जनक था। शंकराचार्य की लंबी दाढ़ी और ढीला गेरुआ वस्त्र देखकर उन वनवासियों को लगा कि यह भी कोई पादरी ही है। उन्होंने पश्चात्ताप भरे स्वर में शंकराचार्य से कहा कि हम लोगों ने अपने राम को छोड़कर बहुत बड़ा पाप किया है न, पादरीजी?

शंकराचार्य ने उन्हें सांत्वना देते हुए समझाया, "नहीं, कोई पाप नहीं किया आपने। भगवान् राम आपके भीतर से थोड़े ही निकल जाएँगे। वे सदा आपके हैं, आपके साथ हैं, आपके भीतर हैं। वही राम, जो वन-वन घूमते रहे, वनवासी भाइयों, भीलों, निषादों को अपने गले लगाते रहे। ऐसे अपने राम को आप कैसे भुला पाएँगे?"

वनवासियों की आँखों में प्रश्न तैर रहा था कि अब क्या करें? शंकराचार्य ने उन्हें आदेश दिया कि आइए, आप सबको हम पुनः आपके राम की शरण में लिये चलते हैं। आप लोग काली-कोकिला के संगम के उस जल को हाथ में लेकर माँ गंगा का स्मरण करें और पी लें। जय श्रीराम का उद्घोष करवाते हुए शंकराचार्य ने उनकी वापसी अपने पुराने हिंदू धर्म में करवाई।

वनवासियों के चेहरे पर एक संतोष का भाव था। एक बूढ़ा वनवासी भीड़ में से उठा था और अपनी जाति के लोगों को संबोधित करते हुए रोकर बोला, "मैं कहता था न कि एक दिन जरूर हमारा हिंदू पादरी भी आएगा। तुम लोग नहीं माने। देखो, आ गया हमारा पादरी।"

शंकराचार्य के चरणों में बैठकर वह फफककर रोने लगा था। वनवासियों की भीड़ में से कुछ अपने ही समूह के युवकों पर अपनी भाषा में दोषारोपण कर रहे थे। कुछ अपने गले के क्रॉस को नोचकर जमीन पर फेंक रहे थे। शंकराचार्य को समझ में आ गया था कि उन्हीं युवकों को प्रलोभन देकर धर्म-परिवर्तन का यह खेल हुआ था।

इसी प्रकार चेन्नई की 'वेदांत केसरी' की एक सूचना के अनुसार मदुरै के आर्क विशप ने उस समय कहा था कि उनका मुख्य उद्देश्य संपूर्ण भारत पर ईसा के झंडे को फहराना है। यह घटना 'श्रीगुरुजी समग्र', खंड-11 के पृ. 201 पर भी उल्लिखित है। इसी पुस्तक के पृ. 200 पर श्रीगुरुजी लिखते हैं—

"हमारे स्वर्गीय राष्ट्रपति डॉ. राजेंद्र प्रसाद एक बार असम गए थे। उन्होंने वे स्कूल और अस्पताल देखे, जिन्हें ईसाई धर्म-प्रचारकों ने उन पहाड़ी प्रदेशों में स्थापित कर रखा था। उन्होंने उन सब कार्यों के प्रति अपना संतोष व्यक्त किया, किंतु अंत में उन्होंने यह उपदेश भी दिया कि 'निस्संदेह तुमने बहुत अच्छा काम किया है, परंतु इन चीजों को धर्मांतरण के उद्देश्य के लिए उपयोग में मत लाना।' पर उनके बाद जो धर्म-प्रचारक बोला, उसने सीधे शब्दों में कह दिया—यदि हम केवल मानवता के विचार से ही यह करने के लिए प्रोत्साहित हुए होते तो यहाँ इतनी दूर क्यों आते? इतना धन हम लोग क्यों व्यय करते? हम तो यहाँ एक ही निमित्त से हैं कि अपने प्रभु ईसा के अनुयायियों की संख्या में वृद्धि करें।"

(पृ. 200, श्रीगुरुजी समग्र, खंड-11, सुरुचि प्रकाशन)

उपर्युक्त कुछ सत्य घटनाओं के आलोक और इक्कीसवीं सदी के मध्य तक हो रही धर्मांतरण की अनेक घटनाओं से साफ है कि ईश्वर, पैगंबर और धर्म के नाम पर केवल उनकी राजनीतिक महत्त्वाकांक्षाएँ ही मूल में होती हैं, उसमें सच्चे धर्म के तत्त्व की मात्रा बहुत ही कम होती है। और जहाँ राजनीतिक महत्त्वाकांक्षाएँ बलवती हो जाती हैं, वहाँ राष्ट्रीय संकट खड़ा हो जाता है।

ईसाई धर्म-प्रचारकों के कृत्य केवल अधार्मिक ही नहीं, अपितु राष्ट्रविरोधी भी हैं। राष्ट्रविरोधी इसलिए कि हिंदुओं के हृदय से यदि हिंदू धर्म को निकाल फेंका जाए और उसमें ईसाई धर्म को भर दिया जाए तो उसका पुराना राष्ट्रत्व भी समाप्त किया जा सकता है तथा उसे एक ईसाई राष्ट्र में बदला जा सकता है। असम और नागालैंड के विद्रोह के पीछे भी यही सब मानसिकता थी। इसमें भारत के भीतर की आंतरिक विद्रोही शक्तियाँ तो सक्रिय थीं ही, अंतरराष्ट्रीय शक्तियाँ भी इस कार्य में योगदान करती रही थीं।

"कुछ दिनों पूर्व वृत्तपत्रों में एक भेद प्रकाशित हो गया था कि हमारे देश में ईसाई मिशन और मुसलिम लीग में यह समझौता सन् 1942-44 के लगभग हुआ है कि दोनों को मिलकर काम करना चाहिए और आपस में देश का बँटवारा कर लेना चाहिए। इस बँटवारे के अनुसार पंजाब और मणिपुर के बीच गंगा का संपूर्ण मैदान मुसलमानों का तथा दक्षिणी प्रायद्वीप और हिमालय ईसाइयों का था।"

(पृ. 205, श्रीगुरुजी समग्र, खंड-11)

इस प्रकार हम देखते हैं कि ईसाई भारत में धार्मिक और सामाजिक बुनावट के ताने-बाने को ही छिन्न-भिन्न नहीं करते हैं, अपितु अपनी राजनीतिक सत्ता की स्थापना का भी दिवास्वप्न पाले हुए हैं। जिन-जिन देशों में इन लोगों ने उपनिवेश बनाए, वहाँ-वहाँ इनका उद्देश्य ईसाइयत का प्रचार-प्रसार और धार्मिक राजनीतिक सत्ता की स्थापना थी। अमेरिका, ऑस्ट्रेलिया, अफ्रीका के मूल निवासियों के साथ भी उनका यही व्यवहार रहा है। कनाडा में तो इन्होंने वहाँ के मूल निवासियों, जिन्हें 'रेड इंडियंस' या 'नेटिव' के नाम से पुकारते हैं, उनके पूरे अस्तित्व को ही लगभग समाप्त कर दिया है। बचे-खुचे लोगों को दूर-दराज एकांत क्षेत्रों में 'रिजर्व्स' में रखकर सुनियोजित ढंग से परिवर्तित किया गया।

भारत के आंतरिक संकटों पर चर्चा करते हुए इस देश में रह रहे भारतीय

कम्युनिस्टों की जब तक चर्चा न हो जाए, तब तक बात पूरी नहीं हो सकती। एक उदाहरण से बात स्पष्ट हो जाती है। केरल में जिस समय कम्युनिस्ट सरकार के विरुद्ध जन-आंदोलन चल रहा था, लोग आक्रोशित थे, उस समय ईसाई नेता अपने मिशनों को लेकर बहुत चिंतित थे और उनका यह भी विचार छन-छनकर सामने आने लगा था कि केरल में या तो कम्युनिस्टों का शासन होगा या फिर कैथोलिक राज्य होगा। इसी एक मानसिकता से ही अंदाजा लगाया जा सकता है कि कम्युनिस्ट और कैथोलिक लोगों की इस देश के प्रति कैसी निष्ठा थी।

दरअसल समय-समय पर भारत में लोकतंत्र की असफलताओं के पीछे कम्युनिस्ट विचारधारा की प्रमुख भूमिका रहती रही है। एक ओर ईसाइयत के प्रसार से भारतीय समाज की प्राचीन आस्थाएँ और विश्वास भंग किया जाता है तथा उसी के साथ राष्ट्रीयता की भावना पर भी बुरा प्रभाव पड़ता है। हम सभी जानते हैं कि जिस राष्ट्र की अपनी श्रद्धा और आस्थाएँ भंग होती हैं, कम्युनिज्म की जड़ों को वहीं फैलने का उर्वर क्षेत्र प्राप्त होता है। कम्युनिज्म के पीछे का यह सर्वाधिक महत्त्वपूर्ण मनोवैज्ञानिक सत्य है। यह भी हम जानते हैं कि जीने के लिए मनुष्य को केवल रोटी की आवश्यकता नहीं होती, बल्कि धार्मिक आस्था और निष्ठा की भी आवश्यकता होती है, अन्यथा सभी सुख साधन रहते हुए भी उसका जीवन दिशाविहीन और अर्थहीन सा भटकने लगता है। भारत में हिंदू आस्था और विश्वास की जड़ें तो और गहरी रही हैं। मानव संस्कृति और सभ्यता के सुंदरतम पुष्प इसी धरती पर प्रस्फुटित हुए हैं। हमारी इस आस्था और निष्ठा का उन्मूलन करनेवाला कोई भी कृत्य राष्ट्र-जीवन को दुष्प्रभावित करता है। इस सांस्कृतिक, धार्मिक आस्था और निष्ठा का संपोषण करने से ही लोगों के भीतर से कम्युनिज्म की हीन विचारधारा का आकर्षण कम होगा।

"हमारे लोग मुसलमानी शासन को एक हजार वर्ष से अधिक काल तक इस सीमा तक स्वीकार किए रहे कि आज भी हमें ऐसे कुछ लोग यह कहते

हुए मिलते हैं कि मुसलमान महान् एवं संत पुरुष थे। कुछ तो यहाँ तक कहते हैं कि हमें हैदर अली, जिसने अपने हिंदू राजा को जेल में डालकर उसका सिंहासन हड़प लिया था, की तथा उसके पुत्र टीपू की प्रतिमा खड़ी करनी चाहिए, जिसने बलात् अनगिनत हिंदुओं को मुसलमान बनाया, बहुत से मंदिर ढाए तथा अनेक स्त्रियों को सताया। अब भी इस सीमा तक हमारा बुद्धि भ्रम बना हुआ है। जब अंग्रेज आए, तब कुछ लोगों ने कहा, 'वे तो स्वर्ग से भेजे गए हैं।' कुछ यहाँ तक बोले कि 'भविष्य पुराण में भविष्यवाणी की जा चुकी है कि हमारे देश पर 'विकटेश्वरी' नाम की रानी शासन करेगी। वह महारानी विक्टोरिया के अतिरिक्त और कोई नहीं है।' इस प्रकार के विनम्र लोगों के लिए थोड़ा सा प्रचार ही पर्याप्त है।"

(पृ. 211, श्रीगुरुजी समग्र, खंड-11, सुरुचि प्रकाशन)

इस प्रकार हम देखते हैं कि पाश्चात्य सिद्धांतों और वादों ने भी इस देश को कमजोर करने में ही अपनी ऊर्जा लगाई है, जबकि प्राचीन काल से भारत एक ऐसा राष्ट्र रहा है, जिसने एक सर्वग्राही दर्शन विश्व को दिया और राजनीतिक, आर्थिक, सामाजिक तथा अन्य क्षेत्रों में भी सुदृढ़ आधार प्रदान करता रहा है। हमारा एक अमर समाज रहा है, जिसमें राम, कृष्ण, शंकराचार्य जैसे अनेक महापुरुष हुए और जिन्होंने पूरे विश्व को सर्वोत्कृष्ट मानव दर्शन और पवित्रतम ज्ञान का प्रकाश दिया। इसलिए वर्तमान युग एवं आनेवाले समय में भी भारत को अपने प्राचीन ऋषियों द्वारा आविष्कृत ज्ञान, तर्क, अनुभव और इतिहास की कसौटी पर कसकर स्थापित किए गए सत्य को ही अपना आधार बनाकर चलना चाहिए। वह आविष्कृत सत्य ही हमारी मूलभूत प्रवहमान राष्ट्रीय धारा है, पहचान है। हमारी वैचारिक राष्ट्रीय धारा, अर्थात् राष्ट्रवाद।

□

इंटरनेट और आंतरिक सुरक्षा

इक्कीसवीं सदी का बहुप्रचलित और बहूपयोगी माध्यम बन चुका है इंटरनेट। दूसरे शब्दों में कहें तो पूरे विश्व में वास्तविक लोकतंत्र की विद्यमानता का एक सशक्त माध्यम बन चुका है इंटरनेट, क्योंकि यह विश्व भर के लोगों के लिए अभिव्यक्ति की स्वतंत्रता, सामाजिक, शैक्षिक और राजनीतिक अवसर उपलब्ध कराने का एक महत्त्वपूर्ण प्लेटफॉर्म है। कम ही समय में किसी भी राष्ट्र के भीतर की राजनीतिक गतिविधियों, सूचनाओं के आदान-प्रदान या लोगों के मनोरंजन का एक बड़ा मंच बन गया इंटरनेट। परंतु यह एक ऐसा हथियार भी है, जिसका सावधानी से यदि प्रयोग न हो तो किसी भी राष्ट्र की सुरक्षा को खतरा उत्पन्न हो सकता है। किसी भी तकनीक के अस्तित्व से अधिक महत्त्वपूर्ण होता है उसका सही ढंग से उपयोग होना। इसलिए इंटरनेट की स्वतंत्रता के भीतर जहाँ सूचना, अभिव्यक्ति आदि की स्वतंत्रता के अधिकार मिले, वहीं कुछ देशों ने यह भी तय किया कि उसके नागरिक किस सीमा तक इंटरनेट पर अपने अधिकारों का उपयोग करेंगे और वे क्या-क्या देख सकेंगे अथवा नहीं देख सकेंगे। क्योंकि यह एक खुला वैश्विक मंच है, जहाँ दुनिया के किसी भी कोने में बैठा व्यक्ति किसी से जुड़ने, गतिविधि या सभा करने, मानवाधिकारों आदि की बातें करने या विचार व्यक्त करने के लिए स्वतंत्र होता है। पूरे विश्व में इंटरनेट का एक संजाल फैला है, जो सभी के लिए समान रूप से उपलब्ध है।

कोरोना महामारी काल में (सन् 2020-21) भारत द्वारा उनसठ चीनी ऐप्स को ब्लॉक करने का फैसला लिया गया, जिसने इंटरनेट की स्वतंत्रता की भेद्यता को पूरे विश्व में चर्चा का विषय बना दिया। भारत द्वारा इस प्रकार चीनी ऐप्स को अवरुद्ध करने का निर्णय और आदेश इसलिए भी देना पड़ा, क्योंकि पी.आई.बी. द्वारा जारी एक अधिसूचना में इसे 'दुर्भावनापूर्ण' और भारत की संप्रभुता के लिए हानिकारक बताया गया। इलेक्ट्रॉनिक्स और आई.टी. मंत्रालय द्वारा बताया गया कि इनमें से कुछ ऐप्स का चोरी करने, उपयोगकर्ताओं के डाटा को अनधिकृत तरीके से भारत से बाहर सर्वर पर प्रसारित करने के लिए उपयोग में लाए जा रहे थे। यह उपयोगकर्ता की गोपनीयता और भारत की संप्रभुता के लिए खतरनाक था। कुछ लोगों ने भारत के इस कृत्य को गलवान घाटी में चीन के भारत विरोधी गतिविधियों के विरुद्ध भारत द्वारा एक डिजिटल स्ट्राइक भी माना। निश्चित रूप से इस कार्य से चीनी कंपनियों के अधिकार प्रभावित हुए हैं, परंतु सूचना प्रौद्योगिकी अधिनियम की धारा-69ए के अंतर्गत भारत सरकार को यह अधिकार मिला हुआ है कि वह राष्ट्रीय सुरक्षा के लिए ऐसे कदम उठा सकती है। यहाँ पर प्रश्न यह उठाया गया कि फिर इंटरनेट पर अभिव्यक्ति या सूचना के अधिकार या उसकी स्वतंत्रता के क्या तात्पर्य रह गए? भारतीय नागरिक, जो इन ऐप्स के माध्यम से अपने व्यापार या कुछ लोकप्रिय गतिविधियाँ चलाने के लिए इस प्लेटफॉर्म का उपयोग करते थे, उनके अधिकारों का तो हनन हो गया। तो यहाँ यह स्पष्ट हो जाना चाहिए कि चीनी ऐप्स पर प्रतिबंध लगाया गया है, गतिविधियों पर नहीं। दूसरे प्लेटफॉर्म का उपयोग करते हुए अपनी गतिविधियाँ जारी रखी जा सकती हैं। यह भी सत्य है कि सर्वोच्च न्यायालय ने यह स्पष्ट किया है कि हमारी अभिव्यक्ति का मौलिक अधिकार ऑनलाइन सामग्री पर भी लागू होता है। फिर भी सभी देश अपने-अपने देश की सुरक्षा स्थितियों या अन्य कारणों से इंटरनेट के उपयोग के अधिकारों में कुछ कटौती या प्रतिबंध लगाते हैं। इसलिए प्रत्येक

देश को शून्य (बिल्कुल नहीं) से सौ (सर्वाधिक स्वतंत्र) तक की संख्या से अभिहित किया जाता है। उदाहरण के लिए, आइसलैंड विश्व में इंटरनेट स्वतंत्रता में पहले नंबर पर है और इसे फ्रीडम हाउस इंडेक्स में पंचानबे (95 95 पॉइंट्स) अंक मिले हैं। इसी प्रकार चीन में भी गूगल सर्च, गूगल इंटरनेट, मेल सर्विस, जी-मेल, क्रोम तथा गूगल पर आधारित अन्य खोजों वाले प्लेटफॉर्म सन् 2010 से प्रतिबंधित कर दिए गए थे।

तात्पर्य यह कि एक ओर इंटरनेट स्थूल और भौतिक संसाधनों के बिना भी संचार या संप्रेषण को वैश्विक स्तर तक आसानी से पहुँचा देता है और भौगोलिक दूरियों की आपसी संवाद या डिजिटल आदान-प्रदान में कोई भूमिका नहीं रहने देता। इंटरनेट पर राष्ट्रवादी गतिविधियों को भी कुछ प्रचलित नाम मिले हैं, जैसे इंटरनेट राष्ट्रवाद, ऑनलाइन राष्ट्रवाद या साइबर राष्ट्रवाद। साइबर राष्ट्रवादियों के समूह इंटरनेट के माध्यम से पहले से बेहतर ढंग से जुड़ सकते हैं और दूर-दूर रहते हुए भी आपस में संवाद या विचार-विमर्श कर सकते हैं। कई देशों में तो चुनावों तक को प्रभावित करने का काम इंटरनेट के माध्यम से होता है। सरकारें भी लोगों को एकजुट करने या प्रचार के लिए इसका उपयोग करने लगी हैं, यानी साइबर राष्ट्रवाद सरकारी नीति का हिस्सा बनता चला जा रहा है। समाचार-पत्रों या टेलीविजन चैनलों से अधिक तेज गति से इस पर सूचनाएँ संचारित और वायरल होती हैं। राष्ट्रवाद को प्रोत्साहित करने में इंटरनेट की भूमिका से इनकार नहीं किया जा सकता।

तिब्बत में इंटरनेट और वेबसाइट पर तमाम प्रतिबंधों के बाद भी तिब्बत के लोग अपने निजी अनुभवों को वेबसाइट पर सुरक्षित रख रहे हैं, ताकि विश्व तक उनकी आवाज पहुँच सके और उनके दमन का इतिहास दुनिया जान सके। टी.ओ.एच.पी., यानी तिब्बत ओरल हिस्टरी प्रोजेक्ट की वेबसाइट पर तिब्बती बुजुर्गों के निजी अनुभवों के ऑडियो-वीडियो क्लिप

के द्वारा तिब्बती इतिहास का दस्तावेजीकरण तेजी से किया गया है। इस प्रोजेक्ट में अधिकतर वे बुजुर्ग तिब्बती स्त्री-पुरुष हैं, जिन्होंने भागकर भारत या दुनिया के अन्य देशों में शरण ले ली थी। मूल तिब्बत में रहनेवाले तिब्बती अपनी कहानी या अनुभव इस वेबसाइट में साझा इसलिए नहीं कर पाए, क्योंकि वहाँ चीनी शासन के द्वारा इंटरनेट और वेबसाइट पर कई प्रतिबंध लगे थे। टी.ओ.एच.पी. ने अनेक तिब्बती शरणार्थी बुजुर्गों के साक्षात्कार लिये और उनके अनुवाद के साथ-साथ उनकी कई कॉपी तैयार की, साथ ही वीडियो टेप भी बनाए। 'यादों में तिब्बत' जैसे शीर्षक से इंटरव्यू के क्लिप उन तिब्बती बुजुर्गों के परिचय के साथ वेबसाइट पर अपलोड करने के पीछे उनकी मंशा सिर्फ भावी चीनी पीढ़ियों को अपना इतिहास बताना भर है। परंतु सभी जानते हैं कि तिब्बत मुक्ति आंदोलन के इतिहास की कभी यह एक महत्त्वपूर्ण कड़ी साबित हो सकती है। विश्व समुदाय को यह बताना भी आवश्यक है कि तिब्बती अहिंसक मुक्ति साधना न्यायोचित है। एक बुजुर्ग पीढ़ी के गुजर जाने के बाद तिब्बती इतिहास का भी खत्म हो जाना दुःखद होगा, इसलिए 'तिब्बत ओरल हिस्टरी प्रोजेक्ट' महत्त्वपूर्ण है और इसके माध्यम से तिब्बत का संघर्ष तथा इतिहास पीढ़ी-दर-पीढ़ी सुरक्षित रहेगा। इस लिहाज से इंटरनेट का सदुपयोग तिब्बत एक राष्ट्र के रूप में कर रहा है, परंतु वहीं पर जब हम तिब्बत को चीन का आंतरिक मामला मान लेते हैं तो इंटरनेट का उपयोग उसकी आंतरिक सुरक्षा के लिए खतरे के रूप में भी देखा जा सकता है। दूसरी ओर चीन में साइबर राष्ट्रवाद बहुत सक्रिय है। चीनी राष्ट्रवादी इंटरनेट संसाधनों का खुलकर उपयोग करते हैं।

कुछ अलग विचारधारा के लोग इंटरनेट का उपयोग हैक, स्पैम या दूसरे राष्ट्रों के तकनीकी बुनियादी ढाँचे को प्रभावित करने के लिए भी करते हैं। अकसर कई देशों के आंदोलनकारी समूह अपने कार्य को प्रभावी रूप से निष्पादित करने के लिए साइबर हमलों का भी सहारा लेने लगे हैं। जनता का ध्यान अपने आंदोलनों की ओर आकृष्ट करने के लिए भी बहुत

से संगठन इंटरनेट का उपयोग करते हैं। कई बार छद्म वीडियो बनाकर आंदोलन या घृणा और हिंसा को बढ़ाने का काम भी किया जाता है। वहीं पर बहुत से राष्ट्र ऐसे भी हैं, जो इंटरनेट और सोशल मीडिया का उपयोग दान देने, रोजगार के अवसर उपलब्ध कराने जैसे सकारात्मक कामों के लिए करते हैं। इंटरनेट के उपयोग के संबंध में वही पुरानी कहावत उचित है कि चाकू एक हथियार है, जो किसी को जान बचाने और उसे रोगमुक्त करने के लिए ऑपरेशन में भी काम आता है और नकारात्मकता विकसित होने पर उसी से किसी के प्राणों पर हमला भी किया जा सकता है। यह उपयोगकर्ता की मानसिकता पर निर्भर करता है कि वह पूरे विश्व को एक छोटे से गाँव में बदल देने की क्षमता रखनेवाले इंटरनेट का उपयोग किस रूप में करता है?

किसी भी राष्ट्र के लिए उसकी आंतरिक सुरक्षा एक महत्त्वपूर्ण पक्ष है। यह राष्ट्र के भीतर कानून व्यवस्था, संपत्ति की सुरक्षा और राष्ट्रीय एकता और अखंडता के लिए अति आवश्यक है। मानवाधिकारों के साथ-साथ व्यक्ति के मौलिक अधिकारों की सुरक्षा के लिए भी राष्ट्र की आंतरिक सुरक्षा व्यवस्था का सुदृढ़ होना आवश्यक है। स्थूल रूप में राष्ट्रीय सुरक्षा नीति में प्रमुखत: तीन लक्ष्य केंद्रीय महत्त्व के होते हैं—1. देश की संप्रभुता की रक्षा करना, 2. आंतरिक शांति बनाए रखना और 3. क्षेत्रीय एकता और अखंडता की रक्षा करना।

भारत का उदाहरण ले सकते हैं, जहाँ धर्मांतरण, आतंकवाद, क्षेत्रवाद, नक्सलवाद और भ्रष्टाचार आदि देश के लिए गंभीर आंतकी संकट बन रहे हैं। भारत अंग्रेजों से मुक्ति के बाद से ही इन गंभीर चुनौतियों से सुरक्षा के कई मोर्चों पर संघर्ष करता रहा है। समाज-विरोधी ताकतों द्वारा अपने-अपने निहित स्वार्थों की पूर्ति के लिए नक्सलवाद, क्षेत्रवाद, धार्मिक कट्टरता, उग्रवादी गतिविधियों के द्वारा अव्यवस्था और अशांति फैलाने का काम

किया जाता रहा। किसी भी राष्ट्र की आंतरिक सुरक्षा के लिए ये चुनौतियाँ गंभीर खतरे के रूप में होती हैं। ये चुनौतियाँ प्राय: विश्व के देशों के बीच राष्ट्र की छवि खराब करने का भी उद्देश्य रखती हैं। अंतरराष्ट्रीय समुदाय के बीच यह बहस का भी विषय बन जाता है।

कोई सोच सकता है कि इस प्रकार की बहसों या छवि से क्या फर्क पड़ सकता है? तो उसका उत्तर यह है कि विदेशी निवेश और उद्योग के लिए निवेशक इन्हीं स्थितियों के आधार पर उस राष्ट्र के बारे में अपना दृष्टिकोण निर्मित करते हैं। मादक पदार्थों की तस्करी, मानव-दुर्व्यापार, स्त्रियों-बच्चों की खरीद-फरोख्त या उपहार में देना जैसे अपराध मानवाधिकारों का गंभीर उल्लंघन है और किसी भी राष्ट्र की संप्रभुता तथा आंतरिक सुरक्षा के लिए खतरा है। मजबूत सीमा प्रबंधन द्वारा इन अवैधानिक गतिविधियों पर रोक लगाई जा सकती है। किसी भी राष्ट्र का सशक्त सीमा प्रबंधन न केवल उसकी राष्ट्रीय एवं क्षेत्रीय सुरक्षा के लिए आवश्यक है, अपितु व्यापार, सुविधा एवं लोगों की वैध आवाजाही को भी सुगम बनाता है। कई देशों में सीमा प्रबंधन में चिह्नीकरण के अभाव में कठिनाई का अनुभव होता है और पड़ोसी देश उसके भूभाग पर दावा करते हैं अथवा घुसपैठ करते हैं। कई बार ऊर्जा एवं जल स्रोत नदियों के नाम पर दो देशों के बीच विवाद उत्पन्न हो जाता है। परिणाम यह होता है कि सीमा विवाद का हल सैनिकों के माध्यम से निकाला जाने लगता है। भारत रणनीतिक दृष्टि से अत्यंत महत्त्व का इसलिए भी है कि इसकी सीमाएँ चीन, पाकिस्तान, भूटान, बांग्लादेश, म्याँमार, नेपाल तथा अफगानिस्तान से भी मिलती हैं, अत: भारत के लिए सीमा प्रबंधन और आंतरिक सुरक्षा अधिक चुनौतीपूर्ण है, क्योंकि खुली सीमाओं के कारण ही भारत में सीमा विवाद, अवैध निवास, सीमापार से आतंकवाद, बाह्य ताकतों द्वारा समर्थित अलगाववाद, नकली मुद्राप्रवाह, अवैध व्यापार एवं अवैध हथियारों की तस्करी, मानव तस्करी आदि जैसे संकट समय-समय पर सिर उठाते रहे हैं।

मीडिया का समाज और व्यक्तियों पर विशेष प्रभाव पड़ता है। इंटरनेट इक्कीसवीं सदी में मीडिया का सबसे शक्तिशाली माध्यम बन चुका है। अनेक आंतरिक चुनौतियों, जैसे सांप्रदायिकता, नक्सलवाद, आतंकवाद, साइबर हमला, नकली मुद्रा, मानव एवं मादक पदार्थों की तस्करी आदि में यह इलेक्ट्रॉनिक मीडिया और विशेष रूप से इंटरनेट की प्रमुख भूमिका बन जाती है, क्योंकि सूचनाओं का आदान-प्रदान या संवाद गुपचुप और तेजी से हो जाता है। इंटरनेट के माध्यम से अफवाहें भी तेजी से फैलती हैं, जिसके कारण आंतरिक शांति और सुरक्षा प्रभावित होती है। संयुक्त राष्ट्र संघ द्वारा सन् 2012 में डिजिटल अधिकारों को सबका अधिकार मान लिये जाने के बाद से राष्ट्रों के सामने अपनी आंतरिक सुरक्षा की चुनौतियाँ गहरा गई हैं। इस इंटरनेट का कोई एक प्रशासक या नियंत्रक नहीं होने से विश्व का कोई भी व्यक्ति या समूह इस पर अपनी रिकॉर्डिंग, दैनिक जीवनचर्या, विचार, बहस, व्यापार आदि किसी भी मुद्दे पर इस खुले मंच का अपने मौलिक अधिकार की तरह मनमाने ढंग से उपयोग कर लेता है। कई बार यह स्वतंत्रता साइबर अपराधों के रूप में भी सामने आती है। इंटरनेट की दुनिया में आर्टिफिशियल इंटेलिजेंस के कारण भी चुनौतियाँ तमाम हैं। शायद वह समय भी हम सबको जल्दी देखना पड़े कि राजनीतिक, आर्थिक और सामाजिक रुचियों पर भी व्यक्ति का अधिकार न रह पाए। व्यक्ति की निजता के खो जाने का भय सबसे बड़ी चुनौती है।

इन अनेक चुनौतियों, साइबर हमलों के बीच भी राष्ट्रीय साइबर सुरक्षा की रणनीति हर देश को अपनानी पड़ेगी। साइबर सुरक्षा से आशय किसी प्रकार के हमले, नुकसान पहुँचाने के उद्देश्य, महत्त्वपूर्ण सूचनाओं की जासूसी करने से सुरक्षा या साइबर स्पेस की रक्षा करने से है। इसके लिए कुशल सूचीबद्ध साइबर ऑडिटर की सहायता से कानूनी रूप से संबलित ऑडिट प्रणाली से साइबर सुरक्षा और जागरूकता आवश्यक है। इस साइबर सुरक्षा के लिए एक अलग बजट भी होना जरूरी है, ताकि अपेक्षित डोमेन

ज्ञान वाली एजेंसियों की भूमिका और कार्यों के बीच तालमेल स्थापित हो सके। यहाँ यह जानना उचित है कि अमेरिका उन कुछेक देशों में एक है, जिसने साइबर हमले से बचाव की रणनीति विकसित करने में काफी धनराशि का निवेश किया है, साथ ही साइबर युद्ध अपराधियों से निपटने के लिए आवश्यक क्षमता भी पैदा की है। जिन देशों की साइबर युद्ध क्षमता सबसे अधिक है, उनमें अमेरिका के साथ चीन, रूस, इजराइल, यू.के. आदि शामिल हैं। कोरोना महामारी सन् 2020–21 के बाद से पूरे विश्व में लगभग सभी देशों ने अपनी वित्तीय सेवाओं, बैंक, बिजली, उत्पादन, परमाणु ऊर्जा संयंत्र आदि के क्षेत्रों में तेजी से डिजिटलीकरण किया है। वहीं उतनी ही तेजी से हैकर समूह भी सक्रिय हुए। 'सोलरविंड' नामक साइबर अटैक ने अमेरिका के राष्ट्रीय अवसंरचना को प्रभावित किया तो 'स्टोनपांडा' नाम से प्रचलित हैकर समूह ने भारत को भी प्रभावित करने की कुचेष्टा की। कंपनियों के पास उनके सिस्टम में बहुत सी जानकारियाँ और डेटा उपलब्ध होता है। साइबर हमले के माध्यम से इनके चोरी होने का खतरा बढ़ जाता है। पारंपरिक युद्ध के स्थान पर अब इस प्रकार के छद्म युद्ध किसी भी देश की आंतरिक सुरक्षा के लिए खतरा हैं। भारत जैसे देश में अवैध घुसपैठ एवं शरणार्थियों की समस्या भी आंतरिक सुरक्षा के लिए चुनौती है।

किसी भी समस्या के समाधान के लिए दीर्घकालिक नीतियाँ बनानी पड़ती हैं और उन्हीं दीर्घकालिक नीतियों के भीतर तत्कालीन वर्तमान परिस्थितियों को ध्यान में रखते हुए अल्पकाल के लिए भी कुछ नीतियाँ बनाई जाती हैं। राष्ट्रीय स्तर से लेकर स्थानीय स्तर तक खुफिया तंत्र की सक्रियता और साइबर हमलों से निबटने वाली तकनीकी टीम के माध्यम से राष्ट्र की आंतरिक सुरक्षा को बेहतर बनाया जा सकता है। पुलिस बल का आधुनिकीकरण एवं संगठित अपराध से निपटने के लिए विभिन्न सुरक्षा एजेंसियों को सशक्त बनाने के साथ–साथ साइबर सुरक्षा के लिए भी हर विभाग में विशेष सेल की स्थापना अपेक्षित है। आई.टी. अधिनियम में सजा

के प्रावधान कड़े हों, क्योंकि आज इंटरनेट के खुले मंच के कारण बाह्य और आंतरिक सुरक्षा में भेद करना कठिन हो गया है। किसी भी राष्ट्र को तभी सुरक्षित कहा जा सकता है, जब वह आंतरिक खतरों से पूर्णतः मुक्त हो। यह राष्ट्र-निर्माण की वह प्रक्रिया है, जहाँ राष्ट्र अपनी राष्ट्रीय आकांक्षा की राह में आनेवाले सभी खतरों और बाधाओं से निपटने में सक्षम हो जाता है।

□□□

Dictionary of Proverbs

Books on English Language Development Skills

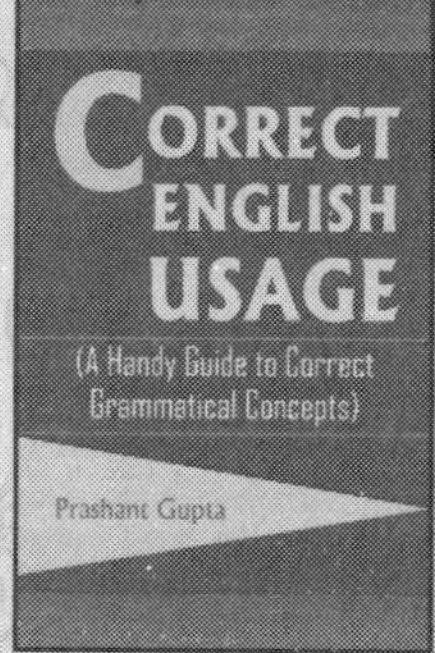

Dictionary of Proverbs

Najmussehar

PRABHAT
PAPERBACKS

Published by
PRABHAT PAPERBACKS
An imprint of Prabhat Prakashan Pvt. Ltd.
4/19 Asaf Ali Road,
New Delhi-110 002 (INDIA)
e-mail: prabhatbooks@gmail.com

ISBN 978-93-5048-196-7
Dictionary of Proverbs
by Najmussehar

Edition
2023

Price
₹ 300.00 (Rupees Three Hundred only)

Printed at
Narula Printers, Delhi

Preface

Proverbs are wise sayings. They are usually short, pithy statements of general truth. Proverbs are largely based on common sense or the practical experience of humanity. They are often metaphorical.

The word 'proverb' is said to have originated from the Latin word *proverbium* meaning concrete statement. These statements usually express a truth of any kind ranging from spiritual, practical to philosophical.

The dictionary defines a proverb as a concrete and short saying, which is often repeated.

Miguel de Cervantes defines a proverb as "a short sentence based on long experience". The wisdom is in the form of a general observation about the world or as a piece of advice intended to make us aware of the world in which we live. Proverbs also exhibit simple rhyme and elegant balance. Sometimes proverbs also describe a basic rule of conduct.

There are mainly two primary sources of proverbs—the common man and the wise people. Proverbs are often borrowed across lines of languages, religions and even time. Something commonly experienced is documented by the wise men and in the course of time becomes a proverb. Sometimes thoughts expressed by the wise men are liked by common men so much, so that they become an integral part of life. Besides, many popular proverbs have their origin in scriptures such as the *Bible*, the *Gita*, the *Ramayan*, etc. Created by the people across caste, creed, community and culture, borrowed from ancient and neighbouring cultures; proverbs have been accumulated over the centuries. Some of the proverbs are locally popular while a majority of them are shared around the world.

The book is packed with popular proverbs arranged under alphabetical headings intended to help the readers in finding the proverbs of their choice. The use of proverbs certainly adds to the beauty and impact of the expression. The readers are sure to benefited from the book.

—Najmussehar

Contents

Dictionary of Proverbs

ABILITY

Ability is important, dependability is critical.

—Alexander Lockhart

Ability is what you are capable of doing. Motivation determines what you do. Attitude determines how well you do it.

—Low Holtz

Ability is a poor man's wealth.

—Anonymous

They are able because they think they are able.

—Virgil

Ability is of little account without ability.

—Napoleon

The winds and waves are always on the side of the ablest navigators.

—Edward Gibbon

We judge ourselves by what we feel capable of doing, while others judge us by what we have already done.

—Henry Wadsworth Longfellow

Behind an able man there is always an able man.

—Chinese Proverb

ACTION

Strong reason makes strong action.

—William Shakespeare

No action is in itself good or bad, but only such according to convention.

—W. Somerset Maugham

What's done can't be undone.

—William Shakespeare

We become just by performing just actions, temperate by performing temperate actions, brave by performing brave actions.

—Aristotle

Be great in act as you have been in thought.

—William Shakespeare

Great actions are not always true sons of great and mighty resolutions.

—Samuel Butler

Deliberation is the work of many men. Action, of one alone.

—Charles De Gaulle

Every man feels instinctively that all the beautiful sentiments in the world weigh less than a lovely single action.

—James Russell Lovell

The great end of life is not knowledge but action.

—Thomas Huxely

Act quickly, think slowly.

—Greek Provers

Action is the antidote to despair.

—Joan Baez

Action should culminate in wisdom.

—Bhagavad Gita

This is a world of action, and not for moping and droning in.

—Charles Dickens

The great aim of education is not knowledge, but action.

—Herbert Spencer

No actions are bad in themselves—even murder can be justified.

—Dietrich Bonhoeffer

Act as if you do make a difference. It does.

—William James

ADAPTABILITY

I dance to the tune that is played.

—Spanish Proverb

There are no conditions to which a man cannot become accustomed especially if he sees that all those around him live the same way.

—Leo Tolstoy

Adapt or perish, now as ever, is Nature's inexorable imperative.

—H.G. Wells

Every new adjustment is a crisis in self-esteem.

—Eric Hoffer

Adaptability is not imitation. It means power of resistance and assimilation.

—Mahatma Gandhi

ADMIRATION

For fools admire, but men of sense approve.

—Alexander Pope

Admiration is a very short-lived passion, that immediately decays upon growing familiar with its objects.

—Joseph Addison

We always love those who admire us, but we do not always love those whom we admire.

—Francois De La Rochefoucauld

Admiration, our polite recognition of another's resemblance to ourselves.

—Ambrose Bierce

Everyman is said to have his peculiar ambition, whether it be true or not, I can say for one that I have no other so great as that of being truely esteemed of my fellow men, by rendering myself worthy of their esteem.

—Abraham Lincoln

AMBITION

You are ambitious, which, within reasonable bounds, does good rather than harm.

—Abraham Lincoln

Ambition often puts men upon doing the meanest offices; so climbing is performed in the same posture as creeping.

—Jonathan Swift

Hitch your wagon to a star.

—Ralph Waldo Emerson

Ambition has but one reward for all:
A little power, a little transient fame,
A grave to rest in, and a fading name.

—William Winter

Ambition is the grand enemy of all peace.

—John Cowper Powys

Most people would succeed in small things, if they were not troubled with great ambitions.

—Henry Wadsworth Longfellow

A slave has but one master; an ambitious man has as many masters as there are people who may be useful in bettering his position.

—Jean De La Bruyere

If you take big paces you leave big spaces.

—Burmese Proverb

Too low they build, who build beneath the stars.

—Edward Young

When you are aspiring to the highest place, it is honourable to reach the second or even the third rank.

—Cicero

ADVERSITY

Weeping may endure for a night, but joy cometh in the morning.

—*Bible*

A wounded deer—leaps highest.

—*Emily Dickinson*

Suffering is the sole origin of consciousness.

—*Fedor Dostoevski*

Every calamity is a spur and a valuable hint.

—*Ralph Waldo Emerson*

Problems are only opportunities in work clothes.

—*Henry J. Kaiser*

Know how sublime a thing is it
To suffer and be strong.

—*Henry Longfellow*

Fire is the test of gold; adversity, of strong men.

—*Seneca*

Grief teaches the steadiest minds of waver.

—*Sophocles*

Adversity is the first path to truth.

—*Lord Byron*

That which does not kill me makes me stronger.

—*Friedrich Wilhelm Nietzsche*

Prosperity doth best discover vice; but adversity doth best discover virtue.

—*Francis Bacon*

God brings men into deep waters, not to drown them, but to cleanse them.

—*Aughey*

There are three modes of bearing the ills of life: by indifference, by philosophy, and by religion.

—*Charles Caleb Colton*

Sweet are the uses of adversity:
Which, like the toad, ugly and venomous,
Wears yet a prosperous jewel in his head.

—William Shakespeare

He knows not his own strength that hath not met adversity.

—Ben Jonson

Constant success shows us but one side of the world; adversity brings out the reverse of the picture.

—Charles Caleb Colton

ADVICE

Good but rarely came from good advice.

—Lord Byron

One gives nothing so freely as advice.

—Francois De La Rochefoucauld

I intended to give you some advice but now I remember how much is left over from last year unused.

—George Harris

When we ask advice, we are usually looking for an accomplice.

—Marquis De Lagrange

Advice is seldom welcome, and those who want it the most always like it the least.

—Earl of Chesterfield

The true secret of giving advice is after you have honestly given it, to be perfectly indifferent whether it is taken or not and never persist in trying to set people right.

—Hannah Whitall Smith

He that won't be counselled can't be helped.

—Benjamin Franklin

This is the gist of what I know:
Give advice and buy a foe.

—Phyllis McGinley

I give myself sometimes admirable advice, but I am incapable of taking it.

—Mary Wortley Montagu

Advice is what we ask for when we already know the answer but wish we didn't.

—Erica Jong

There is nothing which we receive with so much reluctance as advice.

—Joseph Addison

AGE

Age is not a handicap. Age is nothing but a number. It is how you use it.

—Ethel Payne

I have no romantic feelings about age. Either you are interesting at any age or you are not. There is nothing particularly interesting about being old—or being young for that matter.

—Katharine Hepburn

Age cannot wither her, nor custom stale
Her infinite variety.

—William Shakespeare

We turn not older, but newer everyday.

—Emily Dickinson

Old men are always young enough to learn, with profit.

—Aeschylus

Grow old along with me!
The best is yet to be,
The last of life, for which the first was made.

—Robert Browning

Nobody loves life like him who is growing old.
Everyman desires to live long, but no one would Sophocles be old.

—Jonatham Swift

Old age is the most unexpected of all things that can happen to a man.

—Leon Trotsky

Old age has its pleasures, which, though different are not less than the pleasures of youth.

—W. Somerset Maugham

The older I grow, the more I distrust the familiar doctrine that age brings wisdom.

—H.L. Mencken

Old age has a great sense of calm and freedom. When the passions have relaxed their hold, you have escaped not from one master but from many.

—Plato

The tragedy of old age is not that one is old, but that one is young.

—Oscar Wilde

ANGER

Anger is momentary madness, so control your passion or it will control you.

—Horace

Anger as soon as fed is dead
'Tis starving makes it fat.

—Emily Dickinson

Men often make up in wrath that they want in reason.

—W.R. Alger

Never answer a letter while you are angry.

—Chinese Proverb

Anger supplies the arms.

—Virgil

When angry, count four, when very angry, swear.

—Mark Twain

Envy and wrath shorten the life.

—Bible

Many people lose their tempers merely from seeing you keep yours.

—Frank Moore Colby

To be angry is to revenge the fault of others upon ourselves.

—Alexander Pope

Anger blows out the lamp of the mind. In the examination of a great and important question, one should be serene, slow-pulsed, and calm.

—Ingersoll

A man that does not know how to be angry does not know how to be good.

—Henry Ward Beecher

Of all bad things by which mankind are cursed,
Their own bad tempers surely are the worst.

—Richard Cumberland

Speak when you are angry and you will make the best speech you will ever regret.

—Ambrose Bierce

Anger makes dull men witty, but it keeps them poor.

—Elizabeth

APPEARANCE

Polished brass will pass upon more people than rough gold.

—Lord Chesterfield

The Lord prefers common-looking people. That is why he makes so many of them.

—Abraham Lincoln

Things are seldom what they seem,
Skim milk masquerades as cream.

—W.S. Gilbert

Men in general judge more from appearances than from reality. All men have eyes, but few have the gift of penetration.

—Machiavelli

Outside show is a poor substitute for inner worth.

—Aesop

Men should not care too much for good looks; neglect is becoming.

—Ovid

It is only shallow people who do not judge by appearances. The true mystery of the world is visible, not the invisible.

—Oscar Wilde

Personal appearance is looking the best you can for the money.

—Virginia Cary Hudson

Appearances are often deceiving.

—Aesop

ARGUMENT

Arguments are to be avoided; they are always vulgar and often convincing.

—Oscar Wilde

The most savage controversies are those about matters as to which there is no good evidence either way.

—Bertrand Russell

Argument seldom convinces anyone contrary to his inclinations.

—Thomas Fuller

There is only one way under high heaven to get the best of an argument—and that is to avoid it.

—Dale Carnegie

The aim of argument, or of discussion, should not be victory, but progress.

—Joseph Joubert

Arguments only confirm people in their own opinions.

—Booth Tarkington

True disputants are like true sportsmen; their whole delight is in the pursuit.

—Alexander Pope

Neither irony nor sarcasm is argument.

—*Rufus Choate*

Never argue at the dinner table, for the one who is not hungry always gets the best of the argument.

—*Richard Whately*

ATHEISM

A little philosophy inclineth man's mind to atheism; but depth in philosophy bringeth man's mind about to religion.

—*Francis Bacon*

Not one man in a thousand has the strength of mind or the goodness of heart to be an atheist.

—*S.T. Coleridge*

That the universe was formed by a fortuitous concourse of atoms, I will no more believe than that the accidental jumbling of the alphabet would fall into a most ingenious treatise of philosophy.

—*Jonathan Swift*

If there is a God, we must see Him, if there is a soul, we must feel it, otherwise it is better not to believe it. It is better to be an atheist than to be a hypocrite.

—*Swami Vivekananda*

By night an atheist half believes in God.

—*Edward Young*

I am an atheist, thank God!

—*Anonymous*

An atheist is a man who has no invisible means of support.

—*Fulton J. Sheen*

I am an atheist, still, thank God.

—*Luis Bunuel*

In spite of all the yearnings of men, no one can produce a single fact or reason to support the belief in God and in personal immortality.

—*Clarence Darrow*

If there is a God, atheism must strike Him as less of an insult than religion.

—Edmond and Jules De Goncourt

Atheism is rather in the lip than in the heart of man.

—Francis Bacon

AUTHORITY

Authority founded on injustice is never of long duration.

—Seneca

All authority belongs to the people.

—Thomas Jefferson

Nothing destroys authority more than the unequal and untimely interchange of power stretched too far and released too much.

—Francis Bacon

Authority is never without hate.

—Euripides

Every great advance in natural knowledge has involved the absolute rejection of authority.

—Thomas Huxley

Authority has every reason to fear the skeptic, for authority can rarely survive in the face of doubt.

—Robert Linder

If you wish to know what a man is, place him in authority.

—Anonymous

Do not ask for the position of authority, for if you are granted this position as a result of your asking for it, you will be left to discharge it yourself; but if you are given it without asking, you will be helped (by God).

—Hadith Muslim

BEAUTY

Beauty is a form of genius—is higher, indeed, than genius, as it needs no explanation. It is of the great facts in the world like sunlight or spring time, or the reflection in the dark water of that silver shell we call the moon.

—Oscar Wilde

Beauty is eternity gazing at itself in a mirror.

—Khalil Gibran

Beauty is truth, truth beauty—that is all
Ye know on earth, and all ye need to know.

—John Keats

Intellectual beauty is, indeed, the highest kind of beauty.

—C.V. Raman

That which is striking and beautiful is not always good, but that which is good is always beautiful.

—Ninon De L'Enclos

Things are beautiful if you love them.

—Jean Anoulih

A thing of beauty is a joy forever:
Its loveliness increases; it will never
Pass into nothingness.

—John Keats

Rarely do great beauty and a virtuous disposition dwell under one roof.

—Petrarch

'Tis not a lip or eye we beauty call,
But the joint force and full result of all.

—Alexander Pope

Beauty is only skin-deep.

—Proverb

Beauty—the adjustment of all parts proportionately so that one cannot add or subtract or change without impairing the harmony of the whole.

—Leon Battista Alberti

Beauty is unbearable, drives us to despair, offering us for a minute the glimpse of an eternity that we should like to stretch out over the whole of time.

—Albert Camus

Anything in anyway beautiful derives its beauty from itself, and asks nothing beyond itself. Praise is no part of it, for nothing is made worse or better by praise.

—Marcus Aurelius

The beauty that addresses itself to the eyes is only the spell of the moment; the eye of the body is not always that of the soul.

—George Sand

Ask a toad what is beauty…, he will answer that it is a female with two great round eyes coming out of her little head, a large flat mouth, a yellow belly and a brown back.

—Voltaire

Moral beauty and strength, not mere animal charm and vigour, are the goal of physical culture.

—Bhagavad Gita

Beauty is a shortlived tyranny.

—G.B. Shaw

BELIEF

Believe your beliefs and doubt your doubts.

—F.F. Bosworth

No iron chain or outward force of any kind could ever compel the soul of a man to believe or disbelieve.

—Thomas Carlyle

Nothing is so firmly believed as what we least know.

—Michel de Montaigne

Believe that life is worth living, and your belief will help create the fact.

—William James

There seems to be a terrible misunderstanding on the part of a great many people to the effect that when you cease to believe you may cease to behave.

—Louis Kroneberger

To believe in God is to yearn for His existence, and furthermore, it is to act as if He did exist.

—Miguel De Unamuno

The constant assertion of belief is an indication of fear.

—Krishnamurthi

Faith may be defind briefly as an illogical belief in the occurrence of the improbable.

—H.L. Mencken

That which has been believed by everyone, always and everywhere, has every chance of being false.

—Paul Valery

Convinctions are more dangerous foes of truth than lies.

—Friedrich Wilhelm Nietzsche

BIRTH

Our birth is but a sleep and a forgetting.

—William Wordsworth

When we are born we cry that we are come
To this great stage of fools.

—William Shakespeare

The day of our birth is one day's advance towards our death.

—Thomas Fuller

One must mourn not the death of men, but their birth.

—Baron De Montesquieu

The hour which gives us life begins to take it away.

—Seneca

Prevention of birth is a precipitation of murder.

—Tertulliah

When I was born, I was so surprised I didn't talk for a year and a half.

—Gracie Allen

BOOKS

Books are for nothing but to inspire.

—Ralph Waldo Emerson

Read in order to live.

—Gustave Flaubert

A good book is the best of friends, the same today and for ever.

—Martin F. Tupper

Books are the treasured wealth of the world and the fit inheritance of generations and nations.

—Thoreau

I cannot live without books.

—Thomas Jefferson

Classic: A book which people praise and don't read.

—Mark Twain

There is no such thing as a moral or an immoral book. Books are well written, or badly written.

—Oscar Wilde

One man is as good as another until he has written a book.

—Benjamin Jowett

A book is somehow sacred.

—John Steinback

A good book is the precious life-blood of a master spirit embalmed and treasured up on purpose to a life beyond life.

—John Milton

This is a volume not to be put aside lightly. It must be thrown with great force.

—Dorothy Parker

A dose of poison can do its work only once, but a bad book can go on poisoning people's minds for any length of time.

—John Murray

Reading all good books is like a conversation with the finest men of the past centuries.

—Rene Descartes

Books are good enough in their own way, but they are a mighty bloodless substitute for life.

—Robert Louis Stevenson

It is with books as with men—a very small number play a great part, the rest are lost in the multitude.

—Voltaire

There are two motives for reading a book: one, that you enjoy it, the other that you can boast about it.

—Bertrand Russell

Some books are to be tasted, others to be swallowed, and some few to be chewed and digested.

—Francis Bacon

Some books are undeservedly forgotten; none are undeservedly remembered.

—W.H. Auden

A bad book is as much of a labour to write as a good one; it comes as sincerely from the author's soul.

—Aldous Huxley

Books…are a mighty bloodless substitute for life.

—Robert Louis Stevenson

With every book you buy, you add a millimeter to your mental stature.

—Har Dayal

BROTHER

Cruel is the strife of brothers.

—Aristotle

A brother is a friend given by Nature.

—Legouve

He that loveth not his brother whom he hath seen, how can he love God whom he hath not seen?

—St. John

BROTHERHOOD

The world is now too dangerous for anything but the truth, too small for anything but brotherhood.

—Adlai Stevenson

Timid roach, why be so shy?
We are brother, you and I.
In the midnight, like thyself,
I explore the pantry shelf!

—Cristopher Morley

A new commandment. I give unto you, That ye love one another, as I have loved you, that ye also love one another.

—St. John

The crest and crowning of all good, Life's final star, is brotherhood.

—Edwin Markham

BUREAUCRACY

Bureaucracy is a giant mechanism operated by pygmies.

—Honore de Balzac

Paper work is the embalming fluid of bureaucracy, maintaining an appearance of life where none exists.

—Robert Meltzer

Bureaucracies are designed to perform public business. But as soon as a bureaucracy is established, it develops an autonomous spiritual life and comes to regard the public as its enemy.

—Brooks Atkinson

People who can claw their way to the top are not likely to find very much wrong with the system that enabled them to rise.

—Arthur Schlesinger, Jr.

BUSINESS

The commerce of the world is conducted by the strong, and usually it operates against the weak.

—Henry Ward Beecher

Whenever you see a successful business, someone once made a courageous decision. *—Peter F. Drucker*

Here's the rule for bargains: Do other men, for they would do you. That's the true business precept. *—Charles Dickens*

That which is everybody's business is nobody's business.

—Isaac Newton

Business is like oil. It won't mix with anything but business.

—J. Graham

Buying and selling is essentially antisocial. *—Edward Bellamy*

It is better to lose opportunity than capital.

—Susan M. Byrne

Few people do business well who do nothing else.

—Earl of Chesterfield

Did you ever expect a corporation to have a conscience, when it has no soul to be damned, and nobody to be kicked?

—Edward Thurlow

An excellent monument might be erected to the Unknown Stockholder. It might take the form of a solid stone ark of faith apparently floating in a pool of water.

—Felix Riesenberg

Business is religion, religion is business. The man who does not make a business of his religion has a religious life of no force, and the man who does not make a religion of his business has a business life of no character.

—Maltbie Babcock

They (corporations) cannot commit treason, nor be outlawed, nor excommunicated, for they have no souls.

—Edward Coke

It is difficult but not impossible to conduct strictly honest business. What is true is that honesty is incompatible with the amassing of a large fortune.

—Mahatma Gandhi

No nation was ever ruined by trade.

—Benjamin Franklin

Dishonesty in business or the uttering of lies causes inner sorrow.

—Adi Granth

Allah's messenger said: Both parties in a business transaction have the right to annul it so long as they have not separated; and if they speak the truth and make everything clear they will be blessed in their transaction; but if they tell a lie and conceal anything, the blessing on their transaction will be blotted out.

—Hadith Muslim

The customer is always right.

—H. Gordon Selfridge

Trade is a social act.

—John Stuart Mill

CAREFULNESS AND CARELESSNESS

Carelessness does more harm than a want of knowledge.

—Benjamin Franklin

Look twice before you leap.

—Charlotte Bronte

Avoiding danger is no safer in the long run than outright exposure. The fearful are caught as often as the bold.

—Helen Keller

Measure a thousand times and cut once.

—Turkish Proverb

The torment of precautions often exceeds the dangers to be avoided. It is sometimes better to abandon one's self to destiny.

—Napoleon

CELEBRITIES

A celebrity is a person who works hard all his life to be known, then wears dark glasses to avoid being recognised.

—*Fred Allen*

Oh, the self-importance of fading stars. Never mind, they will be black holes one day.

—*Jeffrey Bernard*

You can't shame or humiliate modern celebrities. What used to be called shame and humiliation is now called publicity.

—*P.J. O'Rourke*

CENSORSHIP

Censorship ends in logical completeness when nobody is allowed to read any books except the books that nobody reads.

—*George Bernard Shaw*

Assassination is the extreme form of censorship.

—*George Bernard Shaw*

Whenever they burn books, they will also, in the end burn people.

—*Heinrich Heine*

We write frankly and freely but then we "modify" before we print.

—*Mark Twain*

No government ought to be without censors; and where the press is free, no one ever will.

—*Thomas Jeferson*

The books that the world calls immoral are the books that show the world its own shame.

—*Oscar Wilde*

A censor is a man who knows more than he thinks you ought to.

—*Laurence J. Peter*

I suppose that writers should, in a way, feel flattered by the censorship laws. They show a primitive fear and dread at the fearful magic of print.

—*John Mortimer*

To limit the press is to insult a nation; to prohibit reading of certain books is to declare the inhabitants to be either fools or slaves.

—Claude-Adrien Helvetius

God forbid that any book should be banned. The practice is as indefensible as infanticide.

—Rebecca West

Censorship, like charity, should begin at home but, unlike charity, it should end there.

—Clare Boothe Luce

If there had been a censorship of the press in Rome, we should have had today neither Horace nor Juvenal, nor the philosophical writings of Cicero.

—Voltaire

Every suppressed or expunged word reverberates through the earth from side to side.

—Ralph Waldo Emerson

CHANGE

The old order changeth, yielding place to new.

—Alfred Tennyson

All things must change
To something new, to something strange.

—Henry Wadsworth Longfellow

Nothing is permanent but change.

—Heraclitus

Things do not change, we do.

—Henry David Thoreau

All changes, even the most longed for, have their melancholy; for what we leave behind is a part of ourselves; we must die to one life before we can enter into another!

—Anatole France

There is a certain relief in change, even though it be from bad to worse.

—Washington Irving

Nature's mighty law is change.

—Robert Burns

Change is inevitable in a progressive society. Change is constant.

—Benjamin Disraeli

Unless one says goodbye to what one loves, and unless one travels to completely new territories, one can expect merely a long wearing away of oneself and an eventual extinction.

—Jean Dubuffet

Everything flows; nothing stays still.

—Heraclitus

CHARACTER

Characters do not change. Opinions alter, but characters are only developed.

—Benjamin Disraeli

Do what you know and perception is converted in character.

—Ralph Waldo Emerson

Character is by-product; it is produced in the great manufacture of daily duty.

—Woodrow Wilson

When wealth is lost, nothing is lost;
When health is lost, something is lost;
When character is lost, all is lost.

—Anonymous

No change in circumstances can repair a defect of character.

—Ralph Waldo Emerson

Character builds slowly, but it can be torn down with incredible swiftness.

—Faith Baldwin

People seem not to see that their opinion of the world is also a confession of character.

—Ralph Waldo Emerson

To know how to say what other only know how to think is what makes men poets or sages; and to dare to say what others only dare to think makes men martyrs or reformers—or both.

—Elizabeth R. Charles

Character—the willingness to accept responsibility for one's own life—is the source from which self-respect springs.

—Joan Didion

Character is the result of two things. Mental attitude and the way we spend our time.

—Elbert Hubbard

Character is higher than intellect. A great soul will be strong to live as well as think.

—Ralph Waldo Emerson

Character is that which reveals moral purpose, exposing the class of things a man chooses or avoids.

—Aristotle

Talent is nurtured in solitude; character is formed in the stormy billows of the world.

—Goethe

Men show their character in nothing more clearly than by what they think laughable.

—Goethe

Character is my degree;
Life is my examination;
Universe is my university.

—Jagat S. Bright

Every man has three characters—that which he exhibits, that which he has, and that which he thinks he has.

—Goethe

CHILDREN

The child is the father of man.

—William Wordsworth

Children require guidance and sympathy far more than instruction.

—Anne Sullivan

Parents learn a lot from their children about coping with life.

—Muriel Spark

Everybody knows how to raise children, except the people who have them.

—P.J. O'Rourke

Children have never been very good at listening to their elders, but they have never failed to imitate them.

—James Baldwin

There never was child so lovely but his mother was glad to get him asleep.

—Ralph Waldo Emerson

Childhood is the kingdom where no one dies.

—Edna St. Vincent Millay

When I was a child, I spake as a child, I understood as a child, I thought as a child, but when I became a man, I put away childish things.

—Bible

Families with babies and families without babies are sorry for each other.

—Edgar Watson Howe

Children begin by loving their parents. After a time they judge them. Rarely, if ever, do they forgive them.

—Oscar Wilde

No one has yet fully realised the wealth of sympathy, kindness, and generosity hidden in the soul of a child. The effort of every true education should be to unlock that treasure.

—Emma Goldman

Pretty much all the honest truth telling there is in the world is done by children.

—Oliver Wendell Holmes, Sr.

Every baby born in the world is finer than the last.

—Charles Dickens

Let your children go if you want to keep them.

—Malcolm Forbes

Of all the animals, the boy is the most unmanageable.

—Plato

A baby is an inestimable blessing and bother.

—Mark Twain

CIRCUMSTANCES

People are always blaming their circumstances for what they are. I don't believe in circumstances. The people who get on in this world are the people who get up and look for the circumstances they want and if they can't find them, make them.

—George Bernard Shaw

Man is not the creature of circumstances,
Circumstances are the creatures of men.

—Benjamin Disraeli

The circumstances of others seem good to us, while ours seems good to other.

—Publilius Syrus

Circumstances are the rulers of the weak; they are the instruments of the wise.

—James Allen

It is nice to make heroic decisions and to be prevented by 'circumstances beyond your control' from ever trying to execute them.

—William James

CITIES

Cities force growth, and make men talkative and entertaining, but they make them artificial.

—Ralph Waldo Emerson

City Life—millions of people being lonesome together.

—Henry David Thoreau

Commuters give the city its tidal restlessness; natives give it solidity and continuity; but the settlers give it passion.

—E.B. White

The planner's problem is to find ways of creating, within the urban environment, the sense of belonging.

—Leo Marx

If you would be known, and not know, vegetate in a village; if you would know, and not be known, live in a city.

—Charles Caleb Colton

The city is not a concrete jungle. It is a human zoo.

—Desmond Morris

Hell is a city much like London—A populous and smoky city.

—Percy Bysshe Shelley

The city is of night, perchance of death, but certainly of night.

—James Thomson

The first requisite to happiness is to be born in a famous city.

—Euripides

Cities are the abyss of the human species.

—Jean Jacoues Rousseau

Today's city is the most vulnerable social structure ever conceived by man.

—Martin Oppenheimer

By seeing London, I have seen as much of life as the world can show.

—Samuel Johnson

Washington is a city of southern efficiency and northern charm.

—John F. Kennedy

Chicago is the product of modern capitalism, and like other great commercial centres is unfit for human habitation.

—Eugene Debs

CIVILISATION

America is the only country that went from barbarism to decadence without civilisation in between.

—Oscar Wilde

Civilisation advances by extending the number of important operations which we can perform without thinking about them.

—Alferd North Whitehead

Civilisation is the progress toward a society of privacy.

—Ayn Rand

Nations, like individuals, live and die, but civilisation cannot die.

—Mazzini

The degree of a nation's civilisation is marked by its disregard for the necessities of existence.

—W. Somerset Maugham

A decent provision for the poor is the true test of civilisation.

—Samuel Johnson

The three great elements of modern civilisation! Gunpowder, Printing and Protestant Religion.

—Thomas Carlyle

Civilisation is a movement and not a condition, a voyage and not a harbour.

—Arnold Toynbee

The modern world…has no notion except that of simplifying something by destroying nearly everything.

—G.K. Chesterton

The glossy surface of our civilisation hides a real intellectual decadence.

—Simone Weil

Civilisation begins with order, grows with liberty and dies in chaos.

—Will Durant

What men call civilisation always results in deserts.

—Don Marquis

CLASS

Work is the curse of the drinking classes.

—Oscar Wilde

The history of all hitherto existing society is the history of class struggles.

—Karl Marx

All shall equal be.
The Earl, the Marquis, and the Dook,
The Groom, the Butler, and the Cook,
The Aristocrat who banks with Coutts,
The Aristocrat who cleans the boots. *—W.S. Gilbert*

When everyone is somebody
Then no one's anybody.

—W.S. Gilbert

Really, if the lower orders don't set us a good example, what on earth is the use of them?

—Oscar Wilde

The so-called immortality of the lower classes is not to be named on the same day with that of the higher and highest. This is a thing which makes my blood boil, and they will pay for it.

—Queen Victoria

In class society, everyone lives as a member of particular class, and every kind of thinking, without exception, is stamped with the brand of class.

—Mao-Tse Tung

The upper classes are merely a nation's past; the middle class is its future.

—Ayn Rand

COMPASSION

There is no wilderness so terrible, so beautiful, so arid, so fruitful, as the wilderness of compassion. It is only the desert that shall truly flourish like a lily.

—Thomas Merton

Compassion for a friend should conceal itself under a hard shell.

—Friedrich Wilhelm Nietzsche

When a man has compassion for others, God has compassion for him.

—The Talmud

Behold the man who can be considerate towards others without derogating from any of his duties; he will inherit the earth.

—Tiruvalluvar

Compassions are odious.

—John Fortesque

CLEANLINESS

Certainly this is a duty, not a sin. "Cleanliness is indeed next to godliness".

—John Wesley

Cleanliness is not next to godliness nowadays, for cleanliness is made an essential and godliness is regarded as an offence.

—G.K. Chesterton

God loveth the clean.

—The Qoran

What separates two people most profoundly is a different sense and degree of cleanliness.

—Friedrich Wilhelm Nietzsche

COMPROMISE

Compromise does not satisfy, but dissatisfies everybody; it does not lead to any general fulfilment, but to general frustration; those who try to become everything to all people end by not being anything to anyone.

—Ayn Rand

Compromise makes a good umbrella, but a poor roof; it is a temporary expedient, often wise in party politics, almost sure to be unwise in statesmanship.

—James Russell Lowell

Those who are inclined to compromise never make a revolution.

—Kamal Atakurk

Compromise used to mean that half a loaf was better than no bread. Among modern statesmen it really seems to mean that half a loaf is better than a whole loaf.

—G.K. Chesterton

Better bend than break.

—Scottish Proverb

Compromise, if not the spice of life, is its solidity.

—Phyllis McGinley

A lean compromise is better than a fat lawsuit.

—George Herbert

Compromise: Such an adjustment of conflicting interests as gives each adversary the satisfaction of thinking he has got what he ought not to have, and is deprived of nothing except what was justly his due.

—Ambrose Bierce

COMPLAINTS

When people cease to complain, they cease to think.

—Napoleon

Those who do not complain are never pitied.

—Jane Austen

Those who complain most are more to be complained of.

—Matthew Henry

The usual fortune of complaint is to excite contempt more than pity.

—Samuel Johnson

The wheel that squeaks the loudest
Is the one that gets the grease.

—Josh Billings

He that falls by himself never cries.

—Turkish Proverb

COMPETITION

Competition is the most extreme expression of that war of all against all which dominates modern middle class society.

—Friedrich Engels

A horse never runs so fast as when he has other horses to catch up and outpace.

—Ovid

The combative instinct is a savage prompting by which one man's good is found in another man's evil.

—George Santayana

COMPUTERS

One of the most feared expressions in modern times is 'The computer is down'.

—Norman Augustine

To err is human but to really foul things up requires a computer.

—Anonymous

A modern computer hovers between the obsolescent and the non-existent.

—Sydney Brenner

Computers are like Old Testament gods; lots of rules and no mercy.

—Joseph Campbell

Computers are composed of nothing more than logic gates stretched out of the horizon in a vast numerical irrigation system.

—Stan Augarten

CONFORMITY

Confront the dark parts of yourself, and work to banish them with illumination and forgiveness. Your willingness to wrestle with your demons will cause your angels to sing. Use the pain as fuel, as a reminder of your strength.

—August Wilson

Conformity is the ape of harmony.

—Ralph Waldo Emerson

Conformity is the jailor of freedom and the enemy of growth.

—John Fitzgerald Kennedy

Conformity, humility, acceptance—with these coins we are to pay our fares to paradise.

—Robert Lindner

We are half ruined by conformity, but we should be wholly ruined without it.

—Charles Dudley Warner

The strongest bulwark of authority is uniformity; the least divergence from it is the greatest crime.

—Walter Lippmann

CONFIDENCE

Be always sure that you are right, then go ahead.

—Davy Crockett

Who has self-confidence will lead the rest.

—Horace

They can do all because they think they can.

—Virgil

There's one blessing only, the source and cornerstone of beatitude—confidence in self.

—Seneca

Danger breeds best on too much confidence.

—Pierre Corneille

Confidence is simply that quite, assured feeling you have, just before you fall flat on your face.

—L. Binder

The confidence which we have in ourselves gives birth to much of that which we have in others.

—Francois De La Rochefoucauld

As is our confidence, so is our capacity.

—William Hazlitt

CONSCIENCE

Conscience and cowardice are really the same things. Conscience is the trade name of the firm.

—Oscar Wilde

Conscience is the perfect interpreter of life.

—Karl Barth

There is a higher court of justice and that is the court of conscience. It supersedes all other courts.

—Mahatma Gandhi

Conscience does make cowards of us all.

—William Shakespeare

Man would rather be in error with the sanction of his conscience than be right with the mere judgement of his reason.

—John Harry Newman

A good conscience is the best divinity.

—Thomas Fuller

Conscience is a coward, and those faults it has not strength enough to prevent it seldom has justice enough to accuse.

—Oliver Goldsmith

Conscience is a sacred sanctuary where God alone may enter as judge.

—Lamennais

Conscience is the inner voice which warns us that someone may be looking.

—H.L. Mencken

Conscience is a just but a weak judge. Weakness leaves it powerless to execute its judgement.

—Khalil Gibran

Nor ear can hear nor tongue can tell
The tortures of that inward hell!

—Lord Byron

The soft whispers of God in man.

—Edward Young

There is no pillow so soft as clear conscience.

—French Proverb

Conscience is thoroughly well-bred and soon leaves off talking to those who do not wish to hear it.

—Samuel Butler

Conscience is an elastic and very flexible article, which will bear a great deal of stretching and adapt itself to a great variety of circumstances.

—Charles Dickens

Everyone has his own conscience, and there should be no rules about how a conscience should function.

—Ernest Hemingway

A conscience that has been bought once will be bought twice.

—Norbert Weiner

COURAGE

Courage is almost a contradiction in terms. It means a strong desire to live taking the form of a readiness to die.

—G.K. Chesterton

All bravery stands upon comparisons.

—Francis Bacon

Often the test of courage is not to die, but to live.

—Alfieri

Without justice, courage is weak.

—Benjamin Franklin

The paradox of courage is that a man must be a little careless of his life even in order to keep it.

—G.K. Chesterton

Courage is resistance of fear, mastery of fear—not absence of fear.

—Mark Twain

Perfect valour consists in doing without witnesses that which we would be capable of doing before everyone.

—Francois De La Rochefoucauld

There is plenty of courage among us for the abstract but not for the concrete.

—Helen Keller

But screw your courage to the sticking place
And we'll not fail.

—William Shakespeare

CRIME AND CRIMINALS

It's a wicked world, and when a clever man turns his brains to crime, it is the worst of all. *—A. Canon Doyle*

Successful and fortunate crime is called virtue.

—Seneca

What is robbing a bank compared with founding a bank?

—Bertolt Brecht

Thieves respect property. They merely wish the property to become their property that they may more perfectly respect it.

—G.K. Chesterton

Crime, like virtue, has its degrees.

—Racine

Many commit the same crimes with a different result. One bears a cross for the crime; another a crown.

—Juvenal

Poverty is the mother of crime.

—Marcus Aurelius

Crime is a product of social excess.

—V.I. Lenin

Society prepares the crime, the criminal commits it.

—Henry Thomas Buckle

Misdemenour: An infraction of the law having less dignity than a felony and constituting no claim to admittance into the best criminal society.

—Ambrose Bierce

There is hardly any deviancy, no matter how reprehensible in one context, which is not extolled as a virtue in another. There are no natural crimes, only legal ones.

—Freda Adler

Crime does not pay…as well as politics.

—Alfred E. Neuman

Society often forgives the criminal but it never forgives the dreamer.

—Oscar Wilde

CRITICISM AND CRITICS

A man is a critic when he cannot be an artist, in the same way that a man becomes an informer when he cannot be a soldier.

—Gustave Flaubert

As the arts advance towards their perfection, the science of criticism advances with equal pace.

—Edmund Burke

Criticism is not only medicinally salutary: it has positive popular attractions in its cruelty, its gladiatorship, and the gratification given to envy by its attacks on the great, and to enthusiasm by its praises.

—George Bernard Shaw

As learned commentators view
In Homer more than Homer knew.

—Jonathan Swift

A critic is a man who knows the way but can't drive the car.

—Kenneth Tynan

You know who the critics are? The men who have failed in literature and art.

—Benjamin Disraeli

Never pay any attention to what critics say.... A statue has never been set-up in honour of a critic!

—Jean Sibelius

He takes the long review of things;
He asks and gives no quarter.
And you can sail with him on wings
Or read the book. It's shorter.

—David McCord

A good critic is one who describes his adventures among masterpieces.

—Anatole France

The lot of critics is to be remembered by what they failed to understand.

—George Moore

Anyone can be accurate and even profound, but it is damned hard to make criticism charming.

—H.L. Mencken

CONSERVATISM

A conservative is a man with two perfectly good legs who, however, has never learned to walk forward.

—Franklin D. Roosevelt

What is conservatism? Is it not adherence to the old and tried, against the new and untried?

—Abraham Lincoln

The radical invents the views. When he has worn them out, the conservative adopts them.

—Mark Twain

Conservative: A statesman who is enamoured of existing evils, as distinguished from the Liberal, who wished to replace them with others.

—Ambrose Bierce

When a nation's young men are conservative, its funeral bell is already rung.

—Henry Ward Beecher

Up to a certain point, the conservatism bred by age may even be useful as a brake on the wilder flights of youthful imagination.

—C.V. Raman

CONTENTMENT

The three basic requirements for a tolerably satisfying life are someone to care, somewhere to live and something worth-while to do.

—J.B. Priestley

I earn that I eat, get that I wear; owe no man hate, envy no man's happiness; glad of other man's good, content with my harm.

—William Shakespeare

Enjoy your own life without comparing it with that of another.

—Condorcet

Nothing will content him who is not content with a little.

—Greek Proverb

The seat of perfect contentment is in the head; for every individual is thoroughly satisfied with his own proportions of brains.

—Charles Caleb Colton

When we have not what we like, we must like what we have.

—Bussy Rabutian

Be content with your lot, one cannot be first in everything.

—Aesop

It is not for man to rest in absolute contentment. *—Robert Southey*

CONVERSATION

The more pleasures of the body fade away, the greater to me is the pleasure and charm of conversation.

—Plato

The best of life is conversation, and the greatest success is confidence, or perfect understanding between sincere people.

—Ralph Waldo Emerson

Never hold anyone by the button or the hand in order to be heard out, for if people are unwilling to hear you, you had better hold your tongue than them.

—G.K. Chesterfield

Silence and modesty are very valuable qualities in the art of conversation.

—Michel De Montaigne

There is no such thing as conversation. It is an illusion. There are intersecting monologues, that is all.

—Rebecca West

Debate is masculine; conversation is feminine.

—Louisa May Alcott

Whoever interrupts the conversation of others to make a display of his fund of knowledge, makes notorious his own stock of ignorance.

—Sa'di

The trouble with her is that she lacks the power of conversation but not the power of speech.

—George Bernard Shaw

The less men think; the more they talk. *—Baron De Montesquieu*

She had lost the art of conversation but not, unfortunately, the power of speech.

—George Bernard Shaw

Conversation should be pleasant without scurrility, witty without affectation, free without indecency, learned without conceitedness, novel without falsehood. *—William Shakespeare*

COWARDICE

Man gives every reason for his conduct save one, every excuse for his crimes save one, every plea for his safety save one; and that one is cowardice.

—George Bernard Shaw

A cowardly act! What do I care about that? You may be sure that I should never fear to commit one if it were to my advantage.

—*Napoleon*

He who fights and runs away,
May live to fight another day.
But he who is in battle slain,
Can never rise to fight again.

—*Oliver Goldsmith*

Hatred is the coward's revenge for being intimidated.

—*George Bernard Shaw*

Perfect courage and utter cowardice are two extremes which rarely occur.

—*Francois De La Rochefoucauld*

I shall rather have violence than cowardice masquerading as non-violence.

—*Mahatma Gandhi*

CORRUPTION

If the party chief, whether it be the people, or the army, or the nobility, which you think most useful and of most consequence to you for the conservation of your dignity, be corrupt, you must follow their humour and indulge them, and in that case honesty and virtue are pernicious.

—*Machiavelli*

Just for a handful of silver he left us
Just for a ribbon to stick in his coat. —*Robert Browning*

Our worst enemies are not the ignorant and the simple, however cruel; our worst enemies are the intelligent and the corrupt.

—*Graham Greene*

The corruption of every government begins nearly always with that of principles.

—*Baron De Montesquieu*

To a shower of gold, most things are penetrable.

—*Thomas Carlyle*

Power does not corrupt men; fools, however, if they get into a position of power, corrupt power.

—George Bernard Shaw

CRUELTY

Cruelty must be whitewashed by a moral excuse, and pretence of reluctance.

—George Bernard Shaw

I must be cruel, only to be kind.

—William Shakespeare

Cruelty, like every other vice, requires no motive outside of itself; it only requires opportunity.

—George Eliot

Man's inhumanity to man
Makes countless thousands mourn!

—Robert Burns

Fear is the parent of cruelty.

—A. Froude

Cruelty ever proceeds from a vile mind, and often from a cowardly heart.

—Ludovico Ariosto

CUSTOM

It is a custom
More honoured in the breach than the observance.

—William Shakespeare

Custom reconciles us to everything.

—Edmund Burke

He who does anything because it is the custom, makes no choice.

—John Stuart Mill

Ancient custom has the force of law.

—Legal Maxim

Custom, then, is the great guide of human life.

—David Hume

Custom is king over all.

—*Pindar*

There is nothing so extreme that is not allowed by the custom of one nation or the other.

—*Michel De Montaigne*

How many things, both just and injust, are sanctioned by custom.

—*Terence*

CULTURE

Culture is to know the best that has been said and thought in the world.

—*Matthew Arnold*

Culture is what you butcher would have if he were a surgeon.

—*Mary Pettibone Poole*

Culture is simply how one lives and is connected to history by habit.

—*Leroi Jones*

Man is born a barbarian and raises himself above the beast by culture.

—*Baltasar Gracian*

CYNICS AND CYNICISM

Cynic: A blackguard whose faulty vision sees things as they are, not as they ought to be.

—*Ambrose Bierce*

A cynic is a man who knows the price of everything, and the value of nothing.

—*Oscar Wilde*

A cynic is not merely one who reads bitter lessons from the past, he is one who is prematurely disappointed in the future.

—*Sydney J. Harris*

The cynic is one who never sees a good quality in a man, and never fails to see a bad one. He is the human owl, vigilant in darkness and blind to light, mousing for vermin, and never seeing noble game. The cynic puts all human actions into two classes—openly bad and openly secret.

—Henry Ward Beecher

We can destroy ourselves by cynicism and disillusion just as effectively as by bombs.

—Kenneth Clark

DEATH

A single death is a tragedy, a million deaths is a statistic.

—Joseph Stalin

Death is a punishment to some, to some a gift, and to many a favour.

—Seneca

Death thou be not proud, though some have called thee
Mighty and dreadful, for, thou are not so,
For, those, whom thou think'st thou dost overthrow,
Die not poor death, nor yet can'st thou kill me.

—John Donne

To die nobly one must first learn to live nobly.

—Lala Lajpat Rai

Death will separate us from everything. To prepare for this departure, nothing else can be of use except the practice of Dharma.

—The Dalai Lama

There is no death, only a change of worlds.

—Seattle

Do not seek death. Death will find you. But seek the road which makes death a fulfilment.

—Dag Hammarskjold

Our repugnance to death increases in proportion to our consciousness of having lived in vain.

—William Hazlitt

Call no man happy till he is dead.

—Aeschylus

No soul can ever die except by Allah's leave and at a term appointed.

—The Qoran

Whom the gods love dies young.

—Meander

In this world nothing can be said to be certain—except death and taxes.

—Benjamin Franklin

He makes a very handsome corpse and becomes his coffin prodigiously.

—Oliver Goldsmith

It hath often been said, that it is not death, but dying, which is terrible.

—Henry Fielding

All that live must dies,
Passing through nature to eternity.

—William Shakespeare

The best of us being unfit to die, what an inexpressible absurdity to put the worst to death!

—Nathaniel Hawthorne

Swans sing before they diet, were no bad thing,
Should certain persons die before they sing.

—S.T. Coleridge

Death is the evil which those who live call life they sleep, and it is lifted.

—Percy Bysshe Shelley

I don't want to achieve immortality through my work. I want to achieve it through not dying.

—Woody Allen

But thousands die, without this or that,
Die, and endow a college, or a cat.

—Alexander Pope

Men are convinced of your arguments, your sincerity, and the seriousness of your efforts only by your death.

—Albert Camus

All human things are subject to decay,
And when fate summons, monarchs must obey.

—John Dryden

To die is poignantly bitter, but the idea of having to die without having lived is unbearable.

—Erich Fromm

Death is not an event in life; we do not experience death.

—Ludwig Wittgensten

DECEPTION

One may smile, and smile and be a villain.

—William Shakespeare

Man is practised in disguise;
He cheats the most discerning eyes.

—John Gay

We are never deceived, we deceive ourselves.

—Goethe

It is double pleasure to deceive the deceiver.

—La Fontaine

You can fool some of the people all the time and all the people some of the time; but you can't fool all the people all the time.

—Abraham Lincoln

We are never so easily deceived as when we imagine we are deceiving others.

—John Gay

One is easily fooled by that which one loves.

—Moliere

O' what a tangled web we weave,
When first we practise to deceive!

—Sir Walter Scott

Hatred of dishonesty generally arises from the fear of being deceived.

—*Marquis De Vauvenargues*

DEFEAT

We lost because we told ourselves we lost.

—*Leo Nikolaevich Tolstoy*

Defeat should never be a source of discouragement but rather a fresh stimulus.

—*Robert South*

What is defeat? Nothing but education, nothing but the first step to something better.

—*Wendell Phillips*

The important thing is to learn a lesson every time you lose.

—*John McEnroe*

There are defeats more triumphant than victories.

—*Michel De Montaigne*

Never confuse a single defeat with the final defeat.

—*F. Scott Fitzgerald*

DEMOCRACY

The ballot is stronger than the bullet.

—*Abraham Lincoln*

Democracy is the form of government in which the free are the rulers.

—*Aristotle*

Democracy becomes a government of bullies tempered by editors.

—*Ralph Waldo Emerson*

Democracy is beautiful in theory; in practice it is a fallacy.

—*Benito Mussolini*

I believe in Democracy because it releases the energies of every human being.

—*Woodrow Wilson*

A majority is the best repartee.

—Benjamin Disraeli

Democracy means simply the bludgeoning of the people by the people for the people.

—Oscar Wilde

Democracy substitutes election by the incompetent many for appointment by the corrupt few.

—George Bernard Shaw

Democracy passes into depotism.

—Plato

Democracy is the recurrent suspicion that more than half of the people are right more than half of the time.

—E.B. White

Democracy is based upon the conviction that there are extraordinary possibilities in ordinary people.

—Harry Emerson Fosdick

Democracy means not "I am as good as you are", but "you are as good as I am".

—Theodore Parker

In a democracy the general good is furthered only when the special interests of competing minorities accidentally coincide—or cancel each other out.

—Alexander Chase

Democracy is a form of government which may be rationally defended not as being good, but as being less bad than any other.

—William Ralph Inge

DESIRE

It is easier to suppress the first desire than to satisfy all that follow it.

—Benjamin Franklin

(Dancing is) a perpendicular expression of a horizontal desire.

—George Bernard Shaw

Life is a progress from want to want, not from enjoyment to enjoyment.

—Samuel Johnson

He who desires but acts not, breeds pestilence.

—William Blake

There are two tragedies in life. One is to lose your heart's desire. The other is to gain it.

—George Bernard Shaw

Our desires always increase with our possessions. The knowledge that something remains yet unenjoyed impairs our enjoyment of the good before us.

—Samuel Johnson

He who desires naught will be free.

—E.R. Lefebvre Laboulaye

All human activity is prompted by desire.

—Bertrand Russell

We would often be sorry if our wishes were gratified.

—Aesop

The act of longing for something will always be more intense than the requiting of it.

—Gail Godwin

We do not succeed in changing things according to our desire, but gradually our desire changes.

—Marcel Proust

The greatest wealth is a poverty of desires.

—Seneca

DESTINY

The efforts which we make to escape to our destiny only serve to lead us into it.

—Ralph Waldo Emerson

We are but as the instrument of Heaven.
Our work is not design, but Destiny. *—Owen Meredith*

Destiny is not a matter of chance, it is a matter of choice; it is not a thing to be waited for, it is a thing to be achieved.

—W.J. Bryan

Our destiny rules over us, even when we are not yet aware of it; it is the future that makes laws for us today.

—Friedrich Wilhelm Nietzsche

What must be, must be.

—Proverb

DIPLOMACY AND DIPLOMATS

To jaw-jaw is better than to war-war.

—Winston Churchill

A diplomat is a person who can tell you to go to hell in such a way that you actually look forward to the trip.

—Caskie Stinnett

All diplomacy is a continuation of war by other means.

—Zhou En Lai

Diplomacy is to do and say the nastiest thing in the nicest way.

—Isaac Goldberg

An ambassador is an honest man sent to lie abroad for the good of his country.

—Sir Henry Wotton

It is better for aged diplomats to be bored than for young men to die.

—Warren Austin

Let us never negotiate out of fear but let us never fear to negotiate.

—John F. Kennedy

Diplomacy is the police in grand costume.

—Napoleon

A diplomat is a man who remembers a lady's birthday but forgets her age.

—Anonymous

DREAMS

Dreams are the touchstones of our character.

—Henry David Thoreau

Dreams are what I am made of. Reality is what I am.

—Clint Echols

Dreams come true; without that possibility, nature would not incite us to have them.

—John Updike

Dreams are not your head. Dreams are memories of another universe.

—Everworld

I talk of dreams;
Which are the children of idle brain,
Begot of nothing but vain fantasy.

—William Shakespeare

Dreams are the true interpreters of our inclinations, but there is art required to sort and understand them.

—Michel De Montaigne

The deeds of today were the dreams of yesterday and the dreams of today will be the deeds of tomorrow.

—Jagat S. Bright

Dreams are … cursed with short life spans.

—Candico Bergen

The waking have one world in common;
Sleepers have each a private world of his own. *—Heraclitus*

If one is lucky, a solitary fantasy can totally transform one million realities.

—Maya Angelou

Dreamers are insatiable expansionists, and the space of dreams rapidly becomes overcrowded.

—John Asherby

Dreams are extremely important. You cannot do it unless you imagine it.

—George Lucas

DRESS

She wore far too much rouge last night, and not quite enough clothes. That is always a sign of despair in a woman.

—Oscar Wilde

Eat to please thyself, but dress to please others.

—Benjamin Franklin

She wears her clothes, as if they were thrown on her with a pithfork.

—Jonathan Swift

You should never have your best trousers on when you go out of fight for freedom and truth.

—Henrik Ibsen

Her frocks are built in Paris, but she wears them with a strong English accent.

—Saki

DUTY

A sense of duty is useful in work, but offensive in personal relations. People wish to be liked, not endured with patient resignation.

—Bertrand Russell

You will always find those who think they know that it is your duty better than you know it.

—Ralph Waldo Emerson

Better is one's own duty imperfectly performed, than the duty of another well-performed.

—Bhagavad Gita

Duty is what one expects from others, it is not what one does oneself.

—Oscar Wilde

It is for us to make the effort. The result is always in God's hands.

—Mahatma Gandhi

There is no duty we so much underrate as the duty of being happy.

—Robert Louis Stevenson

So nigh is grandeur to our dust,
So near is God to man.
When Duty whispers low,
Thou Must,
The youth replies, *I can.*

—Ralph Waldo Emerson

No personal consideration should stand in the way of performing a public duty.

—Ulysses S. Grant

EARNING

Surely, the law of Providence is such that the wealth earned through evil means is scattered away. The wealth earned through pious means flourishes: those who earn through dishonest means are destroyed.

—Atharva Veda

The only way to enjoy anything in this life is to earn it first.

—Ginger Rogers

All decent people live beyond their incomes nowadays, and those who aren't respectable live beyond other people's.

—Saki

ECONOMY AND ECONOMISTS

Political institutions are superstructure resting on an economic foundation.

—V.I. lenin

The truth is that we are all caught in a great economic system which is heartless.

—Woodrow Wilson

Give me a one-handed economist! All my economists say, "On one hand…on the other".

—Harry S. Truman

If all economists were laid end to end, they would not reach a conclusion.

—George Bernard Shaw

Economic progress without social progress lets the great majority of the people remain in poverty, while a privileged few reap the benefits of rising abundance.

—John Fitzgerald Kennedy

An economists is a man who advises what should be done with the money someone else made.

—Stuart Chase

Buy not what you want, but what you have need of; what you do not want is dear at a farthing.

—Cato

Economy is going without something you do want in case you should, some day, want something you probably won't want.

—Anthony Hope

No man is rich whose expenditure exceeds his means; and no one is poor whose incoming exceeds his outgoings.

—Thomas Chandler Haliburton

EGO

Self-love, my liege, is not so vile a sin,
As self-neglecting.

—William Shakespeare

Some headaches are caused by wearing halos too tight.

—Anonymous

Egotist: A person of low taste, more interested in himself than in me.

—Ambrose Bierce

To love oneself is the beginning of a life-long romance.

—Oscar Wilde

An egotist is always me-deep in conversation.

—Anonymous

When you sing your own praises, nobody asks for an encore.

—Anonymous

Nothing is more to me than myself.

—Stirner

Our own self-love draws a thick veil between us and our faults.

—Earl of Chesterfield

I am the only person in the world, I should like to know thoroughly.

—Oscar Wilde

We would rather speak badly of ourselves than not talk about overselves at all.

—Francois De La Rochefoucauld

EMOTIONS

One who sheds one's sicknesses in books—repeats and represents again one's emotions, to be master of them.

—D.H. Lawrence

The important thing is being capable of emotions, but to experience only one's own would be a sorry limitation.

—Andre Gide

In a full heart there is room for everything, and in an empty heart, there is room for nothing.

—Antonio Porchia

Where the heart lies, let the brain lie also.

—Robert Browning

The heart is half a prophet.

—Yiddish Proverb

Emotion has taught mankind to reason.

—Marquis De Vauvenargues

Nothing vivifies, and nothing kills, like the emotions.

—Joseph Roux

EDUCATION

Education is what survives when what has been learnt has been forgotten.

—B.F. Skinner

Only the educated are free.

—Epictetus

The direction in which education starts a man will determine his future life.

—Plato

Education is an ornament in prosperity and a refuge in adversity.

—Aristotle

A man who has never gone to school may steal from the freight car; but if he has a university education, he may steal the whole railroad.

—Theodore Roosevelt

Good gracious, you've got to educate him first. You can't expect a boy to be vicious till he's been to a good school.

—Saki

The main part of intellectual education is not the acquisition of facts but learning how to make facts live.

—Oliver Wendell Holmes, Jr.

The founding fathers decided that children were an unnatural strain on parents. So they provided jails called schools, equipped with torture like education.

—John Updike

'Tis education forms the common mind.
Just as the twig is bent, the tree's inclined.

—Alexander Pope

Education has for its object the formation of character.

—Herbert Spencer

Education is not a *product*: mark, diploma, job, money—in that order; it is a *process*, a never-ending one.

—Bel Kaufman

The foundation of every state is the education of its youth.

—Diogenes

By nature all people are alike, but by education, they become different.

—Anonymous

Intelligence plus character—that is the goal of education.

—Martin Luther King, Jr.

The roots of education are bitter but the fruit is sweet.

—Aristotle

Education is an admirable thing, but it is well to remember from time to time that nothing that is worth knowing can be taught.

—Oscar Wilde

The things taught in schools and colleges are not an education, but the means of education.

—Ralph Waldo Emerson

Education begins with life. *—Benjamin Franklin*

Education is what survives when what has been learned is forgotten.

—B.F. Skinner

The great difficulty in education is to get experience out of ideas.

—George Santayana

Education makes people easy to lead, but difficult to drive; easy to govern, but impossible to enslave.

—Henry Peter

The aim of education is not the specialist but the man of vision who can humanise our life by integrating emotional demands with our new knowledge.

—Walter Grophices

The whole purpose of education is to turn mirrors into windows.

—S.J. Harris

ELECTIONS

Ballots are the rightful and peaceful successors to bullets.

—Abraham Lincoln

A vote is like a rifle; its usefulness depends upon the character of the user. *—Theodore Roosevelt*

I voted for you during your last election.

—Mao Tse Tung

Elections are won by men and women chiefly because most people vote against somebody rather than for somebody.

—Franklin P. Adams

ENDURANCE

Sorrow and silence are strong, and patience and endurance is godlike.

—Henry Wadsworth Longfellow

Endurance is the crowning quality.
And patience all the passion of great hearts.

—James Russell Lowell

What cannot be altered must be borne, not blamed.

—Thomas Fuller

To bear is to conquer our fate.

—Thomas Campbell

People are too durable, that's their main trouble. They can do too much to themselves, they last too long.

—Bertolt Brecht

Know-how sublime a thing it is
To suffer and be strong.

—Henry Wadsworth Longfellow

He that can't endure the bad will not live to see the good.

—Anonymous

He that endureth to the end shall be saved.

—Bible

The men who learn endurance, are they who call the whole world, brother.

—Charles Dickens

ENEMY

A man cannot be too careful in the choice of his enemies.

—Oscar Wilde

Dont' be your own worst enemy…give someone else a chance.

—Anonymous

Love your enemies.

—Bible

The real enemy can always be met and conquered, or won over. Real antagonism is based on love, a love which is not recognised itself.

—Henry Miller

Better a thousand enemies outside the house than one inside.

—Arabic Proverb

Pay attention to your enemies, for they are the first to discover your mistakes.

—Antisthenes

You shall judge a man by his foes as well as by friends.

—Joseph Conrad

Man is his own worst enemy.

—Cicero

A wise man gets more use from his enemies than a fool from his friends.

—Baltasar Gracian

He makes no friend who never made a foe.

—Alfred Lord Tennyson

ENVIRONMENT

The nation that destroys its soil destroys itself.

—Franklin D. Roosevelt

The supreme reality of our time is…the vulnerability of our planet.

—John F. Kennedy

Litter is our grossest national product.

—Anonymous

Environment today is a question of survival…. Our rivers are dying, cities are choking, underground water tables are depleting, the air is not fit for breathing…. Only a strong people's movement can bring a change in our present situation…. Unless we have a green vote bank, the attitude of political parties towards the environment will not change.

—M.C. Mehta

The earth is given as common stock for man to labour and live on.

—Thomas Jefferson

ENVY

None of the affections have been noted to fascinate and bewitch but envy.

—Francis Bacon

Man will do many things to get himself loved; he will do all things to get himself envied.

—Mark Twain

He who goest unenvied shall not be admired.

—Aeschylus

The envious die not once, but as oft as the envied win applause.

—Baltasar Gracian

Envy is the tax which all distinction must pay.

—Ralph Waldo Emerson

Envy is more irreconciable than hatred.

—Francois De La Rachefoucauld

Base envy withers at another's joy,
And hates the excellence it cannot reach.

—James Thomson

As iron is eaten away by rust, so the envious are consumed by their own passion.

—Antisthenes

Whenever a friend succeeds, a little something in me dies.

—Gore Vidal

EQUALITY

Equality consists in the same treatment of similar persons.

—Aristotle

Only as an egg in the womb are we all equal.

—Oriana Fallaci

All animals are equal but some animals are more equal than others.

—George Orwell

We hold these truths to be self-evident, that all men are created equal, that they are endowed by their creator with certain unalienable rights, that among these are life, liberty and pursuit of happiness.

—Thomas Jefferson

Even here (in this world), existence is conquered by them whose mind rests in equality, for Brahman is without imperfection and equal. Therefore they abide in Brahman.

—Bhagavad Gita

Men are made by nature unequal. It is vain, therefore, to treat them as if they were equal.

—Froude

Your levellers wish to level down as far as themselves, but they cannot bear levelling up to themselves.

—Samuel Johnson

Wrong never lies in unequal rights, it lies in the pretension of equal rights.

—Friedrich Wilhelm Nietzsche

That all men are equal is a proposition to which, at ordinary times, no sane individual has ever given his assent.

—Aldous Huxley

Equality may perhaps be a right, but no power on earth can ever turn it into a fact.

—Honore De Balzac

It is better that some should be unhappy than that none should be happy, which would be the case in a general state of equality.

—Samuel Johnson

Genuine equality between the sexes can only be realised in the process of the socialist transformation of society as a whole.

—Mao Tse Tung

EVIL

What is evil?—Whatever springs from weakness.

—Friedrich Wilhelm Nietzsche

Be not overcome of evil, but overcome evil with good.

—Romans XII

The only thing necessary for the triumph of evil is for good men to do nothing.

—Edmund Burke

No man is justified in doing evil on the ground of expediency.

—Theodore Roosevelt

He who passively accepts evil is as much involved in it as he who helps to perpetrate it.

—Martin Luther King, Jr.

Evil often triumphs, but never conquers.

—Joseph Roux

It is by promise of a sense of power that evil often attracts the weak.

—Feric Hoffer

There is no explanation for evil. It must be looked upon as a necessary part of the order of the universe. To ignore it is childish; to bewail it, senseless.

—W. Somerset Maugham

Every evil thing is easily stifled at its birth; allowed to become old, it generally becomes too powerful.

—Cicero

All spirits are enslaved that serves things evil.

—Percy Bysshe Shelley

Our greatest evils flow from ourselves.

—Jean Jacques Rousseau

Between two evils, I always pick the one I have never tried before.

—Mae West

All human evil comes from this: a man's being unable to still in a room.
—*Pascal*

EXAMINATIONS

Examinations consist of the foolish asking questions the wise cannot answer.

—*Oscar Wilde*

The examination of life begins where life of examinations ends.
—*Jagat S. Bright*

In examinations those who do not wish to know ask questions of those who cannot tell.

—*Walter Raleigh*

EXPERIENCE

We learn from experience that men never learn anything from experience.

—*George Bernard Shaw*

Experience is not what happens to you; it is what you do with what happens to you.

—*Aldous Huxley*

Men are wise in proportion, not to their experience, but to their capacity for experience.

—*George Bernard Shaw*

Experience is a good teacher, but she sends in terrific bills.
—*Minna Antrim*

Experience is the name that everyone gives to their mistakes.
—*Oscar Wilde*

A man should have the fine point of his soul taken off to become fit for this world.

—*John Keats*

There are many truths of which the full meaning cannot be realised until personal experience has brought it home.
—*John Stuart Mill*

Experience isn't interesting until it begins to repeat itself—in fact till it does that, it hardly is experience.

—Elizabeth Bowen

Experience is the extract of suffering. *—Arthur Helps*

Experience is the name men give to their follies or their sorrows.

—Alfred De Musset

No man's knowledge here can go beyond his experience.

—John Locke

If we could sell our experiences for what they cost us we'd be millionaires.

—Abigail Van Buren

One thorn of experience is worth a whole wilderness of warning.

—James Russell Lowell

EXPERT

An expert is someone who knows some of the worst mistakes that can be made in his subject and how to avoid them.

—Werner Heisenberg

Given one well-trained physician of the highest type, he will do better work for a thousand people than ten specialists.

—William J. Mayo

One who limits himself to his chosen mode of ignorance.

—Elbert Hubbard

An expert is a man who doesn't know all the answers, but is sure that if he is given enough money he can find them.

—Rex Fletcher

An expert is one who knows more and more about less and less.

—Nicholas Murray Butler

FACTS

In this life, we want nothing but facts, sir; nothing but facts.

—Charles Dickens

A little fact is worth a whole limbo of dreams.

—Ralph Waldo Emerson

The smallest fact is a window through which the infinite may be seen.

—Aldous Huxley

Every fact that is learned becomes a key to other facts.

—E.I. Youmans

Facts are stupid things.

—Ronald Reagan

Learn, compare, collect the facts!

—Ivan Petrovich Pavlov

The facts are to blame my friend. We are all imprisoned by facts.

—Luigi Pirandello

It is the spirit of the age to believe that any fact, no matter how suspect, is superior to any imaginative exercise, no matter how true.

—Gore Vidal

Facts do not cease to exist because they are ignored.

—Aldous Huxley

Facts are stubborn things.

—George Smollett

FAITH

Faith in a holy cause is to a considerable extent a substitute for the lost faith in ourselves.

—Eric Hoffer

I feel no need for any other faith than my faith in human beings.

—Pearl S. Buck

Faith is the force of life.

—Leo Tolstoy

Remember that the faith that moves mountains always carries a pick.

—Anonymous

Faith is the continuation of reason.

—William Adams

Faith embraces many truths which seem to contradict each other.

—Blaise Pascal

Faith is to believe what we do not see; and the reward of this faith is to see what we believe.

—St. Augustine

Faith: Belief without evidence in what is told by one who speaks without knowledge, of things without parallel.

—Ambrose Bierce

All outward signs of religion are almost useless, and are the causes of endless strife.... Believe there is a great power silently working all things for good, behave yourself and never mind the rest.

—Beatrix Potter

Faith may be defined briefly as an illogical belief in the occurrence of the improbable.

—H.L. Mencken

Faith has need of the whole truth.

—Pierre Teilhard De Chardin

Faith without work is dead.

—Bible

Faith... must be enforced by reason...when faith becomes blind it dies.

—Mahatma Gandhi

FAME

Fame is a bee.
It has a song—
It has a sting—
Ah, too, it has a wing.

—Emily Dickinson

Fame is proof that people are gullible.

—Ralph Waldo Emerson

One of the drawbacks of fame is that one can never escape from it.

—Nellie Melba

The best fame is a writer's fame; it's enough to get a table at a good restaurant, but not enough that you get interrupted when you eat.

—Fran Lebowitz

In fame's temple there is always a niche to be found for rich dunces, importunate scoundrels, or successful butchers of the human race.

—Zimmermann

That's what fame is: solitude.

—Coco Chanel

Fame only brings loneliness. Success is as ice cold and lonely as North Pole.

—Vicki Baum

Men think highly of those who rise rapidly in the world; whereas nothing rises quicker than dust, straw and feathers.

—Hare

Fame hath sometimes created something of nothing.

—Thomas Fuller

The desire for fame tempts even noble minds.

—St. Augustine

Fame is like a river, that beareth up things tight and swollen and downs things weighty and solid.

—Francis Bacon

Fame can never make us lie down contentedly on a deathbed.

—Alexander Pope

No true and permanent fame can be founded except in labours which promote the happiness of mankind.

—Charles Sumner

The highest form of vanity is love of fame.

—George Santayana

FAMILY

Good families are generally worse than any others.

—Anthony Hope

Accidents will occur in the best regulated families.

—Charles Dickens

Happiness is having a large, loving, caring, close-knit family in another city.

—George Burns

All happy families resemble one another, but each unhappy family is unhappy in its own way.

—Leo Tolstoy

There is little less trouble in governing a private family than a whole kingdom.

—Michel De Montaigne

Families are about love overcoming emotional torture.

—Matt Groening

It is better to be the best of a bad family than to be well born and the worst of one's race.

—Greek Proverb

The family is more sacred than the state.

—Pope Pius XI

When some people talk about their family tree, they trim off a branch here and there.

—Lark Bragg

FANATICISM AND FANATICS

Fanaticism consists in redoubling your efforts when you have forgotten your aim.

—George Santayana

There is no place in a fanatic's head where reason can enter.

—Napoleon I

Fanaticism is the false fire of an overheated mind.

—William Cowper

A fanatic is one who can't change his mind and won't change the subject.

—Winston Churchill

The greatness of every organisation embodying an idea in the world lies in the religious fanaticism and intolerance with which, fanatically convinced of its own right, it intolerably imposes its will against all others.

—Adolf Hitler

Defined in psychological terms, a fanatic is a man who consciously overcompensates a secret doubt. *—Aldous Huxley*

Fanaticism is the greatest thorn in the path of cultural intimacy.

—Subhash Chandra Bose

Those engaged in communal squables are like specimens in a lunatic asylum.

—Mahatma Gandhi

FASHION

The sense of being well dressed gives a feeling of inward tranquillity which religion is powerless to bestow.

—Ralph Waldo Emerson

Fashions, after all are only induced epidemics.

—George Bernard Shaw

Fashion is more powerful than any tyrant.

—Latin Proverb

Fashion is a form of ugliness so intolerable that we have to alter it every six months. *—Oscar Wilde*

Every generation laughs at the old fashions, but follows religiously the new.

—Henry David Thoreau

A fashionable woman is always in love—with herself.

—Francois De La Rochefoucauld

The fashion of this world passeth away.

—Bible

He wears his faith but as the fashion of his hat.

—William Shakespeare

The fashion wears out more apparel than the man.

—William Shakespeare

Fashion is what one wears oneself; what is unfashionable is what other people wear.

—Oscar Wilde

FASTING

Whoso will pray, he must fast and be clean,
And fat his soul and make his body lean.

—Geoffery Chaucer

To fast is to learn to love and appreciate food, and one's own good fortune in having it.

—Monica Furlong

FATE

A man's character is his fate.

—Heraclitus

For man is man and master of his fate.

—Alfred Lord Tennyson

I want to seize fate by the throat.

—Ludwig Van Beethoven

Though men determine, the gods to dispose; and oft times many things fall out between the cup and the lip.

—Robert Green

Whatever limits us, we call Fate.

—Ralph Waldo Emerson

There's a divinity that shapes our ends,
Rough-hew them how we will.

—William Shakespeare

'Tis Fate that flings the dice,
And as she flings
Of kings makes peasants,
And of peasants kings.

—John Dryden

FLOWERS

To me the meanest flower that blows can give,
Thoughts that do often lie too deep for tears.

—William Wordsworth

Earth laughs in flowers.

—Ralph Waldo Emerson

I like to see flowers growing, but when they are gathered they cease to please. I never offer flowers to those I love, I never wish to receive them from hands dear to me.

—Charlotte Bronte

The fairest thing in nature, a flower, still has its roots in earth and manure.

—D.H. Lawrenece

Flowers are restful to look at. They have neither emotions nor conflicts.

—Sigmund Freud

If I had but two loaves of bread, I would sell one and buy hyacinth, for they would feed my soul.

—Qoran

A slight, pretty flower that grows on any ground, and flowers pledge no allegiance to banners of any man.

—Alice Walker

Flowers are the sweetest things that God ever made, and forgot to put a soul into.

—Henry Ward Beecher

Each flower is a soul opening out to nature.

—Gerard De Nerval

There is material enough in a single flower for the ornament of a score of cathedrals.

—John Ruskins

The summer's flower is to the summer sweet,
Though to itself it only live and die.

—William Shakespeare

FATHERS

Honour thy father and thy mother. *—Bible*

The fundamental defect of fathers is that they want their children to be a credit to them.

—Bertrand Russell

My father was frightened of his father, I was frightened of my father, and I am damned well going to see to it that my children are frightened of me.

—King George V

An angry father is most cruel to himself.

—Publilius Syrus

The son offers the father his life as a vessel for carrying forth his father's dream.

—Tony Kushner

A father is a banker provided by nature.

—French Proverb

Fathers, provoke not your children to anger, lest they be discouraged.

—Bible

It is a wise father that knows his own child.

—William Shakespeare

FEAR

Let me assert my firm belief that the only thing we have to fear is fear itself.

—Franklin D. Roosevelt

Fear always springs from innocence.

—Ralph Waldo Emerson

The thing I fear most is fear.

—Montaigne

A fool without fear is sometimes wise than an angel with fear.

—Nancy Astor

Fear has many eyes and can see things underground.

—Cervantes

Just as courage imperils life, year protects it.

—Leonardo Da Vinci

Fear is the main source of superstition, and one of the main sources of cruelty. To conquer fear is the beginning of wisdom.

—Bertrand Russell

Where there is fear there is no religion.

—Mahatma Gandhi

The only thing I am afraid of is fear.

—Duke of Wellington

If we let things terrify us, life will not be worthliving.

—Seneca

Fear is well known as a cement of societies.

—Czeslaw Milosz

FLATTERY

I will praise any man that will praise me.

—William Shakespeare

Be advised that all flatterers live at the expense of those who listen to them.

—Jean De La Pontaine

Imitation is the sincerest of flattery.

—Charles Caleb Cotton

Every woman is infalliably to be gained by every sort of flattery, and everyman by one sort or other.

—Earl of Chesterfield

But when I tell him he hates flatterers,
He says he does, being then most flattered.

—William Shakespeare

It is easy of flatter; it is harder to praise.

—Jean Paul Richter

Consider with yourself what your flattery is worth before you bestow it so freely.

—Samuel Johnson

What really flatters a man is that you think him worth flattering.

—George Bernard Shaw

Flattery: Telling someone exactly what he thinks of himself.

—Anonymous

FORCE

Where wisdom is called for, force is of little use.

—Herodotus

Force cannot give right.

—Thomas Jefferson

Who overcomes,
By force, hath overcome but half his foe.

—John Milton

Force is all conquering, but its victories are short-lived.

—Abraham Lincoln

Not believing in force is the same as not believing in gravity.

—Leon Trotsky

Whatever needs to be maintained through force is doomed.

—Henry Miller

Where force is necessary, there it must be applied boldly, decisively and completely.

—Leon Trotsky

Force without wisdom falls of its own weight.

—Horace

FORGIVENESS

To err is human; to forgive, divine.

—Alexander Pope

It is by forgiving that one is forgiven.

—Mother Teresa

It is easy to forgive an enemy than a friend.

—Dorothy Deluzy

The weak can never forgive. Forgiveness is the attribute of the strong.

—Mahatma Gandhi

Forgive us our debts, as we forgive our debtors.

—Bible

Forgive others often, yourself never.

—Publilus Syrus

Forgive, and ye shall be forgiven.

—Bible

FORTUNE

O! I am Fortune's fool.

—William Shakespeare

Fortune favours the brave.

—Terence

O fortune, fortune! all men call thee fickle.

—William Shakespeare

Extremes of fortune are true wisdom's test.
And he's of men most wise who bears them best.

—Richard Cumberland

Fortune is surely his who constantly strives; it is cowards who wail, 'O, my fate, it's my fate.' Strike fate a blow; show your manliness using whatever strength you have; What matter if your efforts fail.

—Vishnu Sharma

The wheel of fortune turns round incessantly, and who can say to himself; I shall today be uppermost.

—Confucius

Men are seldom blessed with good fortune and good sense at the same time.

—Livy

Of all the ways to make your fortune, the quickest and the best is to make people see clearly how much your success is in their interest.

—L.A. Bruyere

Fortune truly helps those who are of good judgement.

—Euripides

Luck is not chance—
It's toil—
Fortune's expensive smile
Is earned.

—Emily Dickinson

FREEDOM

Freedom is the right to tell people what they do not want to hear.

—George Orwell

What stands if freedom fall?

—Rudyard Kipling

Those who deny freedom to others, deserve it not for themselves.

—Abraham Lincoln

If you cannot be free, be as free as you can.

—Ralph Waldo Emerson

Personal liberty is the paramount essential to human dignity and human happiness.

—Bulwer Lytton

In a free state there must be free speech.

—Domitian

A free race cannot be born of slave mothers.

—Margaret Sanger

There can be no real freedom without the freedom to fail.

—Eric Hoffer

It's often safer to be in chains than to be free.

—Franz Kafka

There's something contagious about demanding freedom.

—Robin Morgan

I know but one freedom and that is the freedom of the mind.

—Antoine de Saint-Exupery

If the world knew how to use freedom without abusing it, tyranny would not exist.

—Tehyi Hsieh

The only freedom which deserves the name is that of pursuing our own good in our own way, so long as we do not attempt to deprive others of theirs or impede their efforts to obtain it.

—John Stuart Mill

In a free country there is much clamor, with little suffering in a despotic state there is little complaint, with much grievance.

—Carnot

You can only protect your liberties in this world by protecting the other man's freedom. You can only be free if I am free.

—Clarence Darrow

FRIENDS AND FRIENDSHIP

He will never have true friends who is afraid of making enemies.

—William Hazlitt

Every murderer is probably somebody's old friend.

—Agatha Christe

I do not believe that friends are necessarily the people you like best, they are merely the people who got there first.

—Peter Ustinov

We know our friends by their defects rather than their merits.

—W. Somerset Maugham

The only way to have a friend is to be one.

—Ralph Waldo Emerson

All ally has to be watched just like an enemy.

—Leon Trotsky

Don't tell your friends their social faults, they will cure the fault and never forgive you.

—Logan Pearsall Smith

It is not so much our friends' help that help us as the confident knowledge that they will help us.

—Epicurus

Have no friends no equal to yourself.

—Confucius

Each friend represents a world in us, a world possibly not born until they arrive, and it is only by this meeting that a new world is born.

—Anais Nin

A true friend is the most precious of all possessions and the one we take the least thought about acquiring.

—Francois De La Rochefoucauld

Prosperity makes friends and adversity tries them.

—Anonymous

The best way to keep your friends is to never owe them anything and never lend them anything.

—Paul De Kock

Friends are like melons. Shall I tell you why?
To find one good, you must a hundred try.

—Claude Mermet

Reprove your friends in secret, praise them openly.

—Publilius Syrus

One friend in a life is much, two are many, three are hardly possible.

—Henry Brook Adams

To me, fair friend, you never can be old.

—William Shakespeare

Friendship has no survival value; rather it is one of those things that give value to survival.

—C.S. Lewis

God defend me from my friends; from my enemies I can defend myself.

—Proverb

Where does Friendship hold her court? It is where two hearts bear in perfect unison and combine to lift each other up in every possible way.

—Tiruvalluvar

Be slow to fall into friendship, but when thou art in continue firm and constant.

—Socrates

True friendship is a plant of slow growth and must undergo and withstand the shocks of adversity before it is entitled to the appelation.

—George Washington

Chance makes our parents, but choice makes our friends.

—Delille

Friendship needs no worlds—it is solitude delivered from the anguish of loneliness.

—Dag Hammarskjold

A friend is a person with whom I may be sincere. Before him I may think aloud.

—Ralph Waldo Emerson

GOD

The world is charged with the grandeur of God.

—Gerard Manley Hopkins

God is at home; it is we who have gone for a walk.

—Eckhart Tolle

Man proposes, and God disposes.

—Ariosto

If there were no God, it would be necessary to invent him.

—Voltaire

Pray to God, fine; but keep rowing to shore.

—Russian Proverb

It is the heart which experiences God, and not the reason.

—Blaise Pascal

Every prophet and every saint hath a way, but it leads to God; all the ways are really one.

—Jalal Al-Din Rumi

With God, whose puppets, best and worst,
Are we: there is no last or first.

—Robert Browning

The beauty of the rainbow is due to the variety of its colours. Similarly, we regard the voices of the different believers which rise from all parts of the earth as a symphony of praises on behalf of God who can only be One.

—Tierno Bokar

What is it: is man only a blunder of God, or God only a blunder of man?

—Friedrich Wilhelm Nietzsche

The two are really only one; it is only the ignorant person who sees many where there is really only one.

—Black Elk

Though God's attributes are equal, yet his mercy is more attractive and pleasing in our eyes than his justice.

—Miguel De Cervantes

God is that, the greater than which cannot be conceived.

—St. Anselm

God is a circle whose centre is everywhere and whose circumference is nowhere.

—Empedocles

In a man with an empty stomach, food is God.

—Mahatma Gandhi

God is subtle but He is not malicious.

—Albert Einstein

Your idol is shattered in the dust to prove that God's dust is greater than your idol.

—Rabindranath Tagore

An honest God is the noblest work of man.

—Charles J. Ingersoll

At bottom God is nothing more than an exalted father.

—Freud

God does not care about our mathematical difficulties. He integrates empirically.

—Albert Einstein

God alone is the judge of true greatness because he knows men's hearts.

—Mahatma Gandhi

God heals, and the doctor takes the fees.

—Benjamin Franklin

God not only plays dice, he also sometimes throws the dice where they cannot be seen.

—Stephen Hawking

God is more interested in your future and your relationships than you are.

—Billy Graham

God is not moved or impressed with our worship until our hearts are moved and impressed by Him.

—Kelly Sparks

If God made us His image, we have certainly returned the compliment.

—Voltaire

God will forgive me, it is his business.

—Heinrich Heine

GENERATIONS

Burgeons with leaves again in the season of spring returning. So one generation of men will grow while another dies.

—Homer

Every generation revolts against its fathers and makes friends with its grandfathers.

—Lewis Mumford

Each generation imagines itself to be more intelligent than the one that went before it, and wiser than the one that comes after it.

—George Orwell

The weeks slide by like a funeral procession, but generations pass like a snowstorm.

—Ned Rorem

GENIUS

Thousands of geniuses live and die undiscovered, either by themselves or by others.

—Mark Twain

Towering genius disdains a beaten path.

—Abraham Lincoln

Genius without education is like silver in the mine.

—Benjamin Franklin

Intelligence forbids tears.

—Doris Lessing

The public is wonderfully tolerant. It forgives everything except genius.

—Oscar Wilde

Patience is a necessary ingredient of genius.

—Benjamin Disraeli

Genius is one per cent inspiration and ninety nine per cent perspiration.

—Thomas Alva Edison

There is no great genius without some touch of madness.

—*Seneca*

Geniuses are the luckiest of mortals because what they must do is the same what they most want to do.

—*W.H. Auden*

Genius means little more than the faculty of perceiving in an unhabitual way.

—*William James*

To do what others cannot do is talent. To do what talent cannot do is genius.

—*Will Henry*

The greatest genius is the most indebted person.

—*Ralph Waldo Emerson*

There is no great genius without a mixture of madness.

—*Aristotle*

Genius at first is little more than a great capacity for receiving discipline.

—*George Eliot*

GIVING

He gives twice who gives promptly.

—*Publilius Syrus*

God loveth a cheerful giver.

—*Bible*

He is rich who hath enough to be charitable.

—*Sir Thomas Browne*

To keep a lamp burning we have to keep putting oil in it.

—*Mother Teresa*

In charity there is no excess.

—*Francis Bacon*

It is more blessed to give than to receive.

—*Bible*

He gives twice who gives quickly.

—Publius Mimus

You give but little when you give of your possessions. It is when you give of yourself that you truly give.

—Khalil Gibran

The manner of giving is worth more than the gift.

—Pierre Corneille

I make presents to the mother, but think of the daughter.

—Goethe

A bone to a dog is not charity. Charity is the bone shared with the dog, when you are just as hungry as the dog.

—Jack London

One must be poor to know the luxury of giving.

—George Eliot

Did a universal charity prevail, earth would be a heaven, and hell a fable.

—Charles Caleb Colton

Charity begins at home but should not end there.

—Thomas Fuller

Every charitable act is a stepping stone toward heaven.

—Henry Ward Beecher

The charity which longs to publish itself, ceases to be a charity.

—Hutton

The living need charity more than the dead.

—George Arnold

GOVERNMENT

The less government we have, the better.

—Ralph Waldo Emerson

For forms of government let fools contest,
Whate'er is best administered is best.

—Alexander Pope

If ever this free people—if this government itself is ever utterly demoralised, it will come from this incessant human wriggle and struggle for office, which is but a way to live without work.

—Abraham Lincoln

No man undertakes a trade he has not learned, even the meanest, yet everyone thinks himself sufficiently qualified for the hardest of all trades—that of government.

—Socrates

The danger is not that a particular class is unfit to govern. Every class is unfit to govern.

—Lord Acton

To have good government, you often need less, not no democracy.

—Kishore Mahbubani

There is no art which one government sooner learns of another than that of draining money from the pockets of the people.

—Adam Smith

Government can easily exist without law, but law cannot exist without government.

—Bertrand Russell

In every society some men are born to rule, and some to advise.

—Ralph Waldo Emerson

The worst government is the most moral. One composed of cynics is often very tolerant and human.

—H.K. Mencken

Governments are necessarily continuing concerns. They have to keep going in good times and in bad. They therefore need a wide margin of safety.

—Calvin Coolidge

Lay no burden on the public which the majority cannot be.

—Talmud

The public good is in nothing more essentially interested than in the protection of every individual's private rights.

—William Blackstone

You talk about capitalism and communism and all that sort of thing, but the important thing is the struggle everybody is engaged in to get better living conditions, and they are not interested too much in the form of government.

—Bernard M. Baruch

It is perfectly true that that government is best which governs least. It is equally true that that government is best which provides most.

—Walter Lippmann

There are no necessary evils in government. Its evils exist only in its abuses.

—Andrew Jackson

Every nation has a government it deserves.

—Joseph De Maistre

HAPPINESS

Happiness is not something you experience; it's something you remember.

—Oscar Levant

You have no more right to consume happiness without producing it than to consume wealth without producing it.

—George Bernard Shaw

The greatest happiness of life is the convinction that we are loved, loved for ourselves, or rather loved in spite of ourselves.

—Victor Hugo

Happiness lies not in mere possession of money; it lies in the joy of achievement, in the thrill of creative effort. The joy and moral stimulation of work no longer must be forgotten in the mad chase of evanescent profits.

—Franklin D. Roosevelt

It's pretty hard to tell what does bring happiness; poverty and wealth have both failed.

—Kin Hubbard

Happiness: An agreeable sensation arising from contemplating the misery of another.

—Ambrose Bierce

Happiness is a Warm Puppy.

—Charles Schultz

Happiness is good health and bad memory.

—Ingrid Bergman

Whoever is happy will make others happy too.

—Anne Frank

Joys divided are increased.

—Josiah Gibert Holland

It is not enough to be happy; it is also necessary that others not be.

—Jules Renard

Happiness is not getting what you want; it is wanting what you get.

—Garth Brooks

I have learned to seek my happiness by limiting my desires, rather than in attempting to satisfy them.

—John Stuart Mill

So long as we can lose any happiness, we possess some.

—Booth Tarkington

A lifetime of happiness! No man alive could bear it: it would be hell on earth.

—George Bernard Shaw

Happiness makes up in height for what it lacks in length.

—Robert Frost

Happiness in intelligent people is the rarest thing I know.

—Ernest Hemingway

Happiness lies, first of all, in health.

—G.W. Curtis

HASTE

More haste, less speed. *—Theognis*

Never hurry and never worry!

—E.N. White

Nothing is more vulgar than haste.

—Ralph Waldo Emerson

Haste in every business brings failures.

—Herodotus

What is done well is done quickly enough.

—Augustus Caesar

Wisely and slowly; they stumble that run fast.

—William Shakespeare

No man who is in a hurry is quite civilised.

—Will Durant

HATE

It is human to hate those whom we have injured.

—Tacitus

Hate is the coward's revenge for being humiliated.

—George Bernard Shaw

We can scarcely hate anyone that we know.

—William Hazlitt

The blood thirsty hate the upright.

—Bible

Hatred watches while friendship sleeps.

—Anonymous

Heaven has no rage like love to hatred turned,
No hell a fury like a woman scorned.

—William Congreve

Now hatred is by far the longest pleasure,
Men love in haste, but they detest at leisure.

—Lord Byron

HEALTH

Sickness is felt; but health not at all.

—Thomas Fuller

He who has health, has hope; and he who has hope; has everything.
—Arabian Proverb

Health is not a condition of matter; but of mind.
—Mary Baker Eddy

'Tis healthy to be sick sometimes. *—Henry David Thoreau*

Cultivate health instead of treating disease.
—John Ruskin

There is a limit to the best of health; disease is always a near neighbour.
—Jules Romains

Preserving health by too severe a rule is a wearisome malady.
—Francois De La Rochefoucauld

Health and cheerfulness mutually beget each other.
—Addison

Health and good estate of body are above all good.
—Bible

Early to bed and early to rise, makes a man healthy, wealthy and wise.
—Benjamin Franklin

A sound mind in a sound body is a short but full description of a happy state in this world.
—John Locke

Use your health, even to the point of wearing it out. That is what it is for. Spend all you have before you die; and do not outline yourself.
—George Bernard Shaw

HEAVEN AND HELL

The bottom line is heaven.
—Edwin Herbert Land

Heaven means to be one with God.
—Confucius

The heaven of each is but what each desires.

—Thomas Moore

Men have feverishly conceived a heaven only to find it insipid, and a hell to find it ridiculous.

—George Santayana

Heaven: A place where the wicked cease from troubling you with talk of their personal affairs, and the good listen with attention while you expound your own.

—Ambrose Bierce

The descent to hell is easy. *—Virgil*

Road to hell is paved with good intentions.

—Karl Marx

Hell is other people.

—Jean Paul-Sartre

Hell is oneself.

—T.S. Eliot

In heaven an angel is nobody in particular.

—George Bernard Shaw

Hell has three gates: lust, anger and greed.

—Bhagavad Gita

When all the world dissolves,
And every creature shall be purified,
All place shall be hell that is not heaven.

—Christopher Marlowe

Long is the way.
And hard, that out of hell leads up to light.

—John Milton

HERO

Every hero becomes a bore at last.

—Ralph Waldo Emerson

A hero is no braver than anyone else; he is only brave five minutes longer.

—Ralph Waldo Emerson

No hero is mortal till he dies.

—W.H. Auden

Unhappy is the land that is in need of heroes.

—Bertolt Brecht

The idol of today pushes the hero of yesterday out of our recollection, and will in turn be supplanted by his successor of tomorrow.

—Washington Irving

We are the hero of our own story.

—Mary McCarthy

Show me a hero and I will write you a tragedy.

—F. Scott Fitzgerald

Hero-worship is strongest where there is least regard for human freedom.

—Herbert Spencer

The hero is strangely akin to those who die young.

—Rainer Maria Rilke

HISTORY

Man is a history, making creature who can neither repeat his past nor leave it behind.

—W.H. Auden

Happy the people whose annals are blank in history books.

—Thomas Carlyle

History is more or less bunk.

Historical events occur twice—the first time as tragedy, and second as farce.

—Karl Marx

History is no more than a portrayal of crimes and misfortunes.

—Voltaire

God cannot alter the past, but historians can.

—Samuel Butler

History is something that never happened, written by a man who wasn't there.

—Anonymous

The historical sense involves a perception, not only of the pastness of the past, but of earth its presence.

—T.S. Eliot

History is indeed little more than the register of the crimes, follies, and misfortunes of mankind.

—Gibbon

World history would be different if humanity did more sitting on its rear.

—Bertolt Brecht

History repeats itself; that's one of the things wrong with history.

—Clarence Darrow

History is the autobiography of a madman. Human history becomes more and more a race between education and catastrophe.

—H.G. Wells

A historian is a prophet in reverse.

—Friedrich Von Schlegel

Histories should teach how nations gave to each other and took from each other.

—S. Radhakrishnan

The economic interpretation of history does not necessarily mean that all events are determined solely by economic forces. It simply means that economic facts are the ever recurring decisive forces, the chief points in the process of history.

—Edward Bernstein

History has many cunning passages, contrived corridors and issues.

—T.S. Eliot

The history of all hitherto existing society is the history of class struggle.

—Karl Marx

HOME

Home is where one starts from.

—T.S. Eliot

Happy the man whose wish and care
A few parental acres bound.
Content to breath his native air
In his own ground.

—Alexander Pope

Home is the girl's prison and a woman's workhouse.

—George Bernard Shaw

Government can build houses, but only people can make homes.

—Thomas Dewitt Talmadge

He is happiest, be he king or peasant who finds peace in his home.

—Goethe

A man travels the world over in search of what he needs and returns home to find it.

—George Moore

To Adam, Paradise was home. To the good among his descendants home is paradise.

—Hare

Peace and rest at length have come,
All the day's long toil is past;
All each heart is whispering "Home,
Home at last!"

—Hood

'Mid pleasures and palaces through we may roam
Be it ever so humble, there's no place like Home.

—J. Howard Payne

The strength of a nation is derived from the integrity of its homes.

—Confucius

Home is the place where when you have to go there they have to take you in.

—Robert Frost

HOPE

He who has never hoped can never despair.

—William Shakespeare

Hope is a good breakfast but it is a bad supper.

—Francis Bacon

Hope is a waking dream.

—Aristotle

He that lives upon hope will die fasting.

—Benjamin Franklin

Strong hope is a much greater stimulant of life than any single joy could be.

—Friedrich Wilhelm Nietzsche

Hope is the poor man's bread.

—Thales

Hope is brightest when it dawns from fears.

—Walter Scott

Youth fades; love droops, the leaves of friendship fall; A mother's secret hope outlives them all.

—Holmes

Hope springs eternal in the human breast;
Man never is but always to be blest.

—Alexander Pope

For hope is but the dream of those that wake.

—Mathew Prior

Extreme hopes are born of extreme misery.

—Betrand Russell

If it were not hopes, the heart would break.

—Thomas Fuller

Hope for the best, but prepare for the worst.

—English Proverb

HONOUR

Honour and shame from no condition rise;
Act well your part, there all the honour lies.

—Alexander Pope

Honour lies in honest toil.

—Grover Cleveland

Honour wears different coats of different eyes.

—Barbara Tuchman

Mine honour is my life.

—William Shakespeare

HUMANS AND HUMANITY

Humanbeings are the only animals of which I am thoroughly and cravenly afraid.

—George Bernard Shaw

Our humanity is a poor thing except for the divinity that stirs within us.

—Francis Bacon

Human nature is the same all over the world.

—Earl of Chesterfield

After all, there is but one race—humanity.

—George Moore

We cannot despair of humanity, since we ourselves are human-beings.

—Albert Einstein

Humanitarianism consists in never sacrificing a human-being to a purpose.

—Albert Schweitzer

Guru Nank founded no sect; he revered all religions. He taught no creed; he preached love and noble deeds. He proclaimed that all the people were of God. In all castes he saw the one sacred brotherhood of humanity.

—Sadhu Vaswani

The age of chivalry has gone; the age of humanity has come.

—Charles Sumner

It is because humanity has never known where it was going that it has been able to find its way.

—Oscar Wilde

I am a man; nothing human is alien to me.

—Terence

The sole meaning of life is to serve humanity.

—Leo Tolstoy

Humanity today is not safe in the presence of humanity. The old cannibalism has given way to anonymous action in which the killer and the killed do not know each other and in which, indeed, the very fact of mass death has the effect of making mass killing less reprehensible than the death of a single individual.

—Norman Cousins

There are times when one would like to hang the whole human race, and finish the force.

—Mark Twain

HUMILITY

He that humbleth himself wishes to be exalted.

—Friedrich Wilhelm Nietzsche

Boast not thyself of tomorrow: for thou knowest not what a day may bring forth.

—Bible

Too humble is half proud.

—Yiddish Proverb

They are proud in humility; proud in that they are not proud.

—Robert Burton

HUMOUR

A difference of taste in jokes is a great strain on the affections.

—George Eliot

Humour is an affirmation of dignity, a declaration of man's superiority to all that befalls him.

—Romain Gary

The secret source of humour is not joy but sorrow.
There is no humour in heaven.

—Mark Twain

Humour is the first of the gifts to perish in a foreign tongue.

—Virginia Woolf

Humour is emotional chaos remembered in tranquillity.

—James Thurber

A jest often decides matters of importance more effectually and happily than seriousness.

—Horace

Everything is funny as long as it is happening to somebody else.

—Will Rogers

HUNGER

The best sauce for food is hunger.

—Socrates

Hunger can explain many acts. It can be said that all vile acts are done to satisfy hunger.

—Maxim Gorky

A hungry people listens not to reason, nor cares for justice, nor is bent by any prayers.

—Seneca

If thine enemy be hungry; give him bread to eat.

—Bible

Hunger knows no friend but its feeder.

—Aristophanes

Eats first, morals after.

—Bertolt Brecht

A hungry man is not a free man.

—Adlai Stevenson

Love and business and family and religion and art and patriotism are nothing but shadows of words when a man's starving.

—O. Henry

HYPOCRISY

That character in conversation which commonly passes for agreeable is made up of civility and falsehood.

—Alexander Pope

Hypocrisy is the necessary burden of villainy.

—Samuel Johnson

Men use thought only as authority for their injustice, and employ speech only to conceal their thoughts.

—Voltaire

The hypocrite who always plays one and the same part ceases at last to be a hypocrite.

—Friedrich Wilhelm Nietzsche

Hypocrisy is the homage that vice pays to virtue.

—Francois De La Rochefoucauld

Only the hypocrite is really rotten to the core.

—Hannah Arendt

Saint abroad, and a devil at home.

—Bunyan

No man is a hypocrite in his pleasures.

—Samuel Johnson

Being a hypocrite has marvellous advantages!

—Don Juan

For neither man nor angel can discern,
Hypocrisy, the only evil that walks,
Invisible, except to God alone.

—John Milton

Be a hypocrite if you like; but don't talk like one!

—Denis Diderot

IGNORANCE

Our knowledge can only be finite, while our ignorance must necessarily be infinite.

—Karl Popper

Ignorance once dispelled is difficult to re-establish.

—Laurence J. Peter

Ignorance is the night of the mind, a night without moon and star.

—Confucius

Better to be ignorant of a matter than half know it.

—Publilius Syrus

Where ignorance is bliss,
'Tis folly to be wise.

—Thomas Gray

To be conscious that you are ignorant is a great step of knowledge.

—Benjamin Disraeli

It is worst still to be ignorant of your ignorance.

—St. Jerome

IMAGINATION

Imagination is one weapon in the war against reality.

—Jules De Gaultier

Imagination is more important than knowledge. Knowledge is limited. Imagination encircles the world.

—Albert Einstein

Imagination is the highest kite one can fly.

—Lauren Bacall

He who has imagination without learning has wings but no feet.

—Joseph Joubert

The eyes are not responsible when the mind does the seeing.

—Publilius Syrus

IMMORTALITY

I wish to believe in immortality—I wish to live with you forever.
—*John Keats*

Life is the childhood of our immortality.

—*Goethe*

To live in hearts we leave
Is not to die.

—*Thomas Campbell*

Immortality is the glorious discovery of Christianity.

—*William Ellery Channing*

Our hope of immortality does not come from any religion but nearly all religions come from that hope.

—*Charles J. Ingersoll*

INDIVIDUALITY

Most men are individuals no longer so far as their business, its activities, or its moralities are concerned. They are not units but fractions.

—*Charles Dickens*

Follow your own bent, no matter what people say.

—*Karl Marx*

Every individual has a place to fill in the world, and is important in some respect, whether he chooses to be so or not.

—*Nathaniel Hawthorne*

Individualism is rather like innocence; there must be something unconscious about it.

—*Louis Kronenberger*

Meeting people unlike oneself doesn't enlarge one's outlook; it only confirms one's idea that one is unique.

—*Elizabeth Bowen*

INNOCENCE

They that know no evil will suspect none.

—Ben Jonson

It is better that ten guilty persons escape than that one innocent suffer.

—William Blackstone

Most people fancy themselves innocent of those crimes of which they cannot be convicted.

—Seneca

If you would live innocently, seek solitude.

—Publilius Syrus

INSULT

A graceful taunt is worth a thousand insults.

—Louis Nizer

Injuries may be atoned for and forgiven; but insults admit of no compensation; they degrade the mind in its own esteem, and force it to recover its level by revenge.

—Junius

There are two insults which no human will endure: the assertion that he hasn't a sense of humour, and the doubly impertinent assertion that he has never known trouble.

—Sinclair Lewis

Insults should be well avenged or well endured.

—Spanish Proverb

INTELLIGENCE

Intellect does not attain its full force until it attacks power.

—Madame De Stael

Intellectual passion drives out sensuality. *—Leonardo Da Vinci*

It is not enough to have a good mind; the main thing is to use it well.

—Rene Descartes

Intelligence is quickness in seeing things as they are.

—George Santayana

The sign of intelligent people is their ability to control emotions by the application of reason.

—Marya Mannes

One of the functions of intelligence is to take account of the dangers that come from trusting solely to the intelligence.

—Lewis Mumford

Many complain of their looks, but none of their brains.

—Yiddish Proverb

Intelligence forbids tears.

—Doris Lessing

INVENTION

Name the greatest of all the inventors: Accident.

—Mark Twain

The inventors of mechanical arts have been more useful to men than the inventors of syllogisms.

—Voltaire

Invention is the mother of necessity.

—Thornstein Veblen

Inventing is a combination of brains and materials. The more brains you use, the less materials you need.

—Charles F. Kettering

INSPIRATION

Deprivation is for me what daffodils were to Wordsworth.

—Philip Larkin

A writer is rarely so well inspired as when he talks about himself.

—Anatole France

Just as appetite comes by eating, so work brings inspiration, if inspiration is not discernible at the beginning.

—Igor Stravinsky

JEALOUSY

O' beware, my lord, of jealousy; It is the green-ey'd monster which doth mock the meat it feeds on.

—William Shakespeare

He that is not jealous is not in love.

—St. Augustine

Love is as strong as death; jealousy is as cruel as the grave.

—Bible

There is no greater glory than love, nor any greater punishment than jealousy.

—Lope De Vega

Jealousy arises from a lack of confidence, not in others, but in oneself.

—Eugene Cloutier

In jealousy there is more self-love than love.

—Francois De La Rochefoucauld

It is not love that is blind, but jealousy.

—Lawrence Durrell

Jealousy is always born with love, but does not always die with it.

—La Rochefoucauld

JOURNALISM

Journalism consists largely in saying "Lord James is dead" to people who never knew Lord James was alive.

—Gilberth Keith Chesterton

In the real world, nothing happens at the right place at the right time. It is the job of journalists and historians to correct that.

—Mark Twain

Journalism is a literature in hurry.

—Matthew Arnold

Journalism is not a profession but a mission. Our newspaper is our party, our ideal, our soul, and our banner which will lead us to victory.

—Benito Mussolini

Journalism—an ability to meet the challenge of filling the space.

—Rebecca West

Bad manners make a journalist.

—Oscar Wilde

The very blood and semen of journalism...is a broad and successful form of lying. Remove that form of lying and you no longer have journalism.

—James Agee

The distinction between literature and journalism is becoming blurred; but journalism gains as much as literature loses.

—William Ralph Inge

Writing good editorials is telling the people what they think, not what you think.

—Arthur Brisbane

JUDGEMENT AND JUSTICE

If they are just, they are better than clever.

—Sophocles

Everywhere there is no principle of justices, which is the interest of the stronger.

—Plato

Justice is truth in action.

—Benjamin Disraeli

Let justice be done, though the heavens fall.

—William Watson

'Tis with our judgements as our watches, none
Go just alike, yet each believes his own.

—Alexander Pope

Injustice anywhere is a threat to justice everywhere.

—Martin Luther King, Jr.

Four things belong to a judge: to hear courteously, to answer wisely, to consider soberly, and to decide impartially.

—Socrates

The love of justice in most men is simply the fear of suffering injustice.

—Francois De La Rochefoucauld

Justice should not only be done, but should manifestly and undoubtedly be seen to be done.

—Gordon Hewart

Justice delayed is democracy denied.

—Robert F. Kennedy

Injustice is relatively easy to bear; what stings is justice.

—H.L. Mencken

Justice without force is impotent, force without justice is tyranny.

—Pascal

Justice is the crowning glory of the virtues.

—Cicero

Most people suspend their judgement till somebody else has expressed his own and then they repeat it.

—Ernest Dimnet

It is better that a judge should lean on the side of compassion than severity.

—Cervantes

Justice isn't blind, she's just ashamed to watch.

—Anonymous

Everywhere there is one principle of justice, which is the interest of the stronger.

—Plato

KINDNESS

Kindness effects more than severity.

—Aesop

You cannot do a kindness too soon, for you never know how soon it will be too late.

—Ralph Waldo Emerson

Kindness is never wasted. It has no effect on the recipient, at least it benefits the bestowed.

—S.H. Simmons

You can accomplish by kindness what you cannot by force.

—Publilius Syrus

Many think they have a kind heart who have only weak nerves.

—Marie von Ebner-Eschenbach

Kind words can be short and easy, but their echoes are truly endless.

—Mother Teresa

KNOWLEDGE

Knowledge and human power are synonymous.

—Francis Bacon

There is much pleasure to be gained from useless knowledge.

—Bertrand Russell

The greater our knowledge increases, the more our ignorance unfolds.

—John Fitzgerald Kennedy

Knowledge itself is power.

—Francis Bacon

At the end of knowledge, wisdom begins, and at the end of wisdom there is no grief…but hope.

—Lloyd Alexander

LAW AND LAWYERS

Where laws end, tyranny begins. *—William Pitt*

The majestic egalitarianism of the law, which forbids rich and poor alike to sleep under bridges, to beg in the streets, and to steal bread.

—*Anatole France*

The more laws, the more offenders.

—*Thomas Fuller*

Courtroom—A place where Jesus Christ and Judas Iscariot would be equals, with the betting odds in favour of Judas.

—*H.I. Mencken*

Extreme law is often extreme injustice.

—*Terence*

A lawyer with his briefcase can steal more than a thousand men with guns.

—*Mario Puzo*

Law is a bottomless pit.

—*John Arbuthnot*

Lawyers are the only persons in whom ignorance of the law is not punished.

—*Jeremy Bentham*

The good of the people is the chief law.

—*Cicero*

We enact many laws that manufacture criminals, and then a few that punish them.

—*Benjamin R. Tucker*

I don't know as I want a lawyer to tell me what I cannot do. I hire him to tell me how to do what I want to do.

—*J.P. Morgan*

Of course, people are getting smarter nowadays; they are letting lawyers instead of a conscience be their guides.

—*Will Rogers*

Necessity—knows no law.

—*Publilius Syrus*

Laws too gentle are seldom obeyed; too severe, seldom executed.

—*Benjamin Franklin*

Law means good order.

—Aristotle

Laws and institution must go hand in hand with the progress of human mind.

—Thomas Jefferson

The first thing we do, let's kill all the lawyers.

—William Shakespeare

LEADERS AND LEADERSHIP

You do not lead by hitting people over the head—that's assault, not leadership.

—D.D. Eisenhower

A leader is a dealer in hope.

—Napoleon Bonaparte

To be a leader of men one must turn one's back on men.

—Havelock Ellis

I have to follow them, I am their leader.

—Alexandre Ledru-Rollin

The key element of leadership is the ability to inspire people to follow you and where they are going to do things which they do not feel they were capable of doing.

—H.A. Tyabji

When the king is deceitful, who will not be deceitful? When the king is unrighteous, who will not be unrighteous?

—Somadeva

A leader who doesn't hesitate before he sends his nation into battle is not fit to be a leader.

—Golda Meir

Reason and judgement are the qualities of a leader. *—Tacitus*

The real leader has no need to lead—he is content to point the way.

—Henry Miller

LEARNING

It is only when we forget all our learning that we begin to know.
—H.D. Thoreau

A learned man is an idler who kills time by study.
—George Bernard Shaw

…that is what learning is. You suddenly understand something you've understood all your life, but in a new way.
—Doris Lessing

All wish to be learned, but no one is willing to pay the price.
—Juvenal

The three foundations of learning: seeing much, suffering much, and studying much.
—Catherall

Learn as though you would never be able to master it; hold it as though you would be in fear of losing it.
—Confucius

Learning must not only lodge with us: we must marry her.
—Michael De Montaigne

Wear your learning like your watch, in a private pocket; and do not pull it out and strike it, merely to show that you have one.
—Lord Chesterfield

LIBERTY

The condition upon which God has given liberty to man is eternal vigilance.
—John Philpot Curran

Liberty is the right to do everything which the laws allow.
—Montesquieu

Give me the liberty to know, to think, to believe, and to utter freely according to conscience, above all other liberties. *—John Milton*

Too little liberty brings stagnation and too much brings chaos.
—Bertrand Russell

Those who would give up essential liberty to purchase a little temporary safety deserve neither liberty nor safety.

—Benjamin Franklin

I sometimes think that the price of liberty is not so much eternal vigilance as eternal dirt.

—George Orwell

Liberty is a boisterous sea. Timid men prefer the calm of despotism.

—Thomas Jefferson

A nation may lose its liberties in a day, and not miss them for a century.

—Montesquieu

Oh liberty! Oh liberty! What crimes are committed in thy name.

—Madame Roland

LIFE

There is no wealth but life.

—John Ruskin

For life in general, there is but one decree: youth is a blunder, manhood a struggle, old age a regret.

—Benjamin Disraeli

Life is a search after power.

—Ralph Waldo Emerson

It matters not how a man dies, but how he lives.

—Samuel Johnson

Oh, isn't life a terrible thing, thank God?

—Dylan Thomas

Life is something to do when you can't get to sleep.

—Fran Lebowitz

Each day is a little life; every waking and rising a little youth every going to rest and sleep a little death.

—Arthur Schopenhauer

There is little difference between what one calls a long life and a short one. After all, it is but a moment in the infinity of time.

—Chuang Tze

Life is one long struggle in the dark.

—Lucretius

Life is what happens to us while we are making other plans.

—Thomas La Mance

There is no end. There is no beginning. There is only the infinite passion in life.

—Federico Fellini

Life is just one damn thing after another.

—Elbert Hubbard

Hurried and worried until we're buried, and there is no curtain call,
Life's a very funny proposition, after all.

—George M. Cohan

There is no cure for birth and death, save to enjoy the interval.

—George Santayana

We arrive at the various stages of life quite as novices.

—Francois De La Rochefoucauld

Life is a tragedy for those who feel, and a comedy for those who think.

—La Bruyere

Life imitates art far more than art imitates life.

—Oscar Wilde

While there's life there is hope.

—Terence

Every stage of life, except the last, is marked out by certain and definite limits; old age alone has no precise and determinate boundary.

—Cicero

LITERATURE

Leisure without literature is death and burial alive.

—Seneca

Literature could be said to be a sort of disciplined technique for arousing certain emotions. *—Iris Murdoch*

The difference between literature and journalism is that journalism is unreadable, and literature is not read.

—Oscar Wilde

Literature is news that stays news.

—Ezra Pound

Literature is my utopia.

—Helen Keller

Literature…becomes the living memory of a nation.

—Alexander Solzhenitsyn

Literature is the question minus the answer.

—Roland Barthes

Literature flourishes best when it is half a trade and half an art.

—William Ralph Inge

The decline in literature indicates the decline of the nation.

—Goethe

Perversity is the muse of modern literature.

—Susan Sontag

The great standard of literature as to purity and exactness of style is the Bible.

—Hugh Blair

In literature the ambition of the novice is to acquire the literary language: the struggle of the adept is to get rid of it.

—George Bernard Shaw

Literature is a toil and a snare, a curse that bites deep.

—D.H. Lawrence

Literature always anticipates life. It does not copy it, but moulds its purpose. The nineteenth century as we know it, is largely an invention of Balzac.

—Oscar Wilde

LOVE

Love gives itself; it is not bought.

—Henry Wadsworth Longfellow

'Tis better to have loved and lost,
Than never to have loved at all.

—Alfred Lord Tennyson

For a man to love his country truly, he must also know how to love mankind, and this love must be the sustaining force in the search for world order.

—A.E. Stevenson

When you love someone, all your saved-up wishes start coming out.

—Elizabeth Bowen

Love involves a peculiar unfathomable combination of understanding and misunderstanding.

—Diane Arbus

To fall in love is to create a religion that has a fallible god.

—Jorge Luis Borges

Love sought is good, but given unsought is better.

—William Shakespeare

I truly feel that there are many ways of loving as there are people in the world and as there are days in the lives of those people.

—Mary Calderone

Love is a tyrant sparing none.

—Pierre Corneille

The richest love is that which submits to the arbitration of time.

—Lawrence Durell

Two persons love in one another the future good which they aid one another to unfold.

—Margaret Fuller

Love comforteth like sunshine after rain.

—William Shakespeare

True love is like ghosts, which everybody talks about and few have seen.

—Francois De La Rochefoucauld

They do not love that do not show their love.

—William Shakespeare

We cease loving ourselves if no one loves us.

—Germaine De Stael

Love possesses not nor will it be possessed, for love is sufficient into love.

—Khalil Gibran

In loving, you lean on someone to hold him up. *—Rod Mckuen*

The first sigh of love is the last of wisdom. *—Antoine Bret*

Love is an ocean of emotions, entirely surrounded by expenses.

—Lord Dewar

The magic of first love is our ignorance that it can never end.

—Benjamin Disraeli

Love is all we have, the only way that each can help the other.

—Euripedes

MANNERS

It is good manners which make the excellence of a neighbourhood. No wise man will settle where they are lacking.

—Confucius

Manners require time, as nothing is more vulgar than haste.

—Ralph Waldo Emerson

Manners are a sensitive awareness of the feelings of others. If you have that awareness, you have good manners, no matter what fork you use.

—Emily Post

The hardest job kids face today is learning good manners without seeing any.

—Fred Astaire

If a man be gracious and courteous to strangers, it shows he is a citizen of the world.

—Francis Bacon

Manners must adorn knowledge and smooth its way through the world.

—Lord Chesterfield

Manners are not idle; but the fruit of loyal nature and of noble mind.

—Alfred Tennyson

Men make laws; women make manners.

—De Segur

Good manners is the art of making those people easy with whom we converse. Whoever makes the fewest persons uneasy, is the best bred in the company.

—Jonathan Swift

Politeness goes far, yet costs nothing.

—Samuel Smiles

Manners go on deteriorating.

—Plautus

Good breeding consists in concealing how much we think of ourselves and how little of the other person.

—Mark Twain

MAN AND MANKIND

His life was gentle, and the elements,
So mix'd in him that Nature might stand up,
And say to all the world, This was a man!

—William Shakespeare

There are times when one would like to hang the whole human race, and finish the farce.

—Mark Twain

The work of an unknown good man is like a vein of water flowing hidden underground, secretly making the ground greener.

—Thomas Carlyle

Let each man think himself an act of God.
His mind a thought, his life a breath of God.

—Philip James Bailey

Everyman is a volume, if you know how to read them.

—William Ellery Channing

It is easier to know mankind is general than man individually.

—Francois De La Rochefoucauld

Man is Nature's sole mistake. *—W.L. Garrison*

What a piece of work is a man! how noble in reason! how infinite in faculty!

—William Shakespeare

A successful man is one who can lay a firm foundation with the bricks that others throw at him.

—David Brinkley

Man is born free, and everywhere he is in chains.

—Jean Jacques Rousseau

Only he is entitled to be called a man who thinks and looks upon the happiness, unhappiness, loss and profit of other men as his own, who is not afraid of a strong man if he is unjust, and fears a virtuous man even though he is weak.

—Swami Dayananda Saraswati

MILITARY

For a people who are free, and who mean to remain so, a well-organised and armed militia is their best security.

—Thomas Jefferson

Discipline is the soul of an army.

—George Washington

It is the blood of the soldier that makes the general great.

—Italian Proverb

The army ages men sooner than the law and philosophy; it exposes them more freely to germs, which undermine and destroy, and it shelters them more completely from thought, which stimulates and preserves.

—H.G. Wells

An army is a nation within a nation; it is one of the vices of our age.

—Alfred De Vigny

The soldier's body becomes a stock of accessories that are no longer his property.

—Antoine De Saint-Exupery

An army marches on its stomach.

—Napoleon Bonaparte

The military caste did not originate as a party of patriots, but as a party of bandits.

—H.L. Mencken

Every citizen be a soldier. This was the case with the Greeks and the Romans, and must be that of every free state.

—Thomas Jefferson

The people are like water and the army is like fish.

—Mao-Tse Tung

The greatest general is he who makes the fewest mistakes.

—Napoleon Bonaparte

Military intelligence—a contradiction in terms.

—Oswald Garrison Villard

Theirs is not to reason why,
theirs is but to do and die.

—Alfred Lord Tennyson

I never expect a soldier to think.

—George Bernard Shaw

Discipline is the soul of an army. It makes small numbers formidable, procures success to the weak and esteem to all.

—George Washington

MIND

Minds differ still more than faces.

—Voltaire

The mind is its own place and in itself
Can make a heaven of hell, a hell of heaven.

—John Milton

'Tis but a base, ignoble mind
That mounts no higher than a bird can soar.

—William Shakespeare

We have to lose our minds to come to our senses.

—Frederick S. Perls

The true, strong and sound mind is the mind that can embrace equally great things and small.

—Samuel Johnson

The powers of the mind are like the rays of the sun dissipated; when they are concentrated, they illumine.

—Swami Vivekanand

On earth there is nothing great but man; in man there is nothing great but mind.

—Sir William Hamilton

A good mind is a lord of a kingdom.

—Seneca

There is nothing either good or bad but thinking makes it so.

—William Shakespeare

The mind is hard to check, swift, flies wherever it lists; to control it is good. A controlled mind is conducive to happiness.

—Dhammapada

The mind verily O Krishna is restless, turbulent, strong and obstinate; I consider it as difficult to control as the wind.

—Bhagavad Gita

The mind that is heading towards calamity first creates delusion and wickedness: and these themselves later expand into misfortune and sorrow.

—Yoga Vasishtha

What we call mind is nothing but a heap or collection of different perceptions, united together by certain relations, and supposed, though falsely, to be endowed with a perfect simplicity and identity.

—David Huma

MIRACLES

Miracles are propitious accidents, the natural causes of which are too complicated to be readily understood.

—George Santayana

There is in every miracle a silent chiding of the world, and a tacit reprehension of them who require, or who need miracles.

—John Donne

The world presents enough problems if you believe it to be a world of law and order; do not add to them by believing it to be a world of miracles.

—Louis D. Brandies

A miracle may be accurately defined, a transgression of a law of nature by particular volition of the Deity, or by the interposition of some invisible agent.

—David Hume

Everything is miraculous. It is miraculous that one does not melt in one's bath.

—Picasso

Miracles in the sense of phenomena we cannot explain, surround us on every hand: life itself is the miracle of miracles.

—George Bernard Shaw

MISFORTUNE

The world is quickly bored by the recital of misfortune, and willingly avoids the sight of distress.

—W. Somerset Maugham

Little minds are tamed and subdued by misfortune; but great minds rise above it.

—Washington Irving

Let not poverty and misfortune distress you: for as gold is tried in the fire, the believer is exposed to trials.

—Maxims of Ali

Let us be of good cheer, however, remembering that the misfortunes hardest to bear are those which never come.

—James Russell

Misfortunes always come in by a door that has been left open for them.

—Czech Proverb

In the misfortunes of our best friendly we find something that is not unpleasing.

—La Rochefoucauld

I never knew any man in my life who could not bear another's misfortunes perfectly like a Christian.

—Alexander Pope

I am convinced that we have a degree of delight, and that no small one, in the real misfortunes and pains of others.

—Edmund Burke

MISTAKES

A life spent in making mistakes is not only more honourable but more useful than a life spent doing nothing.

—George Bernard Shaw

It is very easy to forgive others their mistakes; it takes more grit and gumption to forgive them for having witnessed your own.

—Jessamyn West

There is glory in a great mistake. *—Nathalia Crane*

He is always right who suspects that he makes mistakes.

—Anonymous

Human blunders usually do more to shape history than human wickedness.

—A.J.P. Taylor

Show me a person who has never made a mistake and I'll show you somebody who has never achieved much.

—Joan Collins

If you board the wrong train, it is no use running along the corridor in the other direction.

—Dietrich Bonhoeffer

It is the true nature of mankind to learn from mistakes, not from example.

—Fred Hoyle

Mistakes live in the neighbourhood of truth and therefore delude us.

—Rabindranath Tagore

MODERATION

Moderation in all things. *—Terence*

In everything the middle course is best: all things in excess bring trouble to men.

—Plautus

Moderation is a virtue only in those who are thought to have an alternative.

—Henry Kissinger

A thing moderately good is not so good as it ought to be. Moderation in temper is always a virtue; but moderation in principle is always a vice.

—Thomas Paine

The cautious seldom err. *—Confucius*

Be wisely worldly, be not worldly wise. *—Francis Quarles*

MONEY

Money it turned out, was exactly like sex. You thought of nothing else if you didn't have it and thought of other things if you did.

—James Baldwin

Money is like a sixth sense and you can't make use of the other five without it.

—W. Somerset Maugham

Money is not required to buy one necessity of the soul.

—Henry David Thoreau

Money is a good servant but a bad master.

—Francis Bacon

The fundamental evil of the world arose from the fact that the good Lord has not created money enough.

—Heinrich Heine

If you would know the value of money, go and try to borrow some.

—Benjamin Franklin

Take care of the pence, and the pounds will take care of themselves.

—William Lowndes

When I had money everyone called me brother.

—Polish Proverb

Money disappears like magic. *—Anonymous*

When money speaks truth is silent.

—Russian Proverb

The love of money is the root of all evil.

—Bible

It is very difficult for the prosperous to be humble.

—Jane Austen

Money is like muck, not good except it be spread.

—Francis Bacon

Money you know will hide many faults.

—Miguel De Cervantes

If possible, honestly, if not, somehow make money.

—Horace

I finally know what distinguishes man from other beasts: financial worries.

—Jules Renard

Wealth maketh many friends.

—Bible

When it is the question of money, everybody is of the same religion.

—*Voltaire*

Money is like an arm or leg: use it or lose it.

—*Henry Ford*

Money is more persuasive than logical arguments.

—*Euripides*

For money you would sell your soul.

—*Sophocles*

Lack of money is the root of all evil.

—*George Bernard Shaw*

I believe the power to make money is a gift of God.

—*John D. Rockfeller*

The universal regard for money is the one hopeful fact in our civilisation.

—*George Bernard Shaw*

Money is a singular thing. It ranks with love as man's greatest source of joy. And with his death as his greatest source of anxiety.

—*John Kenneth Galbraith*

It has been said that the love of money is the root of all evil. The want of money is so quite as truly.

—*Samuel Butler*

MORALITY

Morality is simply the attitude we adopt towards people whom we personally dislike.

—*Oscar Wilde*

Morality is a private and costly luxury.

—*Henry B. Adams*

Morals are an acquirement—like music, like a foreign language, like piety, paralysis—no man is born with them.

—*Mark Twain*

What is moral is what you feel good after, and what is immoral is what you feel bad after.

—Ernest Hemingway

Everything's got a moral, if only you can find it.

—Lewis Caroll

No morality can be founded on authority, even if the authority were divine.

—A.J. Ayer

Too many moralists begin with a dislike of reality.

—Clarence Day

Moral indignation is in most cases two per cent moral, forty-eight per cent indignation, and fifty per cent envy.

—Vittorio De Sica

It is easy to fight for one's principles than to live up to them.

—Alfred Adler

Morality is largely a matter of geography.

—Elbert Hubbard

The greatest happiness of the greatest number is the foundation of morals and legislation.

—Jeremy Bentham

The number of people in possession of any criteria for discriminating between good and evil is very small.

—T.S. Eliot

Morality is not properly the doctrine of how we may make ourselves happy, but how we may make ourselves worthy of happiness.

—Immanuel Kant

As soon as one is unhappy, one becomes moral. *—Proust*

Rise above principle and do what's right. *—Walter Heller*

MOTHERS

Men are what their mothers made them.

—Emerson

A mother is a mother still,
The holiest thing alive.

—S.T. Coleridge

In India the mother is the centre of the family and our highest ideal. She is to us the representative of God, as God is the mother of the universe. It was a female sage who first found the unity of God, and laid down this doctrine in one of the first hymns of the Vedas.

—Swami Vivekananda

Life is nothing but a series of crosses for us mothers.

—Colette

What is home without a mother!

—Alice Hawthorne

Most mothers are instinctive philosophers.

—Harriet Beecher Stowe

No matter how old a mother is, she watches her middle-aged children for signs of improvement.

—Florida Scott-Maxwell

Who ran to help me when I fell,
And would some pretty story tell,
Or kiss the place to make it well?
My mother.

—Anne Taylor

All women become like their mothers that's their tragedy. No man does that's his.

—Oscar Wilde

God could not be everywhere and therefore he made mothers.

—Jewish Proverb

The bravest battle that ever was fought,
Shall I tell you where and when?
On the maps of the world you will find it not;
It was fought by the mothers of men.

—Joaquin Miller

Few misfortunes can befall a boy which bring worse consequence than to have a really affectionate mother.

—W. Somerset Maugham

What the mother signs to the cradle goes all the way down to the coffin.

—Henry Ward Beecher

A man who has been the indisputable favourite of his mother keeps for life the feeling of a conqueror, that confidence of success that often induces real success. *—Freud*

MUSIC

What passion cannot music raise and quell.

—John Dryden

Music is the art of the prophets, the only art that can calm the agitations of the soul; it is one of the most magnificent and delightful presents God has given us.... Next to theology I give to music the highest place and honour.

—Martin Luther

The only sensual pleasure without vice. *—Samuel Johnson*

If music be the food of love, play on,
Give me excess of it; that surfeiting,
The appetite may sicken, and so die.
That strain again, it had a dying fall:
O' it came o'er my ear like the sweet sound,
That breathes upon a bank of violets,
Stealing, and giving odour.

—William Shakespeare

Music hath charms to soothe the savage beast.

—William Congreve

Music rises from the human heart. When the emotions are touched, they are expressed in sounds, and when the sounds take definite forms, we have music.

—Confucius

Where there's music, there can be no evil.

—*Cervantes*

Music is the universal language of mankind.

—*Henry Wadsworth Longfellow*

Music is the arithmetic of sounds as optics is the geometry of ligth.

—*Claude Durrell*

The man that hath no music in himself,
Nor is no moved with concord of sweet sounds,
Is fit for treasons, stratagems and spoils.

—*William Shakespeare*

Music the greatest good that mortals know,
And all of heaven we have here below. —*Joseph Addison*

Extraordinary how potent cheap music is. —*Noel Coward*

If the king loves music, there is little wrong in the land.

—*Mencius*

All art constantly aspires towards the condition of music.

—*Walter Pater*

MYTHS

Contemporary man has rationalised the myths, but he has not been able to destroy them.

—*Octavio Paz*

Science must begin with myths, and with the criticism of myths.

—*Karl Popper*

The great enemy of truth is very often not the lie—deliberate, contrived and dishonest—but the myth—persistent, persuasive and unrealistic.

—*John Fitzgerald Kennedy*

A myth is a fixed way of looking at the world which cannot be destroyed because, looked at through the myth, all evidence supports that myth.

—*Edward De Bono*

NAMES

Titles are but nicknames, and every nickname is a title.

—Thomas Paine

What's in a name? That which we call a rose,
By any other name would smell as sweet.

—William Shakespeare

There is everything in a name. A rose by any other name would smell sweet but would not cost half as much during the winter months.

—George Ade

If you can't answer a man's arguments, all is not lost; you can still call him vile names.

—E. Hubbard

The beginning of wisdom is to call things by their right names.

—Anonymous

Good name in man and woman, dear my lord,
Is the immediate jewel of their souls;
Who steals my purse steals trash; 'tis something, nothing;
'T was mine, 'tis his, and has been slave to thousands
But he that filches from me my good name
Robs me of that which not enriches him,
And makes me poor indeed.

—William Shakespeare

NATURE

The works of nature must all be accounted good.

—Cicero

Nature, like a kind and smiling mother, lends herself to our dreams and cherishes our fancies.

—Victor Hugo

Nature is very consonant and conformable with herself.

—Isaac Newton

Nature to be commanded must be obeyed.

—*Francis Bacon*

Nature is the art of God.

—*Dante*

Accuse not Nature, she hath done her part;
Do thou but thine. —*John Milton*

Never does nature say one thing and wisdom another.

—*Juvenal*

The day, water, sun, moon, night—I do not have to purchase these things with money.

—*Plautus*

Nature has always had more force than education.

—*Voltaire*

Nature abhors a vacuum.

—*Rabelais*

Whatever nature has in store for mankind, unpleasant as it may be must accept for ignorance is never better than knowledge.

—*Enrico Fermi*

Nature goes her own way, and all that to us seems an exception is really according to order. The world is changed with the grandeur of god.

—*Gerard Manley Hopkins*

Perhaps nature is our best assurance of immortality.

—*Elenor Roosevelt*

Nature never did betray the heart that loved her.

—*William Wordsworth*

What else is nature but God?

—*Seneca*

Nature goes her own way, and all that to us seems an exception is really according to order.

—*Goethe*

One touch of nature makes the whole world keen.

—*William Shakespeare*

NECESSITY

Necessity is the plea for every infringement of human freedom. It is the argument of tyrants; it is the creed of slaves.

—William Pitt

Necessity never made a good bargain.

—Benjamin Franklin

Necessity will teach a man, however stupid he be, to be wise.

—Euripides

The finest poems of the world have been expedients to get bread.

—Ralph Waldo Emerson

NEWS

When we hear news we should always wait for the sacrament of confirmation.

—Voltaire

When a dog bites a man, that is not news. But when a man bites a dog, that is news.

—John Bogart

All I know is just what I read in the papers.

—Will Rogers

Nobody likes the bringer of bad news.

—Sophocles

The report of my death was an exaggeration.

—Mark Twain

NEWSPAPERS

Headlines twice the size of the events.

—John Galsworthy

A newspaper is not just for reporting the news as it is, but to make people angry enough to do something about it.

—Mark Twain

Were it left to me to decide whether we should have a government without newspapers or newspapers without government, I should not hesitate a moment to prefer the latter.

—Thomas Jefferson

A good newspaper, I suppose is a nation talking to itself.

—Arthur Miller

Journalism is popular, but it is popular mainly as fiction. Life is one world, and life seen in newspapers another.

—Gilberth Keith Chesterton

Newspapers are the world's mirrors.

—James Ellis

Four hostile newspapers are more to be feared than a thousand bayonets.

—Napoleon

Early in life I had noticed that no event is ever correctly reported in a newspaper.

—George Orwell

Histories are a kind of distilled newspapers. *—Thomas Carlyle*

A newspaper is always a weapon in somebody's hand.

—C. Cockburn

Possible? Is anything impossible? Read the newspapers.

—Duke of Wellington

Newspapers have degenerated. They may now be absolutely relied upon.

—Oscar Wilde

NON-VIOLENCE

Non-violence is not a garment to be put on and off at will. Its seat is in the heart, and it must be an inseparable part of our very being.

—Mahatma Gandhi

It's possible to disagree with someone about the ethics of non-violence without wanting to kick his face in.

—Christopher Hampton

Non-violence is the first article of my faith. It is also the last article of my creed.

—Mahatma Gandhi

Some time they'll have a war and nobody will come.

—Carl Sandburg

Non-violence is fine as long as it works.

—Malcolm X

Non-violence is the moral equivalent of war and all violent struggle. It is not merely an ethical alternative, but it is effective also.

—Jawaharlal Nehru

However much I may sympathise with and admire worthy motives, I am an uncompromising opponent of violent methods even to serve the noblest of causes.

—Mahatma Gandhi

OBEDIENCE

Every good servant does not all commands.

—William Shakespeare

Let thy child's first lesson be obedience, and the second will be what thou wilt.

—Benjamin Franklin

Those who know the least obey the best.

—George Farquhar

The reluctant obedience of distant provinces generally costs more than it is worth.

—T.B. Macaulay

Obedience alone gives the right to command.

—Ralph Waldo Emerson

Obedience is the mother of success and the wife of security.

—Aeschylus

Let them obey that know how to rule.

—William Shakespeare

It is much safer to obey than to rule.

—Thomas A. Kempis

Obedience is in a way the mother of all virtues.

—St. Augustine

Obedience is a hard profession.

—Pierre Corneille

It is right that what is just should be obeyed; it is necessary that what is strongest should be obeyed.

—Pascal

Obedience,
Bane of all genius, virtue, freedom, truth,
Makes slaves of men, and of the human fame,
A mechanised automation.

—Percy Bysshe Shelley

OPTIMISM AND PESSIMISM

There is no sadder right than a young pessimist, except an old pessimist.

—Mark Twain

My sun sets to rise again. *—Robert Browning*

Keep your face to the sunshine and you cannot see the shadow.

—Helen Keller

An optimist sees an opportunity in every calamity; a pessimist sees a calamity in every opportunity.

—Anonymous

The optimist proclaims that we live in the best of all possible worlds; and pessimists fear this is true.

—James Branch Cabell

A pessimist is one who feels bad when he feels good for fear he'll feel worse when he feels better.

—Anonymous

An optimist is a guy that never has had much experience.

—Don Marquis

Optimists and pessimists have one fault in common: they are afraid of the truth.

—Tristan Bernard

How happy are the pessimists! What joy is theirs when they are proved there is no joy.

—Marie Ebner-Eschenbach

Two men look out through the same bars:
One sees the mud, and one the stars. *—Frederick Langbridge*

In this best of all possible worlds…all is for the best.

—Voltaire

Optimism: The doctrine or belief that everything is beautiful, including what is ugly.

—Ambrose Bierce

The man who is a pessimist before 48 knows too much; if he is an optimist after it, he knows too little.

—Mark Twain

PAIN

Pain and death are a part of life. To reject them is to reject life itself.

—Havelock Ellis

The pain of the mind is worse than the pain of the body.

—Publilius Syrus

Even pain
Pricks to livelier living.

—Amy Lowell

The greatest evil is physical pain.

—St. Augustine of Hippo

Pain is the outcome of sin.

—Buddha

Pain is the breaking of the shell that encloses your understanding.

—Khalil Gibran

If pain could have cured us, we should long ago have been saved.
—George Santayana

Who, except the gods,
Can live time through forever without any pain?
—Aeschylus

Pleasure is nothing else but the intermission of pain.
—John Selden

Remember that pain has this most excellent quality; if prolonged, it cannot be severe, and if severe, it canot be prolonged.
—Seneca

PASSION

The ruling passion, be it what it will,
The ruling passion conquers reason still. *—Alexander Pope*

Only passions, great passions, can elevate the soul to great things.
—Denis Diderot

Knowledge of mankind is a knowledge of their passions.
—Benjamin Disraeli

Nothing great in the world has been accomplished without passion.
—Georg Wilhelm Friedrich Hegel

Passion is universal humanity. Without it religion, history, romance and art would be useless. *—Balzac*

It is with our passions as it is with fire and water—they are good servants but bad masters.
—Roger L'estrange

Take heed lest passion sway
Thy judgement to do aught, which else free will
Would not admit.
—John Milton

If we resist our passions, it is due more to their weakness than our own strength.
—La Rochefoucauld

A man that is ashamed of passions that are natural and reasonable is generally proud of those that are shameful and silly.

—Mary Wortley Montagu

Nothing great was ever achieved without enthusiasm.

—Ralph Waldo Emerson

In their first passion, women love their lovers; in all the others, they love love.

—La Rachefoucauld

Passion: A feeling you feel when you feel a feeling you have never felt before.

—Andrew Edgerton

PATIENCE

Patience is the companion of wisdom. *—St. Augustine*

Patience is bitter but its fruit is sweet.
Beware the fury of a patient man.

—John Dryden

Adopt the pace of nature: her secret is patience.

—Ralph Waldo Emerson

By time and toil we sever
What strength and rage could never.

—La Fontaine

They also serve who only stand and wait.

—John Milton

Patience and delay achieve more than force and rage.

—La Fontaine

Patience is the art of hoping.

—Marquis De Vauvenagues

How poor are they that have not patience!
What wound did ever heal but by degrees?

—William Shakespeare

Patience: A minor form of despair, disguised as a virtue.

—Ambrose Bierce

Patience, and the mulberry leaf becomes a silk gown.

—Chinese Proverb

PEACE

Only peace between equals can last.

—Woodrow Wilson

Peace has to be created in order to be maintained. It is the product of Faith, Strength, Will, Sympathy, Justice, Imagination and the triumph of principle. It will never be achieved by passivity and quietism. Passivity and quietism are invitations of war.

—Dorothy Thompson

The most disadvantageous peace is better than the most just war.

—Albert Einstein

Peace hath her victories,
No less renowned than war.

—John Milton

Certain peace is better than anticipated victory.

—Livy

It is not enough to talk about peace. One must believe in it. And it is not enough to believe in it. One must work at it.

—Eleanor Roosevelt

When a man finds no peace within himself, it is useless to seek it elsewhere.

—French Proverb

Peace, like charity, begins at home.

—Roosevelt

There is but one way to tranquillity of mind and happiness, and that is to account no external things thine own, but no commit all to God.

—Epictetus

Peace is liberty in tranquillity.

—Cicero

Arms alone are not enough to keep the peace—it must be kept by men.

—John Fitzgerald Kennedy

Peace is not only better than war, but infinitely more arduous.

—George Bernard Shaw

I prefer the most unfair peace to the most righteous war.

—Cicero

Peace rules the day, where reason rules the mind.

—William Collins

I have never advocated war, except as a means of peace.

—Ulysses S. Grant

Inner peace and outer peace are synonymous in the sense that without one, the other wouldn't happen.

—Yoko Ono

Peace hath higher lasts of manhood than battle ever knew.

—John Greenleaf Whittier

Better to live in peace than to begin to war and lie dead.

—Chief Joseph

Five great enemies to peace inhabit with us—avarice, ambition, envy, anger and pride. If those enemies were to be banished, we should infallibly enjoy perpetual peace.

—Petrarch

Yourself, then you can also bring peace to others.

—Thomas A Kempis

A peace which depends upon fear is nothing but a suppressed war.

—Henry Van Dyke

The name of peace is sweet and the thing itself good, but between peace and slavery there is the greatest difference. *—Cicero*

PLEASURE

Pleasure is the only thing to live for. Nothing ages like happiness.

—Oscar Wilde

One half of the world cannot understand the pleasures of the other.

—Jane Austen

The great pleasure in life is doing what people say you cannot do.

—W. Bagehot

Follow pleasure, and then will pleasure flee,
Flee pleasure, and pleasure will follow thee.

—John Heywood

He that loveth pleasure shall be a poor man.

—Bible

There is no pleasure without a tincture of bitterness.

—Hafiz

I seek the utmost pleasure and the least pain.

—Plautus

You wear yourself out in the pursuit of wealth or love or freedom, you do everything to gain some right, and once it is gained, you take no pleasure in it.

—Oriana Fallaci

POETS AND POETRY

Poetry is the record of the best and the happiest moments of the happiest and best minds.

—Percy Bysshe Shelley

To a poet nothing can be useless. *—Samuel Johnson*

One merit of poetry few persons will deny: it say more and in fewer words than prose.

—Voltaire

All that is best in all the great poets of all countries is not what is national in them, but what is universal.

—Henry Wadsworth Longfellow

Immature poets imitate; mature poets steal. *—T.S. Eliot*

No man was ever yet a great poet, without at the same time being a profound philosopher.

—Samuel Taylor Coleridge

The poet speaks to all men of that other life of theirs that they have smothered and forgotten.

—Edith Sitwell

A true poet does not bother to be poetical. Nor does a nursery gardener scent his roses. *—Jean Cocteau*

We all write poems; it is simply that poets are the ones who write in words.

—John Fowles

There's no money in poetry, but there's no poetry in money either. *—Robert Graves*

In one sense, the efficacy of poetry is nil—no lyric has ever stopped a tank. In another sense, it is unlimited. It is like writing in the sand in the face of which accusers and accused are left speechless. *—Seamus Heaney*

Poetry is a perfectly possible means of overcoming chaos. *—I.A. Richards*

Europe has not as yet recovered from the Renaissance, nor has English poetry recovered from Alexander Pope. *—Oliver St. John Gogarty*

All poets are mad. *—Robert Burton*

Poetry does not necessarily have to be beautiful to stick in the depths of our memory.

—Colette

Genuine poetry can communicate before it is understood. *—J.S. Eliot*

Poetry is the spontaneous overflow of powerful feelings: it takes its origin from emotion recollected in tranquillity. *—William Wordsworth*

When power narrows the areas of man's concern, poetry reminds him of the richness and diversity of his existence. When power corrupts, poetry cleanses. *—John F. Kennedy*

POLITICS AND POLITICAL PARTIES

I have never found in a long experience of politics that criticism is ever inhibited by ignorance.

—Harold MacMillan

Politics is almost as exciting as war and quite as dangerous. In war you can only be killed once, but in politics—many times.

—Winston Churchill

Politics: A strife of interests masquerading as a contest of principles. The conduct of public affairs for private advantage.

—Ambrose Bierce

Politics is a blood sport.

—Aneurin Bevan

Politics is supposed to be the second oldest profession. I have come to realise that it bears a very close resemblance to the first.

—Ronald Reagan

In politics, nothing is contemptible.

—Benjamin Disraeli

In politics you must always keep running with the pack. The moment that you falter and they sense that you are injured, the rest will turn on you like wolves.

—R.A. Butler

Politics are, like God's infinite mercy, a last resort.

—P.J. O'Rourke

Since when was fastidiousness a quality useful for political advancement?

—Bernard Levin

Political parties serve to keep each other in check, one keenly watching the other.

—Henry Clay

Politics is far more complicated than physics.

—Albert Einstein

Fascism is not itself a new order of society. It is the future refusing to be born. *—Aneurin Bevan*

It is not true that only the cold-hearted, cynical, arrogant, haughty or brawling persons can succeed in politics. Such people are naturally attracted by politics. In the end, however, politeness and good manners weigh more.

—Vaclav Havel

He serves his party best who serves the country best.

—Rutherford B. Hayes

A radical is a man with both feet firmly planted in the air.

—Franklin D. Roosevelt

Vote for the man who promises least; he'll be the least disappointing.

—Bernard Baruch

He knows nothing; and he thinks he knows everything. That points clearly to a political career.

—Henry Brooks Adams

The more you read and observe about this politics thing, you got to admit that each party is worse than the other. *—Will Rogers*

Practical politics consists in ignoring facts.

—Henry Brooks Adams

A liberal is a man who leaves the room before the fight begins.

—Heywood Broun

I never dared to be radical when young
For fear it would make me conservative when old. *—Robert Frost*

Being an MP is the sort of job all working-class parents want for their children—clean, indoors and no heavy lifting.

—Diane Abbot

Being an MP feeds your vanity and starves your self-respect.

—Matthew Parris

There are two ways of getting into the Cabinet—you can crawl in or kick your way in.

—Aneurin Bevan

Politics, as a practice, whatever its professions, has always been the systematic organisation of hatreds.

—Henry Brooks Adams

POVERTY

Poverty is the parent of revolution and crime. *—Aristotle*

Poverty demoralizes.

—Ralph Waldo Emerson

Poverty makes you sad as well as wise.

—Bertolt Brecht

Poverty is no disgrace to a man, but it is profoundly inconvenient.

—Reverend Sydney Smith

Anticipate charity by preventing poverty.

—Maimonicles

The greatest of evils and worst of crimes is poverty.

—George Bernard Shaw

No one can worship God or love his neighbour on an empty stomach.

—Woodrow Wilson

Poverty within is as dangerous as poverty without.

—Rowan Sowan

As for the virtuous poor, one can pity them, of course, but one cannot possibly admire them.

—Oscar Wilde

The very poor are unthinkable and only to be approached by the statistician and the poet.

—E.M. Forster

The surest way to remain poor is to be an honest man.

—Napoleon

It is seldom that the miserable of the world can help regarding their misery as a wrong inflicted by those who are less miserable.

—George Eliot

PROGRESS

All progress means war with society. *—George Bernard Shaw*

All progress is precarious, and the solution of one problem brings us face to face with another problem.

—Martin Luther King, Jr.

As enunciated today, 'progress' is simply a comparative of which we have not settled the superlative.

—G.K. Chesterton

All progress is based upon a universal innate desire of every organism to live beyond its means.

—Samuel Butler

Now, here, you see, it takes all the running you can do, to keep in the same place. If you want to get somewhere else, you must run at least twice as fast as that!

—Lewis Carroll

You can't say civilisations don't advance, however, for in every war they kill you in a new way.

—Will Rogers

Change is certain. Progress is not.

—E.H. Carr

Restlessness and discontent are the necessities of progress.

—Thomas Edison

So long as all the increased wealth, which modern progress brings, goes but to build up great fortunes, to increase luxury, and make sharper the contest between the House of Have and the House of Want, progress is not real and cannot be permanent.

—Henry George

Human progress is furthered, not by conformity, but by aberration.

—H.L. Mencken

The desire to understand the world and the desire to reform it are the two great engines of progress.

—Bertrand Russell

Progress imposes not only new possibilities for the future but new restrictions.

—Norbert Wiener

Progress, therefore, is not an accident, but a necessity.... It is a part of nature.

—Herbert Spencer

PUNCTUALITY

Better three hours too soon than a minute too late.

—William Shakespeare

I have always been a quarter of an hour before my time, and it has made a man of me.

—Horatio Nelson

I've been on a calendar, but never on time. *—Marilyn Monroe*

Unfaithfulness in the keeping of an appointment is an act of clear dishonesty. You may as well borrow a person's money as his time.

—Horace Mann

The trouble with being punctual is that nobody's there to appreciate it.

—Franklin P. Jones

PUNISHMENT

Punishment without judgement is bearable. It has a name, besides, that guarantees our innocence: it is called misfortune.

—Albert Camus

The punishment of criminals should be of use; when a man is hanged he is good for nothing.

—Voltaire

It is more dangerous that even a guilty person should be punished without the forms of law than that he should escape.

—Thomas Jefferson

To punishment and not to prevent is to labour at the pump and leave open the leak.

—Thomas Fuller

The refined punishments of the spiritual mode are usually much more indecent and dangerous than a good smack.

—D.H. Lawrence

Let the punishment match the offence.

—Cicero

Every person who is tempeted to go astray does not deserve punishment.

—Nahjul Balagha

The reformative effect of punishment is a belief that dies hard, chiefly I think, because it is so satisfying to our sadistic impulses.

—Bertrand Russell

When I came back to Dublin, I was court-martialled in my absence and sentenced to death in my absence, so I said they could shoot me in my absence.

—Brendan Behan

Men are not hanged for stealing horses, but that horses may not be stolen.

—George Saville

The broad effects which can be obtained by punishment in man and beast are the increase of fear, the sharpening of the sense of cunning, the mastery of the desires; so it is that punishment tames man, but it does not make him better.

—Friedrich Wilhelm Nietzsche

The compensation for a death sentence is knowledge of the exact hour when one is to die. A great luxury, but one that is well earned.

—Vladimir Nabokov

Capital punishment…achieved nothing except revenge.

—Albert Pierrepoint

Men are rewarded and punished not for what they do, but rather for how their acts are defined. This is why men are more interested in better justifying themselves than in better behaving themselves.

—Thomas Szasz

QUARREL

Those who in quarrels interpose;
Must often wipe a bloody nose.

—John Gay

It was completely fruitless to quarrel with the world, whereas the quarrel with oneself was occasionally fruitful and always…interesting.

—May Sarton

Quarrels would not last for long if the fault were on only one side.

—Francois De La Rochefoucauld

In quarrelling the truth is always lost.

—Publilius Syrus

QUOTATIONS

It is a good thing for an uneducated man to read books of quotations.

—Winston Churchill

What a good thing Adam had. When he said a good thing he knew nobody had said it before.

—Mark Twain

I know heaps of quotations, so I can always make quite a fair show of knowledge.

—O. Douglas

He wrapped himself in quotations—as a beggar would enfold himself in the purple of emperors.

—Rudyard Kipling

I always have a quotation for everything—it saves original thinking.

—Dorothy L. Sayers

There is no reason why a book of quotations should be dull, it has its uses in idleness as well as in study.

—H.L. Mencken

Misquotation is, in fact, the pride and privilege of the learned. A widely-read man never quotes accurately, for the rather obvious reason that he has read too widely.

—Hesketh Pearson

It seems pointless to be quoted if one isn't going to be quotable…. It's better to be quotable than honest.

—Tom Stoppard

REASON

Man must not check reason by tradition, but must check tradition by reason.

—Leo Tolstoy

Many are destined to reason wrongly; others, not to reason at all; and others to prosecute those who do reason.

—Voltaire

Passion and prejudice govern the world; only under the name of reason.

—John Wesley

Reason is the ruler and queen of all things.

—Cicero

He who will not reason, is a bigot; he who cannot is a fool; and he who dares not, is a slave.

—William Drummond

Reason can in general do more than blind force.

—Gallus

Who reasons wisely is not therefore wise,
His pride in reasoning, not in acting, lies.

—Alexander Pope

Reasons are not like garments, the worse for wearing.

—Earl of Essex

Reason can wrestle and overthrow terror.

—Euripides

When a man begins to reason, he ceases to feel.

—Anonymous

REBELLION

A populace never rebels from passion for attack, but from impatience of suffering.

—Edmund Burke

A riot is at the bottom of the language of the unheard.

—Martin Luther King Jr.

A little rebellion now and then…is a medicine necessary for the sound health of government.

—*Thomas Jefferson*

RELIGION

Religion is an illusion and it derives its strength from the fact that it falls in with our instinctual desires.

—*Freud*

It is the test of a good religion whether you can joke about it.

—*G.K. Chesterton*

Religion is a candle inside a multi-coloured lantern. Everyone looks through a particular colour but the candle is always there.

—*Mohammed Neguib*

A nation must have a religion and that religion must be under the control of the government.

—*Napoleon Bonaparte*

The best religion is the most tolerant.

—*Delphine De Giradrin*

Man makes religion; religion does not make man. Religion is indeed man's self-consciousness and self-awareness so long as he has not found himself or has lost himself again. Religion is the sigh of the oppressed creatures, the heart of a heartless world, just as it is the soul of soulless conditions. It is the opium of the people.

—*Karl Marx*

One religion is as true as another.

—*Robert Burton*

All religion relates to life, and the life of religion is to do good.

—*Emanuel Swedenburg*

Religion is by no means a proper subject of conversation in mixed company.

—*Earl of Chesterfield*

Science without religion is lame; religion without science is blind.

—*Albert Einstein*

I think we ought to have as great a regard for religion as we can, so as to keep it out of as many things as possible.

—*Sean O'Casey*

The cosmic religious experience is the strongest and the noblest driving force behind scientific research.

—*Albert Einstein*

I often ask myself uneasily—is religion indeed a blessing to mankind. Religion, which is meant to save us from our sins, how many sins are committed in thy name!

—*Raden Adjeng Kartini*

To die for religion is easier than to live it absolutely.

—*Jorge Luis Borges*

Religion has nothing more to fear than not being sufficiently understood.

—*King Stanislaus I*

Religion is the love of life in the consciousness of impotence.

—*George Santayana*

REPENTANCE

Remorse is impotence, it will sin again. Only repentance is strong, it can end everything.

—*Henry Miller*

Life is a slate where all sins are written, from time to time we rub the sponge of repentance over it so we can begin sinning again.

—*George Sand*

Rejoice with me; for I have found my sheep which was lost…joy shall be in heaven over one that repententh, more than over ninety and nine just persons, which need no repentence. —*Bible*

Remorse sleeps during prosperity but awakes bitter consciousness during adversity.

—*Jean Jacques Rousseau*

The spirit burning but unbent,
May writhe, rebel—the weak alone repent! —*Lord Byron*

What's done is done.

—William Shakespeare

REPUTATION

One can survive everything nowadays, except death, and live down anything except a good reputation.

—Oscar Wilde

Until you've lost your reputation, you never realise what a burden it was or what freedom really is.

—Margaret Mitchell

When I did well, I heard it never;
When I did ill, I heard it ever.

—Old English Rhyme

REVENGE

Living well is best revenge.

—George Herbert

Revenge is the poor delight of little minds.

—Juvenal

Heat not a furnace for your foe so hot
That it do single yourself.

—William Shakespeare

In taking revenge a man is but equal to his enemy, but in passing it over he is his superior.

—Francis Bacon

An eye for an eye only ends up making the whole world blind.

—Mahatma Gandhi

Men regard it as their right to return evil for evil—and if they cannot, feel they have lost their liberty.

—Aristotle

Revenge is an inhuman world.

—Seneca

A man that studieth revenge keeps his own wounds green.

—Francis Bacon

Revenge is a dish that should be eaten cold.

—Anonymous

Thou shall not avenge. *—Bible*

REVOLUTION AND REVOLUTIONARIES

Revolutions have never lightened the burden of tyranny. They have only shifted it to another shoulder.

—George Bernard Shaw

Revolution is the proper occupation of the masses.

—Mao-Tse Tung

Every revolution was at first a thought in one man's mind.

—Ralph Waldo Emerson

It is impossible to predict the time and progress of revolution. It is governed by its own more or less mysterious laws. But when it comes it moves irresistibly.

—Lenin

Revolution: In politics, an abrupt change in the form of misgovernment.

—Ambrose Bierce

A revolution is not a bed of roses. A revolution is a struggle between the future and the past.

—Fidel Castro

A great revolution is never the fault of the people, but of the government.

—Goethe

A share in two revolutions is living to some purpose.

—Thomas Paive

In revolutions the occasions may be trifling but great interests are at stake.

—Aristotle

The successful revolutionary is a statesman, the unsuccessful one a criminal.

—Erich Fromm

Revolutions are not about trifles, but they spring from trifles.

—Aristotle

Revolutions are not made with rosewater.

—Edward George Bilwar-Lytton

All modern revolutions have ended in a reinforcement of the power of the state.

—Albert Camus

In revolutions everything is forgotten.... Gratitude, friendship, parentage, every lie vanishes, and all that is sought is self-interest.

—Napoleon Bonaparte

SILENCE

God is the friends of silence. Trees, flowers, grass grow in silence. See the stars, moon, and sun, how they move in silence.

—Mother Teresa

Silence is more eloquent than words.

—Thomas Carlyle

Let a fool hold his tongue and he will pass for a sage.

—Publilius Syrus

The silence often of pure innocence
Persuades when speaking fails.

—William Shakespeare

Silence gives consent. *—Oliver Goldsmith*

A sage thing is timely silence, and better than any speech.

—Plutarch

An absolute silence leads to sadness: it is the image of death.

—Jean Jacques Rousseau

Silences have a climax, when you have got to speak.

—Elizabeth Bowen

Speech is silver, silence is golden.

—German Proverb

Do not the most moving moments of our lives find us all without words?

—Marcel Marceau

Speech is of time, silence is of eternity.

—Thomas Carlyle

Only silence is great; all else is weakness.

—Alfred De Vigny

I regret often that I have spoken, never that I have been silent.

—Publilius Syrus

Blessed are they who have nothing to say, and who cannot be persuaded to say it. *—Lowell*

Silence is the most perfect expression of scorn.

—George Bernard Shaw

Choose silence of all virtues, for by it you hear other men's imperfections, and conceal your own.

—George Bernard Shaw

SECRET

Where secrecy of mystery begins, vice or roguery is not far off.

—Samuel Johnson

I know that's a secret, for it's whispered everywhere.

—William Congreve

In the mind and nature of a man, a secret is an ugly thing, like a hidden physical defect. *—Isak Dinesen*

A man can hide all things, excepting twain—
That he is drunk and that he is in love. *—Antip Lanes*

SCIENCE

Science is the great antidote to the poison of enthusiasm and superstition. *—Adam Smith*

We have genuflected before the god of science only to find that it has given us the atomic bomb, producing fears and anxieties that science can never mitigate.

—Martin Luther King

Science and art belong to the whole world, and before them vanish the barriers of nationality.

—Goethe

Art is I; science is we.

—Claude Bernard

It was Einstein who made the real trouble. He announced in 1905 that there was no such thing as absolute rest. After that there never was.

—Stephen Leacock

Our scientific power has outrun our spiritual power. We have guided missiles and misguided men.

—Martin Luther King

Science becomes dangerous only when it imagines that it has reached its goal.

—George Bernard Shaw

To mistrust science and deny the validity of the scientific method is to resign your job as a human. You'd better go look for work as a plant or wild animal.

—P.J. O'Rourke

It is a mistake to believe that science consists in nothing but conclusively proved propositions and it is unjust to demand that it should. It is a demand only made by those who feel a craving for authority in some form and a need to replace the religious catechism by something else, even if it be a scientific one.

—Freud

In science, all facts, no matter how trivial or banal, enjoy democratic equality.

—Mary McCarthy

Every great advance in science has issued from a new audacity of imagination.

—John Dewey

Science is nothing but developed perception, interpreted intent, common sense rounded out and minutely articulated.

—George Santayana

SERVICE

The charity that is trifle to us can be precious to others.

—Homer

The reward of service is greater zeal for service.

—Mahatma Gandhi

The pleasure we derive from doing favours is partly in the feeling it gives us that we are not altogether worthless.

—Eric Hoffer

They serve God well,
Who serve his creatures. *—Caroline Norton*

To oblige persons often costs little and helps much.

—Baltasar Gracian

To serve is beautiful, but only if it is one with joy and a whole heart and a free mind.

—Pearl S. Buck

SOLITUDE

Solitude is as needful to the imagination as society is wholesome for the character. *—James Russell Lowell*

Whosoever is delighted in solitude is either a beast or a god.

—Francis Bacon

What a commentary on our civilisation when being alone is considered suspect: when one has to apologise for it, make excuses, hide the fact that one practises it—like a secret vice!

—Anne Morrow Lindbergh

Solitude is the playfield of Satan.

—Vladimir Nabokov

I never found the companion that was so companionable as solitude.

—Henry David Thoreau

He who is unable to live in society, or who has no need because he is sufficient for himself, must be either a beast or a god.

—Aristotle

The strongest man in the world is he who stands most alone.

—Henrik Ibsen

In solitude pride quickly creeps in.

—St. Jerome

The happiest of all lives is a busy solitude.

—Voltaire

SPEECH

I disapprove of what you say, but I will defend to the death your right to say it.

—Voltaire

Speech is the mirror of action.

—Solon

Rhetoric is the art of ruling the minds of men.

—Plato

Speech is the index of the mind.

—Seneca

That which is repeated too often becomes insipid and tedious.

—Boileau

If your lips would keep from slips,
Five things observe with care;
To whom you speak, of whom you speak,
And how, and when, and where.

—W.E. Norris

Little said is soon amended.

—Miguel De Cervantes

Speak when you are angry and you will make the best speech you will ever forget.

—Henry Ward Beecher

SUCCESS

Success has ruined many a man.

—Benjamin Franklin

Success has killed more than bullets.

—Texas Guinan

There is only one success—to be able to spend your life in your own way.

—Christopher Morley

All you need in this life is ignorance and confidence, and then success is sure.

—Mark Twain

Success is counted sweetest
By those who ne'er succeed. *—Emily Dickinson*

If at first you don't succeed, try, try again. Then quit. No use being a damn fool about it.

—W.C. Fields

Apparent failure may hold in its rough shell the germs of a success that will blossom in time, and bear fruit throughout eternity.

—Frances Ellen Watkins Harper

Nothing succeeds like success.

—Alexandre Dumas

Along with success comes a reputation for wisdom.

—Euripide

The toughest thing about success is that you've got to keep on being a success.

—Irving Berling

Success is not greedy, as people think, but insignificant. That's why it satisfies nobody.

—Seneca

Success produces success, just as money produces money.

—Sebastian R.N. Chamfort

Fame always brings loneliness. Success is as ice-cold and lovely as the North Pole.

—Vicki Baum

SUFFERING

No pain, no balms; no thorns, no throne; no gall, no glory; no cross, no crown.

—William Penn

What really raises one's indignation against suffering is not suffering intrinsically, but the senselessness of suffering.

—Friedrich Wilhelm Nietzsche

We are healed of a suffering only by experiencing it to the full.

—Marcel Proust

It requires more courage to suffer than to die.

—Napoleon

God will not look you over for medals, degrees or diplomas, but for scars!

—Elbert Hubbard

SUPERSTITION

In all superstitions wise men follow tools. *—Francis Bacon*

Superstition is the religion of feeble minds.

—Edmund Burke

Men become superstitious not because they have too much imagination, because they are not aware that they have any.

—George Santayana

Religion is not removed by removing superstition.

—Cicero

Superstition sets the whole world in flames; philosophy quenches them. —*Voltaire*

TAX

In this world, nothing can be said to be certain except death and taxes.

—*Benjamin Franklin*

Where there is an income tax the just man will pay more and the unjust less on the same income.

—*Plato*

The wisdom of man never yet contrived a system of taxation that operates with perfect equality.

—*Andrew Jackson*

The hardest thing in the world to understand is income tax.

—*Albert Einstein*

The income tax has made more liars out of the American people than golf has.

—*Will Rogers*

Taxes, after all, are the dues that we pay for the privileges of membership in an organised society.

—*Franklin D. Roosevelt*

The art of taxation consists in so plucking the goose as to obtain the largest possible amount of feathers with the least possible amount of hissing.

—*Jean Baptiste Colbert*

Collecting more taxes than is absolutely necessary is legalised robbery.

—*Coolidge*

People want just taxes more than they want lower taxes. They want to know that every man is paying his proportionate share according to his wealth.

—*Will Rogers*

Taxation without representation is tyranny.

—*James Otis*

The power to tax involves the power to destroy.

—*John Marshall*

To tax and to please, no more than to love and be wise, is not given to man. —*Edmund Burke*

TEMPTATION

I can resist everything except temptation.

—*Oscar Wilde*

It is easier to stay out than get out.

—*Mark Twain*

Is this her fault or mine?
The tempter or the tempted, who sins most?

—*William Shakespeare*

Don't worry about avoiding temptation. As you grow older it will avoid you.

—*Joey Adams*

Blessed is the man that endureth temptation; for when he is tried, he shall receive the crown of life.

—*Bible*

Honest bread is very well—it's the butter that makes the temptation.

—*Douglas Jerrold*

Tempt not a desperate man.

—*William Shakespeare*

I generally avoid temptation unless I can't resist it.

—*Mae West*

TEACHERS AND TEACHING

The object of teaching a child is to enable him to get along without a teacher.

—*E. Hubbard*

Participation is one of the best methods of educating.

—*Tom Glazer*

He who can, does. He who cannot, teaches.

—*George Bernard Shaw*

One good schoolmaster is worth a thousand priests.

—*Robert G. Ingersoll*

I am not a teacher: only a fellow-traveller of whom you asked the way. I pointed ahead—ahead of myself as well as of you.

—*George Bernard Shaw*

To teach is to learn twice over. —*Joseph Joubert*

A man should first direct himself in the way he should go. Only then should he instruct others.

—*Buddha*

A teacher who is attempting to teach without inspiring the pupil with a desire to learn in hammering on cold iron.

—*Horace Mann*

Good teaching is one-fourth preparation and three-fourths theatre.

—*Gail Godwin*

A teacher who imparts his knowledge is more highly esteemed than a silent sage. A generous individual is far superior to a miserly, wealthy person.

—*Rig Veda*

THOUGHT

Thought makes everything fit for use.

—*Ralph Waldo Emerson*

Nurture your mind with great thoughts, for you will never go any higher than you think.

—*Benjamin Disraeli*

We shall require a substantially new manner of thinking if mankind is to survive.

—*Albert Einstein*

Thought is free.

—*William Shakespeare*

Great thoughts reduced to practice become great acts.

—William Hazlitt

I think, therefore I am.

—Rene Descartes

There is nothing either good or bad, but thinking makes it so.

—William Shakespeare

Any man may make a mistake, none but a fool will stick to it. Second thoughts are best as the proverb says.

—Cicero

Our life is what our thoughts make it. *—Marcus Aurelius*

Great thoughts come from the heart.

—Marquis De Vauvanargues

Yond Cassius has a lean and hungry look;
He thinks too much: such men are dangerous.

—William Shakespeare

I have no riches but my thoughts,
Yet these are wealth enough for me.

—Sara Teasdole

Thoughts are energy. And you can make your world or break your world by thinking.

—Susan Taylor

Each thought is a nail that is driven in structures that cannot decay:
And the mansion at last will be given to us as we build it each day.

—George Eliot

A man's what he thinks about all day long.

—Ralph Waldo Emerson

Thought is the parent of the deed.

—Thomas Carlyle

The power of thought, the magic of the mind.

—Lord Byron

How you think when you lose determines how long it will be until you win.

—Gilbert Keith Chesterton

TIME

Nothing is ours except time.

—Seneca

I wasted time, and doth time waste me.

—William Shakespeare

I never think of the future. It comes soon enough.

—Albert Einstein

The past must no longer be used as an anvil for beating out the present and the future.

—Paul-Emile Bordaus

Know the true value of time; snatch, seize and enjoy every moment of it. No idleness, no laziness, no procrastination: never put off till tomorrow what you can do today.

—Lord Chesterfield

This is the first age that's paid much attention to the future, which is a little ironic since we may not have one.

—Arthur C. Clarke

Ah, fill the cup: what boots it to repent
How Time is slipping underneath our feet;
Unborn, Tomorrow and dead Yesterday,
Why fret about them if Today be sweet! *—Omar Khayyam*

Short as life is, we make it still shorter by the careless waste of time.

—Victor Hugo

Wait for the wisest of all counsellors, Time.

—Pericles

Time is a great teacher, but unfortunately it kills all its pupils.

—Hector Berlioz

Our costliest expenditure is time.

—Theophrastus

I watch the wheels of Nature's mazy plan,
And learn the future by the past of man.

—D.H. Lawrence

Do not occupy your precious time except with the most precious of things, and the most precious of human things is the state of being occupied between the past and the future.

—Ahmad Bin Isa Al-Kharraz

Historians tell us the past. Economists tell us the future. Only the present is so confusing.

—George Matthew Adams

Time is money.

—Bulwer-Lytton

In time take time while time doth last, for time
Is no time when time is past.

—Anonymous

Time and tide wait for no man.

—English Proverb

But at my back I always hear
Time's winged charriot hurrying near,
And yonder all before us lie
Deserts of vast eternity.

—Andrew Marvell

TRUTH

It is error alone which needs the support of government.
Truth can stand by itself.

—Thomas Jefferson

Tell the truth.
But tell it slant. *—Emily Dickinson*

Though truth and falsehood be
Near twins, yet truth a little elder is.

—John Donne

Truth…is an idea arising from and dependent upon, human intercourse.

—Isak Dinesen

A man should either discover the Truth for himself or learn it from someone else. If this is not possible he should take the best and most irrefragable of human theories and make it the raft on which he sails through life.

—Plato

Great is truth and mighty above all things.

—Bible

There should be truth in thought, truth in speech, and truth in action.

—Mahatma Gandhi

There are no whole truths; all truths are half truths. It is trying to treat them as whole truths that plays the devil.

—A.N. Whitehead

Truth brings forth hatred.

—Anonymous

Truth is no road to fortune.

—Jean Jacques Rousseau

'Tis is strange—but true, for truth is always strange, stranger than fiction.

—Lord Byron

Truth ever lovely—since the world began,
The foe of tyrants, and the friend of man.

—Thomas Campbell

My way of joking is to tell the truth. It's the funniest joke in the world.

—George Bernard Shaw

To be modest in speaking truth is hypocrisy.

—Kahlil Durrell

A hair perhaps divides the false and true.

—Omar Khayyam

Some men love truth so much that they seem to be in continual fear lest she should catch a cold on overexposure.

—Samuel Butler

We are subjected to the production of truth through power and we cannot exercise power except through the production of truth.

—*Michel Foucault*

Those who know the truth are not equal to those who love it.

—*Confucius*

Truth is balance, but the opposite of truth, which is unbalance, may not be a lie.

—*Susan Sontag*

Truth is tough.

—*Olive Wendell Holmes*

Truth is often eclipsed but never extinguished.

—*Livy*

TYRANTS AND TYRANNY

They squeeze the orange and throw away the peel.

—*Voltaire*

Tyranny is always better organised than freedom.

—*Charles Peguy*

All men would be tyrants if they could.

—*Daniel Defoe*

The face of tyranny is always mild at first.

—*Racine*

He who strikes terror into others is himself in continual fear.

—*Claudian*

I order you to hold a free election, but forbid you to elect anyone but Richard my clerk.

—*Henry II*

Resistance to tyrants is obedience to God. —*Thomas Jefferson*

A police state finds it cannot command the grain to grow.

—*John Fitzgerald Kennedy*

Death is a softer thing by far than tyranny.

—*Aeschylus*

Tyrants have not yet discovered the chains that can fetter the mind.

—Walter Colton

Under conditions of tyranny, it is far easier to act than to think.

—Hannah Arendt

Government by a tyrant is the worst form of rule.

—St. Thomas Aquinas

Any excuse will serve a tyrant.

—Aesop

UGLINESS

Absolute and entire ugliness is rare.

—Ruskin

The secret of ugliness consists not in irregularity but in being uninteresting.

—Ralph Waldo Emerson

Better an ugly face than an ugly mind.

—James Ellis

UNITY

There are only two forces that unite men—fear and interest.

—Napoleon

A house divided against itself cannot stand.

—Abraham Lincoln

Union gives strength. *—Aesop*

We must indeed all hang together, or most assuredly, we shall all hang separately.

—Benjamin Franklin

There are no problems we cannot solve together, and very few that we can solve by ourselves.

—Lyndon B. Johnson

By union, the smallest states thrive, by discord the greatest are destroyed.

—Sallust

When bad men combine, the good must associate; else they will fall one by one.

—Edmund Burke

United we stand, divided we fall.

—Aesop

VICE

Vice is its own reward.

—Quntin Crisp

All fashionable vices pass for virtues.

—Moliere

Vices can be learnt even without a teacher.

—Seneca

Half the vices which the world condemns most loudly have seeds of good in them and require moderate use rather than total abstinence.

—Samuel Butler

What's vice today may be virtue tomorrow.

—Henry Fielding

When our vices leave us we flatter ourselves with the idea that we have left them.

—Francois De La Rochefoucauld

Every vice has its excuse ready. *—Publilius Syrus*

When the passions become masters, they are vices.

—Pascal

It is the function of vice to keep virtue within reasonable bounds.

—Samuel Butler

Never practice two vices at once.

—Tallulah Bankhead

VICTORY

The problems of victory are more agreeable than those of defeat, but they are no less difficult.

—*Winston Churchill*

Victories that are cheap are cheap. Those only are worth having which come as a result of hard fighting.

—*Henry Ward Beecher*

For when the One Great Scorer comes to write against your name,
He marks not that you won or lost—but how you played the game.

—*Grantland Rice*

Winning isn't everything, but wanting to win is.

—*Vince Lombardi*

It is the contest that delights us, not the victory. We are pleased with the combat of animals, but not with the victor tearing the vanquished. What is sought for is the crisis of victory, and the instant it comes, it brings satiety.

—*Blaise Pascal*

VIOLENCE

Today's violence is the rhetoric of the period.

—*Jose Ortega Y. Gasset*

It is better to be violent, if there is violence in our hearts, than to put on the cloak of non-violence to cover impotence.

—*Mahatma Gandhi*

Violence shapes and obsesses our society, and if we do not stop being violent, we have no future.

—*Edward Bond*

God hates violence. He has ordained that all men fairly possess their property, not seize it.

—*Emipides*

In violence, we forget who we are.

—*Mary McCarthy*

Violence is good for those who have nothing to lose.

—*Jean-Paul Sartre*

Uncontrolled violence is the fault of youth.

—*Seneca*

VIRTUE

Virtue is harder to be got than knowledge of the world, and, if lost in a young man, is seldom recovered.

—*John Locke*

All virtue is summed up in dealing justly.

—*Aristotle*

Virtue, study and gaiety are three sisters who should not be separated.

—*Voltaire*

He lives in fame that died in virtue's cause.

—*William Shakespeare*

Nothing can harm a good man, either in life or after death.

—*Socrates*

Virtue is like a rich stone, best plain set.

—*Francis Bacon*

I have seen men incapable of the sciences, but never any incapable of virtue.

—*Voltaire*

It is queer how it's always one's virtues and not one's vices that precipitate into disaster.

—*Rebecca West*

I believe that virtue shows quite as well in rags and patches as she does in purple and plain linen.

—*Charles Dickens*

Virtue consists, not in abstaining from vice, but in not desiring it.

—*George Bernard Shaw*

The only reward of virtue is virtue.

—*Ralph Waldo Emerson*

Virtue is an angel but she is a blind one, and must ask of knowledge to show her the pathway that leads to her goal.

—Horace Mann

The existence of virtue depends entirely upon its use.

—Cicero

I prefer an accommodating vice to an obstinate virtue.

—Moliere

There may be guilt when there is too much virtue.

—Jean Racine

Our virtues are most frequently but vices disguised.

—Francois De La Rochefoucauld

No people do so much harm as those who go about doing good.

—Mandell Creighton

Virtue is not always amiable.

—John Adams

The essence of greatness is the perception that virtue is enough.

—Ralph Waldo Emerson

There is no road or ready way to virtue.

—Thomas Browne

The happiness of man, as well as his dignity, consists in virtue.

—John Adams

WAR

There is no such thing as an inevitable war. If war comes it will be from failure of human wisdom.

—Bonar Law

O God assist our side; at least avoid assisting the enemy and leave the rest to me.

—Prince Leopold

There never was a good war or a bad peace.

—Benjamin Franklin

More than an end to war we want an end to the beginnings of all wars.

—Franklin D. Roosevelt

War does not even promise victory or the fruits of victory
To live on the verge of war and to practise brinkmanship
is, therefore, the absence of wisdom.

—Jawaharlal Nehru

War never settles who's right, only who's left.

—Anonymous

War is capitalism with the gloves off.

—Tom Stoppard

War: A by-product of the arts of peace.

—Ambrose Bierce

Most sorts of diversion in men, children, and other animals, are an imitation of fighting.

—Jonathan Swift

War cannot be divorced from politics for a single moment.

—Mao-Tse Tung

War is the science of destruction.

—S.C. Abbott

All the gods are dead except the god of war.

—Eldridge Cleaver

War alone brings up to its highest tension all human energy and puts the stamp of nobility upon the peoples who have the courage to face it.

—Benito Mussolini

Mankind must put an end to war or war will put an end to mankind.

—John Fitzgerald Kennedy

The quickest way of ending a war is to lose it.

—George Orwell

You can no more win a war than you can win an earthquake.

—Jeannette Rankin

An empire founded by war has to maintain itself by war.
—Montesquieu

Older men declare war. But it is the youth that must fight and die.
—H. Hoover

The essence of war is violence. Moderation in war is imbecility.
—Lord Fisher

WISDOM

The function of wisdom is discriminating between good and evil.
—Cicero

Wisdom comes only through suffering.
—Aeschylus

The great good is wisdom.
—St. Augustine

The price of wisdom is above rubies. *—Bible*

A wise man will make more opportunities than he finds.
—Francis Bacon

The only infallible criterion of wisdom to vulgar minds—success.
—Edmund Burke

Where wisdom is called for, force is of little use.
—Herodotus

Knowledge can be communicated, but not wisdom.
—Herman Hesee

Wise men learn more from fools than fools from the wise.
—Cato, The Censor

It is easy to be wise after the event.
—English Proverb

It is very foolish to wish to be exclusively wise.
—Francois De La Rochefoucauld

The art of being wise is the art of knowing what to overlook.
—William James

Knowledge comes, but wisdom lingers.

—Alfred Lord Tennyson

Nine-tenths of wisdom consists in being wise in time.

—Theodore Roosevelt

Wisdom outweighs any wealth. *—Sophocles*

It is a characteristic of wisdom not to do desperate things.

—Thoreau

The highest wisdom has but one science—the science of the whole—the science explaining the whole creation and man's place in it.

—Leo Tolstoy

WOMAN

Of fairest of creation! the last and best of all God's works.

—John Milton

Women have served all these centuries as looking-glasses possessing the magic and delicious power of reflecting the figure of man at twice its natural size.

—Virginia Woolf

A sufficient measure of civilisation is the influence of good women.

—Ralph Waldo Emerson

O Woman, you are not merely the handiwork of God, but also of men; these are ever endowing you with beauty from their own hearts.... You are one-half woman and one-half dream.

—Rabindranath Tagore

Women today are innovators, organisers and leaders to a degree previously unknown in Western culture. We are the richer for it.

—Br. Terry Tastard

One is not born a woman, one becomes one.

—Simone De Beauvoir

It is in great part the anxiety of being a woman that devastates the feminine body.

—Simone De Beauvoir

Women are but women—tears are their portion.

—Euripides

Woman was God's second mistake.

—Friedrich Wilhelm Nietzsche

Women share with men the need for personal success, even the taste for power, and no longer are we willing to satisfy those needs through the achievements of surrogates, whether husbands, children, or merely role models.

—Elizabeth Dole

She is a woman, therefore may be wooed,
She is a woman, therefore may be won.

—William Shakespeare

Woman: The peg on which the wit hangs his jest, the preacher his text, the cynic his grouch and the sinner his justificaton.

—Helen Rowland

There will never be a new world order until women are part of it.

—Alice Paul

Frailty, thy name is woman! *—William Shakespeare*

With women, the heart argues, not the mind.

—Matthew Arnold

A thoroughly beautiful woman and a throughly homely woman are creations which I love to gaze upon, and which I cannot tire of gazing, for each is perfect in her own line.

—Mark Twain

The great fault in women is to desire to be like men.

—De Maistre

Suffer women once to arrive at an equality with you and they will from that moment become your superiors.

—Cato, The Censor

The society of women is the foundation of good manners.

—Goethe

Feminism's agenda is basic. It asks that women not be forced to 'choose' between public justice and private happiness. I ask that women be free to define themselves—instead of having their identity defined for them, time and again, by their culture and their men.

—Susan Faludi

Women really must have equal pay for equal work, equality in work at home, and reproductive choices. Men must press for those. They must cease to see them as "women issues" and learn they are everyone's issues—essential to survival on planet Earth.

—Erica Jong

The extension of women's rights is the basic principle of all social progress.

—Charles Fourier

Women never reason, and therefore they are comparatively seldom wrong.

—William Hazlitt

A beautiful woman is a practical poet.

—Ralph Waldo Emerson

WORDS

Words are mere sound and smoke, dimming the heavenly light.

—Goethe

Words pay no debts.

—William Shakespeare

Words are, of course, the most powerful drug used by mankind.

—Rudyard Kipling

A very great part of the mischiefs that vex this world arise from words.

—Edmund Burke

A word after a word after a word is power. *—Margaret Atwood*

But words once spoke can never be recall'd.

—Wentworth Dillon

Words form the thread on which we string our experience.

—Aldous Huxley

We should have a great many fewer disputes in the world if words were taken for that they are, the signs of our ideas only, and not for things themselves.

—John Locke

Words are a form of action, capable of influencing change. Their articulation represents a complete, lived experience.

—Ingrid Bengis

He utters empty words, he utters sound without mind.

—Virgil

My words fly up, my thoughts remain below:
Words without thoughts never to heaven go.

—William Shakespeare

For words, like Nature, half reveal
And half conceal the Soul within.

—Alfred Tennyson

Fair words cost nothing.

—John Gay

Proper words in proper places make the true definition style.

—Jonathan Swift

The more articulate one is, the more dangerous words become.

—May Sarton

Who has words at the right moment?

—Charlotte Bronte

The difference between the right word and the almost right word is the difference between lightning and the lightning bug.

—Mark Twain

Words should be scattered like seeds, no matter how small the seed may be, if it has once found favourable ground, it unfolds its strength.

—Seneca

words can go completely unnoticed, and one thoughtless word can provide an utterly non-sensical furore.

—Vaclav Havel

WORKS

Works is the grand cure of all the maladies and miseries that ever beset mankind.

—Thomas Carlyle

Work is the curse of drinking class.

—Anonymous

Work spares us from three evils—boredom, vice and need.

—Voltaire

One of the best ways of avoiding necessary and even urgent tasks is to seem to be busily employed on things that are already done.

—John Kenneth Galbraith

Man cannot reach the shrine if he does not make the pilgrimage.

—Sardar Patel

Work is much more fun than fun.

—Noel Coward

Some people work twelve hours a day…until they find a job.

—Anonymous

When work is a pleasure, life is a joy! When work is a duty, life is slavery.

—Maxim Gorky

The finest plans have always been spoiled by the littleness of those that should carry them out. Even emperors can't do it all by themselves.

—Bertolt Brecht

By working faithfully eight hours a day you may eventually get to be a boss and work twelve hours a day.

—Robert Frost

There is a homely adage which runs 'Speak softly and carry a big stick, you will go far'.

—Theodore Roosevelt

It is better to wear out than to rust out.

—Richard Cumberland

The only place where success comes before work is a dictionary.

—Vidal Sassoon

We need love and creative imagination to do constructive work.

—Paula Ollendorf

The fruit derived from labour is the sweetest of all pleasures.

—Marquis De Vauvanargues

I like work, it fascinates me. I can sit and look at it for hours. I love to keep it by me: the idea of getting rid of it nearly breaks my heart.

—Jerome K. Jerome

A ploughman on his legs is higher than a gentlemen on his knees.

—Benjamin Franklin

WORRY

Worry is a circle of inefficient thoughts whirling about a point of fear.

—Austen Riggs

Worry is interest paid on trouble before it becomes due.

—Anonymous

Never trouble trouble till trouble troubles you.

—Anonymous

Worry affects circulation and profoundly affects the heart. I have never known a man who died from overwork, but many who died from doubt.

—Charles H. Mayo

When you're an orthodox worrier, some days are worse than others.

—Erna Bombeck

WRITERS AND WRITING

To write well, express yourself like common people, but think like a wise man. Or think as wise men do, but speak as the common people do.

—Aristotle

A man may write at any time, if he will set himself doggedly to it.

—Samuel Johnson

True ease in writing comes from art, not chance.
Vigorous writing is concise.

—William Strunk

For a man to write well, there are required three necessaries: to read the best authors, observe the best speakers and much exercise of his own style.

—Ben Johnson

Being a great writer is not the same as writing great.

—John Updike

Two sorts of writers possess genius: those who think, and those who cause others to think.

—Joseph Roux

Writing, when properly managed, is but a different name for conversation.

—L. Sterne

All writing comes by the grace of God.

—Ralph Waldo Emerson

Talent alone cannot make a writer. There must be a man behind the book.

—Ralph Waldo Emerson

There is no royal path to good writing; and such paths as exist do not lead through neat critical gardens, various as they are, but through the jungles of self, the world, and of craft.

—Jessamyn West

Bad writers are those who try to express their own feeble ideas in the language of good ones.

—G.C. Lichtenberg

Writers seldom write the things they think. They simply write the things they think other folks think they think.

—Elbert Hubbard

He writes nothing whose writings are not read.

—Martial

Let us beware of writing too well; it is the worst possible manner of writing.

—Anatole France

Writing is a dreadful labour, yet not so dreadful as idleness.

—Thomas Carlyle

YOUTH AND OLD AGE

Youth is like spring, an overpraised season. *—Samuel Butler*

Youth means love. *—Robert Browning*

Youth is easily deceived because it is quick to hope.

—Aristotle

Youth is quick in feeling but weak in judgement.

—Homer

How beautiful is youth! how bright it gleams
With its illusions, aspirations, dreams!
Book of beginnings, Story with End,
Each maid a heroine, and each man a friend!

—Henry Wadsworth Longfellow

The young are permanently in a state resembling intoxicating, for youth is sweet and they are growing.

—Aristotle

If youth but knew, and age were able,
Then poverty would be a fable.

—Proverb

Forty is the old age of youth, fifty is the youth of old.

—French Proverb

All sorts of allowances are made for the illusions of youth and none, or almost none, for the disenchantments of age.

—Robert Louis Stevenson

To get back one's youth, one merely has to repeat one's follies.

—Oscar Wilde

Youth! youth! how buoyant are thy hopes; they turn,
Like marigolds, towards the sunny side.

—Jean Ingelow

The young have aspirations that never come to pass, they have reminiscences of what never happened.

—Saki

Youth is the best time to be rich and the best time to be poor.

—Euripides

The old believe everything, the middle-aged suspect everything; the young know every thing.

—Oscar Wilde

I'll the world's a mass of folly;
Youth is gay, age melancholy:
Youth is spending, age is thrifty
Mad at twenty, cold at fifty;
Man is nought but folly's slave
From the cradle to the grave. *—W.H. Ireland*

Crabbed age and youth cannot live together;
Youth is full of pleasure, age is full of care;
Youth like summer morn, age like winter weather;

Youth like summer brave, age like winter bare;
Youth is hot and bold, age is weak and cold;
Youth is wild, age is lame;
Age I do abhor thee, Youth I adore thee.

—William Shakespeare

As I approve of a youth that has something of the old in him, so I am no less pleased with an old man that something of the youth. He that follows this rule may be old in body, but can never be so in mind.

—Cicero

The young man knows the rule, but the old man knows the exceptions.

—O.W. Holmes

Those whom the gods love grow young.

—Oscar Wilde

□□□